KB248228

정성배 지음

MODOOBOOKS

말랑말랑 한자 어휘

정성배 **지음**/ 모두출판협동조합(이사장 이재욱) **펴냄**

초판발행 2025년 8월 25일

북PD 이재훈 **디자인** 김채윤

ISBN 979-11-89203-60-3(03810)

ⓒ **정성배, 2025**

모두북스 **등록일** 2017년 3월 28일 **등록번호** 제 2013-3호

주소 서울 도봉구 덕릉로 54가길 25 (창동 557-85, 우 01473)

전화 02)2237-3301, 02)2237-3316 **팩스** 02)2237-3389

이메일 seekook@naver.com

*책값은 뒤표지에 씌여 있습니다.

콩트처럼 재미있는
話(화)·聽(청)·讀(독)·作(작)의 지름길

말랑말랑 한자 어휘

정성배 지음

MODOOBOOKS

오늘날 "甚深(심심)한 사과"라든지 "明澄(명징)하게 직조해 낸"과 같은 표현들이, 그 실제 의미가 제대로 받아들여지지 못하고 논란이 되는 경우를 자주 봅니다.

이것은 특히 젊은 사람들 사이에 범람하는 인터넷과 SNS 언어들에 의해 기존 한자어들의 사용 빈도가 줄어들면서 나타난 것이라고 생각됩니다. 언어는 '변화'하기에 어쩌면 이런 현상은 자연스러울 수도 있으나 매스컴, 학술 서적 등 인쇄 매체에서는 여전히 한자어의 중요성은 늘 강조되고 있습니다. 한자어는 과거 선조들의 생각과 지혜를 담고 있을 뿐만 아니라 필자의 생각과 의도를 세심하게 표현하는 데 아주 유용한 도구가 되기 때문입니다.

더구나 AI 시대를 살아가는 현대인들에게 한자 어휘 능력은 AI와의 원활한 소통에 필수 불가결한 에너지로 작용할 것입니다.

이 책은 110개의 한자 어휘를 4개의 영역으로 나누어 골고루 배분하고 각 어휘의 뜻과 쓰임을 한 편의 수필처럼 풀어 재미있게 설명하고 있습니다. 각 한자어를 구성하는 한자가 만들어지게 된 배경 또는 구성 원리가 눈과 귀에 쏙 들어와 박히도록 차근차근 알려줍니다.

그런 과정에서 잘 모르던 한자에 대해서 알게 되고, 그 한자가 가진 여러 뜻으로 쓰인 다양한 한자 어휘를 어렵지 않게, 책의 제목처럼 '말랑말랑'하게 깨우치게 됩니다.

중간 중간에 동음이의(同音異義)의 한자어까지 제시하여 한자 어휘력

박창희 서울대병원 교수

의 새로운 맛을 느끼게 해 줍니다. 마치 운동선수들에게 가장 중요한 것이 기초 체력이듯이, 이렇게 익힌 한자 어휘 능력은 중고등학생의 학습 능력을 극대화하거나 취업 준비 또는 중요한 프로젝트를 앞둔 직장인들에게도 일을 성공적으로 수행할 수 있는 든든한 기초 체력이 될 수 있을 것으로 믿어 의심치 않습니다.

제가 학생일 때부터 이러한 지혜를 가르쳐 주셨던 정성배 선생님께서 20년 가까이 한결같이 강조해 오셨던 내용이 이 책에 고스란히 잘 녹아 있습니다. 학생 때 받았던 가르침이 아직도 제 마음속에 남아 제 경력을 튼튼하게 뒷받침해주고 있는데, 책을 읽으며 다시금 그 지혜를 명심할 수 있었습니다. 이 책은 여러분이 빨리 가는 지름길이나 샛길을 알려주지는 않을지 몰라도, 꾸준하게 멀리 갈 수 있는 길을 알려주는 등대 역할을 할 것입니다.

2025. 07. 20

글로벌 文解力(문해력)에 날개를 다는 處方箋(처방전)

초등학생이 '默契(묵계)', '便乘(편승)', '保釋(보석)' 등의 단어를 소리 내어 읽었다고 해서 그들이 이 말의 뜻을 제대로 이해했다고 보기는 어렵겠죠? 아동이 아닌 성인도 이런 비슷한 문제를 안고 있는 게 현실입니다. 한때 매스컴에 오르내렸던 이른바 '심심한 사과', '무운을 빈다'가 그 단적인 예라고 하겠습니다. '(마음이) 매우 깊고 간절하다'라는 뜻의 '심심(甚深)하다'를 '할 일이 없어 지루하고 따분하다'라는 뜻으로 잘못 이해한 것과, '싸움에서 이기고 지는 운수'라는 뜻의 무운(武運)을 '없을 무(無)'와 '운수 운(運)'이 합쳐진 '운이 없음'으로 잘못 이해한 것을 두고 네티즌들의 무지함과 무책임으로 돌릴 수만은 없어요.

이들을 한자 공포증에서 벗어나게 하는 방법이 없을까 고민하다가 이 책을 쓰게 되었죠. 설령 한글로 된 텍스트라고 해도 한자 또는 한자어에 대한 지식이 얕으면 그만큼 이해도가 떨어져요. 요즘 유행하는 말로, 문해력이 약하다는 겁니다.

영어에도 땀을 나타내는 단어에 'sweat'이 있고, 'perspiration'이 있는 것으로 알고 있습니다. Genius is one percent inpiration and nine-ty-nine percent perspiration. 발명왕 에디슨이 말했다고 알려진 문장이지요. 이 문장에서 'perspiration' 대신에 'sweat'을 쓰면 아주 어색해집니다. 그 이유를 대기 위해 긴 설명은 하지 않겠어요.

우리 속담 '피는 물보다 진하다.'에서 '피' 대신에 '혈액'을 쓸 수 없듯이, 단어를 적재적소에 쓰는 능력은 아주 중요하거든요. 한자어 '救濟

지은이 정성배

(구제)’, ‘救援(구원)’, ‘救助(구조)’ 등을 정확하고 적절하게 쓰는 것은 더욱 어렵고요. 또한 ‘나의 취미는 영화 鑑賞(감상)이다.’, ‘책을 읽고 각자 感想(감상)을 발표했다.’, ‘낙엽이 진다고 感傷(감상)에 젖어서는 안 된다.’ 등의 예문에서 각각에 쓰인 ‘감상’의 뜻을 정확히 알고 쓰는 사람도 많지 않아요.

물론 앞서 언급한 ‘심심한 사과’의 말씀을 드립니다.’를 ‘진심으로 사과의 말씀을 드립니다.’로 바꾸어 표현했으면 아무 문제가 없었는지 몰라요. 그러나 ‘무운’을 어떻게 쉬운 말로 바꿀까 부딪쳐보니 난감하고 고민스럽기도 합니다. 어쨌든 독자가 작자(필자)에게, 또는 화자가 청자에게 자기네들 어휘 수준에 맞추어 표현해 달라고 요구할 수는 없지 않겠어요? 그리고 고유어로 표현하기 어려운 자리에 맞춰 입은 옷처럼 딱 들어맞는 한자어를 구사하는 능력은 하루아침에 터득되지 않을 거고요.

그렇다면 해결책 또는 처방전은 의외로 가까이에 있어요. 감기 예방에는 손 씻기가 최고라고 들었어요, 文解力(문해력)을 높이는 안내서가 필요하다는 것입니다. 그래서 문해력은 한자 어휘능력이다라는 생각으로 이 책을 썼죠.

이 책은 110개의 한자어를 표제로 하여 먼저 각 한자어에 쓰인 한자의 짜임과 다양한 뜻을 알아봅니다. 그 다음으로 각 한자가 합쳐져 만들어진 다양한 한자어의 뜻과 쓰임을 풀어 말하는 방식으로 서술하려고 합니다. 이뿐만 아니라 본문에서 다룬 단어의 유의어 혹은 동의어까지 함께 다루어 어휘력의 지평을 넓혀 나가려고 합니다. 예컨대, '더할 加(가)'는 '追加(추가), 添加(첨가), 附加(부가), 增加(증가), 倍加(배가)' 등으로, '덜 減(감)'은 '蕩減(탕감), 削減(삭감), 節減(절감), 激減(격감), 遞減(체감)' 등으로 확대 재생산되는 모습을 확인하게 됩니다.

그리고 한자와 한자어에 대한 낯가림(?)이 있을 수도 있는 독자를 고려하여 콩트처럼 읽도록 스토리텔링 방식을 끌어오기도 했지요. 그래서 '昇華(승화)'를 다룬 글에서는 '귀 잘린 자화상'을 그린 빈센트 반 고흐의 그림 이야기를 깔아놓기도 했죠. 한편, 수준 높은 독자의 지적 갈증을 해소하기 위해 짧은 한문 원문도 실어 한문에 대한 소양을 높이려는 저자의 의도도 알아주었으면 합니다.

이제 지식과 정보의 시대는 갔습니다. 방대한 지식과 정보는 AI를 따를 자가 없습니다. 이 대신에 AI의 힘을 빌려 개인의 의도에 맞는 정보를 찾아내는 의사소통의 기술이 필요합니다. 즉, 머릿속에 든 어휘의 양이 많아야 넘쳐나는 정보를 선별하여 수용하고, AI에게 개인이 알고자 하는 정보의 요구 조건을 정확하게 전달할 수 있는 거죠.

이제 한자 어휘 능력이 학교의 교과 성적을 올리는 가장 효율적인 수단이 된다는 얘기는 반만 맞습니다. 학교를 졸업하고 사회에 진출했을 때 남의 말을 못 알아들으면 속된 말로 돈 잃고 시간도 버리게 되기 때문이죠. 이런 점에서 이 책은 AI 시대의 문해력을 효율적으로 높여주는 책으로 자리 잡게 될 것입니다.

이 책을 내면서 신세를 지게 된 분들께 고마운 뜻을 전하고자 합니다. 가장 먼저 저자에게 책을 써볼 것을 권하고 하찮은 원고를 책 같은 책으로 만들어주신 이재욱 사장님께 고개 숙여 진심으로 고마움을 전합니다. 여러 면으로 출판 사정이 열악한 가운데 잉태의 숲에서 잘 자라 이 책이 세상 밖으로 나온 것은 온전히 이 사장님 덕분이라 아니할 수 없습니다.

또 한국에서 구해 보기 어려운 〈正中 形音義 綜合大字典〉을 2년 넘게 빌려준 중고등학교 친구인 전 상명대 중문과 沈禹英(심우영) 교수께도 깊은 감사의 말씀을 전합니다. 이 자전은 집필하다가 의심스럽거나 막히면 눈을 띄워주고 앞을 시원히 열어주는 데 크나큰 도움을 주었죠. 그리고 3년 동안 師弟(사제)의 인연으로 맺어져 이 책의 추천사를 써 주신 서울대학교 병원 박창희 교수님께도 고마운 뜻을 표합니다.

외람되게 개인의 감회를 덧붙일 수 있다면, 묵묵히 옆 자리를 지켜주면서 격려와 충고를 아끼지 않은 아내 김영순 씨에게도 고마움을 전합니다. 무엇보다 이 책을 통해 저자와 귀한 인연을 맺어 공덕을 함께 해주신 독자님께 진심으로 감사의 뜻을 올립니다. 두루두루 감사합니다. 나름대로 오랫동안 준비했지만 내용이나 형식면에서 많이 부족합니다. 독자 여러분의 叱正(질정)을 귀 기울여 듣고 개정판이 나올 때 적극적으로 반영하겠습니다.

2025년 초여름의 폭염을 이겨내면서
저자 씀.

왜 지금 새삼스럽게 한자 어휘냐고요?

인도에 부는 한국어 열풍과 한자

본격적인 논의의 궤도에 진입하기 전에 먼저 어느 일간지에 실린 기사 한 토막을 함께 살펴보시죠.

"이 글자는 '때 시(時)'에요. 총 10획으로 이뤄졌죠. 쓰는 순서는 이렇습니다. 자, 이 글자가 들어간 한국어 단어는 뭐가 있는지 말해보세요." 산자이 쿠마르 자 교수의 질문이 떨어지기 무섭게 스무 명 남짓한 학생들의 입에선 "동시(同時)" "시차(時差)" "시계(時計)" 등 한국어 단어가 줄줄이 쏟아졌다. 교수는 "그럼 '시차'의 의미가 뭐죠?" "'동시'의 앞 글자인 '동'은 어떤 한자어죠?" 등의 추가 질문을 계속 던졌고 학생들은 "JET LEG" "같을 동"이라며 척척 답했다.
네루대의 한자 수업은 학부생을 대상으로 진행되며, 졸업할 때까지 1000자 정도를 읽고 쓸 수 있는 수준으로 익힌다. 교수는 "네루대 한국어학과는 일반적인 수준의 한국어 구사자가 아니라 학술적·전문적 수준의 고급 사용자를 양성하는 기관"이라며 "이를 위해 한자 교육은 필수"라고 설명했다.

-중앙일보, 2023년 11월

이 기사의 장면은 한국이 아닌 인도의 대학 강의실 풍경입니다. 먼저, 그들은 각 한자의 뜻과 음을 익히는 데서 더 나아가 개별 한자를 활용한 한자어를 배우고 있네요. 2년 전부터 이 책의 얼개를 짜고 집필 자료를 모아 왔던 저자도 처음부터 이런 방식을 염두에 뒀지요. 한자 하나하나의 字源(자원)에 매몰되거나 너무 깊이 빠져들지 말자는 스스로의 다짐과도 통하는 겁니다.

시중에 팔리는 대다수의 한자 책이 한자의 자원 풀이에 치중하여 서술된 점이 늘 마음에 걸렸거든요. 그래서 이 책은 각 한자를 쪼개거나 나누면서 한자의 뜻을 추리하는 능력을 계발하고, 마지막으로 그 한자를 다양한 한자어로 활용하는 능력을 향상시킬 것입니다.

다음, 1000자 정도의 한자를 익히면 학술적·전문적 수준의 고급 어휘를 사용할 수 있다는 산자이 교수의 말에 공감하고 찬성하여 기립 박수를 보냅니다. 우리나라에서도 1800자의 상용한자를 지정해서 중·고등학교 한문 교과에서 가르치도록 되어 있지요.

그러나 이것 또한 모든 중고생이 필수로 선택하는 것이 아니라 학교장의 재량에 의해 극히 일부 학교에서만 실시되니 유감천만이네요. 이러다가 우리나라 대학생이 인도 대학생보다 국어 실력이 뒤처지는 날이 올까 勞心焦思(노심초사)입니다!

현실적으로 많은 인쇄 매체에서 한자를 사용하지 않고 한글로 표기하는 경우가 많아졌습니다. 한글로도 충분히 의사를 전달할 수 있고 스마트폰이나 컴퓨터에 입력할 때도 한글이 한자보다 훨씬 장점이 많다는 것도 알고 있죠. 그래서 미래의 어느 시점에 도달하면 한자가 완전히 사라지는 날이 올지도 몰라요.

그러나 한국어가 소멸되지 않는 한 한자는 사라져도 한자어는 사라지지 않을 것으로 확신합니다. 한글을 전용하는 북한에도 한자어 사전이 나와 있다는 사실은 이를 傍證(방증)하는 것이고요.

이 책의 1991년판에는 9만여 개의 한자어가 등재되어 있고, 8천 字

(자)의 한자가 부록으로 올라와 있어요. 인도의 한자 교육과 북한의 한자말 사전은 막연하게 한자에 대해 가져왔던 우리의 인식이 바뀌어야 할 때가 왔음을 雄辯(웅변)하고 있습니다.

앞집의 덕을 유괴하다

오래된 이야기 하나. 저자가 中(중) 1학년 2학기 때 영어 수업 시간. 선생님이 새로 배우는 단어를 읽으면 우리는 그 단어를 앵무새처럼 두세 번 따라 읽고 영어 사전을 찾아 그 뜻을 익히는 그야말로 고전적인 방식이었죠. 그 단어 중에 'several'이 있었는데, 선생님이 "새 불알은 여러 개"라고 해서 빵 터졌죠. 그 시간 이후 'several'을 죽을 때까지 잊을 수 없었지요.

이런 영단어 암기법이 퍼졌던 적이 있었는데 그 중에 하나가 '유괴하다'의 뜻을 가진 'abduct'. 이 단어를 암기하려고 나온 것이 '앞집의 덕을 유괴하다'. 분명히 재미있는 방법이지만, 많은 단어를 이렇게 우리말 식으로 만든다는 자체가 더 어렵겠죠?

그래서 영어 단어의 암기법 중에는 그 어원을 추적하여 이해하고 암기하는 방법이 있지요.

앞에 나온 'abduct'는 접두사 'ab-(떨어져서, 멀리)'와 'ducere(앞장서다, 이끌다)'가 결합된 단어이므로 '멀리 끌고 가다→ 유괴(납치)하다'라는 뜻이 되었다고 합니다. 'ab-normal(비정상적인)', 'ab-sent(결석한)', 'ab-stract(추출하다)', 'ab-surd(불합리한)' 등의 단어도 모두 이 범주에 속하는 것이죠.

이를 한자에 적용해 볼 수가 있을 겁니다. 한자는 한글처럼 음소문자가 아니라서 글자마다 각각 뜻을 가지고 있지요. 한자가 만들어진 원리

중에 象形(상형)과 指事(지사)는 독립된 글자니 하나하나 익힐 수밖에 없지만, 形聲(형성)과 會意(회의)는 둘 이상의 글자가 합쳐진 것이니 각 글자를 쪼개고 나누면 뜻과 音(음)을 추리할 수 있다는 겁니다.

한자의 98% 이상이 여기에 속하죠. 예를 들자면 끝이 없으니 한 개만 들어 설명하려고 해요.

'莫(막)'은 해가 숲속에 지고 있는 모양을 나타내어 '저녁', '해가 저물다'가 본뜻이었는데, 해가 지면 아무것도 보이지 않으므로 나중에 '어둡다', '없다'라는 뜻으로 확대됐지요. 이 '없을 莫(막)'에 '물 氵(수)', '수건 巾(건)', '집 宀(면)', '마음 忄(심)', '힘 力(력)'이 각각 결합되어 '漠(막)', '幕(막)', '寞(막)', '慕(모)', '募(모)'가 만들어졌는데 각 글자의 뜻을 추리해 볼게요. '漠(막)'은 물[氵(수)]이 없는 곳이라 '사막'이고, '幕(막)'은 수건[巾(건)]으로 안 보이도록 가리는 것이니 '장막'이고, '寞(막)'은 집[宀(면)]에 사람이 없으니 '쓸쓸하다'가 되지요.

그리고 '慕(모)'는 없는 사람을 마음[忄(심)=心] 속으로 생각하니 '그리워하다'가 되고, '募(모)'는 힘[力(력)]을 들여 없는 것을 '모으다'가 되겠지요. 이렇게 추리해 보니 한자라는 게 아주 논리적이면서도 상상력까지 곁들여져 만들어졌다고 생각되지 않아요?

그런데 이뿐인가요? 눈치 빠른 독자라면 '莫(막)'이 결합되어 다른 글자가 만들어졌을 때 '막' 또는 '모'로 읽는구나 하는 판단이 서겠죠? 결국 '莫'이 음을 표시하는 발음기호의 역할도 맡고 있군요.

ab-normal, ab-sent, ab-stract, ab-surd 등의 뜻을 미루어 아는 것이나 '漠(막)', '幕(막)', '寞(막)', '慕(모)', '募(모)' 등의 뜻을 헤아려 아는 것은 크게 다르지 않다고 봅니다. '멀리, 떨어져'의 뜻을 가진 접두사 'ab-'가 각 단어의 뜻을 파악하는 단서가 되었듯이 '없을 莫(막)'이 각 한자의 뜻을 추리하는 실마리가 된 것이죠.

하나를 알면 열을 안다는 말이 한자 공부에 딱 들어맞으니 그야말로 수지맞는 공부 아닌가요? 요즘말로 가성비가 좋다, 그 말씀!

이 책에서 다루는 한자어 110개

이 책은 한자 책이 아닙니다. 한자 자체를 공부하기 위한 책이 아니라는 거죠. 이 책에 나오는 한자는 모두 우리말 한자어를 익히기 위한 보조 자료가 되는 겁니다. 그래서 저자는 이 책에서 난삽한 한자어를 다루지 않았고, 일상적으로 쓰는 한자어, 신문이나 잡지 등 독서 텍스트에서 자주 만나는 용어들을 습득하는 데 주안점을 두고 있습니다. 아니면 일상어를 생산하는 데 많이 활용되는 한자를 110개의 標題語(표제어)에 담으려고 했지요.

그래서 이 책에서 다루는 110개의 한자 어휘는 모두 다른 한자로 되어 있어요. 의도적으로 표제어를 선택할 때 저자는 이 점을 최우선으로 고려했죠. 그 다음으로 각 한자의 字源(자원)을 간단히 살피고 여러 방향으로 확대되고 파생되는 뜻을 알아보려고 해요. 당연히 자원은 한자의 뜻을 추리하고 이해하는 데 초점을 맞추어 설명할 것입니다.

예컨대, '快(쾌)'가 '마음 心=忄(심)'과 '터놓을 夬(쾌)'가 합쳐져, 마음이 뻥 뚫려 터놓은 것처럼 '상쾌하다', '시원하다', '빠르다' 등의 뜻으로 확대된다고 설명하죠. 계속해서 '快(쾌)'가 활용된 '輕快(경쾌)', '快樂(쾌락)', '快速艇(쾌속정)' 등의 단어와 뜻을 밝히게 됩니다.

참, 독자들 중에는 110개의 표제어가 너무 쉽다고 불평할지 모르겠군요. 물론 독자의 수준에 따라 그럴 수도 있겠습니다만 110개의 한자어를 구성하는 220개 이상의 한자가 폭발하면서 만들어내는 한자 어휘는 결코 적지 않습니다. 또 이들 단어의 미묘한 차이를 아는 것도 쉽지 않고요. 예를 들어, '뒤 後(후)'는 어렵지 않은 한자이지만, '後(후)'가 합쳐져 만들어진 '追後(추후)', '向後(향후)', '此後(차후)', '今後(금후)' 등을 제대로 쓰고 이해하는 것이 호락호락할 만큼 쉬운가요? 드러나지 않는 뒤편 '背後(배후)'와 겉으로 드러나지 않는 장소 '幕後(막후)'도 쉽지 않은 단어죠. '배후 세력'을 '막후 세력'으로, '막후 협상'을 '배후 협상'으로 표현하는 것은 아무래도 자연스럽지 않겠지요?

　개별 한자는 쉽지만 한자어를 만드는 능력이 출중한 한자도 아주 많거든요. 그래서 이 책에서는 이런 한자를 중심으로 하여 잎이 피어나고 가지가 뻗어나가듯이 수많은 한자어를 생산해 낼 것입니다. 한자 자전에서 글자를 찾는 길잡이 역할을 하는, 공통되는 글자의 한 부분을 '부수'라고 하죠.

　대부분의 한자 책은 '部首(부수)'라는 용어를 많이 쓰지만, 이 책은 이 용어를 거의 쓰지 않을 겁니다. 예를 들어, '겉 表(표)', '이불 衾(금)', '입을 被(피)', '벗을 裸(라)' 등의 글자에서 공통되는 뜻 부분이 '옷 衣/衤(의)'이므로, 이 글자의 부수는 모두 '옷 衣/衤(의)'가 되는 거죠.

　그러나 '처음 初(초)'의 부수자는 '옷 衣/衤(의)'가 아니라 '칼 刀/刂(도)'가 돼요. 옷을 만들 때 가장 먼저 칼로 짐승의 가죽을 자르는 것에서 시작하였기에, '처음'이란 뜻을 얻게 되어 '칼 刀/刂(도)'가 뜻을 나타낸다고 보았기 때문이죠.

　이처럼 한자의 뜻을 아는 데 부수가 무엇인가는 그렇게 중요하지 않아요. 그래서 저자는 '부수'라는 용어보다 뿌리 글자라는 개념을 기반으로 한자를 쪼개서 그 뜻을 추리하고 설명했습니다.

한자를 공부하면? 글로벌 표현욕구 충족!

이 물음에 대한 답은 지극히 주관적이지만, 감히 몇 마디 보태려고 해요. 왜냐하면 학습동기를 유발하기 위해서죠. 한자를 배우는 것은 우리말을 배우는 데 '꼭' '반드시' 필요한 것은 아니지만, 국어 생활을 좀 더 맛깔나게, 품위 있게 하고 싶다면 한자와 한자어를 활용해야 합니다. 혹시 지하철 계단 앞에 쓰인 '오르樂 내리樂' 안내판을 본 적 있나요? 즐겁다는 뜻의 '樂(락)'이라는 한 글자로 계단을 오르내리면 즐겁다는 메시지를 이렇게 압축적으로 표현하다니, 참으로 기지가 넘치는 발상이 아닐 수 없지요. 이것은 한자가 아니면 그 무엇으로도 나타내기 어렵지요.

또, 오래 전 신문 기사 하나 소개할게요. 기사의 타이틀이 '어젯밤 서울 시내 자동차 雪雪雪 기어'였죠. 제목만 보고도 어젯밤 폭설로 자동차의 운행이 아주 힘들었다는 것을 알 수 있겠죠. '눈 雪(설)'이란 한자를 아니까 이런 재미있는 제목도 뽑을 수 있었던 겁니다.

또 '형성'과 '회의'에 따라 만들어진 한자를 분석해서 그 뜻을 추리하는 과정에서 논리적 사고력이 향상되는 것은 한자 공부의 덤이지요. '臭(취)'는 무슨 뜻으로 쓰일까요? '스스로 自(자)'는 본래 '코'를 본뜬 글자이고, '犬(견)'은 '개'를 뜻하죠. 그러면 우리말에도 냄새 잘 맡는 사람을 '개코'라고 하듯이 '臭'는 '냄새'라는 뜻이 아닐까 추리하죠. 그러면 '哭(곡)'은요? '입 口(구)'가 두 개 있네요, 두 마리(?) 개가 입으로 '소리 내어 울다'라는 뜻이 되겠죠? '구멍 穴(혈)'과 '犬(견)'이 결합된 '突(돌)'에 대해 독자 여러분도 추리해 보시죠. 결과는 297쪽에서 확인하면 됩니다.

새로운 사물이나 개념이 생겨났을 때 이를 효율적으로 표현하는 데는 한자어가 제격입니다. 지금은 시사용어로 굳어졌지만, 'surface-to-air missile(SAM)'이 처음 등장했을 때 이를 우리말로 나타내기 쉽지 않았을 겁니다. '地對空(지대공) 미사일'로 바꾸어 놓으니 간단하면서 머리에 쏙 들어오네요. 'anti-personnel mine', 'antibiotic', 'anti-imperialism' 등을 우리말로 번역해 볼까요? 차례대로 '對人地雷(대인지뢰)', '抗生劑(항생제)', '反帝國主義(반제국주의)'라고 번역해요. 영어의 접두사 'anti-'를 상황에 따라 '對(대)', '抗(항)', '反(반)' 등으로 다양하게 활용하고 있군요. 한자어가 아닌 고유어로 나타낼 수도 있겠지만, 단어의 길이가 아주 길어질 것입니다,

결론적으로 한자 어휘는 한글로 채울 수 없는 표현 욕구를 만족시킨다는 거죠. 한자공부 열심히 하여 우리말 우리글을 제대로 썼으면 하는 것이 저자의 바람입니다.

차례

추천사	AI 소통에 필수 불가결한 한자 어휘	4
머리말	글로벌 文解力(문해력)에 날개를 다는 處方箋(처방전)	6
들어가는 말	왜 지금 새삼스럽게 한자 어휘냐고요?	10

제1장 一 & 日 & 平

加減(가감)	加減 없이 말한다는 것이 뭐죠?	27
看過(간과)	看破(간파)할 것을 看過하면 대형사고	30
失敗(실패)	失敗驛(실패역)과 成功驛(성공역)은 같은 라인(line).	33
冷笑(냉소)	冷笑와 嘲笑(조소)는 쌀쌀한 비웃음. 哄笑(홍소)는 너털웃음.	36
霧散(무산)	霧散의 안개와 水泡(수포)의 물거품은 흩어지고 없어지는 것.	39
因果(인과)	까마귀 날자 배 떨어지는 게 因果라고?	42
止揚(지양)	止揚은 안 좋은 것을 하지 않는 것,	45
	志向(지향)은 바람직한 방향으로 나아가는 것	
危機(위기)	危機는 機會(기회)라고도 하는데 왜 그럴까요?	48
衆智(중지)	AI(인공지능)는 결국 衆智를 모아 놓은 집단 지성이네요.	51
關鍵(관건)	문제 해결의 핵심을 왜 關鍵이라고 할까요.	54
傍證(방증)	傍證은 간접적인 증명, 反證(반증)은 반대하는 증명.	57
濫用(남용)	濫用은 정도에 넘치게, 誤用(오용)은 잘못 쓰는 것.	60
補完(보완)	약점을 補完해야 할까, 補充(보충)해야 할까?	63
裏面(이면)	찻길과 인도의 구분이 없는 좁은 길이 왜 裏面道路(이면도로)?	66
卓見(탁견)	남의 생각을 높일 땐 卓見, 자기의 의견을 낮출 때는?	69
先後(선후)	先後는 순서를 강조할 때, 前後(전후)는 어떤 경우?	72
壓卷(압권)	책을 누른다는 壓卷이 왜 가장 뛰어난 것을 일컫죠?	75
混同(혼동)	混同은 뒤섞어 생각하는 것(confuse),	78

混沌(혼돈)은 뒤엉킨 상태(chaos).

視角(시각)　視角은 사물을 보고 이해하고 생각하는 입장과 관점.　81

幸福(행복)　幸福의 '幸(행)'과 고생을 뜻하는 매울 '辛(신)'은 한 획 차이.　84

感謝(감사)　사례하다, 사죄하다, 물러나다…'謝(사)'자에 이렇게많은 뜻이?　87

考慮(고려)　考慮는 다른 사람의 생각을 완곡하게 거절할 때 쓰면 좋은 말　90

焦眉(초미)　눈썹이 타들어 가는 危急(위급)한 상황이 바로 焦眉죠.　93

典型(전형)　여럿 가운데의 본보기는 典型, 사람을 뽑는 것은 銓衡(전형).　96

斜陽(사양)　지는 저녁 해 斜陽은 몰락과 退潮(퇴조)를 비유하는 말로 딱.　99

施惠(시혜)　혜택과 덕을 베풀면 施惠, 혜택과 덕을 입으면 受惠(수혜).　102

延長(연장)　'연장', '만연', '연인원'의 '연'은 같은 한자 '끌 延(연)'.　105

端初(단초)　지금부터 端初보다 端緒(단서), 단서보다 실마리로.　108

哀歡(애환)　離散家族(이산가족)의 哀歡이 어색한 까닭은?　111

제2장 政 & 經 & 社

詭辯(궤변)　합리화하는 주장은 詭辯, 이상한 사고는 怪變(괴변).　116

發足(발족)　새로 조직한 단체가 일을 시작하면 發足 또는 出帆(출범).　119

獨占(독점)　혼자 차지하면 獨占. 몇몇이 나눠 차지하면 寡占(과점).　122

鑑識(감식)　유전자는 鑑識하고, 친자는 鑑別(감별)하고,　125
골동품은 鑑定(감정)하고.

革命(혁명)　본래 王(왕)을 갈아치우는 것이 하늘의 명을 바꾼다는 革命.　128

需給(수급)　需給은 수요와 공급, 受給(수급)은 연금을 받는 것.　131

購讀(구독)　이제는 정기적으로 돈을 지불하고 상품을 받는 서비스도 購讀.　134

逸脫(일탈)　逸脫은 일상 탈출 NO, 규범에서 벗어나는 것 YES.　137

默契(묵계)　어떻게 하겠다는 말도 없이 눈빛만 보고 맺은 약속이 默契.　140

棄却(기각)　소송의 신청 내용이 부적절하면 棄却,　143
요건이 미비하면 却下(각하).

便乘(편승)　남의 세력에 얹혀 이익을 거두거나　146

남의 의견에 묻어가는 것이 便乘.

配送(배송)　宅配(택배)는 원하는 장소에 물건을 배달해 주는 것.　149

利益(이익)　利益의 '利(리)'는 본래 벼[禾(화)]를　152

베는 낫(칼)이 날카롭다는 뜻.

善惡(선악)　善惡과 憎惡(증오)에 쓰인 '惡'은 같은 글자인데 다른 음과 뜻.　155

放漫(방만)　放漫의 '漫(만)'과 怠慢(태만)의　158

'慢(만)'은 비슷하지만 다른 글자.

密集(밀집)　'모일集(집)'은 새[隹(추)]가 나무에 앉은 모습을 그린 상형문자.　161

戰略(전략)　전쟁 상황이 아닌데도 요즘 아주 흔하게 쓰이는 말이 戰略.　164

就業(취업)　'나아갈 就(취)'에 '발 足(족)'을 합치면　167

蹴球(축구)의 '찰 蹴(축)'.

豫約(예약)　'미리'의 뜻을 가진 '豫(예)'에　170

왜 '코끼리 象(상)'이 합쳐졌을까요.

經濟(경제)　아하, 이래서 비행기의　173

일반석이 이코노미(economy)석.

政治(정치)　만병 통치의 '通治(통치)'와 국가 통치의　176

'統治(통치)'는 다른 한자, 다른 뜻.

外遊(외유)　야구의 'shortstop'을 왜 '놀 遊(유)'가 들어간　179

遊擊手(유격수)라고 번역했는지.

浪費(낭비)　波浪注意報(파랑주의보)의 '파랑'은　182

잔물결과 큰 물결을 이르는 말.

改閣(개각)　閣下(각하), 陛下(폐하)라는 호칭에　185

왜 집과 관련된 글자가 들어갔을까요.

展望(전망)　먼 곳과 앞날을 내다보는 것은 展望,　188

그냥 먼 곳을 바라보는 것은 眺望(조망).

折衝(절충)	성벽을 무너뜨릴 정도로 아주 큰 戰車(전차)가 折衝의 '衝(충)'.	191
規制(규제)	붉은 깃발법이 도대체 어떠했기에 規制의 상징처럼 됐을까?	194
白書(백서)	공사판의 '현장소장 白(백)'에서 '白(백)'은 말씀드려 알린다는 뜻.	197
背任(배임)	임무에 違背(위배)된다는 背任은 나라나 회사에 손해를 끼치는 것.	200
與野(여야)	野黨(야당)과 野談(야담)의 '野(야)'는 '들'이 아니라 '민간'이란 뜻.	203
存廢(존폐)	廢校(폐교)는 운영을 안 하는 학교, 閉校(폐교)는 수업을 안하는 학교.	206
抗訴(항소)	抗訴, 上訴(상소), 上告(상고)... 어렵지만 교양인이라면 알아야.	209
連帶(연대)	행동과 뜻을 함께하는 連帶는 'with you'	212
寄附(기부)	싣기로 약속하고 원고를 보내면 寄稿(기고), 의뢰받지 않고 보내면 投稿(투고).	215
定着(정착)	붙박이로 뿌리를 내리면 定着, 떨어져야 할 게 들러붙으면 癒着(유착).	218
緊縮(긴축)	지갑을 닫고 허리띠를 죄고 씀씀이를 줄이는 것이 緊縮.	221
保釋(보석)	保證(보증)과 釋放(석방)을 합쳐 두 글자로 줄인 保釋...참 경제적.	224
換率(환율)	換率이 오르면 우리 돈 가치는 거꾸로 下落(하락).	227
負債(부채)	채권자가 채무자를 윽박지르는 모습을 나타낸 글자가 '빚 債(채)'.	230

제3장 文 & 藝 & 體

莫强(막강)	'莫(막)+형용사'에서 '莫'은 '더할 수 없이'니까	235

莫强은 더할 수 없이 센 것.

快擧(쾌거)   '擧(거)'는 義擧(의거)에서 '행동', 擧國(거국)에서 '온통',   238
擧手(거수)에서 '들다'의 뜻.

橫斷(횡단)   가로로 건너가면 橫斷, 남북 방향으로 건너가면 縱斷(종단).   241

浮刻(부각)   浮刻은 도드라지게 새기니 특징을 뚜렷이 나타낸다는 뜻.   244

序幕(서막)   처음으로 연극의 막이 열리는 序幕에는 '시작'과 '발단'의 뜻도.   247

素質(소질)   흰 바탕의 素質은 본래부터 타고난 능력과 기질.   250

受容(수용)   受容은 받아들이는 것, 收容(수용)은 한 곳에   253
거두어 모아놓는 것.

飮食(음식)   먹고 마시는 물건은 飮食, 먹고 마시는 동작은 食飮(식음).   256

絶唱(절창)   絶唱, 絶色(절색)의 '絶'은 '더 이상이 없다'라는 뜻.   259

更新(경신)   기록을 새로 세우면 경신, 계약을 새롭게 하면   262
갱신으로 읽는 '更新'.

偶像(우상)   숭배의 대상인 偶像은 요즘엔 사람들이 熱狂(열광)하는 스타.   265

選好(선호)   취향에 따라 여럿 중에서 골라 특별히 좋아하는 게 選好.   268

健脚(건각)   42.195km를 잘 달리는 마라토너의 튼튼한 다리가 健脚.   271

禁忌(금기)   禁忌는 가리고 금하고 지키고 피하고 삼가는 것.   274

禮節(예절)   공손한 언행은 禮儀(예의), 법도에 맞는 절차는 凡節(범절),   277
둘을 합쳐서 禮節.

演藝(연예)   演藝, 演出(연출), 演劇(연극)에서 '演(연)'은 모두 펼친다는 뜻.   280

映畫(영화)   한국 일본과 달리 중국에서는 映畫를   283
电影(전영)으로 적는다고?

照明(조명)   照明을 받는 것은 사람의 이목을 끌고   286
세상의 脚光(각광)을 받는 것.

제4장 科 & 技 & 醫

假說(가설)	假說, 假定(가정)의 '假(가)'는 '거짓'이 아니라 '임시'라는 뜻.	291
蓋然性(개연성)	문과생은 蓋然性, 이과생은 '확률'로 번역하는 proability.	294
突風(돌풍)	突風의 '突(돌)'은 '犬(개 견)]'이 '穴(구멍 혈)'에서 뛰쳐나오는 모습을 나타낸 것.	297
症狀(증상)	'症狀'의 '症(증)'에 붙은 '疒(녁)'은 病(병)을 뜻하는 뿌리 글자.	300
常溫(상온)	상온 보관에서 상온은 '上溫(상온)'이 아니라 '常溫'.	303
觀察(관찰)	'觀(관)'은 황새 雚(관)과 볼 見(견)이 합쳐져 황새처럼 자세히 본다는 뜻.	306
推理(추리)	사건의 단서를 찾아 범죄 사건을 해결하는 소설이 推理小說(추리소설).	309
昇華(승화)	마른 얼음, 드라이아이스(dry ice)는 고체에서 바로 기체로 변하니 昇華.	312
充電(충전)	전기 에너지를 채우는 것도, 활력을 되찾는 것도 모두 充電.	315
潛伏(잠복)	병원체에 감염됐지만 그 증세가 아직 드러나지 않는 것도 潛伏.	318
反應(반응)	국민의 輿望(여망)에 副應(부응)? 相應(상응)? 呼應(호응)?	321
隔離(격리)	떠돌아다니는 것은 流離(유리), 따로 떨어지는 것은 遊離(유리).	324
缺陷(결함)	缺陷의 '缺(결)'에 붙은 '夬(결)'은 '떨어지다'라는 뜻의 뿌리 글자.	327
檢診(검진)	檢診에서 '檢(검)'은 검사하다, '診(진)'은 진찰하다(examine)는 뜻.	330
實驗(실험)	事實(사실)은 fact, 史實(사실)은 historical evidence (fact), 寫實(사실)은 realistic.	333
量産(양산)	'産(산)'은 解産(해산)에서 '낳다', 量産에서 '생산', 倒産(도산)에서 '재산'의 뜻.	336

次元(차원)　　엉뚱하고 기이한 성격의 사람을 왜 四次元(사차원)이라고 하죠?　　339

半導體(반도체)　폭발과 관련된 導火線(도화선)과 起爆劑(기폭제)는　　342

큰 사건의 계기.

偏差(편차)　　偏在(편재)는 한곳에 치우친 것,　　345

遍在(편재)는 두루 널리 퍼져 있는 것.

靑寫眞(청사진)　낙관적 계획은 靑寫眞, 일이 잘될 것 같은 징조는　　348

靑信號(청신호).

免疫(면역)　　免罪符(면죄부)는 요즘에 와서　　351

책임과 죄를 없애는 조치라는 뜻도.

自擊漏(자격루)　노려서 총을 쏘는 狙擊(저격)이　　354

상대방을 매섭게 비난한다는 뜻으로도.

輸血(수혈)　　無血入城(무혈입성)은 싸움이나　　357

희생 없이 목표를 이룬 상황을 상징.

부록 한자숙어 300제

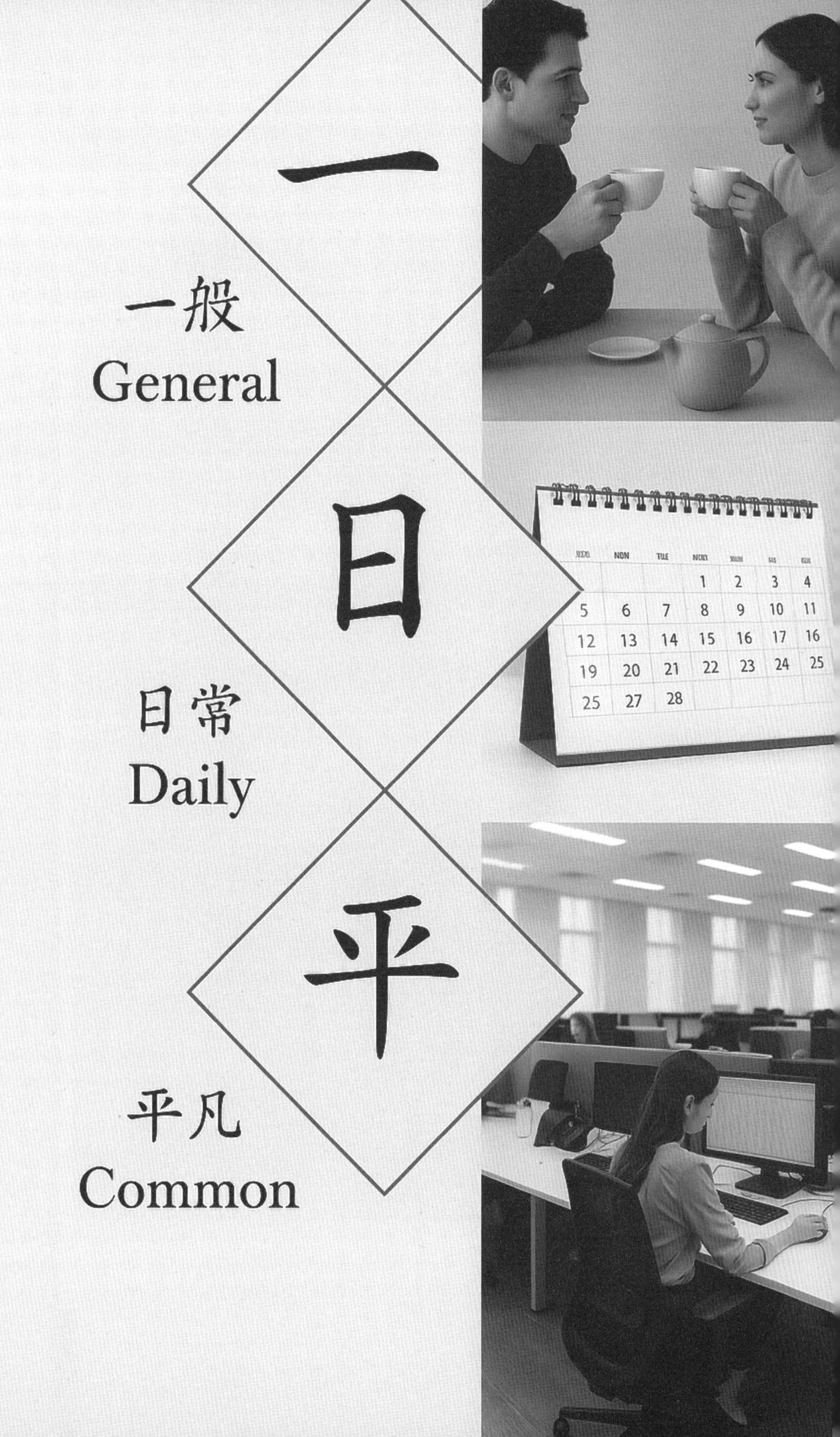

一般
General

日常
Daily

平凡
Common

加減(가감)　　先後(선후)

看過(간과)　　壓卷(압권)

失敗(실패)　　混同(혼동)

冷笑(냉소)　　視角(시각)

霧散(무산)　　幸福(행복)

因果(인과)　　感謝(감사)

止揚(지양)　　考慮(고려)

危機(위기)　　焦眉(초미)

衆智(중지)　　典型(전형)

關鍵(관건)　　斜陽(사양)

傍證(방증)　　施惠(시혜)

濫用(남용)　　延長(연장)

補完(보완)　　端初(단초)

裏面(이면)　　哀歡(애환)

卓見(탁견)

加減 없이 말한다는 것이 뭐죠?

뜬금없이 저자가 서두부터 '加減(가감)'을 들고 나서니 조금은 의아스럽죠. 그 이유는 이 꼭지의 끝에 나올 겁니다. 그런데 '가감'이란 말보다 '가감 없이'라는 표현이 실생활에서 더 많이 쓰이는 것 같습니다. '사실을 가감 없이 전달했다.', '삶의 고통을 가감 없이 묘사한 소설'처럼 활용되고 있죠. '加減(가감) 없이'는 '더하거나 빼는 것 없이'라는 뜻에서 더 나아가 '있는 그대로', '사실대로'라는 뜻으로 확대됩니다.

요즘 유행하는 팩트(fact)만 전달하거나 솔직하게 자기감정을 드러내려고 할 때 '가감 없이'를 활용하면 좋겠군요. 사실을 있는 그대로 말한다는 뜻의 '以實直告(이실직고)', 속내나 감춰진 사실을 솔직하게 털어놓는다는 뜻의 '實吐(실토)', 자기가 저지른 죄나 자기의 허물을 남들 앞에서 스스로 고백한다는 뜻의 '自白(자백)' 등도 비슷한 경우에 쓰일 수 있겠군요. '네가 지은 죄를 어서 이실직고하라.', '범인의 실토를 받아냈다.', '자백을 強要(강요)하다.' 등처럼 활용됩니다.

먼저, '加減(가감)'에서 '加(가)'는 본래 '힘 力(력)'과 '입 口(구)'가 합쳐진 것으로 '힘주어 말하다'가 본뜻이라고 합니다. 그러나 요즘은 본뜻으로는 거의 쓰이지 않고, 주로 '더하다', '늘이다' 등의 뜻으로 쓰이죠. '加(가)'가 활용된 한자어로, 이미 있는 어떤 것에 새로운 것을 보태거나 덧붙이는 것은 '添加(첨가)', 추후에(나중에) 더 보태는 것은 '追加(추가)', 이미 있는 것에 덧붙이거나 더하는 것은 '附加(부가)', 더 늘어나거나 많아지는 것은 '增加(증가)', 갑절로 늘리거나 늘어나는 것은 '倍加

(배가)'라고 합니다.

어디 그뿐인가요. 상처를 입히거나 손해를 끼치는 것은 '加害(가해)', 같은 편이 되어 일을 함께 하는 것은 '加擔(가담)', 주먹이나 몽둥이로 치거나 때리는 것은 '加擊(가격)', 힘을 보태거나 거드는 것은 '加勢(가세)', 속도를 높이는 것은 '加速(가속)', 원료에 힘을 들여 다른 물건으로 만드는 것은 '加工(가공)'이 됩니다. 이 밖에 神(신) 또는 부처가 힘을 베풀어 보호하고 도와주는 것은 '加護(가호)', 병이나 상처를 낫게 하는 것은 '加療(가료)'라고 하여, '神(신)의 가호', '입원 가료 중'과 같이 쓰이죠. 물건 만드는 '加工(가공)' 말고 또 다른 '가공'도 있어요. 물론 한자도 다르고 뜻도 다르죠. 이 '가공'은 허공[빌 空(공)]에다가 가로질러[시렁 架(가)] 설치한 것이니 '뻥'이라는 말씀. 그래서 거짓이나 상상으로 꾸며낸다는 뜻을 가지게 되죠. 흔히 픽션(fiction)을 '虛構(허구)'라고 하는데 이와 비슷하다고 보면 돼요. 또 다른 예를 보면, 핵무기의 '可恐(가공, fearful, formidable)'할 파괴력에 쓰인 '가공'이 있죠. 이 가공은 주로 '가공할'의 형태로 쓰이는데 '두려워할 만하다'라는 뜻을 가져요. '恐怖(공포)', '恐慌(공황, panic)', '恐龍(공룡, dinosaur)' 등에 활용된 '恐(공)'은 모두 '두렵다'라는 뜻을 가지고 있죠.

'더할 加(가)'가 결합된 한자숙어 중 가장 익숙한 게 '雪上加霜(설상가상)'일 것 같군요. 눈 위에 서리가 덮인다는 뜻으로, 난처한 일이나 불행한 일이 잇따라 일어남을 이르는 말이죠. 이와 반대 상황을 보여주는 '錦上添花(금상첨화)'도 놓칠 수 없겠죠. 비단 위에 꽃을 더한다는 뜻으로, 좋은 일 위에 또 좋은 일이 더해지는 것을 이르는 말이거든요. 또 달리는 말에 채찍질한다는 뜻으로, 열심히 하는 사람을 더욱 잘하도록 격려한다는 뜻의 '走馬加鞭(주마가편)'도 함께 알아둬요.

다음으로, '減(감)'은 본래 '물이 줄다'라는 뜻을 나타내기 위한 글자여서 '물 氵(水)'가 붙어 있군요. 나중에 '빼다', '덜다' 등의 뜻으로 많이 쓰이죠. 적게 줄어드는 것은 '減少(감소)', 수량을 줄이는 것은 '減縮(감축)', 수량이나 무게를 줄이는 것은 '減量(감량)', 점수를 깎는 것은 '減點(감점)', 사람 수를 줄이는 것은 '減員(감원)', 세금을 줄이는 것은 '減稅(감세)' 등등. '체중이 감소하다', '핵무기를 감축하다', '쓰레기를 감량하다', '시간 초과로 감점되다', '경기침체로 감원되다', '저소득자 감세 정책' 등의 예문을 들 수 있겠군요.

이렇게 하고 보니 어휘력이 말 그대로 빅뱅(big bang)이죠? 계속 폭발시켜 보면, '농가부채를 탕감하다'에서 '蕩減(탕감)'은 세금이나 빚 따위를 모두 없애 주는 것, '원가가 절감되다'에서 '節減(절감)'은 비용을 아껴서 줄이는 것, '국방비를 삭감하다'에서 '削減(삭감)'은 예산을 깎아서 줄이는 것, '외국 관광객 수가 격감하다'에서 '激減(격감)'은 갑자기(급격하게) 많이 줄어드는 것을 이르는 말입니다. 이 밖에, 부담이나 고통 따위를 덜어서 가볍게 하는 것은 '輕減(경감)', 단계별로 차례로 줄어드는 것은 '遞減(체감)이라고 하죠. 잠깐! 몸으로 느끼는 '體感(체감)'과 차례로 줄어드는 '遞減(체감)'이 다르고요, 아껴서 줄이는 '節減(절감)'과 절실히 느끼는 '切感(절감)'도 한자에 유의하여 써야겠습니다.

끝으로 다음 말을 덧붙이고 싶군요. 독자 여러분이 이 책을 끝까지 읽으면, 아니 두 번만 읽으면… 딱딱한 한자와 질긴 한자어가 젤리처럼 아주아주 말랑말랑해질 것입니다.

이건 그냥 저자의 '加減(가감) 없는' 생각입니다.

看破(간파)할 것을
看過하면 대형사고

　'看過(간과)'와 '看破(간파)'는 모두 '볼 看(간)'이 붙어 만들어진 단어지만, 뜻과 쓰임이 전혀 다르니 구별해서 써야 합니다. '볼 看(간)'과 '지날 過(과)'가 합쳐진 '看過(간과)'는 큰 관심 없이 대강 보고 넘긴다든지 또는 별로 중요하게 여기지 않는 것이니, '약의 副作用(부작용)을 看過(간과)해서는 안 된다.'라는 문장은 아주 자연스럽죠. 그러나 '상대 팀의 弱點(약점)을 看過(간과)해야 이길 수 있다.'라고 쓰면 아주 어색해져요. 이 문장에서는 '간과' 대신에 '볼 看(간)'과 '깨뜨릴 破(파)'가 합쳐진 '看破(간파)'를 써야죠. '간파'는 사물의 眞相(진상)이나 裏面(이면)을 꿰뚫어 보는 것이므로 속내를 꿰뚫어 알아차리는 것을 뜻하기 때문이죠.

　'看過(간과)'에서 '看(간)'은 '손 手(수)'와 '눈 目(목)'이 결합되어 '눈' 위쪽에 '손'을 얹고 '보다'라는 뜻을 나타냅니다. 나중에 '바라보다', '돌보다', '보살피다' 등의 뜻으로 파생됐군요. 한자 중에는 이와 같이 글자를 두 개 이상 결합해서 새로운 뜻을 가지는 경우가 있는데, 이런 방법을 '會意(회의)'라고 해요. '밭 田(전)'과 '힘 力(력)'이 합쳐진 '사내 男(남)', '여자 女(녀)'와 '아들 子(자)'가 합쳐진 '좋을 好(호)', '사람 人=亻(인)'과 '나무 木(목)'이 합쳐진 '쉴 休(휴)' 등이 있지요.
　참고로, '看(간)' 외에 '보다'의 뜻을 가진 한자에 '볼 觀(관)', '볼 視(시)', '살필 察(찰)' 등이 있어요. '觀(관)'은 '視(시)'보다 자세히 보는 것이고, '察(찰)'은 그보다 더 자세히 보는 것이라고 합니다. 사물이나 현상을 주의하여 살펴보는 것은 '觀察(관찰)', 현지에 가서 어떤 일의 실지 사정을 살펴보는 것은 '視察(시찰)'이니 그럴듯하네요.

또 영화 '觀覽(관람)'에서 '覽(람)'은 '볼 監(감)'에 '볼 見(견)'이 합쳐진 글자네요. 이 글자는 '보다'가 겹쳐 있으니 위에서 아래로 좀 더 자세히 내려다본다는 뜻인가요? 연극이나 운동 경기 따위를 관람하는 사람을 '觀衆(관중)' 또는 '觀客(관객)'이라고 하는데, 영화나 스포츠 경기의 관람석이 조금 높은 이유가 여기에 있는지 모르겠습니다.

그건 그렇고, '볼 看(간)'은 그 쓰임이 그렇게 많지는 않은 것 같아요. 어떤 사실을 그렇다고 보거나 여기는 것은 '看做(간주)', 환자를 보살피면서 시중을 드는 것은 '看病(간병)', 남이 쉽게 볼 수 있도록 세우거나 걸거나 붙여 놓은 판은 '看板(간판)', 환자를 보살피고 돌보아 주는 것은 '看護(간호)', 그리고 말을 달리면서 산을 보듯이 자세히 살피지 않고 대충 보는 것은 '走馬看山(주마간산)'이라고 합니다.

다음으로, '過(과)'는 '비뚤어질 咼(와)'와 '쉬엄쉬엄 갈 辶(착)'이 합쳐져 '지나다'가 본뜻이었다고 합니다. 여기에서 '咼(와)'는 음을 나타내는 글자로 '소용돌이 渦(와)', '달팽이 蝸(와)'에도 붙어 있군요. '渦中(와중)'은 소용돌이 가운데, '蝸角(와각)'은 달팽이의 더듬이를 뜻합니다.

'길 道(도)', '나아갈 進(진)', '물러날 退(퇴)', '멀 遠(원)', '가까울 近(근)', '빠를 速(속)', '늦을 遲(지)'처럼 '辶(착)'이 붙은 한자는 대개 '길(road)', '가다(go)', '멀거나 가까움', '빠르고 늦음' 등을 뜻하게 됩니다. 어떤 기준점을 넘거나 '지나'면 '지나치게' 되고, 뭐든지 도가 지나치면 '잘못'이나 '허물'이 되지요. 그래서 '過(과)'는 '지나다', '지나치다', '잘못' 등의 뜻을 가지고 아주 많은 한자어를 생산합니다. 造語(조어) 能力(능력)이 유달리 뛰어난 한자라는 얘깁니다.

다음은 '過(과)'가 모두 '지나다'의 뜻으로 쓰인 단어입니다. 어떤 곳이나 때를 거쳐서 지나가는 것은 '通過(통과)', 빛, 소리, 액체 따위가 물체를 뚫고 지나가는 것은 '透過(투과)', 시간이 지나가거나 어떤 곳이나 단계를 거치는 것은 '經過(경과)', 알고도 모르는 체하며 넘어가는 것은 '默過(묵과)', 절반이 넘는 수는 '過半數(과반수)', 한 단계에서 다음 단계로 지나가는 중간 시기는 '過渡期(과도기)'라고 하죠.

지나친 욕심은 '過慾(과욕)', 지나친 칭찬은 '過讚(과찬)', 남을 정도로 지나치게 많은 것은 '過剩(과잉)', 감각이나 감정이 지나치게 예민한 것은 '過敏(과민)', 지나치게 일하는 것 또는 그것 때문에 생긴 지나친 피로는 '過勞(과로)', 지나침은 미치지 못함과 같은 것은 '過猶不及(과유불급)'이라고 해요. 앞에 제시된 단어는 모두 '過(과)'가 '지나치다'의 뜻으로 활용된 것이죠. 이들 단어는 '과욕을 경계하다', '과찬의 말씀', '배추의 과잉 생산으로 가격이 폭락하다', '과민한 반응을 보이다', '과로가 겹치다' 등처럼 활용됩니다.

마지막으로, '허물(잘못)' 등의 뜻으로 쓰인 예도 적지 않아요. 허물이나 잘못은 '過誤(과오)', 부주의하여 생긴 잘못이나 실수는 '過失(과실)', 잘못을 인정하고 용서를 구하는 것은 '謝過(사과)', 공로와 과실은 '功過(공과)', 의무 이행을 게을리 한 사람에게 매기는 돈은 '過怠料(과태료)', 잘못이나 허물을 고쳐 착하게 되는 것은 '改過遷善(개과천선)'이라고 합니다. 다음은 〈左氏傳(좌씨전)〉에 나오는 문장입니다.

人誰無過(인수무과)　　사람이 누가 잘못이 없겠는가?
過而能改(과이능개)　　잘못해도 고칠 수 있다면,
善莫大焉(선막대언)　　善(선)이 이보다 더 큰 것은 없다,

失敗
실패

失敗驛(실패역)과 成功驛(성공역)은 같은 라인(line).

"失敗(실패)는 넘어지는 것이 아니라 일어나는 것을 포기하는 것이다."

언젠가 이 말을 처음으로 들었을 때 무릎을 치면서 공감했던 기억이 나네요. 그런데 실패의 스포츠 종목이 뭔지 알고 있나요? 그것은 야구입니다. 미국 메이저 리그 역사상 최고의 打率(타율)은 타이콥이 기록한 0.366이라고 합니다. 최고의 타자도 63%는 실패한다는 얘깁니다. 그래서 왼손 투수로 363승이라는 통산 최다승을 거둔 워렌 스판은 말했죠. "Baseball is a game of failure(야구는 실패의 스포츠다)." 그 또한 245패를 기록했거든요.

이처럼 최고의 타자도 최고의 투수도 수많은 실패를 경험한 것을 보면, 실패를 맛봐야 성공하는군요. 그러면 실패를 공부해 보겠습니다.

먼저 '失(실)'은 보통 '잃을 실'이라고 합니다. '失'의 옛 글자를 보면 '손 手(수)' 옆에 획이 하나 그어져 있는데, 이 획이 무엇을 나타내는지 확실하지는 않아요, 다만 손에서 무언가가 떨어지는 모습을 그린 것만은 틀림없어 보이고요.

그래서 손에서 물건을 떨어뜨려 '놓치다', '잃다'라는 뜻을 얻게 된 것은 당연하겠죠. 나중에 '잘못(하다)', '실수' 등의 뜻으로 확대되고요, 인간 삶에는 얻는 것보다 잃는 게, 잘한 것보다 잘못한 게 더 많은지 '失(실)'이 들어가는 어휘도 굉장히 많아요.

희망을 잃는 것은 '失望(실망)', 시력을 잃는 것은 '失明(실명)', 직업이나 직장을 잃는 것은 '失職(실직)', 명예나 위신 따위를 잃거나 떨어뜨리는 것은 '失墜(실추)', 종적(발자취)을 잃어 행방이나 생사를 알 수 없는 것은 '失踪(실종)', 자격을 잃는 것은 '失格(실격)', 감소하거나 잃어 버려 입은 손해는 '損失(손실)', 얻는 것과 잃는 것 또는 이득과 손실은 '得失(득실)', 기억, 자격, 권리 따위를 잃는 것은 '喪失(상실)', 자신도 모르는 사이에 물건을 잃어버리는 '紛失(분실)', 물건을 간수하지 못하여 잃어버리는 '遺失(유실)' 등등. 지하철의 '유실물 센터'가 생각나죠. '失(실)'이 들어간 한자어는 정말로 많아 '不知其數(부지기수)'로군요.

그 밖에, 운동 경기에서 저지르는 평범한 실수는 '凡失(범실)', 부주의하여 생긴 잘못이나 실수는 '過失(과실)', 잘못된 정치는 '失政(실정)', 잘못된 계책은 '失策(실책)'이죠. 보통 실책은 야구에서, 잡을 수 있는 타구나 송구를 잡지 못하여 주자를 살게 하는 일이란 뜻으로 많이 쓰입니다. 뜻밖의 일에 얼굴빛이 변할 정도로 놀라는 것은 '啞然失色(아연실색)', 몹시 놀라 얼굴빛이 하얗게 질리는 것은 '大驚失色(대경실색)'이니 함께 알아두면 좋겠군요.

다음으로 '敗(패)'. 이 글자는 '조개 貝(패)'와 '칠 攴=攵(복)'을 합쳐 놓은 글자죠. '칠 攴=攵(복)'은 옛 글자에서 손에 막대나 연장을 들고 치는 모습으로 그려져 있거든요. 그래서 이 글자가 결합된 한자는 악기를 '두드리'거나 회초리로 상대를 '치다'라는 뜻을 담고 있죠. 조개를 두드리면 조개가 깨지므로 '敗(패)'는 '깨지다'라는 뜻을 가집니다. 나중에 '지다', '달아나다', '망하다(망치다)', '썩다' 등의 뜻으로 확대돼요.

싸움이나 경쟁에서 지는 것은 '敗北(패배)', 싸움에 져서 망하는 것은 '敗亡(패망)', 비참하게 일방적으로 패배하거나 실패하는 것은 '慘敗(참패)', 약간의 점수 차이로 아깝게 지는 것은 '惜敗(석패)', 싸움에 진 뒤에 살아남은 군사는 '敗殘兵(패잔병)', 물질이 썩어 못쓰게 되는 것 또는 정신적으로 타락하는 것은 '腐敗(부패)', 우유나 지방류 따위의 유기물이 썩어 맛과 색이 변하고 불쾌한 냄새가 나는 것은 '酸敗(산패)', 균이 혈액 속으로 들어가 심한 염증을 일으키는 병은 '敗血症(패혈증)', 가산을 다 써서 없애고 신세를 망치는 것은 '敗家亡身(패가망신)'이라고 해요.

그러고 보니 '失敗(실패)'는 일을 잘못하여 뜻한 대로 안 되거나 일을 그르치는 것이군요. 실패를 싫어하고 두려워하는 것은 人之常情(인지상정)이라 그런지, 요즘 들어 "꽃길만 걸으세요."라는 덕담(?)이 유행하고 있나 봅니다, 일이 잘되기를 기원하면서 상대를 기분 좋게 하는 말이지만, 실패가 없는 삶은 없습니다.

자갈밭길이나 가시밭길 다음에 펼쳐지는 꽃길이 더 멋지지 않을까요? 만일 실패하더라도 실망하지 않고, 실패를 성공의 발판으로 만들어 나가려는 挑戰(도전) 정신이 더더욱 필요합니다.

서울 지하철 1호선의 '서울역' 다음에 '시청역'이 있듯이, '失敗驛(실패역)' 다음에는 '成功驛(성공역)'이 반드시 기다리고 있으니까요. 다만 실패 후 너무 절망하지 말고, 실패를 밑거름으로 활용할 방법을 찾아야 합니다.

冷笑와 嘲笑(조소)는 쌀쌀한 비웃음. 哄笑(홍소)는 너털웃음.

그의 얇은 입술 위로 冷笑(냉소)가 떠올랐다.

이 문장이 주는 분위기와 느낌은 '냉소'의 뜻과 결코 무관하지 않겠죠? '차가울 冷(랭)'과 '웃을 笑(소)'가 합쳐진 '냉소'는 약간 업신여기듯 비꼬듯, 말 그대로 '쌀쌀한 태도로 비웃는 웃음'이어서 약간은 부정적이네요. 냉소는 웃음이지만, 남을 깔보고 놀리는 듯한 嘲笑(조소)보다 더 매몰찬 느낌을 주어 분위기를 냉랭하게 만들죠. 그래서 타인의 순수한 동기나 의도를 비웃거나 의심하는 태도를 '冷笑的(냉소적, cynical)'이라고 하죠.

먼저 '冷(랭)'은 '얼음 冫(빙)'과 '명령 令(령)'이 결합되어 '차갑다'라는 뜻을 나타내는 데 안성맞춤이죠. '얼음 冫(빙)'이 차가운 것은 말할 것도 없고, 윗사람이 내리는 '명령 令(령)' 또한 찬바람이 부는 것처럼 냉엄하죠. 나중에 '쌀쌀하다', '쓸쓸하다', '깨끗하다' 등의 뜻으로 확대돼요.

차게 해서 먹는 국수는 '冷麵(냉면)', 차게 하거나 식히는 것은 '冷却(냉각)', 감정에 사로잡히지 않고 차분한 것은 '冷靜(냉정)', 인정이 없어 차갑고 아주 모진 것은 '冷酷(냉혹)', 실내의 온도를 낮춰 차게 하는 일은 '冷房(냉방)', 정이 없이 차갑게 대접하는 것은 '冷待(냉대)'가 됩니다. '冷待(냉대)'는 푸대접을 뜻하니 '薄待(박대)', '忽待(홀대)', '賤待(천대)' 등과도 뜻이 통하는 말이겠죠. 이와 반대의 뜻을 가진 말로, 후하게 대접하는 '厚待(후대)', 가쁜 마음으로 반겨 대접하는 '歡待(환대)', 너그럽게 대접하는 '寬待(관대)' 등도 있어요.

그리고 온대와 한대의 중간 지역은 '冷帶(냉대)', 식품 따위를 차게 저장하는 것은 '冷藏(냉장)', 음식물 등을 얼리는 것은 '冷凍(냉동)', 프레온 가스처럼 냉각 작용을 하는 매체는 '冷媒(냉매)', 주위의 온도에 관계없이 시원한 온도를 유지하는 것은 '보냉'이 아니라 '保冷(보랭)'이라고 합니다. 한편, 일정한 온도를 유지하는 것은 '保溫(보온)'이죠.

"…한랭전선이 한반도를 지나면서 비를 뿌릴 것으로 보입니다."

기상 예보 시간에 자주 듣는 '寒冷前線(한랭전선, cold front)'은 찬 공기 덩어리가 더운 공기 덩어리를 밀어 올려 기온을 낮아지게 하는 전선이라고 해요, 여기에서 '前線(전선)'은 성질이 다른 두 공기 덩어리의 경계면이 만나는 선이므로, 전투가 벌어지는 '戰線(전선)'과는 전혀 다른 거죠.

다음으로, '笑(소)'는 '대나무 竹(죽)'과 '(몸을) 굽힐 夭(요)'가 결합되어 만들어졌네요. 이 글자가 '웃음'을 뜻한다는 것을 모르는 사람은 거의 없겠지만, 이 글자가 어떻게 만들어졌느냐에 대해서는 많은 설이 있어요. 누군가는 사람이 몸을 구부려 웃는 모습과 대나무가 바람에 구부려진 모습이 비슷한 것에서 만들어진 글자라고 하는데, 믿거나 말거나~! 분명하고 확실한 것은, '笑(소)'가 예나 이제나 '웃다'의 뜻으로 쓰인다는 사실입니다. 우리는 한자가 만들어진 원리보다 한자의 뜻과 쓰임에 주목하면 되죠.

영어권에서 웃음은 입 꼬리가 살며시 올라가는 'smile'과 크게 소리 내어 웃는 'laugh'로 크게 나뉘는 듯합니다. 그러나 漢字圈(한자권)에서는 ‘笑(소)’가 붙어 더 다채로운 웃음이 만들어지네요. 소리를 내지 않고 빙긋이 웃는 웃음은 ‘微笑(미소)’, 남을 깔보고 놀리는 웃음은 ‘嘲笑(조소)’, 어이가 없거나 하찮아서 웃는 웃음은 ‘苦笑(고소)’, 어이가 없어 자기도 모르게 나오는 웃음은 ‘失笑(실소)’, 갑자기 세차게 터져 나오는 웃음은 ‘爆笑(폭소)’, 입을 크게 벌리고 떠들썩하게 크게 웃는 웃음은 ‘哄笑(홍소)’, 손뼉을 치며 크게 웃는 것은 ‘拍掌大笑(박장대소)’. 매우 즐거운 표정으로 한바탕 크게 웃는 것은 ‘破顔大笑(파안대소)’가 됩니다. 뉴스를 내보내던 아나운서가 웃음을 참지 못해 방송사고가 난 그 웃음은 아무래도 ‘폭소’일 것 같군요.

　이렇게 보면 웃음에는 ‘微笑(미소)’, ‘哄笑(홍소)’같이 긍정적인 것도 있고, ‘嘲笑(조소)’, ‘冷笑(냉소)’같이 부정적인 것도 있네요. 만약 ‘웃을 笑(소)’가 바람에 구부러진 대나무의 모습에서 나온 글자라면, 배를 그러안고 넘어질 정도로 몹시 웃는 ‘抱腹絶倒(포복절도)’, 허리가 끊어질 듯 배가 아플 정도로 몹시 웃는 ‘腰折腹痛(요절복통)’은 웃음의 壓卷(압권)이라고 해야 할까요?

　‘一笑一少(일소일소)’는 한 번 웃으면 한 번 젊어진다는 뜻으로, 항상 긍정적으로 웃는 얼굴로 살면 복이 들어온다고 하네요. 이 말은 복이 왔기 때문에 좋아서 웃는 것이 아니라 웃기 때문에 복이 온다는 뜻입니다. 그래서 우리 선조들은 ‘笑門萬福來(소문만복래)’라고 했죠. 웃는 집에 만복이 찾아온다는 뜻으로 건강한 웃음의 의미를 강조하는 말이죠.

　지금 이 책을 읽는 우리 독자의 表情(표정)은 어떤지 궁금합니다.
　복이 붙을 웃는 표정인가요? 복이 달아날 찡그린 표정인가요?

霧散의 안개와 水泡(수포)의 물거품은 흩어지고 없어지는 것.

그의 실수로 우리의 계획은 霧散(무산)될 위기에 처했다.

이 문장에서 보는 바와 같이, '무산'은 계획하거나 진행하던 일이 원점으로 돌아가거나 흐지부지 사라지게 될 때 자주 쓰입니다. '안개 霧(무)'와 '흩어질 散(산)'이 결합되어, 글자 그대로 안개가 걷히듯 흩어져 없어지는 것을 뜻하죠. 그럼 각 글자의 뜻과 쓰임을 파고듭시다.

'霧散(무산)'에서 '안개 霧(무)'는 '비 雨(우)'와 '힘쓸 務(무) 또는 일 務(무)'가 합쳐져 있군요. 여기에서 '務(무)'는 한자의 음을 나타내는 역할만 하죠. '비 雨(우)'는 하늘의 구름에서 물방울이 떨어지는 모습을 본떠 만든 글자인데, '안개 霧(무)'뿐만 아니라 '구름 雲(운)', '서리 霜(상)', '번개 電(전)' 등에서 보는 바와 같이, 날씨와 관련된 거의 모든 한자에는 이 '비 雨(우)'가 붙습니다. 요건 알아둘 만하죠.

바다 위에 끼는 안개는 '海霧(해무)', 구름과 안개를 함께 이르는 말은 '雲霧(운무)', 짙게 낀 안개는 '濃霧(농무)', 엷게 낀 안개는 '薄霧(박무)', 연기와 안개 또는 티끌과 그을음 따위가 공중에 떠 있어 안개처럼 보이는 대기, 즉 스모그(smog)는 '煙霧(연무)', 물이나 약품을 안개처럼 내뿜는 기구는 '噴霧器(분무기)', 5리나 되는 짙은 안개 속에 있다는 뜻으로, 무슨 일에 대하여 방향이나 갈피를 잡을 수 없는 것은 '五里霧中(오리무중)'이 됩니다.

'흩어질 散(산)'은 '㪔(산)'이 원래 글자였는데 여러 번 형태가 변하면서 지금의 형태가 됐다고 합니다. 원래 글자가 어떤가 하는 것은 우리의 관심 밖이죠. 다만 삼 줄기를 막대로 두들겨 껍질을 벗겨내는 데서 '떼어놓다', '흩어지다' 등의 뜻이 나왔고, 다시 '느슨하다'라는 뜻으로 확대됐다고 알면 돼요. 물론 다음에 활용할 여러 단어에서 그 뜻을 확인해 봐야겠죠? 흩어져 널리 퍼지는 것은 '擴散(확산)', 일이 한꺼번에 일어나지 않고 때때로 일어나는 것은 '散發(산발)', 어수선하여 걷잡을 수 없는 것은 '散漫(산만)', 모였던 사람이 흩어지는 것 또는 조직, 단체 등이 없어지는 것은 '解散(해산)', 여러 갈래로 갈라져 흩어지거나 흩어지게 하는 것은 '分散(분산)', 헤어져 흩어지는 것은 '離散(이산)'이라고 합니다. 그 밖에, 걸음을 재촉하지 않고 느슨하게 걷는 것은 '散步(산보)', 꽃이 떨어져 흩어지는 것 또는 젊은 사람이 나라를 위해 싸우다가 죽는 것은 '散華(산화)'가 되고요.

아버지의 사업이 실패하면서 우리 집안은 그야말로 풍비박산이 되었다.

이 문장에서 '風飛雹散(풍비박산)'은 바람에 날려 우박이 흩어진다는 뜻으로, 산산이 부서져 사방으로 날아가거나 흩어짐을 비유한 표현이거든요. 이것을 종종 '풍지박산'으로 잘못 쓰는 경우가 있는데 주의해야겠습니다. '離合集散(이합집산)'은 헤어졌다가 모였다가 하는 일을 뜻하는데, 정당끼리 합치고 떨어져 나가는 것을 반복하는 우리나라 정당 정치의 현주소를 단적으로 보여주는 말이군요.

매우 놀라거나 혼이 나서 넋을 잃었을 때 쓰는 '魂飛魄散(혼비백산)'은 혼백(넋)이 사방으로 흩어진다는 뜻이죠.

앞서 '霧散(무산)'은 안개가 걷히면서 흩어지듯이, 어떤 일이 성사되지 못하여 없었던 일처럼 되는 것이라고 했죠. 그리고 노력이나 시간의 축적이 한순간에 흔적 없이 사라져 헛되게 된 것을 우리는 곧잘 '水泡(수포)로 돌아가다(come to naught)'라고 표현하잖아요. 참고로, '수포'의 본뜻은 '물거품'입니다.

그러면 '무산'과 '수포'는 적어도 사촌쯤은 되지 않을까 싶군요. 그러나 둘은 약간 차이가 있어요. '무산'이 어떤 意圖(의도)나 계획이 실현되기 전에 取消(취소)되거나 흐지부지 사라지는 경우라면, '수포'는 어떤 노력의 성과가 없이 헛수고로 돌아가, 최종적으로 아무것도 남아 있지 않은 것을 뜻하죠.

결국 '무산'은 어떤 계획이나 과정 중에 사라지는 것이고, '수포'는 공들인 일이 결과적으로 아무 의미가 없이 헛되게 된 것입니다. 계획이 霧散(무산)되거나 노력이 水泡(수포)로 돌아가지 않으려면 처음부터 더 꼼꼼한 준비가 필요하다는 생각이 듭니다.

권세와 이익을 위해 맺는 사귐은 오래 갈 수 없다는 가르침이 다음 문장에 담겨 있군요. 수(隨)나라 철학자 왕통(王通, 584년~617년)의 말을 기록한 책『文中子(문중자)』에 실려 있다고 합니다.

以勢交者(이세교자)　　　세력으로 사귄 자는

勢傾則絶(세경즉절)　　　세력이 기울면 끊어지고,

以利交者(이리교자)　　　이익으로 사귄 자는

利窮則散(이궁즉산)　　　이익이 다하면 흩어진다.

까마귀 날자 배 떨어지는 게 因果라고?

'까마귀 날자 배 떨어진다.'는 우리 속담을 다들 알고 있죠?

우연히 거의 동시에 두 가지 일이 일어난 것을 두고 둘 사이에 무슨 관계가 있는 것처럼 疑心(의심)할 때 흔히 이 말을 쓰곤 합니다. 까마귀가 날아간 '다음'에 배가 떨어졌을 뿐인데, 이것을 까마귀가 날아갔기 '때문'에 배가 떨어진 것으로 誤解(오해)한다는 거죠.

원인과 결과를 줄여 '因果(인과)'라고 하는데, 이처럼 시간상의 先後(선후) 관계로 일어난 사건을 인과 관계로 보면 논리적으로 誤謬(오류)가 발생합니다. 논리학에서는 이런 오류를 '인과 혼동의 오류'라고 하지요.

먼저, '因(인)'은 '큰 입 口(구)'와 '큰 大(대)'가 결합된 모양이군요. 그래서 사람이 팔을 벌려[大] 에워싼 영토[口]를 넓히려고 하는 데는 그럴 만한 이유나 원인이 있다는 식으로 누군가는 설명하는데. 저자는 정말로 수긍하기 어렵군요. 이것보다 '因(인)'은 그냥 '원인'을 뜻한다고만 알면 돼요. '因(인)'을 가져다 쓰는 한자로, '은혜 恩(은)', '혼인할 姻(인)', '목구멍 咽(인)'이 있다고 알면 더 좋지요. 은혜로운 덕은 '恩德(은덕)', 혼인으로 맺어진 친척은 '姻戚(인척)', 목구멍에 생긴 염증은 '咽喉炎(인후염)'이라고 합니다.

어떤 현상을 일으키거나 변화시키는 근본 현상이나 사건은 '原因(원인)', 실패하거나 패배한 원인은 '敗因(패인)', 죽게 된 원인은 '死因(사인)', 이전부터 전해져 내려오는 관습은 '因習(인습)', 예전의 풍습, 습관, 예절 따위를 그대로 따르는 것은 '因襲(인습)', 무슨 일을 일으키는 원인은 '起因(기인)'이 됩니다. 이젠 '因習(인습)'과 '因襲(인습)'의 차이를 알 수 있겠죠? 또 명사로만 쓰이는 앞의 여러 단어와 달리 '기인'은 동사로도 쓰여, '전환기의 사회 변동은 경제 구조의 변화에 기인한다.'처럼 '(어떤 일에서) 원인이 되어 일이 생기거나 일어나다'를 뜻해요.

이 밖에, 어떤 사물의 원인이 되는 낱낱의 요소나 물질은 '因子(인자)'라고 하는데 '遺傳因子(유전인자, genetic factor)'처럼 쓰여 생명 현상에서 어떤 작용의 원인이 되는 요소를 뜻하기도 하죠. 사람과 사람 사이의 연분을 '因緣(인연)'이라고 하는데, 결과를 만드는 직접적인 원인인 인(因)과 간접적인 원인인 연(緣)을 함께 이르는 말로도 쓰입니다.

다음으로, '果(과)'는 '밭 田(전)'과 '나무 木(목)'이 결합되어 나뭇가지에 달린 '열매'가 본뜻이죠. 여기에서 '밭 田(전)'은 밭이 아니라 열매 모양이 변한 것이라고 해요. 나중에 '결과', '과단성 있다', '정말로' 등의 뜻으로 확대되어 다양하게 활용됩니다. '정말로'의 뜻으로 쓰이는 경우는 '果然(과연)'밖에 없는 것 같아요.

사람이 먹을 수 있는 나무 열매는 '果實(과실)', 과실이 열리는 나무는 '果樹(과수)' 또는 '果木(과목)', 단단한 껍데기 안에 보통 한 개의 씨가 들어 있는 나무 열매는 '堅果(견과)', 꿀이나 단 과일 속에 들어 있는 당분은 '果糖(과당)'이죠. 어떤 일이 있은 후에 생긴 상태나 현상은 '結果(결과)', 보람 있는 좋은 결과는 '效果(효과)', 일이 이루어진 바람직한 결과는 '成果(성과)', 뒤에 나타나는 좋지 못한 결과는 '後果(후과), 전쟁이나 시합에서 얻은 성과는 '戰果(전과)'가 되겠네요. 박성룡 시인은 '果木(과목)'이란 詩(시)에서 자연의 경이로움을 다음과 같이 표현합니다.

과목에 果物(과물)들이 무르익어 있는 事態(사태)처럼

나를 驚愕(경악)게 하는 것은 없다.**

이 밖에, 일을 딱 잘라서 결정하는 것은 '果斷(과단)', 머뭇거림이 없이 용감한 것은 '果敢(과감)', 좋은 행동에는 좋은 결과가 따르고 나쁜 행동에는 나쁜 결과가 따른다는 것은 '因果應報(인과응보)'라고 합니다. '뿌린 대로 거두리라'는 성경 말씀과도 통하는 '인과응보'는 자기가 저지른 잘못의 나쁜 결과가 자기에게 전부 미친다는 '自業自得(자업자득)', 콩 심은 데 콩 난다는 '種豆得豆(종두득두)'와도 서로 통하는 말입니다. 또 자신이 행한 행위에 따라 받게 되는 운명은 '業報(업보)'라고 하는데, 업보를 피할 수 없다고 생각하나 봅니다.

앞서 인용한 '까마귀 날자 배 떨어진다.'라는 속담을 한문으로 번역한 것이 '烏飛梨落(오비이락)'입니다. 조선 인조 때의 학자인 홍만종(洪萬宗)의 문학 평론집 『旬五志(순오지)』에 나오는 말이라고 해요. 중국에는 없는 우리 고유의 사자성어(四字成語)이죠. 요건 여담! '순오지'라는 책 이름은 보름 만에 지었다고 해서 붙인 것이라고 해요. 이 책을 쓴다고 몇 달이나 낑낑대는 저자에게 홍만종은 무한한 羨望(선망)과 尊敬(존경)의 대상입니다.

'烏飛梨落(오비이락)'은 아무 상관없는 일이 전후로 일어나 억울하게 의심을 받거나 난처하게 된다는 뜻입니다. 결국 남의 의심받을 짓을 하지 말라는 뜻이겠죠? 그래서 옛사람들은 의심받을 짓을 애당초 하지 말라는 가르침을 남기고 있습니다. 『文選(문선)』의 〈樂府篇(악부편)〉에 실려 있다고 해요.

瓜田不納履(과전불납리)	오이 밭에서 신을 고쳐 신지 말고,
李下不整冠(이하부정관)	자두나무 아래서 갓을 바로잡지 말라.

止揚은 안 좋은 것을 하지 않는 것, 志向(지향)은 바람직한 방향으로 나아가는 것

우리는 환경 보호를 위해 일회용품 사용을 ○○해야 한다.

이 문장의 빈칸에 들어갈 적절한 말은 '止揚(지양)'일까, '志向(지향)'일까? 내용상 하지 않거나 멀리 피해야 하니까, 정답은 당연히 '지양'이겠죠. '뜻 志(지)'와 '향할 向(향)'이 결합한 '지향'은 어떤 목표로 뜻이 쏠리어 향한다는 뜻이니까, 빈칸에 결코 들어가서는 안 되고요. '평화 통일을 지향하다' 또는 '복지 국가를 지향하다'처럼 긍정적인 뜻을 가진 단어를 목적어로 하는 것이 자연스럽습니다. 그렇다면 '그칠 止(지)'와 '오를 揚(양)'이 합쳐진 '止揚(지양)'은 무슨 뜻일까요?

'止(지)'는 사람의 발 모양을 본뜬 글자로서, '발자국'이 본뜻이었다고 해요. 아하! 글자의 윗부분은 발가락을, 아랫부분은 발뒤꿈치를 나타낸 글자로군요. 이 '止(지)'가 나중에 '그치다', '멈추다', '그만두다' 등의 뜻으로 많이 쓰이게 되자, 새로 만든 글자 '발자국 趾(지)'가 代打(대타)로 등장한 거죠. 한편, '止'가 다른 글자와 결합하여 새로운 글자로 탄생하기도 하는데, '걸음 步(보)', '지날 歷(력)'처럼 '걷다(가다)', '지나다' 등 발의 움직임과 관련된 뜻을 나타낸답니다. 씩씩하고 힘차게 걷는 걸음은 '步武(보무)', 과거의 지나간 사실을 기록한 것은 '歷史(역사)'죠.

어떤 행동을 말려서 하지 못하게 하는 것은 '制止(제지)', 계약 당사자 한쪽의 의사 표시에 따라 계약을 말소하는 것은 '解止(해지)', 하던 말이나 일을 잠시 멈추는 것은 '休止(휴지)', 실시하던 일이나 제도, 풍습 따위를 그만두게 하거나 없애는 것은 '廢止(폐지)', 문장의 끝을 나타내는 부호는 '終止符(종지부)', 나오던 피를 멈추게 하는 것은 '止血(지혈)', 설사를 멎게 하는 약은 '止瀉劑(지사제)'가 되죠. 그 밖에, 맑은 거울과 고요한 물처럼 잡념과 허욕이 없는 깨끗한 마음은 '明鏡止水(명경지수)'라고 하지요.

다음으로, '揚(양)'은 '손 手=扌(수)'와 '해 昜(양) 또는 볕 昜(양)'이 합쳐진 글자로, 해가 땅 위로 치솟듯이 손으로 위로 '올리다'라는 뜻을 나타냈다고 합니다. 무엇을 들어 올리면 '날리거나' '드러나게' 되고 마침내 '알려지게' 된다는 뜻으로 확대됐습니다.

깃발을 걸어 높이 올리는 것은 '揭揚(게양)', 명성이나 권위 따위를 널리 떨치는 것은 '宣揚(선양)', 낮아지거나 가라앉은 것을 떠오르게 하는 것은 '浮揚(부양)', 끌어 올리는 것은 '引揚(인양)', 정신이나 의욕을 드높이는 것은 '昂揚(앙양)', (정신을) 높이 떨치어 일으키는 것은 '高揚(고양)' 등 '揚(양)'이 활용된 단어가 꽤 많군요.

이 단어들은 '태극기를 게양하다', '國威(국위)를 선양하다', '景氣(경기)를 부양하다', '沈沒(침몰)한 선박을 인양하다', '애국심을 앙양하다', '인간성을 고양하다' 등과 같이 활용됩니다. 출세하여 이름을 세상에 떨치는 것은 '立身揚名(입신양명)'이라고 하죠.

앞서 살펴본 대로, '止揚(지양)'은 글자 그대로 '멈추었다[止(지)]가 다시 올라감[揚(양)]'이라는 뜻이니 '더 높은 단계로 오르기 위하여 어떠한 것을 하지 않는 것'이라는 사전적 의미가 나올 수밖에 없군요.

이런 뜻 이외에 '止揚(지양: Aufheben)'은 본래 변증법(辨證法)에 나오는 철학 용어로서, 대립, 모순 관계에 있는 두 명제나 개념을 다시 한

층 높은 단계로 調和(조화), 통일해 나가는 것을 뜻하기도 합니다. 다음은 자칭 대한민국 천재 양주동 교수가 쓴 수필 〈면학(勉學)의 서(書)〉를 저자가 현대 감각에 맞게 고쳐 쓴 것입니다.

누군가가 묻는다. 다독(多讀)이냐 정독(精讀)이냐? '男兒(남아)는 모름지기 다섯 수레의 책을 읽어야 한다.'는 전자의 주장이나, '넓으나 자세하지 못함[博而不精(박이부정)]'이 그 通弊(통폐)요, '눈빛이 종이의 뒷면을 꿰뚫는 것'이 후자의 持論(지론)이되, '나무를 보고 숲을 보지 못하는 것'이 또한 그 약점이다.

여기에서 '通弊(통폐)'는 일반에 두루 있는 폐단이고, '持論(지론)'은 늘 지니고 있거나 굳게 내세우는 견해를 말하죠. 눈빛이 종이의 뒷면을 꿰뚫는 것은 讀書(독서)의 이해력이 날카롭고 깊음을 이르는 말입니다.
　눈치 빠른 독자라면 저자가 이 글을 인용한 의도를 벌써 알아차리고 답을 떠올렸을 것 같군요. 다독(多讀)이냐 정독(精讀)이냐, 이 물음에 대한 답은 '博(박)'과 '精(정)'을 변증법적으로 통일한, 즉 다독과 정독이라는 대립 개념을 '止揚(지양)'한, 좀 더 쉽게 말해 '다독'과 '정독'을 겸하는 것입니다.

다가오는 휴가 여행을 산으로 갈까, 바다로 갈까?
산과 바다를 함께 즐길 수 있는 멋진 곳도 분명히 있을 겁니다.
속초에 가서 설악산도 오르고 동해 바닷가도 여행하면 어떨까요?

危機는 機會(기회)라고도 하는데 왜 그럴까요?

어떤 일이 진행되면서 급작스럽게 악화한 아슬아슬한 상황 또는 破局(파국)을 맞을 수 있는 위험한 고비를 우리는 '危機(위기:crisis)'라고 부릅니다. 충무공 이순신 장군은 바람 앞의 등불과 같은 위기 상황을 맞아 다음과 같은 狀啓(장계)를 올립니다. 너무나도 유명한 글이죠. '장계'는 지방에 파견된 관원이 중요한 일을 임금에게 글로써 보고하는 것을 말하죠.

今臣戰船尙有十二(금신전선상유십이)
"지금 신(臣)에게는 아직도 12척의 전선이 남아 있습니다."

죽을힘을 다해서 왜적과 싸우겠다는 충무공의 비장한 결의에 숙연해집니다. 망국의 위기에 빠진 나라를 건져 올린 '명량대첩(鳴梁大捷)'은 그냥 얻어진 것일까요?

'危機(위기)'의 '危(위)'는 '재앙(災殃: disaster)'을 뜻하는 '厄(액)'과 '사람 人(인)'이 결합한 글자입니다. 여기에서 '厄(액)'은 벼랑[엄(厂)] 아래에 굴러떨어져 무릎을 꿇은[巳(절)] 모습을 잘 나타내고 있네요. 이 '厄(액)' 위에 사람을 그려 넣은 '危(위)'는 벼랑 아래로 굴러떨어진 사람이 '위태롭다'라는 뜻을 얻었고, 나중에 '높다'라는 뜻으로도 쓰입니다.

마음을 놓을 수 없을 정도로 보기에 위험한 것은 '危殆(위태)', 몹시 위태롭고 급한 것은 '危急(위급)', 병이 매우 중하여 생명이 위태로운 것은 '危篤(위독)' 또는 '危重(위중)', 위험하고 해로운 성질은 '危害性(위해성)'이 되죠. 안전하고 위태로움은 '安危(안위)', 편안히 살 때 닥쳐올 위태로움을 생각하는 것은 '거안사위(居安思危)', 층층이 쌓아 놓은 알의 위태로움 또는 몹시 아슬아슬한 위기는 '누란지위(累卵之危)'가 됩니다. 고전 시가에 나오는 '危樓(위루)'는 위험스러울 만큼 높은 누각이고요.

　다음으로, '기(機)'는 '나무 木(목)'과 '몇 幾(기)'가 결합하여 '틀' 또는 '기계'를 뜻합니다. 여기에서 '幾(기)'는 베틀에 앉아 베를 짜는 모습을 그린 것으로 '베틀'이 본뜻이었다고 해요. '幾(기)'가 '낌새[幾微(기미)]', '몇' 등의 뜻으로 쓰이자, '베틀'이란 본뜻을 나타내기 위해 '틀 機(기)'가 새로 만들어졌죠. '木'을 더한 것은 베틀이 나무로 만들어졌기 때문입니다. '電話機(전화기)', '端末機(단말기)'와 같이 '기계'나 '장치'를 나타낼 때, 또는 '轉機(전기)', '契機(계기)'처럼 '시기' 혹은 '기회' 등의 뜻을 나타낼 때 주로 쓰입니다. '機密(기밀)'에도 쓰여 드물게 '秘密(비밀)'의 뜻도 가지고 있군요.

　기구, 機械(기계) 따위를 통틀어 '機器(기기, instrument)', 어떤 목적이나 기능을 위해 구성한 조직은 '機構(기구, organization), 기계 장치나 구조를 制御(제어, control)하는 시스템, 또는 특정한 목적을 위해 설계된 원리는 '기제(機制, mechanism)'라고 합니다. 특히 '防禦機制(방어기제)'는 개인이 두렵거나 불쾌한 정황이나 욕구 불만에 직면하였을 때 스스로를 방어하기 위하여 현실에서 도피하거나 욕구를 억압하는 방식으로 취하는 무의식적인 행위를 뜻합니다. 여기에 '機(기)'는 '틀'이나 '기계'라는 뜻을 담고 있군요.

　일이 일어나거나 변화하도록 만드는 결정적인 원인이나 기회는 '契機(계기)', 무엇이 바뀌는 고비나 기회, 즉 전환의 기회는 '轉機(전기)', 기회를 잃는 것은 '失機(실기)', 기회를 틈타 큰 이익을 보려고 하는 것은 '投機(투기)', 기회를 포착하여 민첩하게 행동하는 것은 '機敏(기민)', 다른 사람의 행동에 앞서 약삭빠르게 먼저 하는 행동은 '機先(기선)'이 되지요. '기선을 제압하다'는 남들보다 앞서 기회를 잡거나, 미리 유리한 위치를 차지한다는 뜻이 되겠군요.

좋은 기회를 놓치지 말라는 뜻의 '勿失好機(물실호기)', 아직 때가 되지 않음을 이르는 '時機尚早(시기상조)', 그때그때의 형편에 따라 알맞게 일을 처리하는 '臨機應變(임기응변)', 지금까지 품었던 생각과 마음의 자세를 완전히 바꾸는 '心機一轉(심기일전)' 등도 함께 알아둡시다.

앞서 든 단어에 들어 있는 '機(기)'는 중요한 순간이나 변화를 이끌어 오는 '기회'를 나타낸다고 보면 되겠네요, 그러면 '기회'가 과연 뭘까요? 사전에는 무슨 일을 하기에 알맞은, 어떤 행동을 하기에 가장 적절한 때와 경우라고 풀이하고 있군요. 이와 같은 풀이도 적절한 '때'가 '모여' 가장 유리한 시기를 만든 게 '機會(기회: chance, opportunity)'라는 생각에서 나온 것 같습니다. 앞의 명량대첩은 그냥 '얻어진' 것이 아니라 울돌목의 地形(지형)과, 시간에 따른 潮流(조류) 변화를 이용한 충무공의 뛰어난 戰略(전략)이 '얻어낸' 결과입니다. 결국 위기를 넘기는 것은 위기에 처한 인간의 능력에 달려 있군요.

"위기인 걸 알면서도 아무것도 하지 않는 것이 바로 더 큰 위기입니다."

국민 MC 유재석의 말이라고 합니다.

AI(인공지능)는 결국 衆智를 모아 놓은 집단 지성이네요.

'衆智(중지)'보다 '중지를 모으다'라는 말이 귀에 더 익숙할 듯합니다. 여기에서 중지는 여러 사람의 지혜를 뜻하고, '중지를 모으다'는 여러 사람의 지혜를 모아 올바른 방향으로 문제를 해결하고자 할 때 쓰는 거의 慣用的(관용적)인 표현이죠. 설마 이 '중지'를 '가운뎃손가락'으로 오해하지는 않았겠죠?

한때 출연자가 정답을 모르면 방청객에게 물어 답을 구하는 방식의 TV 퀴즈 프로그램이 있었어요. 방청석의 대중으로부터 얻어낸 답이 정답인 경우가 아주 많았던 것으로 기억합니다. 여러 사람이 조금씩 힘을 합쳐 한 사람을 돕는 '十匙一飯(십시일반)'과도 비슷하군요.

그리고 여럿이 모여 머리를 맞대고 조용히 의논하는 '鳩首會議(구수회의)'라는 것이 있거든요. 비둘기들이 모여 머리를 맞댄 모습과 여러 사람이 한자리에 앉아 머리를 맞대고 의논하는 모습이 비슷하다고 해서 생겨났겠죠. 다수의 사람이 함께 논의하고 충분히 의견을 나누어 토의하는 '爛商討議(난상토의)'도 중지를 모으는 한 방식일 겁니다.

먼저 '衆智(중지)'에서 '衆(중)'은 본래 농사짓는 노예를 가리키며, 많은 사람이 뜨거운 태양 아래 노동하는 것을 나타낸 갑골문자에서 변형되었다고 합니다. 그래서 '무리'라는 뜻을 나타내죠. 나중에 '대중', '수가 많다', '평범하다' 등의 뜻으로 확대됐어요. '群衆(군중)'이나 '聽衆(청중)'의 예처럼 많은 사람을 나타낸다고 보면 돼요.

가장 많이 쓰이는 '大衆(대중: mass)'은 '대중교통', '대중적인 인지도'

등의 용례에서 보듯이, 수많은 사람의 무리를 뜻합니다. 한곳에 모인 많은 사람의 무리는 '群衆(군중, crowd)', 운동 경기나 공연 등을 구경하는 군중은 '觀衆(관중)', 강연, 설교, 음악 등을 듣는 군중은 '聽衆(청중)', 권력에서 소외된 일반 대중은 '民衆(민중)', 사회의 많은 사람은 '公衆(공중)'이라고 하여 '공중도덕', '공중 화장실' 등에 쓰입니다. '出衆(출중)'은 여러 사람 가운데서 특별히 두드러진 것, '衆口難防(중구난방)'은 막을 수 없도록 여럿이서 마구 떠드는 것, '衆寡不敵(중과부적)'은 적은 수로는 많은 수에 대적할 수 없는 것을 이르죠.

다음으로 '智(지)'는, '알 知(지)'와 '말할 曰(왈)'이 합쳐져, 남이 말하는 것을 잘 아는 '슬기'(지혜, wisdom)를 뜻한다고 합니다. 여기에서 '알 知(지)'는 뜻과 소리를 모두 나타내는 역할을 하죠. 그렇다면 '슬기 智(지)'는 '알 知(지)'와 같은 근원을 가지는 글자로군요. 나중에 '말할 曰(왈)'이 '날 日(일)'로 바뀌어 지금의 字形(자형)으로 굳어졌지요. 이를 두고, 세월[날 日(일)]이 흘러야 지식[알 知(지)]이 지혜[슬기 智(지)]로 변한다는 재미있는 풀이도 있군요.

다음은 '老馬之智(노마지지: 늙은 말의 지혜)'라고 하여 〈韓非子(한비자)〉에 전해오는 이야기입니다.

관중(管仲)과 습붕이 환공(桓公)을 모시고 고죽국(孤竹國)을 정벌했다.
봄에 가서 겨울에 돌아오다가 길을 잃자, 관중이 말했다.
"늙은 말의 지혜가 쓸만할 것이다."
이에 늙은 말을 풀어 그것을 따르게 하니 마침내 길을 찾았다.

이 이야기는 눈에 띄지 않거나 하찮아 보이는 사물에 숨어있는 지혜와 가치를 존중하고 배워야 한다는 가르침을 줍니다. 다양한 경험과 지혜를 수용하는 겸손한 태도는 시대를 초월한 덕목인 것 같군요.

사물의 도리나 이치를 잘 분별하는 정신 능력은 '智慧(지혜: wisdom)', 사물의 도리를 꿰뚫어 보는 뛰어난 지혜는 '叡智(예지)', 눈치껏 재치 있게 대응하는 슬기는 '機智(기지, wit)', 이성과 지혜로써 판단하고 행동하는 것은 '理智的(이지적, intellectual)', 어떠한 일이나 문제를 슬기롭게 해결하는 능력은 '智略(지략)'이라고 합니다. 그리고 儒學(유학)에서는 사람이 마땅히 갖추어야 할 네 가지 성품을 '四端(사단)'이라고 하여 '仁義禮智(인의예지)'를 들고 있죠. 옛 서울 한양의 4대문을 '興仁之門(흥인지문, 동)', '敦義門(돈의문, 서)', '崇禮門(숭례문, 남)', '弘智門(홍지문, 북)'이라고 명칭을 붙인 것도 여기에서 유래했지요.

공유와 개방을 표방하는 인터넷 공간에서 '衆智(중지)'는 '集團知性(집단 지성, collective intelligence)'으로 변모하고 있는 것 같군요. 이젠 빅 데이터를 활용하는 방식으로 중지를 모으는 것이 시대의 트렌드로 굳어지고 있습니다.

개개인인 '나'도 똑똑하지만 '나'가 모인 '우리'가 더 똑똑하지 않을까요?

문제 해결의 핵심을 왜 關鍵이라고 할까요.

　'關鍵(관건)'을 논하기 전에 먼저 '빗장'부터 알아보는 것이 순서일 듯합니다. '빗장'은 대문이나 창고 등의 여닫이 문짝을 잠그기 위해, 문을 닫고 가로질러 놓은 막대기를 이르는 말이죠. '자물쇠'와 더불어 우리의 전통적인 잠금장치라 할 수 있지요. 여기에서 '關(관)'이 '문빗장'을, '鍵(건)'이 '자물쇠'를 뜻하니 '관건'은 문빗장과 자물쇠를 아울러 이르는 말이 됩니다. 자물통, 잠글쇠, 열쇠를 합쳐 모두 '자물쇠'라고 해요.

손흥민 선수의 컨디션이 이번 경기의 관건을 쥐고 있다.

　그러면 여기에서 '관건을 쥐다'는 무슨 뜻일까요? 앞 문장은 손흥민 선수의 컨디션이 경기의 승패를 가른다는 뜻입니다. 따라서 '관건을 쥐다'는 문제 해결의 가장 중요한 부분, 즉 '핵심'이 된다는 것이죠. '관건'이 왜 '핵심'의 뜻을 가지는지 더 깊이 들어가 봅시다.

　먼저 '關(관)'은 '문 門(문)'과 '실 絲(사)'가 결합한 글자입니다. 이 글자는 문에 빗장을 걸친 뒤 실로 묶어둔 모습을 취하고 있어 '문빗장'이 본뜻이죠. 나중에 외적을 막기 위해 중요한 길목에 설치한 '關門(관문, gateway)'의 뜻으로 쓰입니다. 또 빗장을 걸어 문을 잠그면 두 개의 문짝이 서로 '연결되어 통하다.'라는 뜻이 되어, 뼈와 뼈가 서로 맞닿아 연결된 '關節(관절, joint)'로 활용되지요. 이 외에, 두 개의 문짝에 빗장이 끼어들어 단단히 묶여 있으므로 '관계하다', '關與(관여)하다'의 뜻을 나타냅니다. '관여'는 어떤 일에 관계하여 참여하는 것이지요.

여기서 잠깐 '關(관)'과 관련된 가장 다이내믹(dynamic)한 이야기 하나 하고 넘어갑시다. 그것은 關羽(관우)가 유비를 만나기 위해 조조의 진영을 떠나 다섯 관문을 돌파하면서 여섯 장수의 목을 베었다는 五關突破(오관돌파)일 것입니다. 이 이야기는 正史(정사)에는 없고,『三國志演義(삼국지연의)』의 작가 羅貫中(나관중, 1330~1400년)이 꾸며낸 100% '뻥'으로 알려져 있죠. 아무리 虛構(허구)라고 해도 독자들은 관우의 용맹함과 의리에 푹 빠져들죠.

앞에서 외적의 침입을 막기 위한 '빗장'이 '관문'이라고 했는데, 여기를 통과하는 것이 '通關(통관)', 지나기 어려운 관문, 즉 넘기기 어려운 일이나 고비는 '難關(난관)', 관문을 통해 거래되는 무역 화물에 부과한 세금은 '關稅(관세)'가 됩니다. 중국에서는 '稅關(세관)' 대신에 간체자로 '海关(hǎiguān)'으로 적고 이 말을 더 많이 사용하고 있죠. 또 요즘은 건물의 출입문이나 건물에 붙여 따로 달아낸 어귀를 '玄關(현관)'이라고 하는데, 이 말은 본래 '참선하여 깊고 묘한 이치에 드는 문'이라는 뜻이었다고 합니다. '玄(현)'은 '검다' 외에 '아득하다', '오묘하다' 등의 뜻도 가지고 있으니, 현관의 본뜻이 이해되는군요.

무엇이 다른 어떤 것과 서로 연결되어 얽혀 있는 것은 '關聯(관련)', 서로 관련을 맺으면 '相關(상관)', 마음이 끌려 신경을 쓰거나 주의를 기울이는 것은 '關心(관심)'이죠. '機關(기관)'은 화력, 수력 등의 에너지를 기계적인 힘으로 바꾸는 장치 또는 어떤 역할이나 목적을 위하여 만든 기구나 조직이고, '吾不關焉(오불관언)'은 '나는 그 일에 상관하지 않는다'라는 뜻입니다.

다음으로, '鍵(건)'은 '쇠 金(금)'과 '세울 建(건)'이 합쳐져, 쇠로 만들어 세로로 세운 '자물쇠'를 뜻합니다. '빗장 關(관)'이 나무 따위로 만들어 가로로 지른 것이라면, '자물쇠 鍵(건)'은 쇠로 만들어 세로로 매단 것이라고 할까요. 그런데 '鍵(건)'의 쓰임은 제한적이군요. '관건' 외에 피아노 '鍵盤(건반)' 정도 알면 충분해요. 'keyboard'를 '건반'으로 번역한 것은 'key'는 '열쇠 鍵(건)'에, 'board'는 '받침 盤(반)'에 각각 대응되기 때문일 겁니다.

따라서 '빗장 關(관)'과 '자물쇠 鍵(건)'은 문을 단단히 걸어 잠그는 역할을 합니다. 그래서 '빗장 關(관)'과 '자물쇠 鍵(건)'이 합쳐진 '關鍵(관건)'은 문의 가장 중요한 '核心(핵심)' 요소가 되지요. 이것은 사물의 핵심으로 확대되고, 결국 어떤 문제를 해결하기 위해 꼭 있어야 하는 것이란 뜻을 얻게 됩니다. 다음 기사의 제목을 보면 더 쉽게 이해될 것 같아요.

산불 확대, 오늘 밤이 고비... 뒷불 방지가 관건

'뒷불'은 산불이 꺼진 뒤에, 타다 남은 불이 다시 붙어 일어난 불입니다. 이 문장에서 '관건' 대신에 '열쇠'를 쓰면 어떨까요? 안 된다고 단정할 수는 없지만, 두 단어를 독자가 받아들이는 느낌은 전혀 다릅니다. 관건에는 '꼭'과 '가장 중요하다'라는 뜻이 밑바닥에 깔려 있으니까요. '얼굴'과 '낯'이 모두 'face'를 뜻하지만, 어떤 사람도 '낯이 잘 생겼다.'라고 표현하지 않은 것처럼요. "아 다르고, 어 다르다"라는 우리 속담이 왜 있는지 알겠습니다.

傍證은 간접적인 증명,
反證(반증)은 반대하는 증명.

최근 통일에 대한 청년들의 무관심은 그들이 처한 현실이 매우 어렵다는 반증이다.

이 예문을 읽고 어색하다는 느낌을 받았죠? '反證(반증)'은 어떤 사실이나 주장이 옳지 않다는 것을 그에 반대되는 근거를 들어 증명하는 것이니, 여기에 쓸 수가 없고, '반증' 대신에 간접적인 증거를 뜻하는 '傍證(방증)'이 와야 합니다.

'傍證(방증)'에서 '傍(방)'은 '사람 人(인)'과 '곁 旁(방)'이 합쳐져 '곁에 있는 사람'이라는 뜻으로 만들어진 글자라고 합니다. 여기에서 '旁(방)'은 '옆' 또는 '가깝다'라는 뜻으로 흔히 '傍(방)'과 통용됩니다. 아무튼 '傍(방)'은 '곁, 옆, 가' 등의 뜻에서 옆으로 '갈라지다', '파생되다' 등의 뜻으로도 확대됩니다. 그리고 '이로울 利(리)'의 '刀=刂(도)', '나라 邦(방)'의 '邑= 阝(읍)'과 같이 한자를 구성하는 오른쪽 부분을 '傍(방)'이라고 합니다. '언덕 阜(부)'가 '막을 防(방)', '집 院(원)' 따위에서 '阝'으로 쓰일 때는 '左阜邊(좌부변)'이라고 하지만, '고을 邑(읍)'이 '고을 郡(군)', '시골 鄕(향)' 따위에 쓰일 때는 자형이 '阝'으로 똑같지만, 명칭은 '右阜傍(우부방)'으로 바뀌죠.

강 건너 불구경하듯 옆에서 바라보기만 하는 것은 '傍觀(방관)', 직접 관계가 없는 사람이 토론, 공판(公判), 공개 방송 따위에 참석하여 듣는 것은 '傍聽(방청)', 청중에게는 들리는데도 무대 위 다른 등장 인물에게는 들리지 않는 것처럼 약속하고 말하는 대사는 '傍白(방백)', 사람의 주의를 끌기 위하여 글자 옆이나 위에 찍는 점은 '傍點(방점)'이라고 해요. 주된 계통에서 갈라져 나오거나 벗어난 계통은 '傍系(방계)'라 하고, 그래서 어느 회사의 계통을 이어받기는 하였으나 子會社(자회사)보다 밀접하지 않고 지배권도 비교적 덜 미치는 회사는 '傍系會社(방계회사)'가 되지요. 다른 회사와 자본적 관계를 맺어 그 회사의 지배 아래에 있는 회사는 '子會社(자회사)'인 셈입니다.

곁에 사람이 없는 것처럼 아무 거리낌 없이 함부로 말하고 행동하는 것은 '傍若無人(방약무인)', 팔짱을 끼고 보고만 있다는 뜻으로, 간섭하거나 거들지 않고 그대로 내버려 두는 것은 '袖手傍觀(수수방관)'이라고 합니다. 이 정도의 한자 숙어는 기본이겠죠?

다음으로, '證(증)'은 '말씀 言(언)'과 '오를 登(등)'이 합쳐져 '고발하다'가 본래의 뜻이라고 합니다. 고발할 때는 증거가 필요했기 때문인지 '證據(증거, evidence)' 또는 증거에 근거하여 사실을 밝히다, 즉 '證明(증명)하다'라는 뜻으로도 확대 사용됐습니다. 좀 억지스럽지만 '말[言(언)]'의 정당성을 '올려[登(등)]' 주는, 즉 '받쳐' 주는 것이 바로 '證據(증거)'가 아닌가요? 또한 '證(증)'은 일부 명사에 붙어 '身分證(신분증)', '領收證(영수증)', '免許證(면허증)'처럼 '證明書(증명서, certificate)'라는 뜻을 나타내기도 합니다.

주장을 뒷받침하는 근거는 '證據(증거)', 옛날의 문헌이나 유물 따위를 근거로 하여 증명하는 것은 '考證(고증)', 검사하여 사실임을 증명하는 것은 '檢證(검증)', 문서나 일 따위가 합법적인 절차로 이루어졌음을 공적 기관이 인정하여 증명하는 것은 '認證(인증)', 확실히 증명하는 것 또는 그런 증거는 '確證(확증)'이 됩니다. 최근 한국 사회가 안고 있는 사회 심리 현상 중에 '確證偏向(확증편향)'이라고 하는 것이 있는데요, 자신의 견해가 옳다고 확인해 주는 증거는 적극적으로 찾으려 하지만, 자신의 견해와 반대되는 증거는 찾으려 하지 않거나 무시하는 경향을 두고 하는 말이죠.

이 밖에, 법정에서 증인이 거짓말을 하는 것은 '僞證(위증)', 신빙성 있는 증거는 '證憑(증빙)', 옳고 그름에 대하여 그 이유나 근거를 들어 밝히는 것은 '論證(논증)', 실물이나 사실에 근거하여 증명하는 것은 '實證(실증)', 근거나 이유를 내세워 증명하는 것은 '立證(입증)'이라고 합니다. 입찰 또는 계약을 맺을 때 계약 이행의 담보로 내는 돈은 '保證金(보증금)', 주식이나 공채, 사채 따위의 재산에 관한 권리나 의무를 나타내는 문서는 '證券(증권)'이라고 합니다. '증권 시장'을 줄여 '證市(증시)'라 하고, '심증은 가는데 증거가 없다'에서 '心證(심증)'은 구체적인 증거는 없으나 마음으로 확실하다고 느끼는 것이죠.

'증거 證(증)'을 다루다 보니 오래전에 본 영화 〈證人(증인)〉이 생각납니다. 변호사 순호가 살인 용의자 가정부의 무죄를 立證(입증)하기 위해 유일한 목격자인 자폐 소녀 '지우'를 증인으로 내세우려고 하지요.

처음에는 지우가 법정에 서는 것을 주저했지만, 결국 가정부가 할아버지를 죽였다고 證言(증언)하게 됩니다. 그 결과 재산을 기부하려던 아버지의 행동을 막기 위해 아버지의 가정부 미란에게 청부 살인을 請託(청탁)했던 아들은 법정에서 拘束(구속)되고 미란 역시 다시 교도소로 끌려가며 刑(형)을 받게 됩니다. 결말에서 순호는 자기의 잘못을 뉘우치고 지우의 생일에 그를 찾아오고, 지우는 그에게 "당신은 좋은 사람입니까?" 라고 묻습니다.

단순히 지우가 순호에게 물어보는 것이 아니라 관객, 아니 우리 모두에게 질문하는 느낌을 주는 대사입니다.

한때 '약 좋다고 濫用(남용) 말고, 약 모르고 誤用(오용) 말자.'라는 標語(표어)가 유행했어요. 이런 啓導(계도)의 성격을 지닌 표어가 붙게 된 것은 그만큼 약물 '誤濫用(오남용)'의 폐해가 우리 사회에 蔓延(만연)해 있었음을 傍證(방증)하는 것이겠죠.

또 흔히 접하는 말로 '職權濫用(직권 남용)'도 있습니다. 이것은 공무원이 職務(직무)에 관한 권한을 惡用(악용)하여 국민의 권리를 침해하는 것을 말하죠. 이처럼 '濫用(남용, abuse)'이란 함부로 사용하는 것, 즉 通常(통상)의 범위를 넘어서 마구 사용하는 것을 말합니다. 가장 대표적인 예가 '약물 남용', '직권 남용'일 듯합니다.

'濫用(남용: abuse)'에서 '濫(람)'은 '물 氵(수)'와 '살필 監(감)'이 결합하여 강물이 '넘치다(overflow)'라는 뜻을 나타내기 위한 글자였지요. 여기에서 '살필 監(감)'은 그릇에 담긴 물에 비친 모습을 본뜬 글자로 '보다(살피다)'라는 뜻을 가졌고, 한편으로 음을 나타내는 역할도 맡고 있어요. 얼굴을 비춰보는 이 그릇에 물을 계속 부으면 넘칠 것이니 '濫(람)'은 '넘치다'에서 '함부로', '마구' 등의 뜻으로 확대됐어요.

강물이 넘쳐흐르거나 물건이 넘쳐흐르듯이 마구 쏟아져 나오는 것은 '氾濫(범람)', 하는 짓이 분수에 넘치는 것은 '猥濫(외람)', 법령을 함부로 공포하거나 수표 따위를 마구 발행하는 것 또는 말이나 약속을 함부로 하는 것은 '濫發(남발)', 숲의 나무를 함부로 베는 것은 '濫伐(남벌)', 짐승이나 물고기 따위를 마구 잡는 것은 '濫獲(남획)'이라고 하죠. 조금 어려운 말로 '濫觴(남상)'이 있는데, 이는 큰 하천의 근원도 잔[觴(상), cup, glass]을 띄울 만큼 가늘게 흐르는 시냇물이라는 뜻으로, 사물의 처음이나 기원을 이르는 말입니다. 예전의 전쟁 때에 신호로 쓰는 화살의 하나를 이르던 '嚆矢(효시)'도 사물이 비롯된 맨 처음을 뜻하니 '濫觴(남상)'과 함께 알아두면 좋겠군요.

다음으로 '用(용)'은 많이들 알고 있는 만큼 쓰임도 아주 많아요. 그러나 字源(자원)에 대해서는 여러 說(설)이 있는데, '用(용)'은 울타리나 그릇 모양을 그린 것으로 그 안에 들어 있는 것을 '쓰다'라는 뜻으로 풀이하지요. 그러나 나무로 만든 통 모양을 본뜬 것으로 '통(barrel)'이 본뜻인데, 나중에 '쓰다'라는 뜻으로 확대되자, 본뜻을 나타내기 위해 '통 桶(통)'을 따로 만들어 썼다고 하는 설명이 그럴듯하군요. 요즘엔 '用(용)'은 '쓰다(사용하다)'라는 기본적인 뜻 이외에 '부리다(시키다)', '일하다'의 뜻으로, 또 '用途(용도)'의 뜻을 더하는 접미사로 쓰이기도 합니다.

잘못된 사용은 '誤用(오용, misuse)', 알맞게 잘 쓰는 것은 '善用(선용)', 나쁜 데에 쓰는 것은 '惡用(악용)', 남의 물건이나 명의를 몰래 쓰는 것은 '盜用(도용)', 한 가지를 여러 가지 목적으로 쓰는 것은 '兼用(겸용)', 두 가지 이상의 것을 함께 쓰는 것은 '竝用(병용)'이 됩니다. 이들은 '약물 誤用(오용)', '여가 善用(선용)', '법 지식의 惡用(악용)', '110볼트와 220볼트 兼用(겸용)', '한글과 한자의 竝用(병용)' 등으로 각각 쓰이게 되지요.

또 혼자서 또는 특정 사람들만 쓰거나 특정 목적으로만 쓰는 것은 '專用(전용)', 정해져 있는 곳이 아닌 다른 곳에 사용하는 것은 '轉用(전용)', 남의 것이나 다른 곳에 쓰기로 되어 있는 것을 다른 데로 돌려쓰는 것은 '流用(유용)'이 됩니다. '專用(전용)'은 '장애인 전용 엘리베이터',

‘버스 전용 도로’ 등에, ‘轉用(전용)’은 ‘예산 전용’, ‘농지를 택지로 전용하다’ 등에, ‘流用(유용)’은 ‘회사 공금을 유용하다’에 쓰이고 있군요. ‘오로지 專(전)’, ‘구를 轉(전)’, ‘흐를 流(류)’ 등의 한자 뜻을 알면 헷갈릴 것도 없이 쓸 수 있습니다.

이 밖에도 품삯을 주고 사람을 부리는 것은 ‘雇用(고용)’, 인재를 골라 뽑아서 쓰는 것은 ‘登用(등용)’, 능력 있는 사람을 중요한 자리에 뽑아 쓰는 것은 ‘起用(기용)’, 사람을 골라서 쓰는 것은 ‘採用(채용)’, 일을 맡기기 위해 사람을 뽑아 쓰는 것은 ‘任用(임용)’이죠. ‘정규직으로 고용하다’, ‘인재를 등용하다’, ‘외국인 선수를 기용하다’, ‘신입 사원을 채용하다’, ‘무자격자를 임용하다’ 등으로 활용됩니다.

‘넘치게’ ‘함부로’ 쓰는 ‘濫用(남용)’과 ‘지나치게’ ‘많이’ 쓰는 ‘過用(과용)’은 뜻과 쓰임이 약간 달라요. ‘그의 사인은 수면제 과용이었다.’, ‘우리 형편에 자동차를 구입하는 것은 과용이다.’의 예문에서 보는 것처럼 ‘남용’과 ‘과용’은 비슷하지만, 서로 바꾸어 쓰는 것은 제한돼요. 어쨌든 남용을 경계하는 말로 넘치는 것이 오히려 모자람만 못하다고 하는 ‘過猶不及(과유불급)’이 ‘딱!’ 맞는 표현이겠네요. 요즘도 中庸(중용)과 節制(절제)의 중요성을 이르는 말로 많이 쓰이죠.

공자의 제자인 자공(子貢)이 스승에게 자장(子張)과 자하(子夏) 중에서 누가 더 어지냐고 묻습니다.

공자가 답하죠. 자장은 좀 지나치고. 자하는 조금 기준에 미치지 못한다고. “그렇다면 자장이 조금 낫다는 말씀인가요?”라고 되물으니, 공자는 “지나침은 미치지 못함과 같다.”라고 답합니다.

약점을 補完해야 할까, 補充(보충)해야 할까?

　사람은 누구나 현재보다 더 나은 상태로 발전하기를 원합니다. 그러기 위해서 우리는 현재 모자라고 약한 점을 補充(보충)하여 完全(완전)하게 하려고 하는데 이게 바로 '補完(보완)'이거든요. 그래서 이 단어는 日常生活(일상생활)에서부터 전문 영역에 이르기까지 널리 사용되어, '弱點(약점), 缺點(결점), 問題點(문제점) 등을 보완하다'라는 형식으로 표현되지요. 결국 보완은 문제 상황을 改善(개선)하거나 是正(시정)하는 데 不可缺(불가결)한 개념으로 자리를 잡고 있습니다.

　'補完(보완)'에서 '補(보)'는 '옷 衣=衤 (의)'와 '클 甫(보)'가 '떨어진 옷을 깁다'가 본뜻이라고 합니다. '甫(보)'는 그냥 한자의 음을 나타내는 글자죠. 해진 옷을 깁는 것에서 '보충하다', '수리하다'라는 뜻이 되고, '보충하다'는 다시 무엇인가를 도와주는 것이므로 '돕다'라는 뜻으로 확대됐지요. 덧붙여 '甫(보)'가 발음 요소로 작용하는 글자에는 '기울 補(보)' 외에 '물가 浦(포)', '잡을 捕(포)', '펼 鋪(포)' 등이 있지요. 이들 글자는 배가 드나드는 어귀 '浦口(포구)', 짐승 등을 사로잡는 '捕獲(포획)', 길바닥에 시멘트나 아스팔트 따위를 덮어 길을 단단하게 다져 꾸미는 '鋪裝(포장)' 등으로 활용되는군요.

　이런 점에서 한자 속에 발음기호가 숨어있으니, 한자가 뜻글자라는 생각은 선입관이겠죠?

　보태거나 채워서 본디보다 더 튼튼하게 하는 것은 '補强(보강)', 빠진 강의를 보충하는 것은 '補講(보강)', 부족한 것을 채우는 것은 '補充(보충)’, 빈자리를 채우는 것은 ‘補缺(보결)’, 낡거나 부서진 시설을 보충하여 수선하는 것은 ‘補修(보수)’, 부족한 부분을 보태어 채우는 것은 ‘補塡(보전)’, 남에게 끼친 損害(손해)를 갚는 것은 ‘補償(보상)’, 모자라는 것을 도우려고 채워 주는 돈은 ‘補助金(보조금)’이 됩니다. ‘소 잃고 외양간 고친다.’라는 우리 속담과 통하는 ‘亡羊補牢(망양보뢰)’는 양을 잃고 우리를 보수한다는 뜻입니다. 온전하게 보호하는 ‘保全(보전)’과 남에게 진 빚을 갚는 ‘報償(보상)’은 앞의 ‘補塡(보전)’, ‘補償(보상)’과 전혀 다른 단어네요.

다음 글자 ‘完(완)’은 ‘집 宀(면)’과 ‘으뜸 元(원)’이 합쳐진 모양이네요. 집을 으뜸으로 지었으니 이 글자는 본래 ‘(집을) 다 짓다’라는 뜻이었다고 합니다, 그러니 ‘집을 잘 짓다’, 공사를 ‘마무리하다’ 등의 뜻도 얻었고요. 나중에 빠진 데가 없이 ‘완전하다’, ‘모두’ 등의 뜻으로 확대됐어요. 흠이 없이 모두 다 갖추어져 있는 것은 ‘完全(완전)’, 흠이 없는 구슬이라는 뜻으로, 결함이 없이 완전한 것은 ‘完璧(완벽)’, 빠짐없이 완전히 갖춘 것은 ‘完備(완비)’라고 하죠.

완전한 승리는 ‘完勝(완승)’, 일을 완전하게 끝맺는 것은 ‘完結(완결)’, 남김없이 완전히 지불하는 것은 ‘完拂(완불)’, 사명이나 책임, 목적 등을 완전히 수행하는 것은 ‘完遂(완수)’, 완전히 끝마치는 것은 ‘完了(완료)’, 공사를 마치는 것은 ‘完工(완공)’이 됩니다. ‘竣工(준공)’도 ‘완공’처럼 공사를 마치는 것이지만, ‘起工(기공)’은 공사를 시작하는 것이죠. ‘施工(시공)’은 공사를 始作(시작)하는 것이 아니라 공사를 施行(시행)하는 것이니 주의해서 써야겠죠.

또 우리가 흔히 ‘未完(미완)의 大器(대기)’라고 하는데, 이는 潛在力(잠재력)과 가능성을 가지고 있지만, 아직은 큰일을 이루지 못한 인재를 두고 하는 말이죠. 야구에서 투수가 '完封(완봉)'했다는 말은 상대방의 타선을 완전히 封鎖(봉쇄)하여 득점을 허용치 않았다는 뜻이고요.

혹시 경제 용어 '補完財(보완재: Complements)'를 들어봤을 건데요. 햄버거가 많이 팔리면 함께 마시는 콜라도 많이 팔리겠지요? 이처럼 어느 한쪽 재화의 수요가 증가하면 다른 쪽 재화의 수요도 같이 증가하는 경우를 말하죠. 한편 '代替財(대체재, Substitutes)'는 우리 속담에 '꿩 대신 닭'처럼 꿩과 닭의 관계라고 할 수 있죠. 한 상품의 가격이 상승할 때 소비자는 비슷한 기능이나 효용을 가진 다른 상품을 선택하는 것을 말합니다. 음료로 콜라 대신에 사이다를 선택할 수 있지만, 가격 변동에 따라 선택이 또 바뀔 수도 있습니다.

잠깐! '지킬 保(보)'와 '편안할 安(안)'이 결합한 '保安(보안)'은 補充(보충)하여 完全(완전)하게 만드는 '補完(보완)'과 구별해야겠죠. '보안'은 안전을 유지하는 것 또는 비밀 따위가 새어나가지 않게 보호하는 것이죠. 특히 정보 보안은 컴퓨터 시스템과 네트워크를 외부 공격으로부터 안전하게 지키는 것이고, 시설 보안은 건물이나 설비를 안전하게 유지하는 것이랍니다. 급속도로 진행되는 尖端(첨단)의 정보화 시대에 정보 보안만큼 중요한 일이 없으니, 개인부터 각자의 정보에 대한 지킴이의 역할을 다해야겠습니다.

찻길과 인도의 구분이 없는 좁은 길이 왜 裏面道路(이면도로)?

우선 실생활이나 뉴스 보도에 '裏面(이면)'이 쓰인 예를 찾아보겠습니다.

수표의 '이면'에 전화번호와 이름을 적어 주세요.
한국 현대 정치사의 '이면'에는 수많은 음모가 도사리고 있다.

여기 두 예문에 쓰인 '이면'의 뜻이 약간 다르다고 느껴지지 않는가요? 수표의 '이면'은 '사물의 뒤쪽 면(back)'을 가리키지만, 정치사의 '이면'은 '눈에 안 보이는 부분(inside, the other side)'을 뜻하죠. 의미상 미세한 차이점이 있다고 해도 '속 裏(리)'와 '낯(얼굴) 面(면)'의 한자를 알면 문맥에 따라 뜻을 정확하게 구별하여 제대로 이해하고 표현할 수 있겠네요.

중앙선이 없어 왕복 차로의 구분이 없는 도로를 왜 '裏面道路(이면도로)'라고 하는지, 똑같은 계약에 대하여 서로 다른 내용의 계약을 체결하는 것을 왜 '裏面契約(이면계약)'이라고 하는지도 알게 되지요.

먼저 '裏面(이면)'의 '裏(리)'는 '옷 衣(의)'와 '마을 里(리)'가 합쳐져 만들어진 글자로 '속옷'이 본래의 뜻이었다고 합니다. 나중에 옷의 뒷면, 즉 보이지 않는 '안쪽', '속마음'을 뜻하며 '겉 表(표)'와 상대적인 뜻으로 쓰이는데, 다른 형태의 글자 '裡(리)'로도 쓰입니다.

'絶讚裡(절찬리)'는 '더할 나위 없는 찬사 가운데', '盛況裡(성황리)'는 '성대한 상황을 이룬 가운데', '暗暗裡(암암리)'는 '남이 모르는 사이' 등에 접미사처럼 모두 쓰여 '~하는 가운데'의 뜻이 되는군요. '腦裏(뇌리)

를 스쳐 가다'의 '뇌리'는 생각과 기억이 들어 있는 머릿속을, '대장부의
胸裏(흉리)가 어떠했을까?'에서 '흉리'는 '가슴 속', 즉 마음속에 품고 있
는 생각이나 느낌을 뜻하지요. 한 면은 이미 사용했고 뒷면을 다시 사용
할 수 있는 종이를 '裏面紙(이면지)'라고 하고, 음충맞게 겉과 속이 다르
거나 言行(언행)과 속생각이 다른 것을 '表裏不同(표리부동)'이라고 하
지요. '청산 속'을 뜻하는 '靑山裏(청산리)'가 쓰인 황진이의 시조가 絶唱
(절창)으로 전해져 오고 있습니다.

靑山裏(청산리) 碧溪水(벽계수)야 수이 감을 자랑 마라.
一到蒼海(일도창해)하면 돌아오기 어려우니,
明月(명월)이 滿空山(만공산)하니 쉬어간들 어떠리.

청산 속에 흐르는 푸른 시냇물아, 빨리 흘러간다고 자랑하지 말라.
한번 푸른 바다에 이르면 다시 돌아오기 어려우니,
밝은 달이 빈 산에 가득 차 있으니 쉬어 가면 어떻겠는가.

다음으로, '面(면)'은 원래 '눈 目(목)'을 그린 것에 둘레를 둘러 얼굴의
정면 모양을 나타낸 글자로, '面識(면식)'처럼 '얼굴'의 뜻을 나타냅니다.
나중에 '平面(평면)', '地面(지면)'처럼 '표면', '內面(내면)', '正面(정면)'처
럼 '쪽', '直面(직면)'처럼 '만나다', '마주치다' 등의 뜻으로 확대되었죠.
물체의 좌우 옆면은 '側面(측면)', 물건의 안쪽이나 사람의 속마음은 '內
面(내면)'이 됩니다. 또 얼굴을 마주 대하는 것은 '面接(면접)', 얼굴 또는
서로 얼굴을 아는 친분은 '顔面(안면)', 얼굴을 씻는 것은 '洗面(세면)'
또는 '洗顔(세안)', 얼굴을 싸서 가리는 것은 '覆面(복면)', 얼굴을 서로
알 정도의 관계는 '面識(면식)', 서로 만나서 이야기하거나 의견을 나누

는 것은 '面談(면담)'이 됩니다.

'防毒面(방독면)', '假面(가면)'처럼 얼굴을 가리는 물건이란 뜻으로도 쓰이네요. 어떤 일에 바로 맞닥뜨리는 것은 '當面(당면)'이므로 '현재 해결해야 할 가장 시급한 문제'를 바로 '當面課題(당면 과제)'라고 합니다. 이 밖에, 피해자와 가해자가 서로 얼굴을 아는 사건의 범인은 '面識犯(면식범)', 화폐나 유가 증권 따위의 표면에 적힌 가격은 '額面價(액면가)', 본디 그대로의 참된 모습이나 내용은 '眞面目(진면목)' 등으로 활용되지요.

사람의 얼굴을 하고 있으나 마음은 짐승과 같다는 '人面獸心(인면수심)', 글만 읽고 세상 물정을 전혀 모르는 白面書生(백면서생), 모범이 되지 않는 남의 말이나 행동이 도리어 자신의 인격을 수양하는 데 도움을 준다는 '反面教師(반면교사)', 아무에게도 도움을 받지 못하여 곤경에 빠진 '四面楚歌(사면초가)' 등도 자주 쓰는 한자 숙어입니다.

마지막으로 소설 이야기.

주인공인 '지킬(Henry Jekyll)' 박사는 스스로 만든 약물을 통해, 자신의 裏面(이면)에 존재하는 惡(악)한 인격의 '하이드(Edward Hyde)'를 분리해 내려고 합니다. 그러나 그는 결국 지킬이 아닌 하이드로 영원히 살아갈 수밖에 없는 상황에 몰리자, 참회록을 쓰고 자결합니다. 이 소설의 제목은 〈지킬 박사와 하이드 씨〉입니다. 최근 들어 〈지킬 앤 하이드〉라는 타이틀을 건 뮤지컬로 扇風的(선풍적)인 인기몰이를 하면서 '絕讚裡(절찬리)' 공연된 바 있지요.

남의 생각을 높일 땐 卓見,
자기의 의견을 낮출 때는?

**한글을 창제한 세종의 着眼(착안)과 卓見(탁견)에는 놀라지 않을 수 없다.
아리스토텔레스가 歷史(역사)와 문학을 구별한 것은 탁견이 아닐 수 없다.**

여기에 쓰인 '탁견'은 '두드러져 뛰어난 의견이나 견해'를 뜻하죠. 이 단어는 '요즘 세상에 대한 선생님의 탁견을 듣고 싶습니다.'처럼 쓰여 남의 의견을 높일 때도 쓰이네요. 그렇다면 '高見(고견)'과 아주 비슷한 뜻으로 쓰이는군요. 반면에 우리말 한자어 중에는 자기의 의견을 겸손하게 낮추는 표현도 있습니다. 대롱 구멍으로 사물을 본다는 뜻으로, 좁은 소견이나 자기의 소견을 겸손하게 이르는 말이 바로 '管見(관견)'이거든요. 이와 비슷하게 쓰이는 '愚見(우견)', '鄙見(비견)', '拙見(졸견)', '淺見(천견)'도 있습니다. '어리석을 愚(우)', '천할 鄙(비)', '서투를 拙(졸)', '얕을 淺(천)'을 보면 자신을 낮추어도 너무 낮춘 것 같군요.

'卓見(탁견)'에서 '卓(탁)'은 '점 卜(복)'과 '이를 무(조)'가 합쳐진 모양입니다. 여기에서 '卜(복)'과 '무(조)'는 한자의 뜻과 관계없이 '날아오르는 새'와 새를 잡는 '그물채'를 본떠 그린 것이라고 합니다. 어쨌든 높이 나는 새를 그물채로 쳐서 잡는 모양에서 '높이 솟다', '뛰어나다', '세우다' 등의 뜻으로 확대된 것 같습니다. 이 밖에, 방에서 물건을 높이 올려놓는 '卓子(탁자)'의 뜻으로도 쓰이죠.

다른 사람이나 물건보다 두드러지게 뛰어난 것은 '卓越(탁월)', 뛰어난 효험은 '卓効(탁효)', 뛰어난 識見(식견)은 '卓識(탁식)', 뛰어난 논설은

'卓説(탁설)'이 됩니다. 둥근 탁자는 '圓卓(원탁)', 의자 없이 바닥에 앉아서 사용하도록 만든, 다리가 짧은 탁자는 '坐卓(좌탁)', 나무로 된 대(臺)의 가운데에 네트를 치고 공을 쳐 넘겨 승부를 겨루는 경기는 '卓球(탁구)', 교단 앞이나 위에 놓은 탁자는 '教卓(교탁)'이죠. '圓卓會議(원탁회의)'는 회의 참가자들이 좌석 순의 序列(서열)에 집착하지 않고 원탁에 둘러앉아 對等(대등)한 관계에서 자유롭게 발언할 수 있는 회의입니다.

다음으로 '見(견)'은 '보다'라는 뜻을 나타내기 위해 사람[어진 사람 儿(인)]의 눈[눈 目(목)]만을 크게 강조해서 그려 놓은 모습입니다. 처음의 '보다'라는 뜻에서 나중에는 '헤아리다', '알다', '만나다', '생각' 등의 뜻으로 확대됐죠. 다만 '나타나다', '드러나다' 또는 '(윗사람을) 뵙다' 등의 뜻으로 쓰이면 '견'이 아니라 '현'으로 읽어야 합니다. '궁중에 들어가 임금을 알현하다'처럼 지체가 높고 귀한 사람을 찾아가 뵙는 것이 '謁見(알현)'이죠. 한편, 뜻이 어려운 글도 되풀이하여 읽으면 그 뜻을 스스로 깨우쳐 알게 된다는 옛말을 들어봤나요? '讀書百遍義自見(독서백편의자현)'이 그것입니다.

보고 듣거나 그렇게 하여 깨달은 지식은 '見聞(견문)', 일이나 물건을 보고 느끼는 생각이나 의견은 '所見(소견)', 실지로 보고 배우면서 지식을 넓히는 것은 '見學(견학)'입니다. 서로 만나 의견을 밝히는 것은 '會見(회견)', 신분이 높은 사람이 공식적으로 찾아온 사람을 만나주는 것은 '接見(접견)'이라고 하죠. 각자가 판단하여 가지는 일정한 생각은 '意見(의견)'인데, 개인의 사사로운 의견은 '私見(사견)', 정치나 정책에 관한 의견은 '政見(정견)', 일정하게 자기의 주장이 있는 의견은 '定見(정견)' 등으로 갈려 나갑니다. 학식과 견문은 '識見(식견)', 사물이나 현상에 대한 의견이나 생각은 '見解(견해)', 관찰하고 판단하는 立場(입장)은 '見

地(견지, viewpoint, standpoint)’가 되고요. 한편, ‘비판적 입장을 堅持(견지)하다’에서의 ‘견지’는 굳게 지니거나 지킨다는 뜻입니다.

위태로운 나라의 지경을 보고 목숨을 바쳐 싸우는 것은 ‘見危致命(견위치명)’, 눈앞에 벌어진 狀況(상황)을 차마 눈 뜨고 볼 수 없는 것은 ‘目不忍見(목불인견)’, 다가올 일을 미리 짐작하는 밝은 지혜는 ‘先見之明(선견지명)’이라고 합니다.

만 리 앞을 내다본다는 뜻으로, 관찰력, 판단력 등이 매우 정확하고 뛰어남을 이르는 ‘明見萬里(명견만리)’는 ‘선견지명’과 통하네요.

꽤 오래 전에 어느 TV 방송국에서 同名(동명)의 시사 교양 프로그램을 放映(방영)한 바 있지요. 나중에 방영 내용을 바탕으로 미래에 대한 洞察(통찰)을 주제로 한 책으로도 발간됩니다.

先後는 순서를 강조할 때, 前後(전후)는 어떤 경우?

'先後(선후)'는 글자 그대로 '먼저와 나중'을 뜻하죠. 사건이 일어난 순서를 설명할 때나 작업을 수행할 때의 순서를 나타내는 말로 쓰입니다. 시간상으로도 '선후'가 있고, 중요도에서도 '선후'가 있지요.

그렇지만 살다 보면 일의 처음과 나중이 뒤바뀌거나 중요한 '根本(근본)'과 사소한 '枝葉(지엽)'이 엇갈리는 상황이 벌어집니다. '지엽'은 본래 '가지와 잎'을 뜻하여 중요하지 않은 부분을 이르는 말입니다. 우리는 이를 '근본 本(본)', '끝 末(말)', '엎어질 顚(전)', '넘어질 倒(도)'를 결합하여 '本末顚倒(본말전도)'라고 표현합니다. 일의 우선순위를 놓치고 중요한 일보다 사소한 일에 매달리는 것을 아주 잘 나타낸 말이죠.

'先後(선후)'에서 '먼저 先(선)'은 갑골문에서 '발 止(지)'와 '사람 儿(인)'을 그려 '발'이 '사람'의 '앞'으로 나간 모습으로 되어 있습니다. 여기서 '사람 儿(인)'의 상단은 '발 止(지)'의 변형이라고도 하고 '갈 之(지)'의 변형이라고도 합니다. 어쨌든 '발'이 먼저 '가다'라는 뜻이네요.

여기서 '앞', '먼저'란 뜻으로, 다시 '以前(이전)'의 뜻으로 확대됐으니, 공간 개념에서 시간 개념으로 확대됐군요. 한발 앞선 사람의 발자국 모습을 통해 '먼저'와 '앞'을 나타낸 발상이 참 재미있습니다.

남보다 먼저 깨달은 사람은 '先覺(선각)', 대열이나 활동 따위에서 맨 앞은 '先頭(선두)', 남보다 앞장서서 먼저 하는 것은 '率先(솔선)', 여럿을 앞장서서 이끄는 것은 '先導(선도)', 野球(야구)에서 경기가 시작되는 1회부터 출전하는 것은 '先發(선발)', 노래를 맨 먼저 부르는 것은 '先唱

(선창)’입니다. ‘先例(선례)’는 이전부터 있었던 사례나 判例(판례), ‘先山(선산)’ 또는 ‘先塋(선영)’은 조상의 무덤이 있는 산, ‘先親(선친)’은 돌아가신 자기 아버지를 남에게 이르는 말, ‘先祖(선조)’는 먼 윗대의 조상을 뜻합니다. ‘先公後私(선공후사)’는 공적인 일 먼저, 사사로운 일 나중에 하는 것이므로 私慾(사욕)을 버리고 公益(공익)을 위하여 힘쓰는 ‘滅私奉公(멸사봉공)’과 통하네요.

또 중요한 일이나 사상에서 남보다 앞서 나가는 사람은 ‘先驅者(선구자)’, 가장 먼저 서둘러 해야 할 일은 ‘急先務(급선무)’, 경험보다 먼저 판단이 이루어지는 것은 ‘先驗的(선험적, transcendent)’, 태어날 때부터 타고난 것은 ‘先天的(선천적, innate, inborn)’, 이미 마음속에 가지고 있는 고정적인 관념이나 관점은 ‘先入見(선입견, prejudice)’ 또는 ‘先入觀(선입관)’이라고 하죠. ‘先決課題(선결 과제)’는 다른 문제보다 먼저 해결하거나 결정해야 하는 과제이고, ‘機先(기선)을 잡다’는 남보다 먼저 재빠르게 행동하는 것, ‘先鋒(선봉)에 나서다’는 어떤 일에 앞장서는 것, ‘先制攻擊(선제 공격)’은 상대편을 먼저 제압하기 위하여 펼치는 공격을 말하죠.

다음으로 뒤 後(후)는 ‘길’을 뜻하는 ‘조금 걸을 彳(척)’, ‘발’을 뜻하는 ‘뒤처져 올 夂(치)’, ‘작다’를 뜻하는 ‘작을 幺(요)’가 합쳐진 글자입니다. 작은 발걸음으로 걷다 보면 남들보다 뒤처지게 마련이니, ‘뒤’, ‘뒤떨어지다’ 등의 뜻을 가지게 되었다고 합니다. ‘먼저 先(선)’ 또는 ‘앞 前(전)’의 상대자로 쓰여 ‘先天的(선천적)/ 後天的(후천적)’, ‘前半戰(전반전)/ 後半戰(후반전)’처럼 反意(반의) 관계를 많이 이루죠.

경제, 사회, 문화 등이 뒤떨어지는 것은 ‘落後(낙후)’, (어떤 일의) 뒤를 잇는 것은 ‘後續(후속)’, (어떤 사업이나 사람의) 뒤를 잇는 것은 ‘後繼

(후계)', 집안의 대를 잇는 아들은 '後嗣(후사)', 핏줄을 이은 후손은 '後裔(후예)'입니다. 어떤 일의 드러나지 않은 뒤편은 '背後(배후)', 겉으로 드러나지 않은 장소는 '幕後(막후)'인데, '막후'는 '물밑'이란 말로도 바꾸어 쓸 수 있어요. '배후 勢力(세력)', '막후 協商(협상)' 등으로 활용됩니다.

'追後(추후)'는 일이 지나간 얼마 뒤, '向後(향후)'는 이다음(뒤) 또는 앞으로, '今後(금후)'는 지금부터 뒤 또는 미래를 뜻하죠. '추후에 논의하다', '향후 대책', '금후의 계획' 등으로 쓰입니다. 뒤에서 도와주는 것은 '後援(후원)', 병의 경과나 치료 결과를 예측하는 것은 '豫後(예후)', 부처님 또는 예수님의 몸 뒤에서 내비치는 빛은 '後光(후광)'이라고 합니다. '그는 아버지의 든든한 후광에 힘입어 성공했다.'처럼 '후광'은 어떤 사물을 더욱 빛나게 하거나 두드러지게 하는 배경이라는 뜻으로도 쓰입니다.

'뒤에 태어난 사람을 두려워할 만하다'를 뜻하는 '後生可畏(후생가외)'는 저자가 아주 좋아하는 말입니다. 여기에서 '두려울 외(畏)'는 단순히 두려워한다는 뜻이 아니라 겸손한 마음으로 높이 받들며 존경한다는 '畏敬(외경)'이죠.

뒤를 잇는 세대의 뛰어난 능력을 인정하면서, 기성세대 스스로 더 발전하기 위한 동기를 부여받을 수 있기 때문입니다. 제자가 스승보다 뛰어나다는 '靑出於藍(청출어람)'도 같은 맥락에서 이해되지요.

그렇다면 '後生可畏(후생가외)'는 MZ 세대와 旣成世代(기성세대) 사이의 세대 논쟁을 잠재울 수 있는 처방이 될지도 모릅니다.

책을 누른다는 壓卷이 왜 가장 뛰어난 것을 일컫죠?

지금도 사람들은 말하죠.

"2002년 월드컵 축구 이탈리아戰(전)에서 안정환의 골든골 장면은 정말 壓卷(압권)이야."

안정환이 골든골을 넣은 뒤 긴 머리카락을 휘날리며 '반지 세레모니'를 펼치던 장면은 20여 년이 지난 지금도 생생하게 떠오르네요. 안정환의 이 골로 대한민국은 絶頂(절정)의 祝祭(축제) 분위기로 치달았으니 '壓卷(압권)'이란 말로밖에 표현할 수 없겠군요.

그런데 왜 이 장면을 '누를 壓(압)'과 '책 卷(권)'을 합친 '壓卷'으로 표현할까요? 책을 누르다니, 도대체 무슨 말인가요?

그건 옛날 과거시험에서 가장 훌륭한 답안지를 골라 '壯元(장원)'으로 맨 위에 올려놓았거든요. 그러니 가장 우수한 답안지가 다른 답안지를 누르는 모양새를 취하게 되었고, 여기서 유래하여 여러 책이나 작품 가운데 가장 잘된 책 또는 작품을 '압권'이라고 했습니다. 요즘은 소설이나 영화 같은 작품에서 가장 인상적이고 감동적인 장면을 가리킬 때도 사용하지요.

'壓卷(압권)'의 '壓(압)'은 '싫을 厭(염)'과 '흙 土(토)'가 합쳐진 글자입니다. 이 글자는 본래 '흙덩어리'를 뜻했으니 '흙 토'(土)가 뜻을, '厭(싫을 염)'이 음을 나타낸 글자죠. 물론 음을 나타낸 글자가 맞나 할 정도로 음이 아주 많이 달라졌습니다. '壓(압)'은 나중에 '누르다', '쓰러뜨리다', '압력' 등의 뜻으로 확대됐습니다.

힘으로 억누르거나 제약하는 것은 '壓迫(압박)', 권력이나 무력 따위로 억지로 눌러 꼼짝 못 하게 하는 것은 '彈壓(탄압)', 행동이나 자유 등을 억지로 누르는 것은 '抑壓(억압)', 강압적이고 물리적인 힘으로 억눌러 가라앉히는 것은 '鎭壓(진압)'이라고 합니다. '壓縮(압축)'은 압력을 가하여 부피를 줄이거나 글을 줄여 짧게 하는 것, '壓倒(압도)'는 훨씬 나은 기세나 능력으로 상대편을 누르는 것, '壓勝(압승)'은 크게 이기는 것, '制壓(제압)'은 세력이나 기세 따위를 억눌러서 통제하는 것, '壓搾(압착)'은 눌러서 짜는 것이죠.

액체가 스며들 수 있는 막을 통하여 다른 물질로 옮겨갈 때 그 막이 받는 압력은 '滲透壓(삼투압)', 강요나 책임감이 지나쳐 마음이 매우 답답한 느낌은 '重壓感(중압감)', 위엄이나 큰 힘 따위로 억누르거나 을러대는 것은 '威壓的(위압적)'이라고 합니다.

이 밖에 '壓(압)'은 '水壓(수압)', '血壓(혈압)', '氣壓(기압)', '電壓(전압)'처럼 '壓力(압력)'이라는 뜻으로도 많이 쓰입니다.

다음으로 '卷(권)'은 뜻을 나타내는 '병부 卩=㔾(절)'과 음을 나타내는 '밥 뭉칠 龹(권)'이 합쳐진 글자입니다. '병부 卩=㔾(절)'은 무릎을 꿇은 모양이므로, '卷(권)'은 무릎을 꿇고 竹簡(죽간)을 손으로 '말다'라는 뜻을 가지게 됐죠. 나중에 족자 형태의 책을 둘둘 말아 놓을 때 쓰는 둥글고 긴 나무토막을 '卷(권)'이라 한 데서 '책'을 通稱(통칭)하는 말로 쓰였다고 합니다.

'말다(roll)'라는 본래의 뜻은 '卷'에 '손 手=扌(수)'를 더한 '말 捲(권)'이 대신하게 되었죠. 땅을 말아 일으킬 것 같은 기세로 다시 온다는 뜻으로, 실패한 후에 힘을 회복하여 다시 쳐들어오는 것을 말하는 '捲土重來(권토중래)'의 '捲(권)'이 바로 이 글자입니다.

'席卷(석권)'은 '돗자리를 만다'라는 뜻으로, 빠른 기세로 영토를 휩쓸거나 세력 범위를 넓히는 것을 말합니다. '세계 반도체 시장을 석권하다', '태권도 전 체급을 석권하다'처럼 쓰이죠. '卷頭(권두)'는 책의 첫머리, '卷末(권말)'은 책의 맨 끝, '單卷(단권)'은 한 권으로 이루어진 책을 뜻하고요. '권두에 실린 머리말', '권말 부록'처럼 쓰입니다.

손에서 책을 놓지 않는다는 뜻으로, 손에서 책을 놓지 않고 늘 글을 읽는 것은 '手不釋卷(수불석권)'이라고 합니다, 공자가 〈周易(주역)〉 책을 즐겨 읽어 책의 가죽끈이 세 번이나 끊어졌다는 데서 책을 열심히 읽는 것을 뜻하는 '韋編三絶(위편삼절)'과 통하는군요. 공자가 살던 춘추 시대에는 종이가 발명되기 전이라서 대나무 조각을 가죽끈으로 엮어 만든 책을 사용했기 때문에 생긴 말이죠.

참, 壓卷(압권)에 견줄 만한 말이 떠오릅니다.

여럿 가운데서 가장 뛰어난 것, 또는 그런 사람을 가리키는 말 중에 '白眉(백미)'도 있어요. 말 그대로 '흰 눈썹'이라는 뜻입니다. 중국 촉한 때 馬氏(마씨) 다섯 형제가 모두 재주가 있었는데, 그중에서도 눈썹 속에 흰 털이 난 넷째 마량이 가장 뛰어났다는 데서 유래했다고 합니다. 큰 목적을 위하여 자기가 아끼는 사람을 버림을 뜻하는 '泣斬馬謖(읍참마속)'에 나오는 '마속'이 바로 '흰 눈썹' 마량의 동생이죠.

混同은 뒤섞어 생각하는 것
(confuse), 混沌(혼돈)은
뒤엉킨 상태(chaos).

인터넷 중독이 심해지면 가상 세계와 현실 세계를 ___하게 된다.
이념적 대립 상황이 오래 지속되면 우리 사회는 심각한 ___에 빠질 것이다.
우리 사회는 지금 앞뒤를 분간할 수 없는 ___ 속에서 헤어나지 못하고 있다.

앞 예문에 들어갈 단어는 '混沌(혼돈)', '混同(혼동)', '混亂(혼란)' 중 하나입니다. 독자 여러분은 이 세 단어를 헷갈리지 않고 정확하게 구사할 수 있나요? 모두 '섞일 混(혼)'을 포함하고 있어 정확하게 각 단어의 뜻을 익혀 놓지 않으면 낭패를 겪을 수도 있습니다. 이 자리에서는 '混同(혼동)'을 중심으로 알아보고 세 단어의 차이점도 함께 공부해 봅시다.

'混同(혼동)'에서 '混(혼)'은 '물 氵=水(수)'와 '맏(형) 昆(곤)'이 합쳐진 글자로, '물이 섞이다'가 본뜻이었다고 합니다. 여기에서 '맏(형) 昆(곤)'은 음을 나타내지만, 본래는 태양 아래 사람들이 떼 지어 모인 모습을 그린 것으로 '뒤섞이다'라는 뜻도 가지고 있지요. 그래서 '混(혼)'은 '섞이다'의 뜻으로 쓰이고, 섞이면 흐려지게 마련이니 '흐리다'의 뜻으로 확대됐군요.

'混合(혼합)'은 뒤섞여 한데 합치는 것, '混濁(혼탁)'은 섞이어 어지럽고 흐린 것, '混雜(혼잡)'은 여럿이 한데 뒤섞이어 어수선한 것, '混線(혼선)'은 전파가 뒤섞여 통신이 엉클어지는 것 또는 말이나 일 따위를 서로 다르게 파악하여 혼란이 생기는 것입니다. '밀가루와 찹쌀을 혼합하여 반죽하다', '선거전이 혼탁한 양상으로 번지다', '백화점 주변의 교통이 혼잡하다', '전화 통화 중 혼선이 일어나다', '경기 진행에 혼선을 빚다'처럼 활용되지요.

또 서로 뒤섞여 어지럽게 싸우는 것은 '混戰(혼전)', 남자와 여자의 목소리를 서로 합치는 것은 '混聲(혼성)', 섞어서 쓰는 것은 '混用(혼용)'이라고 하죠. '승부를 예측할 수 없는 혼전', '혼성 듀엣', '한글과 한자를 혼용하다' 등으로 활용됩니다.

'混潮勢(혼조세)'는 주식의 가격 지수가 오르고 내림을 거듭하여 불안정한 흐름이나 경향을 뜻하고, '混血兒(혼혈아)'는 서로 다른 종족 사이에서 태어난 아이를 말합니다. 시세에 변화가 없는 상태. 즉 가격 변동이 거의 없이 그대로 유지되는 시세는 '保合勢(보합세)', 물가나 시세 따위가 갑자기 오르는 기세는 '急騰勢(급등세)'라고 하죠.

다음으로, 同(동)은 '무릇 凡(범)'과 '입 口(구)'가 합쳐진 글자로 '모두 모이다'가 본래의 뜻이라고 합니다. 한편 '同(동)'을 두 개의 '입 口(구)'가 합쳐진 모양으로 보고 '합쳐지다'라는 뜻을 가진다고 설명하기도 합니다. 어쨌든 나중에 '같다' 또는 '함께'라는 뜻으로도 확대됐지요. 함께 일하는 사람은 '同僚(동료)', 둘 이상의 단체, 국가가 공동 이익을 위하여 결합하는 것은 '同盟(동맹)', 무엇을 할 때, 함께 짝을 짓거나 챙기는 것은 '同伴(동반)', 함께 넣어 봉하는 것은 '同封(동봉)'입니다.

'同意(동의)'는 같은 의견을 가지거나 어떤 일에 찬성하는 것, '同調(동조)'는 남의 주장에 따르거나 보조를 맞추는 것, '同腹(동복)'은 같은 어머니한테서 태어난 사람, '同寢(동침)'은 남녀가 잠자리를 같이하는 것이고, '同好會(동호회)'는 같은 취미를 가지고 함께 즐기는 사람들의 모임을 뜻하죠. '和而不同(화이부동)'은 우렛소리에 맞춰 함께 한다는 뜻으로, 자신의 뚜렷한 소신 없이 남이 하는 대로 따라 하는 것, '異口同聲

(이구동성)'은 입은 다르나 목소리는 같다는 뜻으로, 여러 사람의 말이 한결같은 것, '同床異夢(동상이몽)'은 같은 자리에 자면서 다른 꿈을 꾼다는 뜻으로, 겉으로는 같이 행동하면서도 속으로는 각각 딴생각을 하는 경우를 이르는 말입니다.

마구 뒤섞여 있어 갈피를 잡을 수 없는 상태 또는 하늘과 땅이 아직 나눠지지 않은 상태는 '混沌(혼돈, chaos)', 구별하지 못하고 뒤섞어서 같다고 생각하는 것은 '混同(혼동, confusion), 뒤죽박죽이 되어 어지럽고 질서가 없는 것은 '混亂(혼란, mess)'이 됩니다. '혼돈'에서 '沌(돈)'은 '엉기다', '어둡다' 등의 뜻이고, '혼동'에서 '同(동)'은 '같다', '함께'의 뜻이고, 혼란'에서 '亂(란)'은 '어지럽다'의 뜻입니다. '混(혼)'과 결합한 한자의 뜻을 알면 각 단어의 뜻도 어렵잖게 풀리네요. 그러면 맨앞의 빈칸에 들어갈 단어는 순서대로 '혼동', '혼란', '혼돈'이 됩니다.

앞에서 살펴본 대로, '混濁(혼탁)'은 불순물이 섞여 맑지 못하고 흐린 것 또는 정치, 도덕 등 사회적 현상이 어지럽고 깨끗하지 못한 것을 이르는 말이죠. 그러면 다음 글이 전하려는 메시지는 뭘까요?

水至淸則無魚(수지청즉무어)　물이 지극히 맑으면 고기가 없고,
人至察則無徒(인지찰즉무도)　사람이 지극히 살피면 따르는 사람이 없다.

물론 썩은 물처럼 살라는 얘기는 아니고 어울려 살아야 한다는 말이겠죠. 남의 허물을 덮어주고 용서할 줄 알아야 한다는 뜻일 겁니다.

視角은 사물을 보고 이해하고 생각하는 입장과 관점.

　우리는 종종 '시각의 차이'니 '부정적 시각'이니 '여성의 시각에서 접근하다' 등의 표현을 말하거나 듣고 있습니다. '볼 視(시)'와 '뿔 角(각)'이 결합한 '視角(시각)'은 앞의 예처럼 사물이니 현상을 보고 이해하고 판단하는 관점이라는 뜻으로 쓰이죠.

　시각과 관점의 차이에 따라 사물을 다르게 파악하는 단적인 예가 있어요. 숫자 9를 놓고 어디서 보느냐에 따라 사람들은 '6이다' 또는 '아니, 9다'라고 우기잖아요. 또 똑같은 그림인데 오리라고 생각하는 사람이 있는가 하면, 토끼라고 생각하는 사람도 있거든요. 지금 이 자리는 '視角(시각)'과 관련된 한자를 공부하는 자리니까 이 정도로 끝내기로 하죠.

　먼저 '視(시)'는 '보일 示(시)'와 '볼 見(견)'이 합쳐져 '쳐다보다'라는 뜻을 나타내죠. '示(시)'와 '見(견)'은 둘 다 보려고 하지 않아도 눈앞에 나타나 보이는 것을 뜻한다고 합니다. 참고로 덧붙이면, '示(시)'는 대개 귀신 또는 제사와 관련되어 '귀신 神(신)', '제사 祭(제)', '복 福(복)' 등의 한자와 결합해 있죠. '視(시)'는 '보다'의 뜻 외에 '當然視(당연시)'처럼 '그렇게 여기다(보다)'의 뜻을 더하는 접미사로도 쓰입니다.

　'坐視(좌시)'는 참견하지 않고 앉아서 보기만 하는 것, '監視(감시)'는 감독하고 통제하기 위해 주의하여 지켜보는 것, '凝視(응시)'는 뚫어지게 바라보는 것, '透視(투시)'는 막힌 물체를 꿰뚫어 보는 것, '巡視(순시)'는 돌아다니며 시정을 살펴보는 것입니다. 가볍게 업신여기는 것은 '輕視(경시)', 남을 업신여기거나 무시하는 태도로 흘겨보는 것은 '白眼視

'(백안시)', 가외(加外)의 경우로 보아 상관하지 않거나 무시하는 것은 '度外視(도외시)'라고 하죠. 이 밖에, '直視(직시)'는 사물이나 현상의 본질을 꿰뚫어 보는 것, '錯視(착시)'는 착각으로 잘못 보는 것, '注視(주시)'는 주의하여 자세히 살피는 것, '嫉視(질시)'는 시기하여 보는 것을 뜻하죠. '현실을 직시하다.' '착시를 일으키다.' '민심의 향배를 주시하다.' '反目(반목)과 질시에서 벗어나다.' 등으로 활용됩니다.

　눈으로 볼 수 있는 것은 '可視的(가시적, visible)', 사물이나 현상을 세밀하게 파악하기 위해 작은 부분들에 관심을 기울이는 것은 '微視的(미시적, microscopic)', 앞날의 일이나 사물 전체를 보지 못하고 눈앞의 부분적인 현상에만 사로잡히는 것은 '近視眼的(근시안적)'입니다. 숲의 나무 하나하나를 살피는 것이 '微視的(미시적)'이라면, 숲 전체를 바라보는 것은 '巨視的(거시적)'이라고 하겠군요. '가시적 成果(성과)를 거두다', '미시적으로 分析(분석)하다', '근시안적인 行政(행정)' 등으로 활용되죠. 또 요즘 방송 등에서 자주 나오는 '旣視感(기시감)'은 프랑스 말 '데자뷔(déjà vu)'에서 온 말로, 한 번도 경험한 일이 없는 상황이나 장면이 언제, 어디에선가 이미 경험한 것처럼 친숙하게 느껴지는 것을 말합니다.

　다음으로, '角(각)'은 갑골문에서 짐승[아마도 소(?)]의 뿔 모양을 본뜬 글자라고 합니다. '角(각)'은 주로 '두각을 나타내다'에서 '頭角(두각)'처럼 '뿔'을, '둔각 삼각형'에서 '鈍角(둔각)'처럼 '모서리(각도)'를 뜻하죠. 또 '列強(열강)이 각축하다'의 '角逐(각축)'처럼 동물들이 뿔로 힘을 겨룬다는 것에서 '겨루다', '다투다' 등의 뜻도 가지게 되었죠. '빙산의 일각에 불과하다'에서 '一角(일각)'은 한 귀퉁이 또는 한 부분을, '복지의 사각지대'에서 '死角(사각)'은 눈으로 보이지 않는 각도 또는 관심이나 영향이 미치지 못하는 범위를, '다각적 접촉'에서 '多角的(다각적)'은 여러 방면

82

이나 부문에 걸치는 것을 말합니다.

'뿔 角(각)'이 들어간 한자 숙어도 꽤 있어요. 뿔이 있는 짐승은 이가 없다는 뜻으로, 한 사람이 여러 가지 복이나 재주를 한꺼번에 다 가질 수 없다는 '角者無齒(각자무치)', 소뿔을 바로잡으려다가 소를 죽인다는 뜻으로, 잘못된 점을 고치려다가 정도가 지나쳐 오히려 일을 그르친다는 '矯角殺牛(교각살우)', 양쪽의 力量(역량)이 비슷해서 서로 낫고 못함이 없이 맞선 기세는 '互角之勢(호각지세)', 달팽이의 더듬이 위에서 싸운다는 뜻으로, 하찮은 일로 벌이는 싸움은 '蝸角之爭(와각지쟁)'이라고 하죠.

어떤 사물이나 사회 현상을 觀察(관찰)할 때 어떤 시각에서 接近(접근)하느냐에 따라서 그 認識(인식)의 결과가 매우 다르게 나타난다고 합니다. 어느 한쪽으로 치우치지 않은 均衡(균형) 잡힌 시각이 필요한 것 같군요.

다음은 한 발 떨어져서 사물이든 자신을 돌아볼 수 있는 눈을 가질 것을 깨우쳐 주는 한시입니다, 참모습을 알려면 멀리 떨어져 보아야 한다는 말씀이죠. 한편 자신의 관점에 갇혀 있으면 진리를 알 수 없다는 뜻으로도 읽히네요. 소동파가 지은 칠언절구 '題西林壁(제서림벽)'입니다.

不識廬山眞面目(불식여산진면목)　여산의 진면목을 알 수 없는 것은
只緣身在此山中(지연신재차산중)　다만 몸이 이 산속에 있기 때문이리라.

幸福의 幸(행)과 고생을 뜻하는 매울 '辛(신)'은 한 획 차이.

'소확행'이라는 말을 들어 보셨죠?

이렇게 말로만 듣거나 한글로 쓰면 무슨 뜻인지 감이 오지 않을 수도 있습니다. '작을 小(소)', '굳을(확실할) 確(확)', '행복 幸(행)'을 결합하여 '小確幸'이라고 써 놓으니 '작지만 확실한 행복', 즉 일상에서 누리는 '소소한 즐거움'을 이르는 말임을 알게 되지요.

사람들은 누구나 크든 작든 행복한 삶을 꿈꿉니다. 그렇지만 "행복이 뭔가요?"라고 물으면 답은 各樣各色(각양각색)이고 千差萬別(천차만별)이죠. 어쨌든 사전에서는 '만족하여 즐겁고 흐뭇함을 느끼는 상태', '부족이나 불만이 없는 것'이라고 행복을 정의하고 있군요.

오늘은 '幸福(행복)'을 만나러 떠나 봅니다.

'幸福(행복)'의 '幸(행)'은 우리가 참 많이도 쓰는 '多幸(다행)이다', '不幸(불행)하다' 등에 쓰인 그 글자죠. 이 글자는 '일찍 죽을 夭(요)'와 '거스를 屰(역)'이 합쳐져, 일찍 죽는 것과 반대되는 것, 즉 일찍 죽는 것을 면하는 데서 '다행하다' 또는 '幸福(행복)'이라는 뜻을 가지게 되었다고 합니다. '夭(요)'는 젊은 나이의 죽음을 뜻하는 '夭折(요절)'에 쓰이고, '屰(역)'은 '거스를 逆(역)'과 같은 뜻인데 단독으로 쓰이지는 않아요. '幸(행)'은 나중에 巡幸(순행)처럼 임금의 지방 視察(시찰)을 뜻하기도 하였습니다. 참고로 '사람 人(인)'이 더해진 '倖(행)'은 '僥倖(요행)', 즉 '뜻밖의 행운'을 뜻하게 됩니다.

'幸運(행운, luck, good fortune)'은 행복한 운수, '天幸(천행)'은 하늘

이 내린 행운, '不幸(불행)'은 행복하지 못하거나 운이 없는 것, '薄幸(박행)'은 운수가 없는 것, '千萬多幸(천만다행)'은 어떤 일이 뜻밖에 잘 풀려 몹시 좋은 경우를 말합니다. 또 좋은 운수를 만나 일이 뜻대로 잘되어 가는 사람은 '幸運兒(행운아)', 추첨 따위를 통하여 뽑힌 사람에게 일정한 상금이나 상품을 주는 표는 '幸運券(행운권)'이죠.

'행운아'와 비교하여, 좋은 기회를 타고 활약하여 세상에 두각을 나타내는 사람은 '風雲兒(풍운아)', 지혜와 재주가 썩 뛰어난 사람은 '麒麟兒(기린아)'라고 하니 함께 알아두죠. 이 밖에 '潛幸(잠행)'은 예전에 임금이 비밀리에 나들이하던 일을 뜻합니다.

다음 글자 '福(복)'은 祭壇(제단) 또는 귀신을 뜻하는 '보일 示(시)'와 술 항아리를 본뜬 '가득할 畐(복)'이 합쳐진 글자입니다. 이같이 제단에 술을 따르는 모습은 조상신에게 정성을 다해 제사를 지냄으로써 복을 비는 행위로 보이네요. 여기에서 '福(복)'은 '복', '행복' 등의 뜻을 갖게 되었겠죠. 한편, '福(복)'의 상대자로 쓰이는 '재앙(misery) 禍(화)'는 조상신을 뜻하는 '示(시)'와 '소용돌이 渦(와)'가 합쳐져서 만들어졌다고 합니다. 조상신이 자손을 소용돌이 속으로 빠뜨리는 것이 '禍(화)'라는 설명이죠. 조상의 제사를 잘 모시지 않으면 벌을 받는다는 警告(경고)처럼 들리는군요.

참고로, '부자(rich) 富(부)'는 술 항아리[畐(복)]가 집[집 宀(면)]에 모셔져 있는 모습을 그린 것으로, 집에 모든 것이 다 갖추어져 있다는 의미에서 '부유하다', '넉넉하다'라는 뜻을 나타냅니다.

'福地(복지, blessed land)'는 복을 누릴 만한 땅 또는 축복받은 땅, '福祉(복지, welfare)'는 행복을 누릴 수 있는 환경, '薄福(박복)'은 복이 없는 것, '祈福(기복)'은 복을 비는 것, '祝福(축복, blessing)'은 행복하기를 비는 것을 뜻합니다. 그리고 죽은 후 저승에서 받는 복은 '冥福(명복)', 좋은 일과 나쁜 일 또는 화와 복을 함께 이르는 말은 '禍福(화복)', 재물을 얻는 복은 '財福(재복)', 기쁜 소식 또는 그리스도의 가르침은 '福音(복음, gospel)', 제비를 뽑아 당첨되면 상금이나 어떤 이득을 받게 되는 표는 '福券(복권, lottery)', 좋은 일과 나쁜 일, 행복한 일과 불행한 일을 아울러 '吉凶禍福(길흉화복)'이라고 하죠.

　우리가 살아가는 데 행복한 일만 일어나지는 않죠. 불행과 逆境(역경) 이 닥쳤을 때 큰 힘을 주는 말이 '轉禍爲福(전화위복)'입니다. 이 숙어는 글자 그대로 풀이하면 災殃(재앙)이 바뀌어 복이 된다는 뜻이지만, 불행 이 오히려 좋은 결과로 변할 수 있다는 깊은 뜻을 내포하고 있습니다. 또 한 '변방 노인의 말'이라는 뜻으로, 인생의 吉凶禍福(길흉화복)은 예측 하기 어렵고, 나쁜 일이 좋은 일로, 좋은 일이 나쁜 일로 바뀔 수 있다 는 가르침을 주는 '塞翁之馬(새옹지마)'라는 말도 사람들이 자주 쓰죠.

　"인간 萬事(만사)는 새옹지마야!"

사례하다, 사죄하다, 물러나다…
'謝(사)' 자에 이렇게 많은 뜻이?

"대박! 또 살았다! 신난다!"

어디에서 보았는지 언제 들었는지 모르지만, 누군가는 아침마다 눈을 뜨면서 이렇게 외친다고 합니다. 살아있다는 것에 감사한다는 말이겠죠. '感謝(감사)'는 고마움을 느끼는 마음이고 고마움에 대한 인사를 뜻하거든요.

이같이 '感謝(감사)'는 아주 사소하게 보이는 것들 속에서도 느끼나 봅니다. 푸른 잎을 내밀기 시작한 나무, 거의 매일 마주하는 햇살, 그리고 곁에 있는 사람들… 모두 모두 감사하죠. 정호승 시인은 자기가 먼지에 불과하다는 것을 알게 해 준 '햇살에게' 감사하다고 읊었습니다.

이른 아침에
먼지를 볼 수 있게 해주셔서 감사합니다.
이제는 내가
먼지에 불과하다는 것을 알게 해 주셔서
감사합니다.

ㅡ정호승, '햇살에게'

'感謝(감사)'의 **感(감)**은 '마음 心(심)'과 '모두(all) 咸(함)'이 합쳐져서 마음으로 느끼는 모든 감정이나 뜻을 나타내어 '마음을 움직이다'가 본래의 뜻이었다고 합니다. 나중에 '느끼다', '느낌이 통하다', '마음이 움직이다' 등의 뜻으로 확대됐죠. '感激(감격)'은 깊이 느끼어 크게 감동하는 것 또는 고마움을 깊이 느끼는 것, '實感(실감)'은 실제로 체험하는 듯한 느낌, '痛感(통감)'은 '사무치게 느끼는 것', '好感(호감)'은 좋게 여기는 감정, '反感(반감)'은 반대하거나 반항하는 감정을 뜻하죠, 이들은 '감격의 눈물을 흘리다', '실감이 나다', '책임을 통감하다', '호감을 사다', '반감을 품다' 등으로 활용되네요.

또 남의 주장이나 감정, 생각 따위에 찬성하여 자기도 그렇다고 느끼는 것은 '共感(공감)', 사람의 마음에 호소하는 듯한 느낌은 '情感(정감)', 하찮은 일에도 쓸쓸하고 슬퍼져서 마음이 상하는 것은 '感傷(감상, sentimental)', 깊이 느껴 마음에 새기는 것은 '感銘(감명)', 창조적인 일의 계기가 되는 기발한 착상이나 자극은 '靈感(영감, inspiration)'이죠.

그 밖에 병균이 몸에 옮아서 병에 걸리는 것은 '感染(감염, infection)', 서로 조화롭게 어울리지 못하는 어색한 느낌은 '違和感(위화감)', 피부를 통해서 외부의 자극을 느끼는 것은 '觸感(촉감)'이라고 하죠.

'느낄 感(감)'은 말과 글에 아주 많이 활용되니 좀 더 알아봅시다. '감회를 피력하다'에서 '感懷(감회)'는 지난 일을 돌이켜 보는 느낌과 회포, '자연과의 교감'에서 '交感(교감)'은 서로 마음이 통하고 느끼는 것, '해돋이의 장관에 감탄하다'에서 '感歎(감탄)'은 훌륭한 것에 깊이 느껴 탄복하는 것을 뜻하죠. '懷抱(회포)'는 마음속에 품은 생각이나 정, '披瀝(피력)'은 속마음을 털어놓고 말하는 것입니다.

또 마음이 놓이는 평안한 느낌은 '安堵感(안도감)', 무엇에 쫓기듯이 불안한 마음은 '強迫感(강박감)', 표현 등이 실제와 가까운 느낌은 '迫眞感(박진감)', 넘치도록 가득 차 있는 느낌은 '飽滿感(포만감)', 저지른 잘못에 대하여 책임을 느끼거나 자책하는 마음은 '罪責感(죄책감)'이라고 합니다.

다음으로, '謝(사)'는 본래 '(관직에서) 물러나다'라는 뜻을 나타내기 위해 만든 글자입니다. 물러날 때는 退任(퇴임)의 말이 있어야 하므로 '말씀 言(언)'이 쓰였고, '쏠(shoot) 射(사)'는 음을 나타내는 글자로 機能(기능)하죠. 나중에 말로써 '고맙다고 사례하다', '잘못을 사과하다', '남의 요구를 거절하다', '물리치다' 등의 여러 뜻으로 확대됐습니다. '厚謝(후사)'는 후하게 사례하는 것, '謝罪(사죄)'는 지은 죄나 잘못에 대해 용서를 비는 것, '謝絶(사절)'은 요구나 제의를 받아들이지 않고 물리치는 것을 뜻하죠. 이 단어를 활용하여, '반려견을 찾아주시면 후사하겠습니다.', '중요한 것은 일단 사죄하는 일이다.', '면회를 사절합니다.' 등의 예문을 만들 수 있습니다.

입은 은혜에 대하여 사례하는 것은 '謝恩(사은)', 상대방에게 고마운 뜻을 나타내는 인사는 '謝禮(사례)', 감사하게 여기는 뜻은 '謝意(사의)'라고 합니다. '辭意(사의)'는 맡아보던 일자리를 그만두고 물러날 뜻이니 앞의 '謝意(사의)'와 구별해야죠. 잘못에 대해 용서를 비는 것은 '謝過(사과)', 극장 등에서 자리가 없어 더 이상 관객을 받지 못한다는 것을 완곡하게 표현하여 '滿員謝禮(만원사례)'라고 합니다. 묵은 것과 새 것이 교체되고, 시든 것이 신선한 것으로 바뀌는 것을 '新陳代謝(신진대사)'라고 합니다. '代謝(대사)'에서 '代(대)'는 '대신하다', '謝(사)'는 '물러나다'를 각각 뜻합니다.

"오늘도 물과 밥 먹을 수 있음에 감사"

나태주 시인은 '감사'라는 제목의 시에서 이렇게 노래했어요. 이러매 우리가 감사하지 않을 게 뭐가 있을까요?

考慮는 다른 사람의 생각을 완곡하게 거절할 때 쓰면 좋은 말

'시기를 고려하다', '종합적으로 고려하다', '개인 일정을 충분히 고려해서 모임 날짜를 정했다.'에서 보는 바와 같이 '考慮(고려, consider)'는 잘 생각하고 헤아려 본다는 뜻입니다. 좀 더 설명을 덧붙인다면, 어떤 일을 하는 데 '여러 가지 狀況(상황)이나 條件(조건)을 신중하게 생각하다'라고 풀어볼 수도 있겠네요. 그런데 북한에서 나온 『한자말사전』에는 우리 국어사전에는 없는 다음과 같은 ②의 풀이가 추가돼 있어요.

고려(考慮) [명]
① (어떤 대상이나 사실에 대하여) 잘 생각하고 헤아려 봄.
　～를 돌리다, ～에 넣다
② (어떤 문제에 대하여 의견을 달리하는 경우) 부정하여 일단 눌러둠,
　～하다(동)

만약 친구가 "내일 영화 구경 갈래?"라고 했을 때, 갈 생각이 없어도 "응, 고려해 볼게."라고 대답하는 때가 있죠. 이때 쓴 '고려'의 뜻은 북한 〈한자말사전〉의 뜻풀이 ②에 해당하는 것 같습니다. 완곡하게 거절하거나 否定(부정)할 때 쓰는 말이라는 뜻이지요.

'考慮(고려)'의 '考(고)'는 긴 머리의 허리 굽은 노인이 지팡이를 짚고 서 있는 모습을 그린 '늙을 老(로)'의 생략형에 음을 나타내는 '교묘할 丂(교)'가 합쳐진 글자라고 합니다. '오래 살다'가 본래의 뜻이었는데, 나

중에 '(곰곰이) 생각하다', '참고하다', '시험하다'의 뜻으로 확대됐죠. '先考(선고)'처럼 돌아가신 자기 아버지를 남에게 이르는 말로도 쓰입니다만, '그냥 이런 게 있구나' 하는 정도로 알고 넘어가요.

'獨善的(독선적)인 사고방식', '이분법적 사고'에서 '思考(사고)'는 생각하고 판단하는 것, '인간의 본질에 대한 고찰'에서 '考察(고찰)'은 깊이 따지고 자세히 연구하는 것, '문헌 고증을 통해 궁중 의상을 復元(복원)하다'에서 '考證(고증)'은 옛날의 문헌이나 유물 따위를 근거로 하여 증명하는 것, '신제품을 고안하다'에서 '考案(고안, design)'은 연구하여 새로운 물건이나 방법을 생각해 내는 것을 뜻합니다. 도움이 될 만한 자료로 삼는 것은 '參考(참고, reference), 참고가 될 만한 사항을 보충하여 적는 것은 '備考(비고)', 곰곰 잘 생각하는 것은 '熟考(숙고)', 다시 생각하여 헤아리는 것은 '再考(재고)', 오랫동안 깊이 생각하는 것은 '長考(장고)', 꼼꼼하게 따져서 검토하거나 참고하는 것은 '詳考(상고)', 깊이 자세히 생각하는 것은 '深思熟考(심사숙고)'라고 합니다.

다음으로, '慮(려)'는 '범 虎(호)'의 생략형과 '생각 思(사)'가 합쳐진 글자로, 본래 '생각'을 나타내기 위해 만든 글자라고 합니다. '범' '생각'을 하면서 마음이 짓눌리니 '근심하다'라는 뜻이 나왔다고 설명하기도 하죠.

어쨌든 '慮(려)'는 주로 '생각' 또는 '근심'을 뜻합니다. 예컨대, '사려가 깊다'의 '思慮(사려)'는 '생각', '심려를 끼치다'의 '心慮(심려)'는 '근심'의 뜻으로 쓰인 것입니다. '사려'는 여러 가지 일에 대하여 깊이 생각하는 것이고, '심려'는 마음속으로 걱정하는 것이죠.

'증거 湮滅(인멸)의 우려가 있다'에서 '憂慮(우려)'는 근심 또는 걱정, '離婚(이혼) 숙려 제도를 도입하다'에서 '熟慮(숙려)'는 곰곰이 잘 생각하는 것, '세심한 배려에 감사하다'에서 '配慮(배려, regard)'는 도와주거나 보살펴 주려고 마음 쓰는 것을 말합니다. 그리고 '물가가 무려 갑절로 올랐다'에서 '無慮(무려)'는 부사로 쓰여 '생각했던 것보다 훨씬 많이'라는 뜻을 가지죠. 앞의 '증거 인멸'에서 '인멸'은 자취도 없이 모두 없애는 것을 말합니다.

살아가면서 아무리 많은 생각을 하고 행동해도 한 번쯤은 실수할 수 있겠죠? 이 경우에 쓰는 숙어가 '千慮一失(천려일실)'입니다. '千慮(천려)'는 천 번의 생각, '一失(일실)'은 한 번의 실수라는 뜻입니다. 이 말의 유래는 고대 중국의 한(漢)나라 시대로 거슬러 올라가는데요, 당시 漢(한)나라 名將(명장) 韓信(한신)이 趙(조)나라의 명장 李左車(이좌거)를 生捕(생포)하여 그에게 戰略的(전략적) 조언을 구합니다. 이때 이좌거가 이렇게 말합니다.

智者千慮 (지자천려)　　지혜로운 자가 천 번을 생각해도
必有一失(필유일실)　　반드시 한 번의 실수는 있고
愚者千慮 (우자천려)　　어리석은 자라도 천 번 생각하면
必有一得(필유일득)　　반드시 한 가지 이득이 있지요.

敗將(패장)에게 恭遜(공손)한 태도로 물은 한신이나, 謙遜(겸손)하게 '愚者(우자)'의 '一得(일득)'을 논한 이좌거나 정말로 명장 중의 명장이군요.

한자와 한자어를 배우면 이런 멋진 사람이 됩니다. 한자를 배우면서 얻는 덤이로군요. 말 그대로 '一擧兩得(일거양득)'이 되네요. '인간은 완벽하지 않다.', '누구나 실패할 수도 있다.', '남의 실수를 包容(포용)해야겠다.' 등등의 교훈 같은 것 말이죠.

**눈썹이 타들어 가는 危急(위급)한
상황이 바로 焦眉죠.**

이건 實話(실화)죠. 친구한테 들은 이야깁니다. 중학교 다니던 시절 어느 날, 친구가 과학 실험실에서 알코올램프에 불을 붙이다가 정말 눈썹 끝에 불이 옮겨붙었다고 해요. 깜짝 놀라 魂飛魄散(혼비백산)하여 손으로 꺼보겠다고 휘젓다가 실험실 전체를 난장판으로 만들어서 과학 선생님께 혼났다고 합니다. 이거야말로 진짜로 눈썹에 불이 붙은 焦眉(초미)의 상황이겠죠. 눈썹에 불이 붙었거나 발등에 불이 떨어졌다면 어떤 상황일까요? 이처럼 危險(위험)이 바로 코앞에 닥쳐 急迫(급박)한 상황을 이르는 말이 '焦眉(초미)'입니다. '태울 焦(초)'와 '눈썹 眉(미)'가 합쳐진 '焦眉(초미)'는 주로 '초미의 ~~' 형식으로 쓰여 '危急(위급)하다', '時急(시급)하다', '火急(화급)하다'라는 뜻을 나타내죠.

중국의 어느 禪師(선사)가 스님들로부터 '어느 것이 가장 급박한 글귀가 되겠느냐?'라는 질문을 받았는데, 선사는 "불이 눈썹을 태우는 것[火燒眉毛(화소미모)]이다."라고 대답했다지요. 이 '火燒眉毛(화소미모)'가 '소미지급(燒眉之急)'이 되고, 소미지급이 변해서 '焦眉之急(초미지급)'이 되었다고 합니다. 지금은 '초미(焦眉)'만으로도 같은 의미로 사용되고 있어요. '불 火(화)', '태울 燒(소)', '눈썹 眉(미)', '털 毛(모)', '급할 急(급)' 등의 한자를 알면 여기 나온 모든 단어의 뜻이 쉽게 잡히겠네요.

'焦眉(초미)'의 '焦(초)'는 '새 隹(추)'와 '불 火=灬(화)'가 합쳐져 '새'를 '불'에 굽는 모습에서 '굽다' 또는 '태우다'가 본래의 뜻이었다고 합니다. 새는 크기가 작아 구울 때 태워 버릴까, 마음을 졸였기 때문에 '애태우다'라는 뜻이 나왔다고 해요. 그래서 '焦(초)'에는 절대로 한눈팔지 말고 집중해야 한다는 뜻이 담겨 있다고 합니다. 불 위에 새가 있는 모양을 나타낸 것에서 새가 안절부절못하여 초조한 뜻을 나타낸다고 설명하기도 하니 참 기발한 발상이군요.

토끼가 죽으면 사냥개를 삶는다는 '兔死狗烹(토사구팽)'의 '삶을 烹(팽)', 표면에 비치는 햇볕의 양을 뜻하는 '日照量(일조량)'의 '비칠 照(조)'도 각 한자의 뜻을 나타내는 '불 火=灬(화)'가 결합되어 있네요.

'焦燥(초조)'는 애를 태워 마음을 졸이는 것, '焦點(초점, focus)'은 반사경이나 렌즈에서 광선이 모이는 점 또는 사람들의 관심과 흥미를 집중시키는 가장 중요한 점, '焦土化(초토화)'는 불에 타 잿더미로 덮인 땅으로 변하는 것, '勞心焦思(노심초사)'는 몹시 마음을 쓰면 애를 태우는 것을 뜻합니다. "고작 세 시간 내린 비로 600여 평 밭이 초토화됐습니다."라는 표현은 아주 어색하다는 것은 눈치챘나요? 여기서는 '荒廢化(황폐화)'나 '쑥대밭으로 변하다'로 고치는 것이 훨씬 자연스럽군요. 하늘에서 내린 비가 땅을 잿더미로 만들 수는 없겠죠?

다음으로 '眉(미)'는 눈[눈 目(목)] 위의 털을 본떠 만든 글자로 '눈썹'을 나타내죠. 여기서 '눈 目(목)'은 보는 눈과 눈동자 모양을 본뜬 것인데, 쓰기에 편리하도록 사각형 모양으로 바뀌었습니다. '看破(간파)'의 '볼 看(간)', '盲信(맹신)'의 '소경 盲(맹)', '熟眠(숙면)'의 '잠잘 眠(면)' 등에 모두 '눈 目(목)'이 붙어 모두 눈과 관계있는 한자라는 사실을 보여주지요.

'미간을 찌푸리다'의 '眉間(미간)'은 두 눈썹 사이, '초승달 같은 아미'에서 '蛾眉(아미)'는 누에나방의 눈썹처럼 가늘고 길게 굽어진 아름다운 미인(美人)의 눈썹을 이르는 말입니다. 잠깐, 미간을 찌푸리는 것을 '눈쌀을 찌푸리다'라고 표현하기도 하는데 이것은 어법에 어긋난 겁니다.

두 눈썹 사이에 잡히는 주름을 뜻하는 '눈살'을 써서 '눈살을 찌푸리다'로 적어야 우리말 어법에 맞습니다. 그리고 '眉目(미목)'은 눈썹과 눈을 아울러 이르는 말로, 그 생김새가 용모를 결정한다는 데서 '얼굴 모양'을 뜻합니다. '미목이 秀麗(수려)하다'는 표현은 하나의 관용구처럼 쓰이지요. 이 밖에 흰 눈썹의 '白眉(백미)'는 여럿 가운데서 가장 뛰어난 사람이나 훌륭한 물건을 비유적으로 이르는 말입니다. 그래서 '백미'는 닭 무리 속의 한 마리 학이라는 뜻으로, 많은 사람 중에서도 유독 뛰어난 사람을 비유할 때 쓰이는 '群鷄一鶴(군계일학)'과도 통하는 말입니다, 또, 여러 사람 가운데 뛰어나게 頭角(두각)을 나타낸다는 '出衆(출중)', 여럿 가운데서 특별히 뛰어나다는 '拔群(발군)', 주머니 속의 송곳이라는 뜻으로, 재능이 뛰어난 사람은 숨어 있어도 저절로 사람들에게 알려짐을 이르는 '囊中之錐(낭중지추)' 등도 함께 알아두면 좋겠군요.

'파죽지세' SK슈글즈, '전승 우승' 초미 관심사

이 신문 기사의 타이틀이 이상하죠? 앞에서 눈썹에 불이 붙어 타들어 갈 정도로 매우 다급하고 緊迫(긴박)한 일을 말할 때 '焦眉(초미)'를 쓰는 것이라고 했거든요. 이 기사를 쓴 기자는 특정팀의 全勝(전승) 우승을 위급한 상황으로 보고 있을까요? 그렇지 않을 겁니다. 기자는 많은 사람의 '이목이 집중하는 상황' 정도로 알고 있는 것 같습니다. 실제로 이런 뜻으로 알고 사용하는 사람이 많습니다.

독자 여러분부터 '초미'를 바르게 썼으면 합니다.

여럿 가운데의 본보기는 典型, 사람을 뽑는 것은 銓衡(전형).

혹시 소개팅 멘트의 전형을 알고 있나요? 生面不知(생면부지)의 두 사람이 마주한 상황에서 대화의 실마리를 풀어 나가기가 쉽지는 않을 겁니다. 그래서 누군가가 묻지요? "MBTI가 어떻게 되세요?" 상대방은 아마도 "INFP요."라고 대답할 것이고, 이 말을 듣고는 "아, 그래서 말이 없으시구나."라고 하며 고개를 끄덕이거나 가벼운 미소를 띠는, 영화 같은 이 장면이 소개팅 멘트의 전형이 아닐까 합니다. MBTI는 사람의 성격 類型(유형)을 16가지로 나누어 검사하는 방식 혹은 도구이고, INFP는 조용하고 내성적이면서도 깊은 감성과 상상력을 지닌 유형이라고 합니다.

'典型(전형)'이라는 말은 실제로 많이 하기도 하고 듣기도 하죠. 근데 "전형이 뭔가요?"라고 물으면 대다수는 더듬거리거나 黙黙不答(묵묵부답)이 일쑤죠.

○○ 아파트 붕괴 사고는 당시 한국 사회에 만연했던 부실시공의 典型(전형)을 그대로 보여주는 '인재(人災)'였다.

이 기사에 쓰인 '전형'은 같은 부류의 특징을 가장 잘 나타내고 있는 본보기라는 뜻입니다. 이처럼 어떤 사물이나 사람, 狀況(상황) 등을 대표하는 가장 본질적이고 특징적인 사례를 '전형'이라고 말하죠. 예를 들어, '한국 정원미의 전형'은 한국 정원의 특징을 잘 보여주는 대표적인 모범 사례라는 말이죠.

'典型(전형)'에서 '典(전)'은 '책 册(책)'과 '받들 廾(공)'이 합쳐져, 많은 양의 책을 두 손으로 받들고 있는 모습을 본뜬 글자입니다. 책을 양손으로 받들고 있는 모습에서 본래 '모범적인 가치가 있는 중요한 서적'이라는 뜻을 나타냈다고 합니다. 典籍(전적, 책)의 내용은 사람들이 믿고 준수해야 하는 것이므로, 이것이 '모범' 혹은 '표준'으로 확대되고, 나아가 '제도', '법률'로, 다시 '예절', '의식' 등의 뜻으로 확대됩니다. '辭典(사전)'처럼 '책'의 뜻으로, '典範(전범)'처럼 '표준'이라는 뜻으로, '典章(전장)'처럼 '제도'라는 뜻으로 쓰이고 있죠.

'經典(경전)'은 성현의 말이나 행실을 적은 책, '原典(원전)'은 기준이 되는 본디의 전적(典籍), '出典(출전)'은 인용한 글이나 고사성어의 출처가 되는 책, '聖典(성전)'은 신앙의 근본이 되는 법전을 이릅니다. 이 밖에 본보기가 될 만한 모범은 '典範(전범)', 정해진 격식에 따라 치르는 행사는 '儀典(의전)', 어떤 말, 글, 주장의 근거로 삼는 문헌상의 출처는 '典據(전거)', 일정한 예법이나 의식은 '典禮(전례)'라고 합니다.

일정한 예법이나 의식의 기분이 되는 '典禮(전례)'는 참고할 만한 이전의 사례를 뜻하는 '前例(전례)'와 구별해 써야 합니다.

'典雅(전아)한 궁중어'에서 '전아'는 격식에 맞고 우아한 것, '기념 祝典(축전)에 참가하다'에서 '축전'은 축하하는 儀式(의식, ceremony) 또는 행사, '特典(특전)을 베풀다'에서 '특전'은 특별한 혜택이나 대우, '典當(전당) 잡은 촛대 같다'에서 '전당'은 물품을 담보로 하여 돈을 빌려주고 받는 일을 뜻합니다.

다음으로 '型(형)'은 '흙 土(토)'와 '형벌 刑(형)'이 합쳐져 흙으로 빚어 만든 틀, 즉 '거푸집'을 뜻하는 글자입니다. '형벌 刑(형)'은 글자의 음을 나타내는 요소로 쓰였죠. 옛날 대량 생산을 위해서는 먼저 '본(틀)'

을 만들었는데, 나무[나무 木(목)]로 만든 것은 '본 模(모)', 대나무[대 竹(죽)]로 만든 것은 '본보기 範(범)', 흙으로 만든 것은 '거푸집 型(형)', 쇠로 만든 것은 '거푸집 鎔(용)'이라고 했습니다. 나중에 '본보기'의 뜻으로 확대됐죠.

'原型(원형)'은 같거나 비슷한 여러 개가 만들어져 나온 본바탕, '定型(정형)'은 일정한 형식이나 틀, '模型(모형)'은 모양이 같은 물건을 만들기 위한 틀 또는 실물을 모방하여 만든 물건, '類型(유형)'은 공통되는 성질이나 특징을 가진 것들을 묶은, 하나의 틀을 이르는 말입니다. 그리고 쇠붙이를 녹여 부어서 물건을 만들 때 쓰는 틀은 '鑄型(주형)', 같은 종류의 사물 가운데 작은 규격이나 규모는 '小型(소형)', 혈액의 유형은 '血液型(혈액형)', 새로운 유형이나 형태는 '新型(신형)'이라고 하죠.

결국 '모범 典(전)'과 본보기 型(형)'이 합쳐진 '典型(전형)'은 모범이 될 만한 본보기를 뜻하는 거지요. 어쩌면 이런 '전형적 인간'이야말로 대량 생산을 추구하던 산업화 시대의 바람직한 인간상이었지 모릅니다. 그러나 지금은 다양성과 개성이 존중되는 시대입니다. 그래서 이런 생각도 드네요.

'과연 劃一化(획일화)를 요구하는 模範(모범)과 본보기가 다양성과 개성을 중시하는 이 시대에도 맞을까요?'

'비스듬할 斜(사)'와 '볕 陽(양)'을 합친 '斜陽(사양)'은 글자 그대로 비스듬하게 저무는 저녁해를 뜻합니다. '얼굴에 사양이 비친다.' 또는 '사양이 서산을 넘어갔다.'는 본래의 뜻으로 쓰이는 경우죠.

그러나 '사양 산업', '사양 길에 접어들었다'처럼 비유적인 뜻으로 더 많이 쓰이는 것 같아요. '해질녘'을 뜻하는 '黃昏(황혼)'이 사람의 생애나 나라의 운명이 전성기를 지나 쇠퇴하여 종말에 가까워진 때를 비유하는 말로 쓰이듯이요. 마찬가지로 '사양 산업'은 새로운 것에 밀려 점점 몰락해 가는 산업을 이르는 말입니다.

한때 사양 산업이라고 하여 세간의 관심에서 멀어진 한국의 '造船業(조선업)'이 최근 들어 復活(부활)하고 있다는 소식이 들립니다. 기술 경쟁력에서 비교 우위를 점한 한국의 조선소들이 기술집약 선박을 독점적으로 受注(수주)할 거라는 예상도 있군요. 아무튼 '지는 해(the setting sun)'에서 '떠오르는 해(the rising sun)'로 바뀔 거라는 겁니다. 다시 말하면, '斜陽(사양)'이 '曙光(서광)'으로 다시 솟아난다는 겁니다. '서광'은 새벽에 동이 틀 무렵의 빛이면서 希望(희망)의 징조를 뜻하죠.

'斜陽(사양)'의 '斜(사)'는 '나 余(여)'와 '말 斗(두)'가 합쳐져, 말로 곡식을 '되다'가 본래의 뜻이라고 합니다.

'말[斗(두)]'은 곡식 등의 분량을 되는 데 쓰는 열되들이의 둥근 그릇이죠. 곡식 따위를 된 다음, 어디에 담기 위해서는 기울여 쏟아야 하므로 나중에 '기울다', '빗기다' 등의 뜻으로도 확대됐다고 하니 흥미롭네요.

'斜線(사선)'은 비스듬하게 빗겨 그은 줄, '斜面(사면)'은 비스듬한 면(비탈면), '傾斜(경사)'는 비스듬히 기울어지는 것, '斜塔(사탑)'은 비스듬하게 기울어진 탑, '斜視(사시)'는 양쪽 눈의 시선이 평행을 이루지 못하는 상태를 뜻합니다.

'사양화의 길을 걷다'에서 '斜陽化(사양화)'는 새로운 것에 밀려 점점 쇠퇴하고 몰락하게 되는 것인데, 점차 약해지고 줄어드는 '衰退(쇠퇴)', 활기가 사라지고 정체된 '沈滯(침체)', 썰물처럼 전성기에서 멀어지는 '退潮(퇴조)', 점점 쇠퇴하거나 망하게 되는 '沒落(몰락)' 등과 비슷한 뜻으로 쓰일 수 있겠군요.

다음으로, '陽(양)'은 산비탈을 뜻하는 '언덕 阜=阝(부)'와, 햇살이 내리쬐는 모습인 '볕 昜(양)'이 합쳐진 글자로, 햇빛을 받는 '陽地(양지)'를 뜻합니다. 남쪽으로 강이 흐르고 북쪽으로 산을 끼고 있는 지역을 '陽(양)'이라고 하므로, 서울의 옛 이름 '漢陽(한양)'은 漢水(한수, 한강)의 북쪽이란 뜻이 되죠. '陽(양)'은 나중에 '태양', '햇빛', '밝다', '드러나다' 등의 뜻으로 확대됐어요. 참고로, '陽(양)'의 상대로 짝이 되는 '陰(음)'은 구름[云(운), 구름 雲(운)의 원래 글자]에 가려 볕이 들지 않는 언덕[阜=阝(부)], 음을 나타내는 '이제 今(금)'이 합쳐져 만들어진 글자입니다. 이 글자는 '陰地(음지)'에서 '그늘', '陰謀(음모)'에서 '몰래', '陰刻(음각)'에서 '안(숨다)' 등의 뜻으로 쓰이죠.

저녁때의 햇빛 또는 저녁 무렵, 노년을 비유하는 말은 '夕陽(석양)', 태양계의 중심이 되는 항성은 '太陽(태양)', 햇빛을 가리기 위해 지붕 처마의 끝이나 모자의 앞쪽에 덧붙인 부분은 '遮陽(차양)', 숨겨져 있거나 알려지지 않은 것이 겉으로 드러나게 하는 것은 '陽性化(양성화)', 자기 편의 의도를 숨기고 적의 판단을 그르치기 위해, 어떤 행동을 드러내어 적의 주의를 그쪽으로 쏠리게 하는 작전은 '陽動作戰(양동작전)'이라고 합니다. '무허가 주택을 양성화하다', '양동작전으로 적을 교란하다' 등의 문장에 쓰입니다. '양성화'와 '양동작전'에 쓰인 '陽(양)'은 '겉으로 드러나다'를 뜻하겠죠.

'陽刻(양각)'은 글자나 그림을 도드라지게 새기는 것, '陽性(양성)'은 적극적이고 능동적인 활발한 성질 또는 병의 진단에서 특정한 반응이 나타나는 것, '補陽(보양)'은 보약 따위로 허약한 양기를 보충하는 것, '陽春(양춘)'은 따뜻한 봄, '陽地(양지)'는 따뜻한 볕이 바로 드는 곳 또는 惠澤(혜택)을 받는 자리, '陰德陽報(음덕양보)'는 남모르게 덕행을 쌓은 사람은 뒤에 그 보답을 저절로 받게 되는 것을 뜻하죠. 다음은 '음덕양보'의 故事(고사)입니다.

춘추시대 楚(초)나라 재상을 지낸 孫叔敖(손숙오)가 어린 시절 밖에 나가 놀다 돌아와 밥을 먹지 않고 걱정만 했어요. 어머니가 그 까닭을 묻자, 그는 울면서 대답했죠. "오늘 놀다가 머리가 둘 달린 뱀을 보았으니 죽을 날이 얼마 남지 않아 걱정돼서요."

어머니가 다시 물었죠. "그래 그 뱀은 지금 어디 있느냐?"

"머리가 둘 달린 뱀을 보면 죽는다는 말을 들어 다른 사람이 또 보고 해를 입을까 봐서 죽인 다음 땅에 묻었습니다."

어머니께서 말했어요. "걱정하지 마라. 너는 죽지 않는다. 음덕(陰德)을 베푸는 사람은 드러나게 보답받는다."

聖經(성경)에서도 "오른손이 하는 일을 왼손이 모르게 하라."라고 가르칩니다.

혜택과 덕을 베풀면 施惠,
혜택과 덕을 입으면 受惠(수혜).

다음은 聖經(성경)에 전하는, 정말로 유명한 '착한 사마리아인'에 관한 이야기입니다. 어떤 사람이 예루살렘에서 여리고로 가다가 강도를 만나게 되었죠. 그는 옷이 벗겨지고, 두들겨 맞고, 반죽음으로 길가에 버려졌죠. 유대인 제사장은 이 다친 행인을 보고 피해 지나치지만, 유대인들에게 멸시당하며 사는 사마리아인은 그를 救濟(구제)해 줍니다. 이 같은 선한 사람의 행동을 우리는 '施惠(시혜)'라고 합니다.

'베풀 施(시)'와 '은혜 惠(혜)'를 합친 '施惠(시혜)'는 은혜를 베푼다는 뜻으로 쓰입니다. '베풀다'는 남에게 돈을 주거나 도와주어서 혜택을 받게 하는 것이니, 그 앞에 오는 목적어는 '寬容(관용)을', '同情(동정)을', '慈善(자선)을', '好意(호의)를', '親切(친절)을', '積善(적선)을' '雅量(아량)을' 등으로 제한됩니다. '寬容(관용)'은 너그럽게 용서하는 것, '同情(동정)'은 남의 어려운 사정을 이해하는 것, '慈善(자선)'은 불쌍히 여겨 도와주는 것, '雅量(아량)'은 깊고 너그러운 마음씨를 이르는 말이거든요.

'施惠(시혜)'에서 '施(시)'는 '깃발 나부낄 㫃(언)'과 '어조사 也(야)'가 합쳐져, '깃발이 펄럭이다'가 본뜻이었다고 합니다. 여기에서 '㫃(언)'은 단독으로 쓰이지 못하고 다른 글자와 결합해 '나부끼다', '깃발' 등의 뜻으로 쓰이죠. '旅行(여행)'의 '旅(려)'는 깃발 아래 모인 사람들을 그려 '군사', '나그네' 등의 뜻을, '凱旋(개선)'의 '旋(선)'은 깃발 아래 발의 모습을 그려 출정한 군대가 '돌아오다'라는 뜻을 나타냅니다. '施(시)'는 나중에 '베풀다', '주다', '시행하다' 등의 뜻으로 확대되죠.

'시공 업체'에서 '施工(시공)'은 공사를 시행하는 것, '레이저 시술'에서 '施術(시술)'은 비교적 간단하게 의료 처치하는 것, '그린벨트 제도를 시행하다'에서 '施行(시행)'은 공포한 법이나 제도를 실제로 행하는 것, '금융 실명제를 실시하다'에서 '實施(실시)'는 법이나 제도를 실제로 행하는 것. '시정 연설'에서 '施政(시정)'은 정치를 시행하는 것을 말합니다. '手術(수술)'은 시술과 달리 의료 기계를 사용하여 자르거나 째거나 꿰매는 것을 뜻하죠.

규모가 큰 장치나 도구, 또는 그것을 만들어 놓는 구조물은 '施設(시설)', 거름을 주는 것은 '施肥(시비)', 국가나 행정 기관이 실행하는 계획과 정책은 '施策(시책)', 상을 주는 것은 '施賞(시상)', 승려나 절에 돈이나 물건을 바치는 일은 '施主(시주)', 자비심으로 남에게 재물이나 불법을 베푸는 것은 '布施(보시)'라고 합니다.

'보시'의 '布'는 본래 한자음이 '포'지만 이 경우에는 '보'로 읽습니다. 불교와 관련된 한자어 중에는, 원래의 한자음과는 다르게 읽히는 경우가 있습니다. '菩提'는 불교에서 깨달음 또는 각성을 뜻하며 산스크리트어로는 'Bodhi'라고 하는데 우리는 이것을 '보제'가 아니라 '보리'라고 읽습니다. '지혜'를 뜻하는 '般若'도 '반약'이 아니라 '반야'라고 읽죠.

다음으로, '惠(혜)'는 '오로지 專(전)'의 생략형과 '마음 心'이 합쳐져, 오로지 남을 위하여 베푸는 어진 마음인 '은혜'를 뜻한다고 합니다. 또는 '삼갈 叀(전)'과 '마음 心(심)'이 합쳐져 '은혜'를 뜻하는 글자로 설명하기도 하는군요. 어쨌든 '은혜 惠(혜)'는 '혜택', '자비' 등의 뜻으로 확대됐습니다. '신교육의 혜택을 입다'에서 '惠澤(혜택)'은 이익과 도움, '부모님의 은혜에 보답하다'에서 '恩惠(은혜)'는 받거나 베푸는 고마운 혜택, '수혜 대상을 선정하다'에서 '受惠(수혜)'는 혜택을 받는 것 또는 덕을 보는 것,

'특혜 시비가 끊이지 않는다'에서 '特惠(특혜)'는 특별한 은혜나 혜택, '천혜의 絕景(절경)'에서 '天惠(천혜)'는 하늘이 베푼 은혜나 자연의 혜택을 이릅니다.

서로 특별한 혜택을 주고받는 일은 '互惠(호혜)', 편지에서, 다른 사람이 살펴서 이해함을 높여 이르는 말은 '惠諒(혜량)', '받아 간직하여 주십시오.'라는 뜻으로, 자기의 저서나 작품 따위를 남에게 드릴 때 상대편 이름의 아래 쓰는 말은 '惠存(혜존)'이라고 하죠.

또, 통상 조약을 맺은 여러 나라 가운데 가장 유리한 대우를 받는 나라는 '最惠國(최혜국)'이고, 통상 조약을 체결한 나라가 상대국에 대해, 가장 유리한 혜택을 받는 다른 나라와 동등하게 대우하는 일은 '最惠國待遇(최혜국대우)'라고 합니다.

'베풂'과 관련하여 공자의 제자 曾子(증자)가 다음 말을 남겼죠.

受人施者常畏人(수인시자상외인)
남의 베풂을 받는 사람은 항상 남을 두려워하고,
與人者常驕人(여인자상교인)
남에게 주는 사람은 항상 남에게 교만하다.

베풂을 주고받는 것은 아름다운 일입니다. 그러나 베푸는 것이 自己誇示(자기 과시)의 교만함은 아닌지, 베풂을 받는 것이 自己卑下(자기 비하)의 비굴함으로 이어지지는 않는지 항상 돌아봐야 할 것입니다.

'연장', '만연', '연인원'의 '연'은 같은 한자 '끌 延(연)'.

'끌 延(연)'과 '길 長(장)'을 합친 '延長(연장)'은 '끌어서 길게 함'이니, 길이나 시간을 더 길게 하는 것을 뜻합니다. '연장'이 포함되는 말 중에서 가장 흔히 듣는 것이 '延長戰(연장전)'이 아닐까요?

스포츠 게임에서 연장전은 정한 횟수나 시간 안에 勝負(승부)가 나지 않을 때, 횟수나 시간을 연장하여 계속하는 경기를 말합니다. 다만 연장전은 공인구를 사용하는 球技種目(구기 종목)에만 적용됩니다. 구기 종목에 비해 체력 소모가 극심한 권투, 레슬링 등 格鬪技(격투기) 종목에서는 정규 경기 시간이 지나면 심판들의 判定(판정)에 의해 勝負(승부)가 가려지지요.

그런데 '延長(연장)'은 문맥에 따라 다양한 뜻으로 쓰입니다. '관객의 뜨거운 호응으로 공연을 한 달 연장했다.'에서는 '길이나 시간을 일정 기준보다 늘리는 것'으로 쓰였어요, 또, '수학여행도 수업의 연장이다.'에서는 '어떤 일의 계속. 또는 하나로 이어지는 것'으로, '연장 100km의 철로 공사가 완공되었다.'에서는 '물건의 길이나 걸어간 거리 따위를 일괄하였을 때의 전체 길이'를 뜻하죠.

'延長(연장)'에서 延(연)은 '길게 걸을 廴(인)'과 '바를 正(정)'의 변이형이 합쳐져, '오래 계속되다'라는 본뜻을 나타내는 글자라고 합니다. '廴(인)'은 긴 거리를 간다는 뜻이지만, 실제로 이 글자는 '쉬엄쉬엄 걸을 辵(착)'이나 '조금 걸을 彳(척)'과 같은 글자로 보아도 무방하죠. 延(연)은 나중에 '늘이다'. '늘리다', '늦어지다', '미루다' 등의 뜻으로 확대됐습니다. '延人員(연인원)'처럼 '전체를 다 합친'의 뜻을 더하는 접두사로도 쓰여요. 다섯 사람이 열흘 걸려서 완성한 일의 연인원은 50명이 됩니다.

'연명 치료를 거부하다'에서 '延命(연명)'은 목숨을 겨우 이어 나가는 것이고, '사치 풍조가 만연하다'에서 '蔓延(만연)'은 식물의 줄기가 널리 뻗는다는 뜻으로, 전염병이나 나쁜 현상이 널리 퍼짐을 비유적으로 이르는 말입니다. 또 '등교일이 연기되다'에서 '延期(연기, postpone)'는 정해진 기한을 뒤로 미루는 것, '카드 대금을 연체하다'에서 '延滯(연체, overdue)'는 내야 하는 돈을 기한이 지나도록 내지 않는 것, '競技(경기)가 지연되다'에서 '遲延(지연, delay)'은 예정보다 시간이 오래 걸리거나 늦어지는 것, '雨天(우천)으로 결승전이 순연되다'에서 '順延(순연)'은 차례로 기일을 늦추는 것을 말하죠.

정해진 시간보다 늦게 도착하는 것은 '延着(연착)', 부서지지 않고 가늘고 길게 늘어나는 성질은 '延性(연성)', 금속이라는 개념에 대해 금, 은, 구리 등처럼 일정한 개념이 적용되는 사물의 전 범위는 '外延(외연, extension)'이라고 합니다. 참고로, 변형 후 원래 상태로 돌아가는 성질은 '彈性(탄성)', 힘을 받아 형태가 바뀐 뒤 그 힘이 없어져도 본래의 모양으로 돌아가지 않는 성질은 '塑性(소성)', 차지고 끈끈한 성질은 '粘性(점성)', 두드리거나 누르면 얇게 펴지는 금속의 성질은 '展性(전성)'이죠.

다음으로, '長(장)'은 머리를 길게 풀어 헤친 노인의 모습을 그린 글자입니다. 머리카락이 '길다'에서 '길다', '어른', '年長者(연장자)'라는 뜻을 갖게 되었고, 이에서 다시 '우두머리'라는 뜻으로 파생되었다고 합니다. '部長(부장)'은 '어떤 부서의 우두머리', '長官(장관)'은 '높은 관리'라는 뜻이 됩니다. 그리고 '長'은 '成長(성장)'처럼 '자라다', '長點(장점)'처럼 '우수하다', '좋다' 등의 뜻으로도 쓰입니다. '長身(장신)'은 키가 큰 몸,

‘長久(장구)’는 시간이 길고 오래된 것, ‘長短(장단)’은 장점과 단점 또는 길고 짧은 것을 뜻하죠.

‘長壽(장수)’는 오래 사는 것, ‘長期(장기)’는 오랜 기간, ‘長篇(장편)’은 길이가 길고 내용이 복잡한 소설, ‘最長(최장)’은 가장 긴 것, ‘長髮(장발)’은 길게 기른 머리털을 이릅니다. 매우 먼 길을 뜻하는 ‘長程(장정)’은 멀리 정벌하러 떠나는 ‘長征(장정)’, 책의 겉모양을 꾸미는 ‘裝幀(장정)’과 구별해 써야겠죠.

또 ‘生長(생장)’은 나서 자라는 것, 긴 다리 ‘長足(장족)’은 사물의 발전이나 진행이 매우 빠른 것, 파동의 한 주기가 가지는 길이를 뜻하는 ‘波長(파장)’은 어떤 일이 끼치는 영향을 나타내죠. ‘장족의 발전을 이루다’, ‘스타의 자살이 불러온 파장’처럼 쓰입니다. ‘射倖心(사행심)’을 조장하다’, ‘과소비를 조장하다’의 예처럼 바람직하지 않은 일을 더 심해지도록 부추기는 것을 ‘助長(조장)’이라고 합니다.

송나라의 한 농부가 자신이 심은 벼가 이웃집 벼보다 빨리 자라지 않자, 걱정하다가 그 싹들을 일일이 뽑아 올렸대요. 이튿날 그의 아들이 논에 가보니 벼가 이미 말라 죽어 있었고요. 여기에서 ‘조장’이라는 말이 나왔죠.

이건 여담입니다만, 나무 그루터기를 지켜 토끼 오는 것을 기다린 ‘守株待兔(수주대토)’의 주인공도 송나라 농부였거든요. 송나라 사람들은 조금 멍청했나요? 여기에서 ‘宋(송)’나라는 唐(당) 이후 ‘宋’이 아니고 춘추전국시대의 ‘송’입니다.

‘조장’의 이야기는 관점에 따라 다양한 교훈을 주네요. 저자에게는 ‘제대로 될 때까지 기다려라’, ‘간섭을 최소화하라’라는 메시지로 읽히는군요.

　실마리를 뜻하는 한자어는 본래 '端緒(단서)'였죠. '결정적 단서를 잡았다'라고 하는 그 단서 말이죠. 그런데 언제부터 우리 주위에 '끝 端(단)'과 '처음 初(초)'가 합쳐진 '端初(단초)'라는 말이 쓰이기 시작하더군요. 알고 보니 일본에서 들어온 한자어라고 합니다. 우리 사전에도 '일이나 사건을 풀어 나갈 수 있는 첫머리'라는 뜻으로 登載(등재)되어 있어 여기에서 다루지만 좀 씁쓸하기는 합니다. 헝클어진 실의 끄트머리를 찾아내야 실을 풀어 사용할 수 있듯이, 일이나 사건 등을 풀어 나갈 수 있는 첫머리를 '단서' 또는 '단초'라고 합니다.

　'端初(단초)'의 '端(단)'은 '설 立(립)'과 '시초 耑(단)'이 합쳐져 '자세가 바르다'가 본뜻이었다고 합니다. '立(립)'은 땅바닥[一]에 팔다리를 벌려 정면으로 선[大(대)] 모습으로 '서다', '바르다'의 뜻을 나타낸 것이고, '耑(단)'은 음을 나타내면서 동시에 식물이 곧바로 땅속에 뿌리를 내린 것을 뜻하죠. 여기에서 '端'은 곧게 선 사람의 곧바른 태도를 뜻하게 되었어요. 나중에 '실마리', '끝' 등의 뜻으로도 쓰입니다.

　'端正(단정)'은 바르고 곧은 것, '南端(남단)'은 남쪽 끝을 뜻하죠. '端整(단정)'은 단아하고 가지런한 것 또는 깨끗이 정돈이 잘 되어 있는 것을 이릅니다. 한편, '端'에는 '처음'이라는 의미도 있어요. 춘향이 그네를 뛴 날 '端午(단오)'는 음력 5월의 '첫 5일', 즉 '5월 초닷새'를 이르는 말입니다. '단적인 실례를 제시하다'에서 '端的(단적)'은 곧바르고 명백한 것, '단아한 모습을 보이다'에서 '端雅(단아)'는 단정하고 우아한 것, '단좌하

108

여 명상에 잠기다'에서 '端坐(단좌)'는 단정하게 앉은 것을 뜻하죠. 또 '發端(발단)'은 일이 처음으로 일어나는 것 또는 그 실마리, '末端(말단)'은 조직의 가장 아래가 되는 부분, '極端(극단)'은 더 이상 나아갈 데가 없는 상태 또는 한쪽으로 크게 치우치는 것, '端役(단역)'은 연극과 영화에서 비중이 크지 않은 역할을 이르는 말입니다. 주된 역할을 하는 사람은 '主役(주역)', 버금가는 역할은 '助役(조역)', 여러 가지 자질구레한 일은 '雜役(잡역)'이라고 하죠.

기존 질서나 학설의 정통이나 권위에 도전하는 주장이나 생각은 '異端(이단)', 시대사조, 학문, 유행 따위의 맨 앞장은 '尖端(첨단)', 어떤 일이나 행동에서 나타나는 옳지 못한 경향이나 해로운 현상은 '弊端(폐단)', 여러 가지가 얽혀 있거나 어수선하여 갈피를 잡기 어려운 것은 '複雜多端(복잡다단)', 온갖 감정과 생각은 '萬端情懷(만단정회)'라고 합니다.

또 전화선을 집 안으로 끌어들일 때, 배선 케이블과 피복선을 잇는 곳에 다는 접속용 상자는 '端子函(단자함)', 중앙 컴퓨터와 통신망으로 연결되어 자료를 입력하거나 출력하는 장치는 '端末機(단말기)'라고 하죠.

다음으로, '初(초)'는 '옷 衤=衣(의)'와 '칼 刂=刀(도)'가 합쳐진 글자입니다. 옷을 만들기 위해서는 먼저 천이나 가죽에 칼질을 시작해야 한다는 의미에서 '처음'이나 '시작'이라는 뜻을 갖게 되었죠. 그래서 첫걸음이 '初步(초보)', 처음 대하는 얼굴은 '初面(초면)', 처음 가는 길은 '初行(초행)' 길이라고 합니다.

'始初(시초)', '最初(최초)'는 맨 처음, '太初(태초)'는 하늘과 땅이 생겨난 맨 처음, '年初(연초)'는 한 해의 처음, '當初(당초)'는 일이 생긴 처음을 뜻합니다. 또 어떤 사업을 일으켜 처음으로 시작하는 시기는 '草創期(초창기)', 직장에서 처음으로 받는 임금은 '初賃(초임)', 어떤 일의 처음 시기는 '初盤(초반)', 서적의 첫 출판 또는 그 출판물은 '初版(초판)', 연극 등의 첫 번째 공연은 '初演(초연)', 사람의 일생에서 처음의 시기, 곧 젊은 시절을 이르는 말은 '初年(초년)', 사건 발생 직후에, 범인을 검거하고 증거를 확보하기 위한 수사는 '初動(초동)' 수사라고 하죠.

처음으로 있는 것은 '初有(초유)'라고 합니다. 그런데 이와 비슷한 뜻으로 쓰이는 몇 단어가 있군요. 지금까지 한 번도 있어 본 적이 없다는 '未曾有(미증유)', 비교할 만한 것이 이전에는 없는 '空前(공전)', 이전에 아무도 하지 못한 일을 처음으로 해내었다는 '破天荒(파천황)', 이제까지 들어 본 적이 없다는 '前代未聞(전대미문)' 등이 그 예죠. 이 단어들은 '미증유의 경기 침체', '공전의 대성공을 거두었다', '아무도 예상하지 못한 파천황의 사태', '전대미문의 대기록을 세우다' 등과 같이 활용됩니다.

이 밖에, '自初至終(자초지종)'은 처음부터 끝까지의 과정, '今始初聞(금시초문)'은 이제야 처음으로 들은 것, '初志一貫(초지일관)'은 처음에 세운 뜻을 끝까지 밀고 나가는 것이죠. 또 여우가 죽을 때에 자기가 살던 굴 쪽으로 머리를 둔다는 뜻에서 고향을 그리워하는 마음은 '首丘初心(수구초심)'이라고 합니다.

漢字(한자)와 한자어휘 공부를 결심하고 시작한 독자 여러분도 '初志一貫(초지일관)'하기를 응원합니다.

離散家族(이산 가족)의 哀歡이 어색한 까닭은?

'슬플 哀(애)'와 '기쁠 歡(환)'을 합친 '哀歡(애환, joys and sorrows)'은 글자 그대로 '슬픔과 기쁨'을 함께 이르는 말입니다. '庶民(서민)의 애환을 잘 그린 드라마', '한국인의 소박한 애환을 담은 民謠(민요)' 등에 그 뜻이 잘 담겨 있죠. '喜悲(희비)'도 기쁨과 슬픔을 아우르는 말인데, 쓸 자리는 조금 다른 듯해요. '합격자 발표장은 그야말로 희비가 엇갈렸다.'라는 문장에서 '희비' 자리에 '哀歡(애환)'을 쓰면 뭔지 모르게 어색하군요. '희비가 교차하다', '희비 쌍곡선'도 '희비'의 자리에 '애환'이 올 수 없듯이 말이죠. 저자 개인의 생각이지만, '희비'보다 '애환'이 좀 더 슬픔과 기쁨이 뒤섞인 복잡한 감정을 잘 나타내는 것 같아요.

'哀歡(애환)'의 '哀(애)'는 '입 口(구)'와 '옷 衣(의)'가 합쳐져 '슬프다'라는 뜻을 나타냅니다. '입 口(구)'는 입의 모습을, '옷 衣(의)'는 목과 옷섶의 모습을 각각 본뜬 글자죠. 그런데 왜 이 두 글자를 합쳐서 '슬프다'라는 뜻을 나타내게 되었을까요? 아마도 '입 口(구)'는 슬프게 우는 '痛哭(통곡)'을 표상하고, '옷 衣(의)'는 초상 때 입는 '喪服(상복)'을 뜻하는 것 같습니다.

슬프고 마음 아파하는 것은 '哀痛(애통)', 몹시 슬픈 것은 '哀切(애절)'이라고 합니다. '悲哀(비애, grief)'는 슬픔과 설움, '哀願(애원)'은 간절히 사정하며 부탁하는 것, '哀怨(애원)'은 슬프게 원망하는 것, '哀惜(애석)'은 슬프고 아까운 것을 뜻하죠. '삶의 비애', '마지막 哀願(애원)', '哀怨(애원)의 눈물', '애석하게 패배하다' 등과 같이 활용됩니다. 그리고 사람의 죽음을 슬퍼하는 것은 '哀悼(애도)', 마음속 깊이 스며드는 슬픔이나 시름은 '哀愁(애수)', 슬프거나 가슴 아파하는 것은 '哀傷的(애상적)', 슬픈 일과 경사스러운 일을 아울러 이르는 말은 '哀慶事(애경사)'라고 합니다. '追慕(추모)'는 죽은 사람을 그리워하는 것, '추도(追悼)'는 죽은 사람을 생각하며 슬퍼하는 것을 말합니다.

이 밖에, 기쁨과 슬픔과 애처로움과 즐거움을 아울러 이르는 말은 '喜怒哀樂(희로애락)', 소원이나 요구를 들어 달라고 애처롭고 간절하게 비는 것은 '哀乞伏乞(애걸복걸)', 슬프기는 하지만 겉으로 슬픔을 나타내지 않는 것은 '哀而不悲(애이불비)'라고 하죠. 또 슬플 때나 탄식할 때 하는 말로 '嗚呼哀哉(오호애재)'가 있는데 좀 古典的(고전적)인 느낌이 나네요. '할아버지께서 돌아가시다니, 오호애재라!'와 같이 표현합니다.

다음으로, '歡(환)'은 '황새 雚(관)'과 '하품할 欠(흠)'이 합쳐져, 먹이를 본 황새가 하품하듯이 입을 벌려 '기뻐하다'라는 뜻을 나타냅니다. 여기에서 '欠(흠)'은 입을 크게 벌린 모습을 본뜬 글자로서, 입과 관련된 많은 글자를 만들어 내는 데 이바지하죠. 먹고 마시는 동작과 관련된 '마실 飮(음)'을 비롯하여 감정을 표현하는 '노래할 歌(가)', '기뻐할 欣(흔)', '읊을 歎(탄)', 그리고 입으로 바람을 내는 '불(blow) 吹(취)' 등이 그 예가 됩니다. '欣快(흔쾌)'는 기쁘고 유쾌한 것, '歎息(탄식)'은 한탄하며 한숨을 쉬는 것, '鼓吹(고취)'는 북 치고 피리 부는 것 또는 어떤 생각을 가지도록 힘써 불어넣는 것을 뜻하죠.

'歡待(환대, hospitality)'는 반겨서 정성껏 후하게 대접하는 것, '歡聲(환성)'은 기뻐서 크게 지르는 소리, '歡迎(환영)'은 오는 사람을 기쁘게 맞는 것, '歡送(환송)'은 떠나는 사람을 기쁜 마음으로 보내는 것을 이르는 말입니다. 환영하여 待接(대접)한다는 '환대'는 너그럽게 대접하는

'寬待(관대)', 아주 잘 후하게 대접하는 '厚待(후대)'와 비슷한 말이죠. 반면에, 소홀히 대접하는 '忽待(홀대)', 차갑게 대접하는 '冷待(냉대)', 정성을 들이지 않고 아무렇게 대접하는 '薄待(박대)' 등은 푸대접이 됩니다. 참고로, 중국에서는 '歡迎光臨(환영광림)'을 '欢迎光临'이라고 적어 환영의 뜻을 나타냅니다.

'본 회담에 앞서 잠시 환담을 나누었다.'에서 '歡談(환담)'은 여럿이 정답고 즐겁게 이야기하는 것, '객석에서 갑자기 환호성이 터져 나왔다'에서 '歡呼聲(환호성)'은 기뻐서 크게 부르는 소리, '연말을 맞아 환락가의 순찰을 강화했다'에서 '歡樂街(환락가)'는 술집, 요릿집, 극장, 도박장 따위의 유흥장이 많이 늘어선 거리, 요즘 말로 '遊興街(유흥가)'를 뜻하죠.

歡談(환담)과 비교해 볼 말로, 서로 정답게 이야기를 주고받는 것은 '懇談(간담)', 한가할 때 별로 중요하지 않은 이야기를 나누는 것은 '閑談(한담)'이라고 해요. 기뻐서 크게 소리를 치며 날뛰는 것은 '歡呼雀躍(환호작약)'인데, 참새가 폴짝거리는 모습을 연상하면 되겠군요. '雀(작)'은 '참새', '躍(약)'은 '뛰다'의 뜻이죠.

어쩌면 인생은 '哀歡(애환)', 즉 슬픔과 기쁨이 반복되는 롤러코스터(roller coaster)와 같습니다. 때로는 슬픔에 잠겨 눈물을 흘리다가 때로는 기쁨이 넘쳐나 웃음을 터뜨리기도 합니다.

당나라 시인 李白(이백)은 '春夜宴桃李園序(춘야연도리원서)'에서 다음과 같이 읊었군요.

浮生若夢(부생약몽)　　뜬 인생 꿈과 같으니,
爲歡幾何(위환기하)　　기뻐하며 지내는 것이 얼마나 되겠는가.

詭辯(궤변)

發足(발족)

獨占(독점)

鑑識(감식)

革命(혁명)

需給(수급)

購讀(구독)

逸脫(일탈)

默契(묵계)

棄却(기각)

便乘(편승)

配送(배송)

利益(이익)

善惡(선악)

放漫(방만)

密集(밀집)

戰略(전략)

就業(취업)

豫約(예약)

經濟(경제)

政治(정치)

外遊(외유)

浪費(낭비)

改閣(개각)

展望(전망)

折衝(절충)

規制(규제)

白書(백서)

背任(배임)

與野(여야)

存廢(존폐)

抗訴(항소)

連帶(연대)

寄附(기부)

定着(정착)

緊縮(긴축)

保釋(보석)

換率(환율)

負債(부채)

政
政治
Politics
經
經済
Economics
社
社会
Society

합리화하는 주장은 詭辯, 이상한 사고는 怪變(괴변).

　우리는 곧잘 '詭辯(궤변)'이란 말을 쓰고 있지만, 정작 그 뜻은 정확히 모르는 것 같아요. 상대방이 자기의 생각과 다른 말을 하면 '궤변을 늘어놓는다'라고 핀잔을 놓기도 하죠. 벌써 B.C. 5세기 무렵부터 그리스에서 변론술 등을 가르친 지식인들이 있었지요. 이들을 '詭辯學派(궤변학파)'라고 부르니, 정말로 '궤변'의 역사는 아주 오래된 셈이군요. "인간은 만물의 尺度(척도)다."라고 주장한 프로타고라스가 이 학파를 대표한다고 해요.

　자. 그러면 궤변이 뭔지 알기 위해 '詭(궤)'에 대해 살펴볼까요? 이 글자는 '말씀 言(언)'과 '위태할 危(위)'가 합쳐져 있으니 일단 '위험하고 위태로운 말'이 되겠네요. 누군가가 위험한 말을 하면 아무래도 이상하게 보일 테니. '詭(궤)'는 '괴이하다'라는 뜻까지 얻습니다. 남을 속이는 말이니 위태롭고 괴이할 수밖에 없겠죠?

　字典(자전)에 의하면, '詭(궤)'는 '속이다', '꾸짖다', '헐뜯다' 등의 뜻도 들어 있군요. 근데 이 한자는 실생활에서 쓰임이 거의 없어요. '궤변'에만 쓰인다고 생각해도 무방할 듯합니다.

　다음으로, '辯(변)'은 원래 '말하다'라는 뜻인데, 나중에 '말을 잘하다'라는 뜻으로 확대됐어요. 이 글자를 뜯어보면 두 개의 '매울 辛(신)' 사이에 '말씀 言(언)'이 결합해 있죠? '辛(신) 라면'으로 유명한 그 '辛'이죠. 그런데 이 글자는 옛날 죄인이나 노예의 이마에 먹물을 넣는(문신?)

116

바늘 모양을 본떠 만들어진 것이라고 해요. 그러니 얼마나 아팠겠어요? 그래서 나중에 '맵다', '혹독하다' 등의 뜻도 가지게 되었을 거고요. 결국 '辯(변)'은 두 죄인이 자신의 무죄와 潔白(결백)을 주장한다는 데서 '말하다', '말 잘하다' 등의 뜻으로 파생됐다고 봐요.

'말 잘할 辯(변)'은 '속일 詭(궤)'와는 달리 너무너무 많은 한자어를 만들어 내요. 어떤 사람에게 유리하도록 편들어서 말하는 것은 '辯護(변호)', 막힘없이 아주 말을 잘하는 솜씨는 '達辯(달변)', 이와 반대로 서툴고 더듬거리는 말솜씨는 '訥辯(눌변)', 사회관계에 필요한 말주변은 '口辯(구변)', 힘이 있고 막힘이 없어 조리가 있는 말솜씨는 '雄辯(웅변)', 이치에 맞지 않는 것을 억지로 주장하거나 변명하는 것은 '強辯(강변)', 부당하다고 여겨서 반대하거나 따지는 뜻을 주장하는 것은 '抗辯(항변)', 열렬하게 사리를 밝혀 옳고 그름을 따지는 말은 '熱辯(열변)'이라고 하지요.

잠깐, '사자의 우렁찬 울부짖음'이란 뜻으로, 크게 부르짖어 열변을 토하는 연설을 이르는 '獅子吼(사자후)'도 함께 알아 두면 좋겠어요.

이제 '詭辯(궤변)'의 뜻을 어느 정도 알 것 같죠? 앞에 말한 내용을 종합하면, '남을 속이기 위해 말을 아주 잘하는 것' 정도로 기억해도 좋겠네요. 과연 이렇게 받아들여도 좋은지 더 알아볼게요. 먼저 〈표준 국어 대사전〉에서는 상대편을 이론으로 이기기 위하여 상대편의 사고(思考)를 혼란시키거나 감정을 격앙시켜 거짓을 참인 것처럼 꾸며대는 논법이라고 정의를 내리고 있군요. 어쨌든 자신의 주장을 合理化(합리화)하거나 正當化(정당화)하는 말하기의 기술이라고 보면 되겠네요.

마지막으로 예로부터 전해오는 중국의 대표적인 궤변을 하나 소개할게요. 公孫龍(공손룡)이 주장한 '백마는 말이 아니다'라는 '백마비마론(白馬非馬論)'이 동양의 궤변으로 아주 유명해요.

공손룡은, 백마는 빛깔을 가리키는 개념이고 말은 형체를 가리키는 개념이므로 백마는 백마이지 말이 아니라는 논리를 폈어요. 그는 여러 빛깔의 말에서 빛깔을 빼 버린 것이 말이고, 백마는 그러한 말에다가 흰 빛깔을 더한 것이므로 백마는 백마이지 말이 아니라는 겁니다.

물론 서양에도 궤변이라고 할 수 있는 게 있죠. 아킬레우스가 아무리 빨라도 거북이를 절대 따라잡을 수 없다는 이른바 '제논의 역설(Zeno's paradoxes)'이 그것이죠. 제논은 거북이를 따라잡기 위해선, 거북이가 움직이는 동안 또 아킬레우스가 따라가야 하므로 무한히 많은 거리를 가야 하므로 빠른 아킬레우스가 거북이를 절대 따라잡을 수 없다는 논리를 편 것입니다.

궤변을 영어로는 'sophistry'라고 하는데, 영영사전에는 이것을 '옳은 것처럼 들리지만, 실제로는 잘못된 추론이나 논증(the use of reasoning or arguments that sound correct but are actually false.)'이라고 풀이하고 있군요. 이것만 봐도 동서양을 막론하고 궤변은 겉으로는 그럴듯하게 들리지만 실제로는 이치에 맞지 않는 말이 틀림없군요.

이치에 맞지 않는 말을 억지로 끌어 붙여 자기주장이나 조건에 맞도록 합리화하는 것을 牽強附會(견강부회)라고 하는데, 궤변과는 딱 어울리는 말이네요.

참, '궤변'을 써야 할 자리에 '괴변'으로 쓰면 무식하다는 소리 듣습니다. '怪變(괴변)'은 괴상한 재난이나 사고를 뜻하므로 엄격히 구별해야겠죠?

118

새로 조직한 단체가 일을
시작하면 發足 또는 出帆(출범).

이번 大選(대선)을 잎두고 각 정당에서 공명선거 감시단을 발족했다.
국가과학기술자문회의가 常設(상설) 대통령 자문기구로 발족하게 되었다.

예시된 두 문장의 앞뒤 문맥으로 볼 때. '發足(발족)'은 뭔가를 만든다
는 뜻으로 짐작되지만, 이 단어의 뜻을 정확하게 알아봅시다. 우선 단어
를 구성하는 '發(발)'과 '足(족)'을 각개 격파하는 게 첫 순서일 듯합니다.

먼저 '發(발)'은 '활 弓(궁)'과 '짓밟을 癶(발)'이 결합하여 '(화살을) 쏘
다'가 본뜻이라고 해요. 나중에 '떠나다', '일어나다(일으키다)', '시작하
다', '(꽃이) 피다', '드러내다' 등 아주 다양한 뜻으로 확대되어 쓰여요.
다음에 제시된 여러 단어에서 '發(발)'이 각각 어떤 뜻인지 생각하며 읽
으면 더 흥미진진하겠죠.
활, 총, 로켓 등을 쏘는 것은 '發射(발사)', 총이나 대포를 쏘는 것은
'發砲(발포)', 길을 떠나는 것 또는 어떤 일의 시작은 '出發(출발)', 큰 사
건이 갑자기 일어나는 것은 '勃發(발발)'. 어떤 일이나 현상이 자주 일어
나는 것은 '頻發(빈발)', 어떤 일이 뜻밖에 갑자기 일어나는 것은 '突發
(돌발)'이죠. '誤發彈(오발탄)'은 잘못 쏜 탄환, '發覺(발각)'은 숨겨졌던
일이 드러나는 것, '發露(발로)'는 바탕에 깔린 생각이나 심리, 사상이
겉으로 드러나는 것을 뜻하고요. 또, 열이 나는 것 또는 체온이 높아지
는 것은 '發熱(발열)', 꽃이 활짝 피는 것은 '滿發(만발)', 말이나 행동 따
위를 자꾸 함부로 하는 것 또는 지폐나 증서 따위를 마구 발행하는 것

은 '濫發(남발)'이라고 합니다.

이 밖에도, 백 번 쏘아 백 번 맞힌다는 뜻으로, 총이나 활 따위를 쏠 때마다 겨눈 곳에 다 맞히는 것은 '百發百中(백발백중)', 한 번 건드리기만 해도 폭발할 것 같은 몹시 위급한 상태는 '一觸即發(일촉즉발)'이라고 하죠.

다음으로 '足(족)'은 무릎에서 발끝까지의 모양을 본떠 만들어진 글자라고 하죠. 글자의 위쪽 네모 부분은 무릎 가운데의 작은 뼈를, 아래쪽은 무릎 아래의 다리와 발바닥을 가리킨다고 보면 될 것 같군요. 그래서 '足(족)'은 '발' 또는 '다리'가 본래의 뜻이 됩니다. 그런데 다리가 몸을 떠받치고 있으므로 '충분하다', '충실하다'의 뜻을 얻게 되었고, 나아가 '만족하다'의 뜻으로 파생되었다고 봐요. 참고로, '足(족)'이 다른 글자의 왼쪽에 붙으면 '⻊'의 형태로 바뀌어 '軌跡(궤적)'의 '발자취 跡(적)', '踏査(답사)'의 '밟을 踏(답)' 등과 같이 새로운 글자를 만들기도 해요.

'手足(수족)'은 손과 발 또는 손발과 같이 마음대로 부리는 사람, '失足(실족)'은 발을 잘못 디디는 것, '長足(장족)'은 긴 다리 혹은 빠른 걸음이란 뜻으로, 발전이나 진보의 속도가 몹시 빠를 때 쓰는 말이죠. 시냇가에서 발을 씻는 것은 '濯足(탁족)', 발자국 또는 겪어 오거나 지내 온 일의 자취는 '足跡(족적)'입니다. 뱀을 다 그리고 나서 없는 뱀의 발을 덧붙여 그린다는 뜻으로, 쓸짓하다 도리어 잘못되는 것은 '畫蛇添足(화사첨족)', 이를 줄여서 보통 '蛇足(사족)'이라고 하지요. 빠르게 잘 달리는 사람 또는 뛰어난 인재는 발이 빠른 말이란 뜻의 '駿足(준족)', 밖으로 나다니지 못하게 하는 명령은 '禁足令(금족령)', 매우 적은 분량을 '새 발의 피'라는 뜻의 '鳥足之血(조족지혈)'로 나타내기도 합니다.

'足(족)'은 앞의 '발'이란 뜻 외에 '충분하다', '만족하다'의 뜻도 가진다고 했죠. '充足(충족)'은 욕구나 조건 따위를 충분히 채우는 것, '洽足(흡족)'은 모자람이 없이 넉넉한 것, '滿足(만족)'은 마음에 흡족한 것, '安分知足(안분지족)'은 편안한 마음으로 제 분수를 지키며 만족할 줄을 아는 것, '自給自足(자급자족)'은 자기에게 필요한 것을 자기 힘으로 생산하여 충족하는 것을 뜻합니다.

'發(발)'과 '足(족)', 이 두 글자의 뜻과 쓰임을 공부하고 나니 '發足(발족)'의 뜻은 저절로 풀려나오네요. 좀 거칠게 말하면 어떤 곳을 향해 발[足(족)]을 출발[發(발)]시키는 것이고, 사전처럼 점잖게 표현하면 어떤 단체나 모임 등이 새로 만들어져 활동을 시작하는 것이 됩니다. 저자의 짧은 영어 실력을 발휘(?)한다면 'create'와 'start'가 합쳐진 뜻이 아닐까 생각합니다. 그렇다면 '발족'은 단체를 새로 만들어 세운다는 '創立(창립)', 배가 항구를 떠나듯이 새로 조직된 단체가 일을 시작하는 '出帆(출범)'과 비슷한 맥락에서 쓰일 것 같습니다.

중국 당나라 태종 때의 명저 『貞觀政要(정관정요)』에는 다음과 같은 구절이 있습니다. 일을 시작하여 벌였으면 매듭을 잘 짓고, 마무리를 단단히 잘해야 유능한 사람이 된다는 뜻을 説破(설파)하고 있군요.

有善始者實繁 (유선시자실번)　처음에 잘 시작하는 사람은 실로 많지만,
能克終者蓋寡 (능극종자개과)　마지막을 넘어서는 사람은 매우 적다.

이 책을 읽는 독자 중에서 나중에 성공하여 장학 재단 등을 發足(발족)하는 등 善行(선행)이 줄을 이었으면 좋겠습니다. 파이팅! 저자는 여러분을 격하게 應援(응원)합니다.

혼자 차지하면 獨占.
몇몇이 나눠 차지하면 寡占(과점).

19~20세기 초, 존 D. 록펠러가 이끄는 스탠더드 오일(Standard Oil)은 미국 석유 정제, 운송, 판매의 약 90%를 掌握(장악)하며 시장을 사실상 독점했습니다. 덤핑으로 경쟁사가 破産(파산)하고 이후 생산량을 조절하여 소비자 피해가 눈덩이처럼 발생했죠. 결국 1911년 미국 연방대법원이 34개의 독립 회사로 해체하라는 판결을 내림으로써 스탠더드 오일의 독점은 막을 내렸죠. 두루 알다시피 시장 경제의 여러 문제점 중에서 가장 대표적인 것은 '獨占(독점)'이라고 합니다. 특정 상품을 공급하는 주체가 하나일 때는 독점이라고 하고. 적은 수일 때는 '寡占(과점)'이라고 하죠. 이 둘을 아울러 '獨寡占(독과점)'이라고 합니다.

먼저 '獨(독)'은 '개 犭=犬(견)'과 '촉나라 蜀(촉)'이 합쳐진 글자로군요. 여기 '犭(견)'은 '犬(견)'의 모양이 바뀐 것이라고 이해해요. '犬(견)'이 다른 글자의 왼쪽에 붙으면 '犭(견)'의 형태로 바뀌면서 새로운 글자를 만듭니다. '여우 狐(호)'나 '사나울 猛(맹)'처럼 짐승의 이름이나 성질을 나타내는 새로운 글자로 탄생하는 것이죠. 그리고 '蜀(촉)'은 본래 해바라기씨를 갉아 먹는 벌레를 뜻했다고 하네요. 그러고 보면 '獨(독)'은 '해바라기 벌레' 같은 '개'라고 할까요? 먹이를 독차지하는 '獨(독)'의 모습에서 '홀로'라는 뜻이 나왔다고 보아도 괜찮을 듯합니다. '무리 群(군)'이란 글자에 무리를 지어 사는 '羊(양)'이 결합된 것을 보면 漢字(한자)가 그냥 만들어진 게 아니라는 생각이 드는군요.

여러 경쟁 상대들을 제치고 혼자 앞서 나가는 것은 '獨走(독주)', 남과

상의하지 않고 혼자서 판단하거나 결정하는 것은 '獨斷(독단)', 자기 혼자만이 옳다고 믿고 행동하는 것은 '獨善(독선)', 개인이나 특정한 소수 집단이 모든 정치권력을 행사하는 것은 '獨裁(독재)', 다른 사람이 없이 혼자서 말하는 것은 '獨白(독백)', 다른 것에 얽매이거나 기대지 않고 홀로 행동하는 것은 '獨立(독립)'입니다. 그 밖에, 남이 감히 따를 수 없을 정도로 뛰어난 것은 '獨步的(독보적)', 무슨 일이든 자기 생각대로 혼자서 처리하는 사람을 '獨不將軍(독불장군)'이라고 하죠.

다음으로, '占(점)'은 '점 卜(복)'과 '입 구(口)'가 결합한 거 맞죠? '卜(복)'은 세로의 직선 옆에 빗금이 나 있는데. 이것은 거북딱지[甲骨(갑골)]에 나타난 무늬를 본뜬 것이라고 해요, 점치기 위해 거북 등을 불로 지지면 갈라져 터진 여러 금이 나타나겠죠? 이것을 보고 점을 쳐서 국가의 중대사를 결정했다고 합니다. 여기에 '입 구(口)'가 결합됐으니 '占(점)'은 '점을 쳐서 입으로 묻다'라는 뜻이 되고요. 갈라진 흔적이 거북 등에 나타나는 것에서 '있다'나 '차지하다'는 뜻으로 확대된 것 같습니다.

꿈의 길흉을 점치는 것은 '占夢(점몽)', 별자리나 별의 모양 따위를 보아 점을 치는 기술은 '占星術(점성술)', 길흉을 점쳤을 때 나온 결과는 '占卦(점괘)', 점치는 일을 직업으로 삼는 사람은 '占術家(점술가)'라고 하죠.

과학 기술의 발달에 따라 '占(점)'의 뜻도 呪術(주술)은 거의 퇴색하고 지금은 주로 '차지하다'라는 뜻으로 쓰여요.

일정한 지역이나 대상을 차지하는 것은 '占有(점유)', 남의 땅을 무력으로 빼앗아 차지하는 것은 '占領(점령)', 어떤 장소를 차지하여 자리를 잡은 것은 '占據(점거)', 남보다 앞서서 먼저 차지하는 것은 '先占(선점)', 남의 영토나 물건 따위를 강제로 빼앗아 차지하고 있는 것은 '強占(강점)', 물건값이 오를 것을 예상하고, 폭리를 얻기 위해 물건을 마구 몰아서 사들이는 것은 '買占(매점)'이라고 합니다.

매점 후 물건값이 오를 것을 예상하고, 비싼 값을 받기 위해 팔기를 꺼리는 것은 '賣惜(매석)'이라고 하는데 이 둘을 합쳐 '買占賣惜(매점매석)'이라고들 많이 부릅니다. 박지원의 소설 〈허생전〉에서 허 생원이 한양 최고 부자인 변 씨에게서 만 냥을 빌려 갖가지 과일과 말총을 모두 사들였다가 나중에 되팔아 큰돈을 버는 이야기가 바로 여기에 해당하겠죠.

마무리하자면, '獨占(독점)'은 '혼자서[獨(독)] 모두 차지함[占(점)]'이 글자 그대로의 뜻인데, 경제학에서는 '개인이나 단체가 생산과 시장을 지배하여 이익을 독차지하는 것'으로 정리하고 있군요.

"혼자만 잘 살믄 별 재미 없니더. 뭐든 여럿이 노나 갖고 모자란 곳을 두루 살피면서 채워 주는 것, 그게 재미난 삶 아니껴."

전우익 님의 책 『혼자만 잘 살믄 무슨 재민겨』에 나오는 말입니다. 갑자기 왜 이 책이 떠오를까요?

유전자는 鑑識하고, 친자는 鑑別(감별)하고, 골동품은 鑑定(감정)하고.

최근 두 차례 발생한 ○○○ 공장 폭발·화재 사고와 관련해 경찰은 내일 사고 현장에서 국립과학수사연구원과 합동 현장 감식을 진행한다고 밝혔습니다.

이 뉴스 보도에 등장한 '鑑識(감식)'의 뜻이 뭘까요? 글의 앞뒤 맥락을 보면 과학적으로 조사한다는 뜻인 것 같죠? 맞습니다. 수사 과정에서 지문, 혈흔 등의 증거들을 과학적으로 분석하여 판정하는 것이 바로 '감식'입니다. 어떻게 이런 뜻이 나왔는지 좀 더 자세히 알아보는 것도 흥미롭겠죠?

앞 글자 '鑑(감)'은 '쇠 金(금)'과 '볼(살필) 監(감)'이 결합했군요. 여기에서 '볼 監(감)'은 다시 '누울 臥(와)'와 '그릇 皿(명)'이 합쳐졌고요. 그러고 보니 '監(감)'은 누워서(엎드려서?) 얼굴을 비춰보는 그릇(대야), 즉 '거울'의 모습으로 떠오르네요. 나중에 청동거울이 발명되면서 재료 '쇠 金(금)'을 덧붙인 '거울 鑑(감)'이라는 새로운 글자가 탄생합니다.

그래서 앞서 쓰인 '監(감)'은 '거울'의 본뜻보다는 '(거울을) 보다', '감시하다', '감독하다' 등의 뜻으로 많이 쓰이게 돼요, 나중에 만들어진 '鑑(감)'은 '거울'에서 '본보기', '보다' 등의 뜻으로 확대됩니다.

사물의 특성이나 참과 거짓, 좋고 나쁨을 분별하여 판정하는 것은 '鑑定(감정)', 잘 살펴보고 알아서 구별하는 것은 '鑑別(감별)', 주로 예술 작품을 이해하여 즐기고 평가하는 것은 '鑑賞(감상)'이 됩니다. 이들 '鑑

(감)’은 모두 ‘보다’, ‘살피다’ 등의 뜻으로 쓰였군요.

소설가 이효석의 수필 〈낙엽을 태우면서〉에서 인용했는데요, 여기 ‘感
傷(감상)’은 마음속으로 느껴 슬퍼하거나 아파한다는 뜻이군요. 책을 읽
은 후에 가지는 생각과 느낌인 ‘感想(감상)’이나 예술 작품을 보고 즐기
는 ‘鑑賞(감상)’과는 구별해서 써야겠죠.

또 거울삼아 본받을 만한 것은 ‘龜鑑(귀감)’이라고 해요. ‘거북 龜(귀)’
는 원래 인간의 앞날을 점치는 거북의 등을 본떠 만든 글자죠, ‘鑑(감)’
은 앞서 본 바와 같이 인간의 얼굴을 비춰주는 거울이고요. 결국 이 두
글자를 합친 ‘귀감’은 자신을 자세히 살펴서 바로 잡는 ‘모범’의 뜻을 얻
습니다. 사물이 이곳저곳 갈라 터지거나 인간관계가 틀어지는 것은 ‘龜
裂(균열)’이라고 하지요. 이 말도 처음에는 점치기 위해 거북의 등껍질에
불을 놓아서 트거나 벌어지는 모양을 뜻했다고 합니다.

‘龜’자는 이름에 쓰이면 ‘구’로 읽어요. 부산에 있는 ‘龜浦洞(구포동)’,
구지가로 유명한 김해의 ‘龜旨峯(구지봉)’, 야구 해설가로 유명한 한국야
구협회 총재 許龜淵(허구연) 씨 등에 쓰였군요. 아하! 복잡하게 생긴 글
자 ‘龜’는 뜻에 따라 ‘거북 귀’, ‘터질(갈라질) 균’으로 음이 달라지네요.
‘龜’는 너무 복잡해서 속자 亀로 쓰기도 합니다.

다음 글자 ‘알 識(식)’은 ‘말씀 言(언)’과 ‘찰진 흙 戠(시)’가 결합한 글
자네요, 그런데 ‘소리 音(음)’과 ‘창 戈(과)’가 결합한 ‘찰진 흙 戠(시)’는
창같이 날카로운 칼로 소리를 새기니 ‘기록하다’가 본뜻이라고 합니다.

그래서 '알 識(식)'은 말을 듣고 새기게 됨으로써 '알다'의 뜻을 얻었겠죠. 한자의 기원에 대해서는 깊이 들어가지 않아도 돼요, '알다', '깨닫다'의 뜻이면 '식'으로 읽고, '기록하다', '표지'의 뜻이면 '지'로 읽는다는 정도로 알면 충분해요.

뛰어난 식견이나 건전한 판단은 '良識(양식)', 학식과 견문은 '識見(식견)', 사물을 분별하고 판단하여 아는 것은 '認識(인식)', 사물의 차이를 알아서 구별하는 것은 '識別(식별)', 지식이 넓고 아는 것이 많은 것은 '博識(박식)' 또는 '博學多識(박학다식)', 서로 한 번 만나 조금 아는 것은 '一面識(일면식)'이죠. 그 밖에, 학식이 있는 것이 오히려 근심을 사게 되는 것은 '識字憂患(식자우환)', 낫 놓고 ㄱ자 모르는 아주 까막눈은 '目不識丁(목불식정)'이라고 해요.

다른 사물과 구별하여 알 수 있도록 한 표시나 특징은 '標識(표지)'라고 하는데, 책의 맨 앞뒤의 겉장도 '表紙(표지)'니 둘을 구별해야겠죠. 어떠한 사실을 알리기 위하여 일정한 표시를 해 놓은 판은 標識板(표지판)인데 그 대표적인 것이 도로 표지판이죠? 참, 도로상에서 어느 곳까지의 거리 및 방향을 알려 주는 표지는 '里程標(이정표)'라고 합니다.

'鑑識(감식)'은 사물의 眞僞(진위, 진짜와 가짜)와 가치를 분별한다는 뜻도 가지고 있으니 '鑑定(감정)'과도 통하는군요. 어느 TV 프로그램 중에 골동품을 감정하는 〈TV 쇼, 진품 명품〉이 있죠? 高價(고가)의 골동품도 좋지만, 인간미가 넘치는 프로, 값으로 따질 수 없는 인물을 발굴하는 TV 프로그램은 어디 없을까요?

**본래 王(왕)을 갈아치우는 것이
하늘의 명을 바꾼다는 革命.**

고대 중국에서는 王朝(왕조)란 하늘의 뜻, 즉 天命(천명)에 의해 일어나고 망하는 것이라고 보았죠. 혁명은 천명[命(명)]이 바뀌는[革(혁)] 것으로 왕조가 바뀐다는 뜻이 됩니다. 따라서 새로 들어선 왕조는 앞의 왕조와 다른 姓(성)을 갖게 되므로 '易姓革命(역성혁명)'이라는 단어가 만들어졌겠죠. 그런데 독자 여러분은 '혁명'하면 뭐가 가장 먼저 떠오르나요? 아마도 '4.19혁명', '프랑스 대혁명'에서부터 '産業革命(산업혁명)', '人工知能(인공지능, artificial intelligence, AI) 혁명' 등 다양하게 떠올릴 것입니다. 그러나 어떤 것이든 '혁명'이 가지는 기본적 의미는 거의 같고 또 변하지 않았다고 봐요.

먼저 '革(혁)'은 보통 '가죽 혁'이라고 하지만, '改革(개혁)', '革新(혁신)'처럼 '바꾸다', '고치다' 등의 뜻으로 더 널리 쓰여요. 건데 '革'의 글자 모양을 유심히 보면, 짐승 가죽을 벗겨내어 말리는 모습과 참 비슷하네요. 글자의 위쪽은 짐승의 머리를, 아래쪽은 짐승의 가죽을 사방으로 벌려 말리는 모습입니다.

'가죽'을 뜻하는 글자에는 '毛皮(모피)'의 '가죽 皮(피)'도 있는데, 둘은 다른 점이 뭘까요? 먼저 '皮(피)'는 짐승을 잡아 갓 벗겨낸 날가죽이고, '革(혁)'은 이 날가죽을 매만져서 부드럽게 만든 가죽이니 전혀 새롭게 變身(변신)한 셈이군요. '皮(피)'를 '革(혁)'으로 만들기 위해서는 자주 가죽을 뒤집어 가면서 햇볕에 쬐어야겠죠? 여기에서 '革'은 '뒤집다', '바꾸다', '고치다' 등의 뜻을 얻게 된 겁니다.

그리고 공자가 주역을 너무너무 즐겨 읽어 책을 맨 가죽끈이 세 번이 나 끊어졌다고 하는 '韋編三絶(위편삼절)'에는 '가죽 韋(위)'가 들어 있 죠. 이 '韋(위)'는 '革(혁)'보다 더 부드럽게 만든 가죽이라고 하는데, 여 기까지만 할게요.

날가죽이나 무두질한 가죽을 통틀어 '皮革(피혁)', 허리에 매는 가죽 띠는 '革帶(혁대)', 오래 묵은 제도, 방법, 관습 따위를 새롭게 고치는 것 은 '革新(혁신)', 묵은 기구, 제도, 법령 따위를 없애는 것은 '革罷(혁파)', 한 사회가 전부 갑자기 바뀌어 아주 달라지는 것은 '變革(변혁)', 제도, 관습, 기구 따위를 전부 고쳐 새롭게 바꾸는 것은 改革(개혁), 어떤 기관 이나 단체 등이 변천되어 온 역사는 沿革(연혁)이라고 해요.

다음으로, '命(명)'은 무릎을 꿇고 앉은 사람[卩(절)]에게 입[口(구)]으 로 큰 소리를 내며 '명령'하는 모습을 나타낸 글자네요. 옛날에는 윗사 람의 '명령'이 하인이나 노예의 운명과 생명을 좌우하였으므로, '命(명)' 이 '運命(운명)', '목숨'이란 뜻도 함께 가지게 된 것 같아요. 운명이나 운 수는 사람 마음대로 되는 것이 아니라 하늘의 뜻이라고 생각했기 때문 에 흔히 '天命(천명)'이라고 하죠. '천명'은 타고난 목숨, 타고난 운명까지 모두 이르는 말로 쓰입니다.

임금의 명령은 '御命(어명)', 명령에 따르지 않고 반항하는 것은 '抗命 (항명)', 어떤 사실이나 주장을 정하여 제시하는 문장은 '命題(명제)', 사 람, 사물, 사건 등의 대상에 이름을 지어 붙이는 것은 '命名(명명)'이고 요. '명제'와 '명명'에 결합된 '命(명)'은 '명령하다'의 뜻으로, 특정한 내 용을 지시하거나 규정하는 것으로 이해하면 됩니다.

목숨을 겨우 이어가는 것은 '延命(연명)', 목숨이 짧은 것은 '短命(단 명)', 복이 없고 팔자가 사납거나 壽命(수명)이 짧은 것은 '薄命(박명)',

끊어지지 않고 이어지는 목숨이나 맥(脈)은 '命脈(명맥)'이라고 합니다. 또, '치명적인 猛毒性(맹독성) 물질', '치명적인 손실'에 쓰인 '致命的(치명적)'은 목숨을 위협하는 것 또는 일의 흥망, 성패에 결정적으로 영향을 준다는 뜻입니다.

거의 죽게 되어 곧 목숨이 끊어질 지경에 있는 '命在頃刻(명재경각)'은 거의 죽을 지경에 이르렀다는 '幾至死境(기지사경)'의 상황과 통하죠. 또 '亡命(망명)'은 목숨을 보전하기 위해 도망치는 것에서 유래하여 정치나 사상 등의 이유로 다른 나라로 피신하는 것, '宿命(숙명)'은 태어날 때부터 타고난 정해진 운명. 또는 피할 수 없는 운명을 뜻합니다.

앞의 논의를 바탕으로 해서, '고칠 革(혁)'과 '명령 命(명)'이 결합한 '革命(혁명)'을 정의한다면, '혁명'은 이전의 慣習(관습)이나 제도, 방식 따위를 단번에 깨뜨리고 새로운 것을 急激(급격)하게 세우는 일이라고 하겠네요. 물론 정치, 경제, 사회, 과학 등 다양한 분야에 두루 작용하는 개념으로 말이죠.

혁명으로 아무리 세상이 변하고 바뀌어도 그 흐름을 이끄는 주체는 인간입니다. 어떤 다른 혁명보다 자기 혁명(Self-revolution)이 가장 중요한 이유는 바로 이것이겠죠.

需給은 수요와 공급,
受給(수급)은 연금을 받는 것.

농수산 분야 정부 관계자와 전문가들이 한자리에 모여 기후 변화에 대응한 농산물의 선제적 수급 관리 방안을 마련하기 위해 머리를 맞댔다.

이 신문 기사를 읽고 머릿속에 다음과 같이 핵심 정보가 '쏘옥~' 들어온다면, 요즘 이슈화되는 文解力(문해력)은 걱정 없습니다.

정부 관계자와 전문가들이 농산물 수급 관리 방안을 논의했다.

그러나 기사의 골자를 이렇게 뽑아내어도 '需給(수급)'의 뜻을 모르면 확실히 내용이 잡힐 리가 없습니다. '수급'은 '需要(수요, demand)'와 '供給(공급, supply)'을 함께 이르는 경제 용어거든요. 상품 가격은 수요와 공급에 따라 결정되는데, 일반적으로 수요가 증가하면 가격이 上昇(상승)하고, 공급이 증가하면 가격이 下落(하락)하죠. 앞의 골자에 좀 더 살을 붙이면 다음과 같이 되겠죠?

정부 관계자와 전문가들이 농산물 가격의 불안정을 막기 위해 미리 수요와 공급을 관리하기로 했다.

먼저 '需(수)'는 '비 雨(우)'와 '말 이을(and) 而(이)'가 결합한 글자지만. 처음엔 '而(이)'가 아니라 '큰 大(대)'였다고 해요. 여기에서 '큰 大(대)'는 팔다리를 벌리고 선 '사람'을 뜻하니, '需(수)'는 비가 그치기를 '기다리다'가 본뜻이었다고 합니다. 나중에 '구하다', '필요로 하다' 등의 뜻으로 쓰여요.

어떤 재화나 용역을 일정한 가격으로 사려고 하는 욕구는 '需要(수요)’, 국내의 수요는 ‘內需(내수)’, 혼인에 드는 물품과 비용은 ‘婚需(혼수)’, 제사를 지낼 때 쓰는 여러 가지 물품이나 음식은 ‘祭需(제수)’가 되죠. 당장 필요가 없으면서도 일어나는 수요는 ‘假需要(가수요)’, 상품이나 서비스의 수요가 많은 시기는 ‘盛需期(성수기)’, 일상생활에 꼭 필요한 물품은 ‘必需品(필수품)’이고요. ‘필수 조건’, ‘필수 지식’에서 ‘必須(필수)’는 꼭 있어야 하거나 하여야 하는 것이니, 없어서는 안 된다는 ‘不可缺(불가결)’과 비슷한 뜻으로 쓰이죠.

다음으로, ‘줄 給(급)’인데, 이 글자는 ‘가는 실 糸(멱)’과 ‘합할 合(합)’이 합쳐져. ‘(가는) 실’에 계속 다른 실을 ‘합’하는 모습을 나타내죠. 그래서 실이 계속 이어지니 ‘넉넉하다’가 본뜻이었다고 합니다. 나중에 ‘주다’, ‘대다’, ‘공급하다’ 등의 뜻으로 확대된 거죠. ‘給食(급식)’은 식사를 공급하는 것, ‘自給自足(자급자족)’은 자기에게 필요한 것을 자기 힘으로 생산하여 충족하는 것을 뜻합니다.

필요한 것을 대주는 것 또는 시장에 상품을 내놓는 것은 ‘供給(공급)’, 필요한 물자를 계속 대주는 것은 ‘補給(보급)’, 나누어 주는 것은 ‘配給(배급)’, 돈이나 물품 따위를 정해진 몫만큼 내주는 것은 支給(지급), 도로 돌려주는 것은 還給(환급)이죠. 식사를 공급하는 것은 ‘給食(급식)’, 항공기, 배, 자동차 따위에 휘발유, 경유 등을 공급하는 것은 ‘給油(급유)’라고 해요. ‘補給(보급)’과 달리 ‘普及(보급)’은 널리 펴서 골고루 알리거나 사용하게 하는 것이니 ‘신문 보급’, ‘신품종 보급’ 등에 쓰입니다.

직장인이 노동의 대가로 정기적으로 받는 일정한 돈은 ‘俸給(봉급)’, 근무자에게 일의 대가로 주는 수당은 ‘給與(급여)’ 또는 給料(급료), 일한 대가로 다달이 받는 급여는 ‘月給(월급)’, 급료가 없는 것은 ‘無給(무급)’이죠. 한 주일 단위로 지급하는 급료는 ‘週給(주급)’이지만, 일 년 동안에 받는 봉급의 총액은 '年俸(연봉)'입니다. 그리고 '反對給付(반대급부, consideration)'라는 말을 가끔 쓰는데. 이것은 계약이 성립할 때 양측이 서로 주고받는 대가 관계라고 할 수 있습니다. 다음 사설 제목이 말하는 바는 이렇습니다. 러시아에 북한군을 파병했으니, 러시아가 북한에 제공하는 경제적 가치는 무엇인지 묻는 거죠.

"북한군 1만여 명 파병 결정", 러시아 반대급부는 뭔가

앞에서 '수요'와 '공급'을 함께 이르는 말이 '需給(수급)'이라고 했는데, 한자어 중에는 이렇게 두 단어를 줄여 한 단어로 나타내는 경우가 꽤 많아요. '攻擊(공격)'과 '防禦(방어)'를 합쳐 '攻防(공방)', '添加(첨가)'와 '削除(삭제)'를 합쳐 '添削(첨삭)', '贊成(찬성)'과 '反對(반대)'를 합쳐 '贊反(찬반)'으로 표현하거든요. 이같이, 한자어는 비교적 적은 글자 수로 똑같은 의미를 전달할 수 있으니 참 경제적이죠? 그리고 한자를 함께 표기하면 의미를 더 정확하게 전달할 수 있어요. 지금 다루고 있는 '수급'만 하더라도 그렇죠. '국민연금 수급자 700만 명 첫 돌파…65세 절반 이상이 수급'에서 '수급'은 앞의 '需給(수급)'이 아니라 급여, 年金(연금), 배급 따위를 받는다는 뜻의 '受給(수급)'이 맞거든요.

우리가 한자를 공부하고 또 알아야 하는 이유가 어디 이뿐이겠습니까? 차차 공부해 나가면서 챙겨봐야죠.

이제는 정기적으로 돈을 지불하고 상품을 받는 서비스도 購讀.

　신문이나 잡지, 책 따위의 간행물을 사서 읽는다는 뜻으로 쓰이는 '購讀(구독)'을 모르는 세대가 늘었습니다. 왜냐하면 그들은 월 사용료를 내면서 가전제품을 일정 기간 사용하거나, 유튜브의 사용자가 특정 채널을 팔로우하여 게시물을 지속하여 시청하는 서비스를 이용하는 것을 '購讀(구독, subscribe)'이라고 알기 때문이죠. 신문이나 잡지를 받아본다는 뜻의 '구독'이 이제는 영화와 음악 등의 콘텐츠부터 음식, 생활용품, 가전제품, 이동 수단에 이르기까지 다양한 분야에서 사용되고 있어요. 세태에 따라 의미가 바뀌었다고 할까요, 확장되었다고 할까요?

　'購讀(구독)'에서 '購(구)'는 '조개 貝(패)'와 '짤 冓(구)'가 결합해 돈을 들여 '사다'를 뜻합니다. 처음에는 '購(구)'가 '사다', '팔다'라는 두 가지 뜻을 가졌지만, 지금은 '사다'의 뜻으로만 쓰여요. 이 글자에 붙은 '조개 貝(패)'는 '돈'이나 '재물'과 관련되는데, 옛날에는 조개껍데기가 돈으로 사용됐기 때문이죠. 그래서 미리 돈을 주고 사는 '豫買(예매)'의 '살 買(매)', 돈, 책, 자료 등을 빌려주는 '貸出(대출)'의 '빌릴 貸(대)', 유통되고 있는 화폐 '通貨(통화)'의 '재화 貨(화)', 이익을 얻기 위해 돈을 들이는 '投資(투자)'의 '재물 資(자)' 등 일상생활에 많이 쓰이는 경제 용어에 모두 '조개 貝(패)'가 붙은 한자가 쓰이고 있지요.

　물건 따위를 사들이는 것은 '購入(구입)' 또는 '購買(구매)', 조합이나 단체 따위가 생활용품 등을 공동으로 사들여 싸게 파는 곳은 '購販場(구판장)'이라고 하죠. 최근 들어 온라인 쇼핑몰에서 해외 상품을 직접 구매하는 것도 폭발적으로 증가하고 있는데. 이를 "海外直購(해외직구, outcountry direct purchase)'라고 합니다. '직접 구매'를 줄인 말 '直購(직구)'에 '해외'를 붙인 조어 방식이 참 흥미롭군요.

다음으로 '讀(독)'은 '말씀 言(언)'과 '팔(sell) 賣(매)'가 결합하여 '읽다'를 뜻해요. 왜 '讀(독)'에 '팔 賣(매)'가 붙었을까요? 더럽혀 욕되게 하는 '冒瀆(모독)'의 '더럽힐 瀆(독)', 인간의 죄를 없애기 위해 제물로 바치는 '贖罪羊(속죄양)'의 '없앨 贖(속)' 등에도 '팔 賣(매)'가 들어 있군요. 그렇다면 아마도 그냥 한자의 음을 나타내는 요소가 아닐까요? 그리고 문장에 점을 '찍다'라는 뜻으로 쓰인 '讀'은 마침표, 쉼표 등의 句讀點(구두점)'에서는 '두'로 읽힙니다. 하여튼 주로 '읽다'의 뜻을 가진 '讀(독)'이 만들어 내는 어휘의 양도 무척 많습니다.

소리 내어 읽는 것은 '朗讀(낭독)', 소리를 내지 않고 속으로 읽는 것은 '默讀(묵독)', 자세히 읽는 것은 '精讀(정독)', 처음부터 끝까지 훑어 읽는 것은 '通讀(통독)', 빠른 속도로 읽는 것은 '速讀(속독)', 암호(暗號), 기호(記號) 따위를 풀면서 읽는 것은 '解讀(해독)', 암호, 흐려진 비문 따위를 판단해 가며 읽는 것은 '判讀(판독)', 글을 읽어 이해하는 것은 '讀解(독해)', 많은 분량의 책이나 글을 처음부터 끝까지 다 읽는 것은 '讀破(독파)', 열심히 읽는 것은 '熱讀(열독)', 책이나 문서 따위를 죽 훑어 읽는 것도 '閱讀(열독)'이라고 합니다.

반드시 읽어야 할 책은 '必讀書(필독서)'라고 하는데 실제로 재미없는 경우가 殆半(태반)이죠. '쇠귀에 경(經) 읽기'라는 뜻의 '牛耳讀經(우이독경)', 낮에는 밭 갈고 밤에는 책을 읽는다는 '晝耕夜讀(주경야독)', 오직 책 읽기에만 골몰하는 경지의 '讀書三昧(독서삼매)' 등도 있군요.

'읽을 讀(독)'이 안 들어가 있지만, 반딧불로 글을 읽고, 눈빛으로 책을 읽었다는 고사에서 비롯한 '螢雪之功(형설지공)'은 '가난 속에서도 꾸준히 책을 읽어 얻은 보람'이란 뜻으로 자주 인용됩니다.

앞에서 '구독'이 전통적(?)인 의미에서 탈피하여 인터넷 공간에서 여러 특정 콘텐츠(contents)를 정기적으로 읽거나 본다는 의미로 많이 쓰인다는 사실을 확인했죠? 말이란 형태만 변하는 것이 아니라 이처럼 의미도 변하는 거죠. 다음은 〈春香傳(춘향전)〉의 일부입니다.

어사또가 암행어사 출두한 후의 장면입니다. 옥에 갇힌 죄인들의 죄를 캐어 묻고 난 후에 죄 없는 자를 '방송'하고 있네요. 옛날에는 '방송'이 죄인을 감옥에서 나가도록 풀어 주는 '釋放(석방)'의 뜻입니다. 지금은 '방송'이 전파 매체를 통해 소리나 영상을 대중에게 전달하는 'broadcasting'이잖아요? 이 밖에, 옛날에는 '벼슬아치들에게 몰래 주던 선물이나 뇌물'을 '人情(인정)'이라고 했으니 참 재미있군요. 그렇다면 '인정' 없는 공직사회가 청렴하다고 한다는 뜻인데, 말이 되는 건가요?

購讀(구독)은 온라인 시대를 살아가는 인간들의 새로운 모습임에는 틀림없습니다. 저자가 유튜브 방송을 하게 되면 독자 여러분도 '구독', '좋아요', '알림 설정' 모두 꾹~꾹~꾹~ 눌러 주실 거죠?

逸脫은 일상 탈출 NO, 규범에서 벗어나는 것 YES.

'逸脫(일탈)'을 혹시 '일상 탈출'의 줄임말이라고 알고 있나요?

이건 아니겠죠, '일탈'이란 사회적인 규범에서 벗어나는 행위를 뜻하는 말이죠. 사회적으로 합의된 질서를 깨뜨리는, 청소년의 非行(비행), 마약 범죄 등이 일탈의 대표적인 사례라고 할 수 있습니다.

한편, 논의 중인 주제나 이슈와 직접적으로 연관이 없는 주장을 펼쳐 옆길로 빠지는 것을 '논점 일탈'이라고 합니다. 순조롭게 진행되던 이야기나 일이 갑자기 엉뚱한 길로 빗나갈 때 흔히 '삼천포로 빠진다'라고 하는데 바로 이 격이죠.

'逸脫(일탈)'의 '逸(일)'은 '토끼 兎(토)'와 '쉬엄쉬엄 갈 辶=辵(착)'이 합쳐져, '토끼가 가다'라는 뜻을 나타냅니다. 토끼가 가는 것은 빨리 '달아나는' 것이고, 이것은 토끼의 '빼어난' 점이 되겠죠? 또 달아나서 토끼 굴 속으로 들어가 '숨을' 것이고, 숨게 되면 '편안하다'라는 뜻으로 파생됩니다. 결국 '달아날 逸(일)'은 '빼어나다', '숨다', '잃다', '편안하다' 등 다양한 뜻으로 확대되어 쓰입니다.

도망쳐 달아나는 것은 '逸走(일주)'이고, 아주 빼어난 맛은 '逸味(일미)', 아주 빼어난 물품은 '逸品(일품)'입니다. 편안하고 한가로움 또는 편안함만을 누리려는 태도는 '安逸(안일)', 일을 쉽게 생각하고, 편안하게만 처리하려는 태도는 '無事安逸(무사안일)'이라고 하죠. 세상에 널리 알려지지 않은 숨은 이야기는 '逸話(일화: episode)', 세상을 피해 숨는 것은 '隱逸(은일)', 세상에 나서지 않고 묻혀 지내는 사람은 '逸民(일민)'

이 됩니다. 잃어버리거나 놓치는 것은 '逸失(일실)'인데, '기회를 일실하다', '자료 일실' 등으로 활용됩니다.

다음으로 '脫(탈)'은 '고기 肉→月(육)'과 '바꿀 兑(태)'가 합쳐진 글자이므로, '몸을 바꾸다'라는 뜻이 됩니다. 여기 '月'은 '달 月(월)'이 아니라 '고기, 몸, 살' 등을 뜻하는 '고기 肉(육)'의 변형입니다. '달 월'의 모양과 비슷하므로 '육 달월'로 읽기도 하죠.

몸을 바꾸는 것은 껍질이나 옷을 '벗는' 것이고, 벗으면 '빠져' 나오는 것이고, 빠져서 떨어지면 '잃게' 됩니다. 결국 '脫衣(탈의)'처럼 '벗다', '脫出(탈출)'처럼 '벗어나다', '脫盡(탈진)'처럼 '빠지다', '脫漏(탈루)'처럼 '빠뜨리다', '脫落(탈락)'처럼 '떨어지다' 등의 다양한 뜻으로 쓰입니다. '脫盡(탈진)'은 기운이 다 빠져 없어지는 것, '脫漏(탈루)'는 밖으로 빠뜨려 새게 하는 것을 이르는 말이죠.

껍질이나 허물을 벗는 것 또는 낡은 사고에서 벗어나 새로워지는 것은 '脫皮(탈피)', 뗐다가 붙였다가 하는 것은 '脫着(탈착)', 어떤 범위나 대열에서 벗어나는 것은 '離脫(이탈)', 조직이나 단체에서 관계를 끊고 물러나는 것은 '脫退(탈퇴)', 몸 안에 들어 있는 수분이 빠지는 것은 '脫水(탈수)', 부나 명예 등의 세속적인 관심사에서 벗어나는 것은 '脫俗(탈속)', 원고 쓰기를 마치는 것은 '脫稿(탈고)'라고 하죠.

이 밖에, '脫營兵(탈영병)'은 병영(兵營)에서 빠져나가 도망한 병사, '脫獄囚(탈옥수)'는 감옥에서 빠져나와 도망한 죄수, '脫走犯(탈주범)'은 수용소나 교도소 따위에서 빠져나와 달아난 범죄자, '逋脫(포탈)'은 조세를 피해 면하는 것이니, '租稅逋脫犯(조세 포탈범)'은 내야 할 세금을 피하여 내지 않는 범죄를 저지른 사람입니다. 또, 고약한 냄새를 약하게 하거나 없애는 데 쓰이는 약은 '脫臭劑(탈취제)', 지방분과 불순물을 제거하고 소독한 솜은 '脱脂綿(탈지면)', 탈착과 부착을 함께 이르는 말로, 떼었다가 붙였다가 하는 것은 '脱附着(탈부착)'이라고 하죠.

이 밖에, 몸의 기운이 빠지고 정신이 멍한 상태는 '虛脱(허탈)', 털이나 머리카락이 빠지는 것은 '脱毛(탈모)', 천에 들어 있는 색을 빼는 것 또는 빛이 바래 엷어지는 것은 '脱色(탈색)', 법이나 법규를 지키지 않고 교묘하게 피하는 것은 '脱法(탈법)'이라고 하죠. '해탈의 경지'에서 '解脱(해탈)'은 번뇌에서 벗어난다는 뜻이죠. 그리고 '脱線(탈선)'의 경우, '탈선 행위'에서는 나쁜 방향으로 빗나가는 것, '탈선 사고'에서는 '기차 바퀴가 선로를 벗어나는 것'이라는 뜻으로 각각 쓰입니다.

앞의 논의를 요약하면, '逸脱(일탈)'은 '달아나 떨어져 나가는 것', 어떤 범위나 대열 따위에서 벗어나는 것, 즉 '離脱(이탈)'을 말합니다. 결국 어떤 조직, 사상, 규범 등에서 벗어나는 것을 '일탈'로 정의할 수 있겠죠. 이런 점에서, 일탈은 사회에 惡影響(악영향)만 끼치는 부정적인 개념으로 인식되기 十常(십상)입니다. '십상'은 '十常八九(십상팔구)'의 줄임말로 열에 여덟이나 아홉 정도로 거의 예외가 없다는 뜻이죠.

그러나 잘 생각해 보면 사회를 긍정적으로 변화시키는 힘은 기존의 제도와 관습에 대한 부정과 반항에서 나왔다고 봅니다. 하버드 대학의 경영대학원 교수이자 세계적인 행동 과학자인 프란체스카 지노는 『긍정적 일탈주의자』라는 책에서 그 반항아들이 언제, 어떻게, 왜 규칙을 깨뜨리는지, 그러한 일탈이 어떻게 세상을 좋게 바꾸고 어떻게 개인의 삶을 성공으로 이끄는지를 명쾌하게 설명하고 있어요. 그렇다면, 일탈은 법정 스님이 說破(설파)한, '비본질적인 것을 버리고 떠나는 出家(출가) 정신'이라고 봅니다. '출가'는 세속의 인연을 버리는 것이니까요.

어떻게 하겠다는 말도 없이
눈빛만 보고 맺은 약속이 默契.

결국 차 서방 아들을 김씨 집안 양아들로 받아들이기로 어른들 사이에 묵계가 이루어진 셈이군요?

— 윤흥길, <무지개는 언제 뜨는가>

이 소설은 동일 작가의 소설 〈장마〉와 더불어 전쟁과 分斷(분단)의 아픔을 극복하는 우리 민족의 모습을 그려낸 작품으로 평가되고 있지요. 빨치산이었던 차 서방네 집은 보복을 당하게 되고, 그 집의 아기 혼자 살아남게 됩니다. 작은 당숙모는 자신의 젖을 먹이면서 이 아이를 자기 아들처럼 키우죠. 이 아이는 가족들에게 많은 반대를 받았지만, '동민'이란 이름으로 동만의 집안 양자로 들어오게 되고, 나중에 사법고시에 합격해서 고향으로 돌아옵니다. 그러고 보니 앞의 대화는 빨치산에게 가족을 잃고 난 작은 당숙모가 빨치산의 자식을 양자로 들여 제 자식처럼 키웠다는 소설의 스토리와 관련지어야 이해되는군요.

하여튼 여기에서 '默契(묵계)'는 말 없는 가운데 뜻이 서로 통하는 것, 또는 그렇게 하여 맺어진 약속을 뜻하죠.

'默契(묵계)'에서 '잠잠할 默(묵)'은 '검을 黑(흑)'과 '개 犬(견)'이 결합한 글자로서, 개가 어둠 속에서 조용히 있는 모습을 나타낸 것이지요. 그래서 개가 짖지 않고 사람을 '졸졸 따라다니다'가 본뜻이었다고 합니다. 여기에서 '검을 黑(흑)'은 개가 입을 다물고 있다는 뜻과 '묵'이라는 음을 함께 나타낸다고 보면 될 것 같군요. '먹 墨(묵)'에도 '검을 黑(흑)'이 결합해 있는 것을 보면 이 설명을 뒷받침하는 셈이네요. '默(묵)'은 나중에 '말 없다', '입을 다물다', '조용하다' 등의 뜻으로 확대되어 쓰입니다.

잘못을 알고도 모르는 체 그대로 넘기는 것은 '默過(묵과)', 남의 요청이나 의견을 듣고도 모른 척하거나 무시하는 것은 '默殺(묵살)', 모르는 체하고 그대로 내버려 두어 슬며시 인정하는 것은 '默認(묵인)', 말수가 적고 침착한 것은 '寡默(과묵)'이라고 해요. 앞의 단어들은 '비리를 묵과하다', '남의 의견을 묵살하다', '불법 영업을 묵인하다', '눈은 침착하고 입은 과묵하다' 등으로 각각 활용됩니다.

소리를 내지 않고 속으로 글을 읽는 것은 '默讀(묵독)', 말없이 마음속으로 생각하는 것은 '默想(묵상)', 피고인이나 피의자가 자신에게 불리한 진술을 거부하고 침묵할 수 있는 권리는 '默秘權(묵비권)', 자기의 의사를 밖으로 나타내지 않는 것은 '暗默的(암묵적, tacit)', 묻는 말에 입을 다문 채 아무런 대답도 하지 않는 것은 '默默不答(묵묵부답)'이 됩니다.

'묵독'은 소리 내어 읽는 '音讀(음독)'이나 '朗讀(낭독)'과 대비되고, '묵상'은 고요히 눈을 감고 깊이 생각하는 '瞑想(명상)'과 사촌지간이네요. '암묵적'은 '암묵적인 지지를 보내다', '암묵적으로 강요하다'처럼 쓰이는데 뜻을 분명하게 드러내 보이는 '明示的(명시적, explicit)'과 반대의 뜻이군요.

다음으로, '맺을 契(계)'는 '새길 㓞(계)'와 '큰 大(대)'가 합쳐진 글자네요. 우선 '새길 㓞(계)'는 날카로운 칼[刀] 끝으로 나무판에 새겨 어떤 일에 관한 표시를 그어 놓은 것[丯]임을 나타낸 것이라고 합니다. 그래서 '맺을 契(계)'는 '새기다'(inscribe)가 본래 뜻인데 나중에 '약속하다', '(계약을) 맺다' 등의 뜻으로 확대되었지요. 옛사람들은 나무에 새겨 글을 기록했기 때문에 계약이란 뜻을 갖게 된 것이고요. 그리고 옛날부터 전해 오는 相扶相助(상부상조)의 민간 협동 단체인 '契(계)'가 '親睦契(친목계)' 등의 이름으로 지금도 존속하고 있지요.

어떤 조건에 따라 서로 의무나 책임을 질 것을 글 또는 말로써 하는 약속은 '契約(계약)', 어떤 일을 일으키게 하는 결정적인 원인이나 기회는 '契機(계기)', 서류에 도장을 찍을 때, 관련된 두 종이에 걸쳐서 찍어 서로 관련되어 있음을 증명하는 도장은 '契印(계인)', 계에 들어 있는 사람은 '契員(계원)', 한마을 구성원 전체가 모여서 상호 부조를 목적으로 만든 계는 '大洞契(대동계)'가 됩니다.

그리고 다음의 글에서 보듯이, 친구 사이에 매우 단단하고 아름답게 사귀는 것을 '金蘭之契(금란지계)'라고 합니다.

二人同心(이인동심)	두 사람이 마음을 하나로 합치면
其利斷金(기리단금)	그 날카로움이 쇠를 끊고,
同心之言(동심지언)	마음을 합친 사람끼리의 말은,
其臭如蘭(기취여란)	그 향기로움이 마치 난초와도 같다.

이처럼 옛사람들은 쇠처럼 단단하고, 난처럼 향기로운 사귐으로 친구의 우정을 멋지게 표현했군요.

불가에서는 '默言修行(묵언수행)'을 하지요. 아무 말도 하지 않고 수행하는 參禪(참선)입니다. 말을 함으로써 짓는 온갖 罪業(죄업)을 짓지 않고 자신의 마음을 淨化(정화)시키기 위한 목적이라고 합니다. 우리 모두 묵언수행을 하듯이, 입은 닫되 귀는 열어두면서 딱 하루만 살아 보면 어떨까요?

소송의 신청 내용이 부적절하면 棄却, 요건이 미비하면 却下(각하).

"……에 대해 검찰이 청구한 구속 令狀(영장)이 기각됐다."

이런 뉴스를 듣거나 본 적이 있나요? 아마도 뉴스 또는 드라마에서 한 번쯤은 들었음직한 단어가 '棄却(기각)'이지만, 정확하게 그 뜻을 아는 사람은 많지 않은 것 같습니다.

'버릴 棄(기)'와 '물리칠 却(각)'이 결합한 '기각'은 청구, 소송 등 신청에 대한 이유가 없거나 적법하지 않아 거부하거나 허용하지 않는 경우를 말합니다. 좀 더 설명을 덧붙이면, 신청이나 청구의 요건(형식)은 맞으나, 이유가 합당하지 않아 받아들이지 않고 물리치니 다시 청구해도 소용없다는 것이죠.

먼저 '棄(기)'는 죽은 갓난애를 바구니와 비슷한 키에 담아 두 손으로 받쳐 들고 내다 버리는 모습을 그린 것이라고 합니다. 그래서 '버리다'의 뜻으로 쓰이다가 '그만두다', '돌보지 않다' 등의 뜻으로 확대되었고요.

고구려 '朱蒙(주몽)' 신화에 유화가 낳은 알을 금와왕이 내다 버리는 내용이 나오는데, 이것을 '棄兒(기아) 모티프'라고 부르지요. 버려진 아이를 '棄兒(기아)'라고 하거든요. 나중에 주몽이 알을 깨고 태어나 고구려를 건국하는 英雄(영웅)이 됩니다. 이렇게 시련과 난관을 이겨 내야 영웅으로 우뚝 서나 봅니다. 나일 강에 버려진 아기 '모세'가 나중에 비범한 위인 또는 영웅으로 성장하여, 共同體(공동체)를 이끄는 지도자가 되는 것도 같은 맥락에서 보아야 할 것입니다. 주몽과 모세 이야기는 버려진 자가 구원 받고 영웅이 되는 전형적인 신화 구조를 보여주고 있네요.

투표, 경기 따위에서 참가할 수 있는 권리를 버리는 것은 '棄權(기권)', 어떤 책임과 의무 따위를 내버리고 돌보지 않는 것은 '放棄(방기)', 내다 버리는 것은 '遺棄(유기)', 약속, 조약 따위를 깨뜨려 버림으로써 무효로 하는 것은 '破棄(파기)', 쓸모없는 것을 내버리는 것은 '廢棄(폐기)', 하려 거나 하던 일을 그만두어 버리는 것 또는 권리를 쓰지 않고 버리는 것은 '抛棄(포기)', 내던져 버리는 것은 '投棄(투기)'가 됩니다.

'놓을 또는 내칠 放(방)', '남을 遺(유)', '깨뜨릴 破(파)', '못 쓸 廢(폐)', '던질 抛(포)', '던질 投(투)' 등의 한자와 함께 기억합시다. '직무를 방기 하다', '유기 동물을 보호하다, 계약을 파기하다, '폐기 약품을 수거하다', '재산권을 포기'하다. '쓰레기를 불법으로 투기하다' 등의 표현을 熟知(숙 지)하면 글로 쓰거나 남 앞에서 말할 때 적절하게 활용할 수 있겠군요.

다음으로, '却(각)'은 '갈 去(거)'와 무릎을 꿇은 모습의 '병부 卩(절)'이 결합한 글자입니다. '兵符(병부)'란 군대를 동원하는 표지로 쓰던 동글 납작한 나무패를 가리키죠. 이 병부를 받을 때는 무릎을 반드시 꿇었으 므로 '무릎을 꿇다'라는 뜻을 가졌죠. 이처럼 무릎을 꿇은 사람의 모습 을 그려서 '(하고 싶은 것을) 절제하다'가 본래의 뜻이었다고 합니다. 나 중에 '물러나다', '물리치다', '되돌리다', '없애다' 등의 뜻으로 확대되어, '退却(퇴각)'에서 '물러나다', '棄却(기각)'에서 '되돌리다', '燒却(소각)'에 서 '없애다' 등의 뜻으로 각각 쓰입니다.

물건을 팔아 버리는 것은 '賣却(매각)', 불에 태워 없애 버리는 것은 '燒却(소각)', 지워 없애는 것은 '消却(소각)', 잊어버리는 것은 '忘却(망 각)', 식혀서 차게 하는 것 또는 관계나 분위기가 차가워지는 것은 '冷却 (냉각)'이 됩니다. '賣渡(매도)'는 값을 받고 물건의 소유권을 다른 사람에게 넘기는 것이고요. 이 단어들은 '부동산을 매각하다', '쓰레기 소각 시설', '자사주를 소각하다', '과거의 아픔을 망각하다', '기체가 냉각되다' 등으로 각각 활용되지요. '自社株(자사주)'는 자기 회사의 주식을 뜻하죠. '減價償却(감가상각)'은 토지를 제외한 고정 자산에 생기는 가치의 소모를 결산기마다 계산하여 그 자산의 가격을 줄여나가는 회계상의 절차를 이르는 용어지요.

법원 판결문이나 행정 결정에서 자주 등장하는 용어인 '기각', '각하', '인용'은 법률 문서나 뉴스를 접할 때 헷갈리기 쉬워요. 앞에서 '棄却(기각)'의 쓰임과 뜻을 살폈는데, 이와 비슷한 '却下(각하)'는 '棄却(기각)'과 좀 달라요. 청구한 내용을 검토했지만, 이유가 적절하지 않아 받아들이지 않는 것이 '기각'이라면, 사건의 내용을 審理(심리)하거나 검토하지도 않고 절차상의 문제로 물리치는 것은 '각하'라고 합니다. 청구를 검토할 가치도 없다는 뜻이군요.

마지막으로 '인정할 認(인)'과 '받아들일 容(용)'이 합쳐진 '認容(인용)'은 소송에서 원고의 청구가 이유 있다고 인정하여, 원고가 요구하는 대로 판결을 하는 것을 뜻합니다. 쉽게 말해 '청구인 당신의 주장이 맞습니다'라고 법원이 청구를 받아들이는 경우죠. 남의 말이나 글을 자기의 말이나 글 속에 끌어다 쓰는 '引用(인용)'과는 구별해야겠군요.

**남의 세력에 얹혀 이익을 거두거나
남의 의견에 묻어가는 것이 便乘.**

　'편할 便(편)'과 '탈(ride) 乘(승)'이 합쳐진 '便乘(편승)'이라는 단어는 알고 있죠? 남이 몰고 가는 자동차의 한 자리를 얻어 힘들이지 않고 타고 가는 것을 '便乘(편승)'이라고 합니다. 그래서 '時流(시류)에 편승하다'가 하나의 관용구처럼 쓰이고 있어요. 이는 세상이나 시대의 흐름에 잘 올라타서 자신의 이익을 약삭빠르게 추구하는 행동을 약간 卑下(비하)하는 듯한 느낌을 주네요. 물론 시대의 흐름에 일부러 거슬러 가며 자기만의 튀는 행동을 하는 것도 바람직하지 않겠지만요. 결국 편승은 시대의 흐름이나 남의 세력을 '利用(이용)'하여 자신의 이익을 거두는 것을 비유적으로 이르는 말입니다. 여기에서 '이용'은 이롭게 쓰는 것이 아니라 자신의 이익을 위한 수단으로 삼는 것을 뜻해요.

　'便乘(편승)'에서 '便(편)'은 '사람 人=亻(인)'과 '바꿀 更(경)'이 결합한 글자네요. 그래서 사람이 불편한 것을 바꾸어 '편안하다'라는 본래의 뜻 외에 '便利(편리)하다', '익숙하다' 등의 뜻으로도 쓰입니다. '便法(편법)'은 글자 그대로 '편리한 방법'이 기본적인 뜻인데, '정상적인 절차를 따르지 않은 손쉬운 방법'을 이르는 말이죠. 상대가 되는 두 편은 '兩便(양편)', 오고 가거나 물건을 부치는 수단의 뜻으로 쓰인 '航空便(항공편)' 등도 있군요. '便紙(편지)'는 사람 편에 보내는 글[종이 紙(지)]이 되겠군요. 한편, 대변을 몸 밖으로 내보내는 '排便(배변)'처럼 '똥오줌'의 뜻으로 쓰이면 '변'으로 읽습니다.

　편리하고 유익한 점은 '便益(편익)', 간단하고 편리한 것은 '簡便(간편)’, 쉽게 접근하여 편리하게 이용할 수 있는 시설은 ‘便宜施設(편의 시설)’, 편하고 쉽게 이용하는 방법과 수단은 ‘方便(방편)’, 갑자기 터진 일을 우선 간단하게 둘러맞추어 처리하는 것은 ‘臨時方便(임시방편)’이라고 합니다. 임시방편은 우선 당장 편한 것만을 택하는 꾀나 방법을 뜻하는 ‘姑息之計(고식지계)’와 통하는 말인데, ‘아랫돌 빼서 윗돌 괴기’, ‘언 발에 오줌 누기’, ‘호랑이 보고 창구멍 막기’ 등의 속담과 바꾸어 쓸 만하군요. 조금은 속된 말로 구멍 나거나 금이 간 것을 얼렁뚱땅 ‘땜빵’ 하는 것이네요.

오가는 사람의 편은 ‘人便(인편)’, 사람을 태우거나 물건을 싣고 오가는 수단이 배(ship)인 경우엔 ‘船便(선편)’, 자동차인 경우엔 ‘車便(차편)’이 되겠죠. 기생충의 감염 검사 등을 위해 똥을 받는 것은 ‘採便(채변)’, 똥이나 오줌을 누도록 만든 기구는 ‘便器(변기)’, 대변이 잘 배설되지 않고 창자 속에 오래 남아 있는 병은 ‘便秘(변비)’라고 합니다.

다음으로 ‘乘(승)’은 사람이 나무 위에 올라간 모습을 본떠 만든 글자로, 어떤 물건 위에 ‘올라가다’가 본래 뜻이라고 합니다. 먼 옛날 猛獸(맹수)나 洪水(홍수)를 피해 나무 위에 새 둥지처럼 집을 짓고 살던 당시 주거 문화의 한 단면을 엿볼 수 있군요. 나중에 ‘타다’라는 뜻으로 많이 쓰입니다.

‘乘車(승차)’, ‘乘船(승선)’처럼 자동차나 배에 ‘타다’, ‘乘機(승기)’처럼 ‘기회(機會)나 때를 타다’ 등이 있군요. 또 $ax^3 + bx^2 + cx + d=0$의 형태로 된 3차 방정식에서 ax^3을 ‘에이 엑스 삼승’이라고 읽듯이 세제곱을 ‘三乘(삼승)’이라고 하지요. 이처럼 ‘乘(승)’은 ‘제곱’의 뜻으로도 쓰입니다.

말을 타는 것은 ‘乘馬(승마)’, 주로 비행기에 올라타는 것은 ‘搭乘(탑승)’, 다른 노선이나 교통수단으로 갈아타는 것은 ‘換乘(환승)’, 차, 배,

비행기 따위를 같이 타는 것은 '同乘(동승)', 자동차나 배 따위를 시험삼아 타 보는 것은 '試乘(시승)'이 됩니다. 주로 배나 비행기 등에서 승객을 관리하는 직원은 '乘務員(승무원)', 정거장이나 정류소에서 차를 타고 내리는 곳은 '昇降場(승강장)'이라고 하지요.

사사로운 이익이나 작은 일에 얽매이지 않고 전체적인 관점에서 판단하고 행동하는 것은 '大乘的(대승적)'이라고 하는데, '대승(大乘)'이라고 한역한 산스크리트어 '마하야나'는 '큰 탈 것'을 뜻한다고 합니다. 큰 수레를 탔으니 통 크게 생각하고 행동하나 봅니다. 비슷한 뜻으로 쓰이는 '巨視的(거시적)'은 사물이나 현상을 전체적으로 분석하거나 파악하는 것을 말합니다.

혹시 '便乘(편승) 효과'라고 들어봤나요? 이 말은 유행에 따라 상품을 구매하는 소비 현상을 뜻하는 '밴드왜건 효과(bandwagon effect)'를 우리말로 번역한 것이지요. '밴드왜건'은 원래 퍼레이드에서 밴드[band, 樂團(악단)]를 실은 마차를 가리키는 말인데, 퍼레이드에 참가할 생각이 없는 사람들도 그 퍼레이드에 참가한 것처럼 보이겠지요. 그래서 이런 경우에 '밴드왜건 효과'라는 이름을 붙였나 봅니다. 자신의 의견보다 대중적으로 유행하거나 다수의 심리를 따르는 현상이니까 '편승'이란 우리말로 번역한 것 같아요. 이럴수록 쏠림에 휩쓸리지 않는 줏대가 더욱 필요합니다.

**宅配(택배)는 원하는 장소에
물건을 배달해 주는 것.**

　우리 민족을 왜 '배달민족'이라고 하는지 아는 사람은 거의 없지요. '배달'이 우리 민족을 지칭하는 말이지만, 그 연원은 확실하지 않습니다.『규원사화』라는 책에 의하면, '檀君(단군)'의 '단(檀)'을 '박달' 혹은 '백달'로 읽다가 나중에 '배달'로 읽어 오늘에 이르렀다고 합니다. 어쨌든 이것을 브랜드로 활용한 배달 업체의 상업성 機智(기지)에 탄복합니다.

　누군가가 라면을 끓여 파는 가게의 商號(상호)를 지어 달라고 했더니 '麵(면)사무소'라고 작명해 줬다는 어느 개그맨의 재치 넘치는 아이디어가 떠오르네요. "麵(면)'은 '밀가루' 또는 '국수'를 가리키죠.

　어쨌든 우리나라만큼 '配送(배송)' 체계가 잘 돼 있는 나라는 없는 것 같습니다. 물품을 한곳에 모으는 '集貨(집화)'에서 '發送(발송)', '配達(배달)'을 거쳐 배송 완료까지 온라인으로 모든 과정이 照會(조회)가 되니까요. 배송은 '配達(배달)'과 '發送(발송)'을 합쳐서 부르는 말로, 상품이나 물자를 여러 곳에 나누어 보내는 것을 뜻합니다. 이것은 주로 문 앞까지 배달되는 '宅配(택배)'와 관련된 뜻으로 쓰이는데, 요즘은 우편물이나 짐, 상품 따위를 요구하는 장소까지 직접 배달해 주는 일을 통틀어 택배라고 하지요.

　'配送(배송)'의 '配(배)'는 '술'을 뜻하는 '닭 酉(유)'와 '사람'을 뜻하는 '몸 己(기)'가 합쳐진 글자네요. 본래 이 글자는 술병을 앞에 두고 사람이 몸을 굽혀 절하는 모습을 그린 글자라고 합니다. 이것은 成人(성인)이 된 두 사람이 婚姻式(혼인식)을 치르는 모습이라고 봐도 좋겠군요.

여기서 마주 보는 두 사람은 '짝'이 된다는 뜻이고, 그 짝이 술을 나누어 마시니 '나누다'의 뜻으로, 술잔을 건네는 모습에서 '보내다'의 뜻으로 확대된 것 같군요. 그래서 '配匹(배필)'은 '부부'로서의 '짝'이고, '分配(분배)'는 '고르게 나누는 것'이고, 配達(배달)은 '물건을 나누어 보내는 것'이 됩니다.

생물의 암수를 인공적으로 受精(수정)을 하는 짝짓기는 '交配(교배)', 부부 관계에서 서로의 상대방은 '配偶者(배우자)'가 됩니다. 출판물이나 서류 따위를 나누어 주는 것은 '配付(배부)', 물자를 나누어 주는 것은 '配給(배급)', 군대나 단체 같은 데서 식사를 나누어 주는 것은 '配食(배식)', 신문이나 책자 따위를 널리 나누어 주는 것은 '配布(배포)'입니다.

이 밖에 여러 가지로 마음을 써서 보살피고 도와주는 것은 '配慮(배려)', 우편물이나 화물 등을 한군데로 모아서 배달하는 것은 '集配(집배)', 일정한 비율로 한데 섞어 합치는 것은 '配合(배합)'이라고 하죠.

다음으로 '送(송)'은 원래 두 손으로 '받들 廾(공)', '불 火(화)', '쉬엄쉬엄 갈 辵=辶(착)'이 결합하여, 두 손으로 횃불을 들고 떠나는 사람을 보내는 모습을 나타냈다고 합니다. 여기서 사람을 '보내다', '배웅하다(see off)'의 뜻이 나왔고, 나중에 물건을 다른 곳으로 '옮기다(transport)', '부치다(send)'라는 뜻으로도 쓰이죠.

가는 사람을 보내고 오는 사람을 맞는 것은 '送迎(송영)', 작별하여 보내는 것은 '送別(송별)', 떠나는 사람을 기쁜 마음으로 보내는 것은 '歡送(환송)', 죽은 사람을 떠나보내는 장례식 때 연주하는 곡은 '葬送曲(장송곡)'이라고 하죠. 연말이면 자주 보고 듣는 '送舊迎新(송구영신)'은 묵은해를 보내고 새해를 맞는다는 뜻이죠.

포로나 불법 입국자를 본국으로 도로 돌려보내는 것은 '送還(송환), 편지나 물품 따위를 부쳐 보내는 것은 '送付(송부)', 사람을 태워 보내거나 물건 따위를 실어 보내는 것은 '運送(운송)', 목적지까지 보호하여 운반하는 것 또는 죄인을 감시하면서 데려가는 것은 '護送(호송)', 도로 돌려 보내는 것은 '返送(반송)', 기차나 자동차, 배, 항공기 따위로 사람을 태우거나 물건을 실어 옮기는 것은 '輸送(수송)'입니다. '電送(전송)'은 전류나 전파를 이용해서 문서와 사진 등을 보내는 것이고, '郵送(우송)'은 우편(郵便)으로 보내는 것, '送致(송치)'는 수사 기관에서 검찰청으로 피의자나 입건 기록 따위를 넘겨 보내는 것을 이릅니다.

여기서 경제학 용어로 쓰이는 '分配(분배, distribution)'와 '配分(배분, allocation)'에 대해 잠깐 공부할까요. '나눌 分(분)'과 '나눌 配(배)'가 앞뒤로 합쳐져 있으니, 同義語(동의어)가 아닌가 생각되지만, 用例(용례)를 살펴보면 전혀 다릅니다.

'遺産(유산) 분배', '富(부)의 분배', '食糧(식량) 분배'의 예처럼 '분배'는 경제 활동의 결과물을 공정하게 나누는 것이고요, '豫算(예산) 배분', '時間(시간) 배분', '設備(설비) 배분'의 예처럼 '配分(배분)'은 생산의 효율성을 높이기 위해 資源(자원)을 나누는 것입니다, 경제학에서는 이렇게 두 단어를 조금 다르게 定義(정의)하고 있군요.

하여튼 이 책의 수준이 참 높군요.

利益의 '利(리)'는 본래 벼[禾(화)]를 베는 낫(칼)이 날카롭다는 뜻.

'利益(이익)'은 '이로울 利(리)'와 '더할 益(익)'을 합쳐, '이롭고 보탬이 되는 것'을 말합니다. 요즘은 주로 물질적으로 보탬이 되는 돈벌이를 뜻하죠. 그렇다고 이익이 요즘만의 문제는 아니었나 봅니다.

호랑이가 쑥 마늘 먹던 시절의 단군신화에도 널리 인간 세상을 이롭게 한다는 '弘益人間(홍익인간)'의 이념이 등장하지요. 四書(사서)의 하나인 『孟子(맹자)』의 첫머리에도 이익을 논하고 있군요. 魏(위)나라 梁惠王(양혜왕)은 자신을 찾아온 맹자에게 다음과 같이 묻습니다.

"선생께서 천 리를 멀다 않고 이리 오셨으니, 또한 장차 내 나라를 어떻게 하면 이롭게 할 수가 있겠습니까?"

이처럼 예나 지금이나 이익을 追求(추구)하는 것은 인간의 普遍的(보편적)인 性向(성향)인가 봅니다.

'利益(이익)'에서 '利(리)'는 '벼 禾(화)'와 '칼 刀= 刂(도)'가 합쳐진 글자로, 벼를 베는 칼이 '날카롭다'가 본래 뜻이었다고 합니다. 날이 잘 서서 날카롭다는 '예리(銳利)'가 그 예가 되겠죠. 칼로 벼를 베어 수확하면 이익이 생기므로 '이롭다', '이득' 등의 뜻으로 쓰였고, 나중에는 '순조롭다', '쓸모 있다'라는 뜻으로 확대됐지요.

'實利(실리)'와 '實益(실익)'은 현실적인 이익, '利害(이해)'는 이익과 손해, '利用'(이용)은 이롭게 쓰는 것 또는 다른 사람이나 사물을 자신의 이익을 위한 수단으로 쓰는 것, '利權(이권)'은 이익을 생기게 하는 권리, '權利(권리)'는 어떤 일을 자유롭게 처리하거나 요구할 힘이나 자격입니다. 원금에 대한 이자의 비율은 '利率(이율)', 지나치게 많이 남기는 부당한 이익은 '暴利(폭리)', 세상에서 얻은 명성과 이익은 '名利(명리)', 재산상의 이익을 꾀하는 것은 '營利(영리), 적을 이롭게 하는 것은 '利敵(이적)'이라고 합니다.

적에게서 빼앗은 물품은 '戰利品(전리품)', 남을 이롭게 하는 것은 '利他的(이타적)', 온갖 수단과 방법으로 자신의 이익만을 꾀하는 사람은 '謀利輩(모리배)', 오줌을 잘 나오게 하는 약은 '利尿劑(이뇨제)', 비싼 이자를 주고 얻은 빚은 '高利債(고리채)', 어떤 일을 할 때 실제적인 이익이나 효과를 주로 생각하는 것은 '功利的(공리적, utilitarian)'이죠.

이익을 적게 보고 많이 파는 것은 '薄利多賣(박리다매)', 기구 따위를 편리하게 하고 의식(衣食)을 넉넉하게 하여 생활을 윤택하게 하는 것은 '利用厚生(이용후생)', 두 사람이 이해관계로 서로 싸우는 사이에 엉뚱한 사람이 애쓰지 않고 가로챈 이익을 이르는 말은 '漁父之利(어부지리)'입니다.

다음으로 '益(익)'에 대해 살펴보죠. 이 글자의 윗부분은 본래 '水(물 수)'를 눕혀 쓴 형태이고 아래는 '그릇 명(皿)'입니다. 따라서 이 글자는 그릇에 물을 부어 흘러넘치는 모습을 본뜬 것으로 '넘치다'가 본뜻이었다고 합니다. 나중에 물건이 그릇에 가득하여 '이롭다'의 뜻으로 쓰이고, 다시 '더하다', '더욱' 등의 뜻으로 확대되었죠. 바닷물이 육지로 넘치는 것을 '海溢(해일)'이라고 하듯이 '益'에 '물 水=氵(수)'를 더해 새로 만든 글자 '넘칠 溢(일)'이 본래의 뜻을 대신하게 되었습니다.

'公益(공익)'은 공공의 이익, '私益(사익)'은 개인의 이익, '收益(수익)'

은 거두어들인 이익, '差益(차익)'은 비용을 빼고 남은 이익, '權益(권익)'은 권리와 이익, '損益(손익)'은 손해와 이익, '益鳥(익조)'는 사람에게 유익한 새를 말합니다.

'受益者(수익자)'는 이익을 얻는 사람, '換差益(환차익)'은 환율의 변동으로 인해 생긴 이익, '百害無益(백해무익)'은 온통 해로움만 있고 전혀 이로움이 없는 것, '損益分岐點(손익분기점)'은 한 기간의 매상액과 총비용이 일치하는 점인데 매출액이 이 점을 넘어야 이익이 발생하죠.

앞서 '더할 益(익)'이 '더욱'의 뜻으로도 쓰인다고 했죠. '老益壯(노익장)'은 늙을수록 기력이 더욱 좋아지는 것, '多多益善(다다익선, The more the better.)'은 많으면 많을수록 더욱 좋은 것, '富益富(부익부)'는 부자일수록 더욱 부자가 되는 것입니다.

이익을 論(논)한 이 자리에서, '이익을 보면 의리를 생각한다'라는 '見利思義(견리사의)'를 언급하지 않을 수 없네요. 돈이나 이익 앞에서도 인간의 기본적인 의리를 잃지 않아야 한다는 논어의 가르침입니다.

『明心寶鑑(명심보감)』에도 귀담아 들을 만한 문장이 있어 소개합니다.

知命之人(지명지인)　　하늘의 뜻을 아는 사람은,
見利不動(견리부동)　　이익을 보고 動搖(동요)하지 않는다,

善惡
선악

善惡과 憎惡(증오)에 쓰인 '惡'은 같은 글자인데 다른 음과 뜻.

'선악(善惡)'은 선과 악을 함께 이르는 말이지만, '善(선)'과 '惡(악)'은 二分法(이분법)에 의한 것으로 兩立(양립)할 수 없는 개념이죠. 예로부터 우리의 옛 소설도 '勸善懲惡(권선징악)'이라고 하여 선을 권장하고 악을 징계하려는 주제 의식을 담고 있죠. 선악과 관련지어 무엇보다 유명한 이야기는 성경의 創世記(창세기)에 등장하는 禁斷(금단)의 열매 '善惡果(선악과)'가 아닐까요? 인간이 영원히 풀 수 없는 선악 문제는 잠깐 접어 두기로 해요.

먼저 '善(선)'은 '양 羊(양)'과 '말씀 言(언)'이 합쳐진 글자로 '(양고기를) 요리하다'가 본래의 뜻이었다고 합니다. 초기 자형을 보면 '양 羊(양)' 밑에 '말씀 言(언)' 두 개가 있는 모양이었지만, 지금은 하나로 줄어든 형태로 굳어져 쓰이고 있죠. 나중에 '착하다' 또는 '좋다', '잘' 또는 '잘하다', 또 '사이가 좋다' 등의 뜻으로 확대됐습니다.

착한 마음 또는 좋은 뜻은 '善意(선의)', 어질고 바르게 다스리는 정치는 '善政(선정)', 고쳐 더 좋게 만드는 것은 '改善(개선)', 겉으로 착한 체하는 것은 '僞善(위선)', 가장 좋고 훌륭한 것은 '最善(최선), 최선 다음은 '次善(차선)', 자기 혼자만 옳다고 믿고 행동하는 것은 '獨善(독선)'이라고 합니다.

'善處(선처)'는 형편에 따라 잘 처리하는 것, '善防(선방)'은 잘 막아내는 것, '善戰(선전)'은 있는 힘을 다해 잘 싸우는 것, '善用(선용)'은 알맞게 쓰거나 좋은 일에 쓰는 것을 말하죠. '善隣(선린)'은 이웃과 사이좋

게 지내는 것, '親善(친선)'은 서로 친하고 사이가 좋은 것, '改過遷善(개
과천선)'은 잘못을 고쳐 착하게 변하는 것입니다. 이 단어들은 '선처를
바랍니다', '골키퍼의 선방으로 승리하다', '대표팀의 선전에 박수를 보
내다', '여가를 선용하다', '선린 외교를 펼치다', '국제 친선 축구 대회' 등
과 같이 활용됩니다.

　다음으로 '惡(악)'은 뜻을 나타내는 '마음 心(심)'과 음을 나타내는
'버금 亞(아)'가 합쳐진 글자로 본래의 뜻이 '잘못'이라고 합니다. 여기서
'亞(아)'는 음을 나타내기도 하지만, 사방이 꽉 막힌 집 또는 무덤에서
관을 넣은 방의 모양을 본뜬 글자로 볼 수 있죠. 그래서 '亞(아) + 心(심)
→惡(악)'은 '나쁘다', '악하다', '불쾌하다' 등의 뜻으로 확대됐을 겁니다.
　'惡夢(악몽)'은 나쁜 꿈, '惡臭(악취)'는 불쾌한 냄새, '惡筆(악필)'은 잘
쓰지 못한 글씨를 말합니다. '미워하다', '싫어하다'의 뜻으로 쓰일 때는
'오'로 읽는데, '嫌惡(혐오)'는 싫어하고 미워한다는 뜻이죠.
　惡疾(악질)은 고치기 힘든 나쁜 병, '惡質(악질)'은 성질이 모질고 나
쁜 것, '害惡(해악)'은 해로움과 악함을 아울러 이르는 말, '最惡(최악)'
은 가장 나쁜 것, '醜惡(추악)'은 더럽고 흉악한 것을 말합니다. 고쳤는
데 도리어 나빠지는 것은 '改惡(개악)', 간사하고 악독한 것은 '邪惡(사
악)', 품질 등이 거칠고 나쁜 것은 '粗惡(조악)', 시설, 환경 등이 매우 떨
어지고 나쁜 것은 '劣惡(열악)', 지세, 기후, 도로 따위가 험하고 나쁜 것
은 '險惡(험악)'이지요.
　'憎惡(증오)'는 몹시 미워하는 것, '好惡(호오)'는 좋아하는 것과 싫어
하는 것, '惡寒(오한)'은 몸이 오슬오슬 춥고 떨리는 증세, '羞惡之心(수오
지심)'은 옳지 못함을 부끄러워하고 착하지 못함을 미워하는 마음입니다.
　원인과 결과가 되풀이되어 상황이 악화하는 일은 '惡循環(악순환)',

156

없는 것이 바람직하나 피할 수 없는 사회악은 '必要惡(필요악)', 야구에서 자기편이 받기 어려울 정도로 공을 잘못 던지는 것은 '惡送球(악송구)'라고 해요. 이 밖에 '惡(악)'은 '惡緣(악연)', '惡魔(악마)', '惡手(악수)', '惡習(악습)', '罪惡(죄악)', '凶惡(흉악)', '惡材(악재)' 등에 활용됩니다. '두 집안의 길고도 오랜 악연', '악마의 유혹에 흔들리지 않다.' '妙案(묘안)이 오히려 사태를 악화시키는 악수가 되었다.' '구시대의 악습을 淸算(청산)하다.' '過慾(과욕)이 죄악을 낳는다.' '흉악 범죄를 저지른 범인을 체포하다.' '대기업의 부도 사태가 오늘 證市(증시)의 악재로 작용했다.' 등으로 활용되네요.

이 밖에, '악명을 떨치다'에서 '惡名(악명)'은 악독한 것으로 널리 알려진 이름, '악성 腫瘍(종양)'에서 '惡性(악성)'은 병이 잘 낫지 않거나 전염성이 강한 것, '악담을 퍼붓다'에서 '惡談(악담)'은 남을 비방하거나 남이 잘못되도록 저주하는 말, '악역 전문 배우'에서 '惡役(악역)'은 연극, 영화에서 악인 역할을 하는 배역, '악천후로 回航(회항)하다'에서 '惡天候(악천후)'는 몹시 궂은 날씨라는 뜻으로 쓰입니다. '악성 종양'의 반의어는 '良性(양성) 종양', '惡談(악담)'의 반의어는 '德談(덕담)'이 되고, '回航(회항)'은 본래의 공항으로 돌아가는 것이죠.

'善(선)'과 '惡(악)'이란 한자를 각각 익히고 활용하다 보니 성품이 저절로 善良(선량)해진 것 같습니다. 다음은 『明心寶鑑(명심보감)』이란 책에서 뽑은 구절입니다.

勿以善小而不爲(물이선소이불위)　선이 작다고 해서 아니 하지 말고,
勿以惡小而爲之(물이악소이위지)　악이 작다고 해서 행하지 말라.

TV나 신문을 통해 '放漫(방만)한 지출'이니, '통화 관리가 방만하다'니 하는 표현을 보거나 들어봤을 겁니다. 이처럼 매스컴 보도에 '放漫(방만)'이라는 말이 오르내릴 때는 이미 조직이나 운영의 측면에서 警告燈(경고등)이 켜진 경우가 되겠죠. '放漫(방만, loose, lax)'은 말 그대로 허리띠를 풀어 헤친 듯이 내쳐서 마음대로 한다는 뜻이거든요. 우리말 사전에도 맺고 끊는 데가 없이 제멋대로 풀어져 있다는 뜻으로 풀이하고 있습니다.

'放漫(방만)'에서 '放(방)'은 '모 方(방)'과 '칠 攵(복)'이 합쳐진 글자로 본래 '내치다'를 뜻한다고 합니다. '내치다'는 뿌리치거나 내쫓는 것이죠. 여기에서 '攵=攴(복)'은 손으로 치거나 때린다는 뜻을 나타내어 '두드릴 敲(고)', '칠(공격) 攻(공)', '가르칠 敎(교)' 등의 한자에도 붙어 있군요. 그래서 '放(방)'은 '놓다', '쫓아내다', '풀어주다' 등의 뜻으로 확대됩니다.

일부러 불을 지르는 '放火(방화)', 가축을 놓아기르는 '放牧(방목)', 제멋대로 내버려 두는 '放任(방임)', 내버려 두고 돌보지 않는 '放棄(방기)' 등의 단어에 활용되죠. 참고로, '막을 防(방)'을 써서 '防火(방화)'라고 하면 불을 미리 막는 것이 됩니다.

'放出(방출)'은 비축한 물건이나 자금을 풀어 내놓는 것, '放生(방생)'은 잡힌 물고기나 짐승을 산 채로 놓아주는 것, '追放(추방)'은 일정한 지역이나 조직 밖으로 쫓아내는 것, '釋放(석방)'과 '放免(방면)'은 붙잡아 두었던 사람을 풀어 주는 것입니다. 또 닫히거나 제한된 것을 열거나 풀어 자유롭게 하는 것은 '開放(개방)', 제멋대로 행동하여 거리낌이 없는 것은 '放縱(방종)', 술과 노름 등에 빠져 제멋대로 행동하는 것은 '放蕩(방탕)', 그냥 내버려 두는 것은 '放置(방치)'라 하고, 격식이나 관습에 얽매이지 않고 행동이 자유로운 사람을 '自由奔放(자유분방)하다.'라고 하죠.

'放映(방영)'은 텔레비전으로 방송하는 것, '生放(생방)'은 현장이나 스튜디오에서 직접 촬영하여 실시간으로 방송하는 것, '再放(재방)'은 이미 방송한 프로그램을 다시 방송하는 것, '缺放(결방)'은 예정된 프로그램을 방송하지 못하는 경우를 말합니다. 또 '放浪(방랑)'은 이리저리 떠돌아다니는 것, '放流(방류)'는 가두어 놓은 물·액체를 흘려 내보내는 것, '放電(방전)'은 전기를 띤 물체에서 전기가 밖으로 흘러나오는 현상, '放談(방담)'은 생각나는 대로 거리낌 없이 말하는 것입니다. 이 밖에, 외부의 간섭을 받지 않는 자유로운 공간은 '解放區(해방구)', 큰 소리를 지르거나 노래를 불러서 주변을 시끄럽게 하는 짓은 '高聲放歌(고성방가)', 중앙의 한 지점에서 사방으로 바큇살처럼 죽죽 내뻗친 모양은 '放射形(방사형)'이라고 하죠.

다음으로, '漫(만)'은 뜻을 나타내는 '물 水(수)'와 음을 나타내는 '끌 曼(만)'을 합쳐 물이 밖으로 넘쳐흐른다는 데서 본래 '큰물'을 뜻한다고 합니다. 나중에 '흩어지다', '제멋대로' 등의 뜻으로 확대됐죠. '온갖 꽃이 爛漫(난만)하다'에서 '난만'은 (꽃이) 흐드러지게 활짝 많이 피는 것, '글이 散漫(산만)하다'에서 '산만'은 질서가 없이 어수선한 것, '해학이 넘치는 漫談(만담)'에서 '만담'은 재미있고 익살스러운 이야기를 뜻하죠.

일정한 형식에 얽매이지 않고 자유롭게 쓴 글은 '漫筆(만필)', 현실보다 공상의 세계를 그리워하고 감정적 또는 이상적으로 사물을 대하는

것은 ‘浪漫(낭만)’이라고 하죠. ‘낭만’은 프랑스 어의 ‘roman’이 일본어에 借用(차용)되어 발음을 빌린 일본어 ‘浪漫(ろうまん, 로망)’으로 변하고, 이것이 다시 우리말로 수입된 것이라고 합니다. ‘romanticism’은 ‘낭만 주의’로, ‘romantic’은 ‘낭만적’으로 번역되어 지금도 널리 쓰이고 있죠.

신문 만화 중에서도 어떤 사안에 대하여 작가가 개인적인 평가를 담은 論評(논평)의 성격을 지닌 만화를 ‘漫評(만평)’이라고 부르죠. 이런 점에서 ‘만평’은 자유로운 비평과 만화로 그린 비평을 함께 뜻한다고 보면 되겠군요.

결론적으로 ‘放漫(방만)’은 일을 많이 벌여 놓기만 하고 정리나 끝맺음이 안 된 상태를 나타내는 말이군요. 그런데 이와 반대의 상황을 보여 주는 단어는 잘 떠오르지 않아요. 단단하거나 꽉 조여 있음을 나타내는 영어의 ‘타이트(tight)’에 해당하는 말이 뭘까요? 생각나는 대로 ‘嚴格(엄격)’, ‘統制(통제)’, ‘監督(감독)’, ‘規制(규제)’ 등이 튀어나오지만, 딱 들어맞지는 않는 것 같군요. 그래서 ‘방만’이 항상 문제가 되는 건가요?

‘放漫(방만)’은 문제가 있어도, 느긋한 흥취를 읊은 高峰(고봉) 奇大升(기대승)의 ‘漫興(만흥)’을 잠깐 맛보는 것은 전혀 흥이 안 될 겁니다.

漫欲尋芳去(만욕심방거)　　부질없이 꽃 찾아 떠났다가
應須詠月歸(응수영월귀)　　달빛에 시 읊으며 돌아오리라.

'모일 集(집)'은 새[隹(추)]가 나무에 앉은 모습을 그린 상형 문자.

'密集(밀집)'이란 말을 들으면 가슴 아픈 사고를 소환하게 됩니다. 群衆(군중)이 좁은 장소에 한꺼번에 몰리면서 일어난 대형 안전사고가 그렇게 오래된 일이 아니거든요. 그러나 이런 군중 밀집 사고보다 더 심각한 문제는 우리나라의 首都圈(수도권)에 약 2,400만 명의 인구가 밀집해 생활하고 있다는 점입니다. 비좁은 닭장에 갇힌 암탉들이 고개만 내민 채 사료를 먹고 있는 모습이 바로 우리의 自畵像(자화상)은 아닌지, 自嘲(자조)하게 되네요. 어쨌든 '密集(밀집)'은 빈틈없이 빽빽하게 모이는 것을 말합니다.

'密集(밀집)'에서 '密(밀)'은 뜻을 나타내는 '뫼 山(산)'과 음을 나타내는 '몰래 宓(밀)'을 합친 글자로 본래 '깊은 산'을 뜻합니다. 깊은 산은 깊숙하고 그윽하며 고요할 수밖에 없겠죠. 깊숙이 들어앉은 산은 나무숲이 빽빽하고, 뭔가를 숨기고 있는 것 같이 보이죠. 그래서 '密(밀)'은 '빽빽하다'가 되고, 빽빽하면 나무끼리 붙어 있어 '가깝다', '자세하다'가 되는 것입니다. 또 숨기고 있는 듯한 산의 모습에서 '몰래', '비밀'의 뜻으로 확대된 것 같아요. '密林(밀림)'은 빽빽한 숲, '細密(세밀)'은 자세하고 꼼꼼한 것, '親密(친밀)'은 친하고 가까운 것을 말합니다.

샐 틈이 없도록 꼭 닫거나 막는 것은 '密閉(밀폐)', 아주 세밀하고 정확한 것은 '精密(정밀)', 촘촘하고 빽빽한 것은 '稠密(조밀)', 세관을 통하지 않고 몰래 물건을 사고파는 것은 '密輸(밀수)'라고 하죠.

또 '過密(과밀) 학급'의 '과밀'은 지나치게 많이 몰려 빽빽한 것, '緊密

(긴밀)한 관계'의 '緊密(긴밀)'은 매우 가까워 빈틈이 없는 것, '嚴密(엄밀)한 검토'의 '엄밀'은 빈틈이 없이 엄격하고 세밀한 것, '隱密(은밀)한 요구'의 '은밀'은 겉으로 드러나지 않아 비밀스러운 것이 됩니다.

이 밖에, 단단히 붙여 봉하는 '密封(밀봉)', 허가를 받지 않고 몰래 배를 타고 외국에 들어가는 '密航(밀항)', 아주 가깝게 맞닿아 있는 '密接(밀접)', 빈틈없이 단단히 붙는 '密着(밀착)' 등도 있죠. 외부에 드러내서는 안 될 중요한 비밀은 '機密(기밀)', 특별한 사명을 띠고 세상에 알리지 않은 채 몰래 파견되는 사람은 '密使(밀사)', 남이 드나들 수 없게 하고 몰래 쓰는 방은 '密室(밀실)'입니다. 중대한 기밀이 새어 나가는 것은 '天機漏洩(천기누설)'이라고 하지요.

다음으로 '集(집)'은 '새 隹(추)'와 '나무 木(목)'이 합쳐진 글자로, '새'가 '나무' 위에 앉아 있는 모습을 본떠 '모이다'라는 뜻을 나타냅니다. 그런데 새는 대체로 떼를 지어 살죠. 그래서 '모일 集(집)'은 본래 나무 위에 '새 隹(추)'가 셋이 있는 형태였는데 너무 복잡했으므로 하나로 줄인 字形(자형)으로 굳어졌죠. 주로 '모이다(모으다)'라는 뜻으로 쓰이지만, '詩集(시집)'처럼 '모아 엮은 책'이라는 뜻의 접미사로도 쓰입니다.

그냥 참고만 해도 좋은데, 새를 뜻하는 글자로 '새 鳥(조)'만 아는 사람이 대다수지만, '새 隹(추)'는 다른 글자와 합쳐져 '참새 雀(작)', '두루미 鶴(학)', '꿩 雉(치)' 등의 한자를 만드는 데 한몫을 하고 있어요.

'結集(결집)'은 한곳에 모여(모아) 뭉치는 것, '群集(군집, herd)'은 동물 여럿이 한곳에 떼를 지어서 모여 사는 것, '募集(모집)'은 조건에 맞는 사람이나 자금, 작품 따위를 널리 구하여 모으는 것, '凝集(응집)'은 한군데로 엉겨 뭉치는 것을 말합니다. 한곳으로 모으거나 모이는 것은 '集中(집중)', 이미 계산된 것을 한데 모아서 계산하는 것은 '集計(집계)', 여러 사람이 특정한 목적을 위하여 일시적으로 모이는 것은 '集會(집회)', 한데 모아서 요약하는 것은 '集約(집약)'이라고 하죠. 이밖에 먼지를 모으는 '集塵(집진)', 여러 곳에서 온 여러 가지 물건을 모으는 '集荷(집하)', 구름처럼 많은 사람이 모여드는 '雲集(운집)' 등이 있군요.

　병역 의무자를 불러 모으는 것은 '徵集(징집)'이고, 단체나 조직체의 구성원을 불러서 모으는 것은 '召集(소집)'이니 상황에 맞게 활용해야겠네요. 또 '폐품 수집'의 '收集(수집)'은 거두어 모으는 것이고, '우표 수집'의 '蒐集(수집)'은 취미나 연구를 위하여 여러 가지를 찾아 모으는 것입니다. 또 '중앙집권제'의 '集權(집권)'은 권력을 한군데로 모으는 것이고, '집권 여당'의 '執權(집권)'은 권력이나 정권을 잡는 것이니 同音異議語(동음이의어)를 구별해서 써야겠군요.

　수도권 인구 '密集(밀집)'은 住宅(주택), 交通(교통), 醫療(의료) 등 여러 측면에서 많은 문제점을 초래하고 있습니다. 인구 밀집을 막을 수 있는 特段(특단)의 대책 또는 妙案(묘안)은 없는 걸까요? 독자 여러분의 아이디어를 '募集(모집)'합니다.

전쟁 상황이 아닌데도 요즘 아주 흔하게 쓰이는 말이 戰略.

戰爭(전쟁)의 소용돌이에 휩쓸리지 않는 상황에서도 전쟁과 관련된 용어를 사용하는 경우가 적지 않죠. 이 중에서도 가장 대표적인 전쟁 용어는 '戰略(전략, strategy)'인 듯합니다. '싸울 戰(전)'과 '꾀 略(략)'을 결합한 '전략'은 기본적으로 전쟁을 전반적으로 이끌어 가는 策略(책략)이지만, 실제로는 정치나 경제 따위의 사회적 활동에 필요한 책략이란 뜻으로 훨씬 많이 쓰이죠. 어떤 일을 도모하거나 처리하기 위한 꾀와 방법이 바로 '책략'으로서의 '전략'입니다. '판매 전략', '입시 전략'에서부터 '出口戰略(출구전략, exit strategy)'에 이르기까지 일상생활에서도 아주 폭넓게 쓰이는 편이군요.

특히 '출구 전략'은 원래 군사 용어에서 유래하여, 임무를 마친 군대가 피해를 최소화하며 撤收(철수)하는 계획을 뜻하죠. 이 개념이 확대되어 대개 좋지 못한 상황에서 벗어나는 수단을 일컫게 됩니다. 요즘은 경제 분야에서 널리 쓰여 경제 위기를 극복하기 위해 시행한 돈 풀기, 금리 인하 등 여러 완화 정책을 부작용 없이 漸進的(점진적)으로 철회하는 전략입니다.

먼저 '戰(전)'은 '홑 單(단)'과 '창 戈(과)'가 합쳐져 '싸우다', '전쟁' 등의 뜻을 나타냅니다. 여기서 '單(단)'은 '홑(single)'의 뜻이 아니라 사냥하는 도구를 나타내고, '戈(과)'는 낫같이 생긴 창을 뜻하므로, 둘을 결합해 만든 戰(전)은 무기로 싸우는 '전쟁'을 뜻합니다.

'戰'은 '싸우다'라는 뜻 외에 '두려워 떨다'라는 뜻도 가지고 있어요. 몹시 무섭거나 두려워 몸이 벌벌 떨리는 '戰慄(전율)', 매우 두려워하여 벌벌 떨며 조심하는 '戰戰兢兢(전전긍긍)' 등이 그 예가 됩니다.

'激戰(격전)'은 격렬한 싸움, '苦戰(고전)'은 몹시 어렵고 힘든 싸움, '舌戰(설전)'은 말다툼, '交戰(교전)'은 군대가 맞붙어 싸우는 것, '混戰(혼전)'은 정신없이 어지럽게 싸우는 것, '熱戰(열전)'은 운동 경기 따위에서의 맹렬한 싸움, '冷戰(냉전)'은 직접적으로 무력을 사용하지 않고 경제나 외교 등을 수단으로 하는 국제적 대립을 뜻합니다. 또 전쟁을 시작하는 것은 '開戰(개전)', 전쟁을 끝내는 것은 '終戰(종전)', 전쟁을 얼마 동안 멈추는 것은 '休戰(휴전)'입니다.

서로 이기려고 다투어 덤비는 싸움은 '角逐戰(각축전)', 오랫동안 끌어가며 싸우는 전쟁이나 시합은 '持久戰(지구전)', 서로 공격하고 방어하는 전투는 '攻防戰(공방전)', 인원, 무기, 물자 등을 자꾸 투입하여도 쉽게 결판이 나지 않는 전쟁은 '消耗戰(소모전)'이죠.

서로 맞붙어서 치고받는 싸움은 '肉薄戰(육박전)', 광범위하게 벌이는 전쟁은 '全面戰(전면전)', 물리적으로 공격하지 않고, 모략이나 선전 등으로 서서히 상대방의 신경을 자극하는 전법은 '神經戰(신경전)', 기관총이나 소총을 쏘아대면서 벌이는 싸움은 '銃擊戰(총격전)', 구성원들이 온 힘을 다하여 하는 일을 비유적으로 이르는 말은 '總力戰(총력전)', 실력의 정도를 알아보기 위하여 본 시합 전에 벌이는 경기는 '評價戰(평가전)', 본격적인 전쟁이나 경기 따위가 시작되기 전에 치르는 작은 충돌은 '前哨戰(전초전)'이라고 합니다.

'山戰水戰(산전수전)'은 산에서도 싸우고 물에서도 싸웠다는 뜻으로, 세상의 온갖 고생과 어려움을 다 겪는 것, '惡戰苦鬪(악전고투)'는 매우 어려운 조건을 무릅쓰고 힘을 다하여 고생스럽게 싸우는 것을 말합니다.

또 '百戰老將(백전노장)'은 세상의 온갖 풍파를 많이 겪어서 여러 가지 일에 노련한 사람, '速戰速決(속전속결)'은 싸움을 오래 끌지 않고 되도록 빨리 끝장을 내는 것, '一戰不辭(일전불사)'은 한바탕 싸움을 벌이더라도 마다하지 않는 것을 이릅니다.

다음으로 '꾀 略(략)'은 뜻을 나타내는 '밭 田(전)'과 음을 나타내는 '각각 各(각)'이 합쳐진 글자로, '밭을 잘 경작하다'라는 데서 '다스리다'가 본래 뜻이라고 합니다. 나중에 '노략질하다', '꾀', '대강', '줄이다' 등의 뜻으로 파생되거나 확대됐죠.

나라를 경영하고 다스리는 것은 '經略(경략)', 공격하여 빼앗는 것은 '攻略(공략)', 슬기로운 계략은 '智略(지략)', 줄이거나 빼는 것은 '省略(생략)', 중요한 지점만을 간단히 그린 지도는 '略圖(약도)'라고 합니다.

'侵略(침략)'은 남의 나라를 침범하여 영토를 빼앗는 것, '略取(약취)'는 빼앗아 가지는 것, '計略(계략)'은 꾀나 수단, '謀略(모략)'은 사실을 왜곡하거나, 속임수로 남을 해치는 것을 뜻합니다.

또 '略述(약술)'은 간략하게 서술하는 것, '略歷(약력)'은 '대략 적은 이력', '疏略(소략)'은 꼼꼼하지 못하고 간략한 것, '下略(하략)'은 글이나 말의 아랫부분을 줄이는 것이죠. 근거 없는 말로 남을 헐뜯어 명예나 지위를 손상하는 중상과 속임수로 남을 해롭게 하는 모략을 아울러 '中傷謀略(중상모략)'이라고 합니다.

전략이 무엇인지 알았으니, 이젠 한자 공부의 전략을 세워보는 건 어떨까요? 이 책을 3개월 안으로 '마스터'하겠다! 아니, 하루에 말랑말랑 한자어 2개씩 6페이지를 공부하겠다!

천 리 길도 한 걸음부터, 파이팅(fighting)!

166

'나아갈 就(취)'에 '발 足(족)'을 합치면 蹴球(축구)의 '찰 蹴(축)'.

취업 준비생을 줄여서 '就準生(취준생)'이라고 합니다. 이 말만 들어도 가슴이 먹먹해지는 것은 저자 혼자만의 느낌은 아닐 테지요. 그만큼 취업이 바늘구멍처럼 좁고 힘들다는 얘기이겠는데, 여기서 한가하게 '就業(취업)'이 뭐냐고 긴 설명은 필요 없을 듯합니다.

지금은 세상의 萬事(만사)가 連結(연결)되고 融合(융합)되고 스스로 작동하는 새로운 시대입니다. 이런 시대적 趨勢(추세)에 따라 기존의 職種(직종)이 사라지고, 새로운 직종이 계속 생겨나고 있지요. 개인들도 여기에 맞추어 직업에 대한 概念(개념)을 바꾸어야 할 것 같습니다.

'就業(취업)'의 '就(취)'는 '높다'의 뜻을 가진 '서울 京(경)'과 '다르다'의 뜻을 가진 '더욱 尤(우)'가 합쳐져 '높이 올라가다'라는 뜻을 나타내려고 만든 글자라고 합니다. '京(경)'은 원래 基壇(기단) 위에 높다랗게 지은 집을 본뜬 글자로 높은 건물이 많은 '서울'을 뜻하게 됐지요. 그리고 '尤(우)'는 손[又(우)]의 끝부분에 난 상처를 점으로 표시하여 다른 손가락과 '다르다'라는 뜻을 나타냈다고 합니다. 어쨌든 '就(취)'는 '나아가다', '이루다'라는 뜻으로 확대됐고요. '就寢(취침)'은 잠자리에 드는 것, '日就月將(일취월장)'은 날[日]로 달[月]로 나아가 발전하는 것이 됩니다.

여담으로, '발 足(족)'과 '나아갈 就(취)'가 합쳐진 '蹴'은 무슨 글자일까요? 이 글자는 '찰(kick) 蹴(축)'으로 '蹴球(축구)', '失蹴(실축)', '一蹴(일축)하다' 등에 쓰입니다. '실축'은 공을 엉뚱한 방향으로 잘못 차는 일, '일축'은 提案(제안) 따위를 단번에 거절하거나 물리치는 것을 뜻하며, '페널티킥(penalty kick)을 실축하다', '나의 제안을 일축하다' 등으로 활용됩니다.

'就業(취업)'과 '就職(취직)'은 직업을 얻어 직장에 나가는 것, '就任(취임)'은 맡은 자리에 처음으로 일하러 나가는 것, '就學(취학)'은 교육을 받기 위하여 학교에 들어가는 것, '就航(취항)'은 배나 비행기가 일정한 항로에 오르는 것을 뜻합니다. 목적한 바를 이루는 것은 '成就(성취)', 가거나 다니는 움직임 또는 사건이나 문제에 대한 태도는 '去就(거취)', 적극적인 자세로 나서서 일을 이루려는 것은 '進取的(진취적)'이라고 합니다. '그는 결국 就業(취업) 목표를 성취했다.' '그의 去就(거취)를 아는 사람이 없다.' '이번 사태에 대한 去就(거취)를 表明(표명)해 주기 바랍니다.' '젊은 사람들은 進取的(진취적)이어야지 退嬰的(퇴영적)이어서는 안 된다.' 등의 예로 활용되죠.

다음으로 '業(업)'은 고대에 종이나 경쇠와 같은 타악기를 걸어두는 틀에 가로로 댄 나무판을 본뜬 글자라고 합니다. 위쪽은 톱니 모양이고 아래쪽은 조각 장식을 한 받침대 모양이네요. 현재의 字形(자형)에서도 이런 모양을 조금은 엿볼 수 있군요.

'業(업)'은 나중에 '일(work)', '計劃(계획, plan)', '事業(사업, business)', '職業(직업, occupation) 등의 뜻으로 확대됐습니다. 이 밖에 梵語(범어) '카르마(karma)'를 意譯(의역)한 말로 前生(전생)에 지은 所行(소행) 때문에 현세에서 받는 갚음을 뜻하기도 합니다.

'實業(실업)'은 생산, 제조, 판매 등 경제에 관한 사업, '失業(실업)'은 일할 기회를 얻지 못하거나 일자리를 잃는 것, '協業(협업)'은 많은 사람이 협동하여 같은 일을 하는 것, '分業(분업)'은 여러 사람이 갈라 맡아서 한 제품을 생산하는 것입니다. 처음 사업을 일으키는 것은 '創業(창업)', 영업이나 사업을 처음 시작하는 것은 '開業(개업), 사업이나 학교 수업을 일시적으로 중단하거나 쉬는 것은 '休業(휴업)', 영업을 그만두는 것은 '廢業(폐업)'이죠.

이 밖에, '罷業(파업, strike)'은 노동자들이 자신의 목적 달성을 위하여 일제히 작업을 거부하고 중지하는 것, '怠業(태업)'은 노동자들이 의도적으로 일을 게을리함으로써 사용자에게 손해를 끼치는 것, '本業(본업)'은 주가 되는 직업이고, '副業(부업)'은 본업 외에 따로 갖는 직업입니다. 그리고 자기가 저지른 일의 결과를 자기가 받는 것을 '自業自得(자업자득)'이라고 하지요. 주로 잘못된 행동에 대해 代價(대가)를 치를 때 쓰이는 말이죠.

우리나라도 대학생 創業(창업)이 활발하게 일어나고 있으며, 창업에 필요한 다양한 지원 시스템과 네트워크가 잘 構築(구축)되어 있다고 합니다. 그래서 빌 게이츠, 스티브 잡스 같은 뛰어난 창업자가 많이 나왔으면 좋겠습니다. 그런데 이들이 모두 대학 중퇴자라고 하네요.

이젠 就業(취업)에만 매달리지 말고 대학생 창업가들의 熱情(열정)과 창의력이 만들어 낸 成功(성공) 스토리가 많이 들렸으면 좋겠습니다.

'豫約(예약)'은 미리 정한 약속입니다. 요즘은 예약 전성시대라고 해도 과언이 아니죠. 특히 海外旅行(해외여행)을 떠나려면 航空便(항공편), 호텔 예약 등은 必須(필수)이고, 작은 모임에 어울리는 소규모의 飮食店(음식점)도 예약제로 운영된다고 하더군요. 이뿐이 아니죠. 국립공원의 探訪路(탐방로)를 방문하는 데도 인터넷, 모바일 앱, 전화 등을 통한 예약 서비스가 施行(시행) 중입니다. 여행, 公演(공연), 外食(외식) 등 레저 문화의 필수 조건인 예약에도 暗礁(암초) 같은 게 있다고 하네요.

'노쇼(no show)'라고 들어 보셨죠? 이 말은 예약해 놓고 取消(취소)도 하지 않고 나타나지 않는 경우를 뜻합니다. 좀 점잖게 표현하면 '예약 不渡(부도)'인 셈이군요. 음식점, 병원, 미용실 순으로 노쇼의 비율이 높다고 합니다. 사회 구성원 간의 信賴(신뢰)를 무너뜨리는 노쇼를 根絶(근절)하기 위한 사회적 共感帶(공감대)가 필요할 듯합니다.

먼저, '豫約(예약)'의 '豫(예)'는 뜻을 나타내는 '코끼리 象(상)'과 음을 나타내는 '나 予(여)'가 합쳐진 글자로 '큰 코끼리'가 본래의 뜻이었다고 합니다. 그런데 코끼리는 의심이 많은 동물이어서 행동에 옮기기 전에 '미리' 생각하고 '망설인다'고 해요. 추상적인 시간 부사어 '미리'를 구체화하여 새로운 글자를 만들기는 어려웠을 겁니다. 그래서 이미 있는 글자 '豫(예)'를 빌려 썼으니 참 기발하네요.

현재 이 글자는 주로 '미리', '머뭇거리다', '미루다' 등의 뜻으로 쓰입니다. '豫感(예감)'은 미리 느끼는 것, '猶豫(유예)'는 결정하지 못하고 망설이는 것 또는 시간이나 날짜를 뒤로 미루는 것을 뜻하게 되죠.

병이나 사고 같은 것이 생기지 못하도록 미리 막는 것은 '豫防(예방)', 미리 준비하는 것은 '豫備(예비)', 미리 짐작하여 생각하는 것은 '豫想(예상)', 정해진 때가 되기 전에 미리 파는 것은 '豫賣(예매)'라고 합니다. 물론 미리 사두는 것도 '豫買(예매)'이므로, '팔 賣(매)'와 '살 買(매)'를 구별해서 써야겠군요. 또 여럿 중에서 본선에 나갈 선수나 팀을 뽑는 것은 '豫選(예선)', 어떤 일에 대해 제대로 알아보지도 않고 미리 판단하는 것은 '豫斷(예단)', 필요한 비용을 미리 헤아려 계산하는 것이나 그 비용은 '豫算(예산)', 병이 나은 뒤의 경과는 '豫後(예후)'가 되겠죠. 이 밖에 '기상 豫報(예보)', '개봉 영화의 豫告篇(예고편)', '자동차 엔진을 豫熱(예열)하다', '豫審(예심)을 통과한 작품' 등으로 활용됩니다.

다음으로, '約(약)'은 뜻을 나타내는 '가는 실 糸(멱 또는 사)'와 음을 나타내는 '구기 勺(작)'이 합쳐진 글자로서, 실을 '꽁꽁 묶다'가 본래 뜻이라고 합니다. '구기'는 술이나 죽을 풀 때 쓰는 국자 비슷한 도구죠. 그렇다면 '約(약)'은 국자 같은 것에 실을 묶어 놓은 모습을 본뜬 글자가 아닐까 하는 생각도 드네요. 여기서 '묶다', '맺다' 등의 뜻이 나온 것 같고, 나중에 '약속', '줄이다', '검소하다' 등의 뜻으로 확대된 듯하군요.

결혼을 약속하는 '約婚(약혼)', 여럿을 모아 줄인 '集約(집약)', 물건과 돈을 아껴 쓰는 '儉約(검약)' 등으로 활용됩니다. 이 밖에도 '대강', '대략'의 뜻으로, 그 수량에 가까운 정도임을 나타내는 말로도 쓰이죠. '制約(제약)'은 조건을 붙여 내용을 제한하는 것, '違約(위약)'은 약속이나 계약을 어기는 것, '解約(해약)'은 계약을 취소하는 것, '規約(규약)'은 조직체에서 정하여 놓은 규칙과 약속, '條約(조약)'은 국가 간의 문서에 의한 합의, '誓約(서약)'은 맹세하고 약속하는 것, '特約(특약)'은 특별 조건을 붙인 약속이나 계약을 이르는 말입니다. 특히, 保險(보험) 계약 시에 특별한 조건을 붙이는 특약 사항을 잘 살펴야 하겠죠. 계약 당사자 한쪽의 의사 표시에 따라 계약에 기초한 법률관계를 소멸하는 것은 '解止(해지)'라고 합니다. 그리고 정부나 정당, 입후보자 등이 어떤 일에 대해 사회 공중에게 실행할 것을 약속하는 것은 '公約(공약)', 앞의 공약이 지켜지지 않으면 '空約(공약)', 일정한 계약을 체결하기 위해 신청하는 것은 '請約(청약)', 때를 정하여 약속하는 것은 '期約(기약)', 말이나 글의 요점을 잡아서 간추리는 것은 '要約(요약)', 사물의 크기나 범위 따위를 간략하게 줄이는 것은 '縮約(축약)', 꼭 필요한 데에만 써서 아끼는 것은 '節約(절약)'이라고 합니다.

이 밖에, 여러 사물이 공통으로 가지고 있는 요소는 '公約數(공약수)', 오므리거나 벌림으로써 생체 기관이 열리고 닫히는 것을 조절하는 근육은 '括約筋(괄약근)', 계약의 당사자가 계약을 위반하였을 때, 그 제재로서 상대에게 지불하기로 약정한 돈은 '違約金(위약금)', 비밀 약속이 있다는 설은 '密約説(밀약설)', 매매 계약이 체결된 가격은 '約定價(약정가)'라고 말하죠.

다음은 나폴레옹이 한 말이라고 합니다.

"約束(약속)을 지키는 最善(최선)의 방법은 약속을 하지 않는 것이다."

한 번 한 약속은 반드시 지켜야 한다는 뜻이겠죠.

아하, 이래서 비행기의 일반석이 이코노미(economy)석.

세상에 '經濟(경제)'라는 말을 모르는 사람은 없겠지요. 눈 떠서부터 잠자리에 들 때까지 이루어지는 생활 자체가 모두 경제와 관련되니까요. 그런데 이 말을 잘 써서 미국 대통령 선거에서 이긴 역사가 있습니다. 다음 문구는 1992년 미국 대통령 선거에서 민주당의 빌 클린턴 후보 陣營(진영)에서 내걸었던 선거 운동 슬로건(slogan)입니다.

"It's the economy, stupid."
"문제는 경제야. 바보야."

당시 경제 不況(불황)에 허덕이던 유권자들에 이 말만큼 가슴에 와닿는 구호는 없었겠죠. 먹고 사는 문제만큼 切迫(절박)한 것이 어디 있을까요? 결국 클린턴 후보는 당시 현직 대통령이었던 공화당의 조지 부시를 누르고 大選(대선)에서 승리했습니다.

먼저 '經濟(경제)'의 '經(경)'은 '가는 실 糸(멱)'과 '물줄기 巠(경)'을 합쳐, 본래 베틀에 세로로 걸려 있는 '날줄'을 뜻하는 글자입니다. '經(경)'의 오른쪽에 붙은 '巠(경)'은 베틀 사이로 물줄기처럼 아래로 날실이 지나가는 모습을 나타낸다고 합니다. 그래서 세로 방향으로 난 날줄이 '經(경)'이고 가로 방향의 씨줄이 '위(緯)'가 되는 겁니다. 지구를 經度(경도)와 緯度(위도)로 표시하는 것도 여기에서 나왔겠죠. '날줄 經(경)'은 날줄이 지나면서 베[布]가 짜여지니 '지나다'의 뜻으로, 날줄이 아래로 반듯하게 걸려야 베가 짜여지므로 반듯한 '법', '도리' 등의 뜻으로, 더 나아가 법으로 '다스리다' 등의 뜻으로 확대된 것 같습니다. 그 외 '경전', '책', '경제' 등의 뜻으로도 쓰이고 있지요

'經緯(경위)'는 직물의 날줄과 씨줄이라는 뜻에서 일이 되어 온 과정이나 경로, '經路(경로)'는 일이 진행되어 가는 과정 또는 지나는 길, '經歷(경력)'은 겪어 지내 온 여러 가지 일을 말합니다. 또 시간이 지나가는 것 또는 병이 나아 가는 상태는 '經過(경과)', 거쳐 지나가는 것은 '經由(경유)', 어떠한 일을 하는 데 드는 비용은 '經費(경비)', 직접 겪는 것은 '經驗(경험)'이라고 하죠. 불교 경전은 '佛經(불경)', 기독교 경전은 '聖經(성경)', 시경·서경·역경의 책 세 권은 '三經(삼경)', 사업을 관리하고 운영하는 것은 '經營(경영)', 세상을 다스리고 백성을 구제하는 것은 '經世濟民(경세제민)'입니다. 나라를 다스리는 데에 필요한 경험과 능력은 '經綸(경륜)', 일정한 상태로 계속하여 변동이 없는 것은 '經常(경상)', 약이나 세균 등이 입으로 들어가는 것은 '經口(경구)'라고 하는데, '國政(국정)에 대한 경륜이 높다', '경상 경비를 지출하다', '약을 경구로 投與(투여)하다' 등으로 쓰입니다.

이 밖에, 정치인과 기업가 사이에 이루어지는 부도덕한 密着(밀착) 관계는 '政經癒着(정경유착)'이라고 합니다. '유착'은 서로 떨어져 있어야 할 피부나 막(膜) 등이 염증 때문에 들러붙는 증상을 뜻하는데, 아주 밀접하게 결합하여 분리할 수 없는 경우를 말합니다. 또 쇠귀에 경 읽기, 즉 아무리 일러 주어도 알아듣지 못하는 것은 '牛耳讀經(우이독경)', 남의 말을 귀담아듣지 않고 지나쳐 흘려버리는 것은 '馬耳東風(마이동풍)'이니 둘을 구별해 써야겠군요.

다음으로, '濟(제)'는 '물 水=氵(수)'와 '가지런할 齊(제)'가 합쳐져 '물

을 건너다'를 나타내려고 만든 글자입니다. 나중에 물에 빠진 사람을 '구해주다'라는 뜻으로도 확대됐지요. 물을 건너도록 구해주는 것이 '救濟(구제)'가 되겠군요. 그래서 물에 빠진 사람을 구해주듯이 '塗炭(도탄)'에 빠진 백성을 구제하는 것이 '濟民(제민)'입니다. '도탄'은 진구렁에 빠지고 숯불에 탄다는 뜻으로, 몹시 곤궁하여 고통스러운 지경을 이르는 말이죠. '塗(도)'는 진흙이고, '炭(탄)'은 숯이거든요.

대금을 주고받아 매매 당사자 사이의 거래 관계를 끝맺는 것은 '決濟(결제, payment)', 빌린 돈을 도로 갚는 것은 '辨濟(변제)', 처리하는 일이 아직 끝나지 않는 것은 '未濟(미제)', 고해에서 모든 중생을 구제하여 열반의 언덕으로 건너게 하는 것은 '濟度(제도)'라고 합니다.

'소액 결제', '현금으로 결제하다', '대출금 채무를 변제하다', '영원히 미제 사건으로 남다', '중생을 제도하다' 등으로 쓰입니다. 결정 권한이 있는 상관이 부하가 제출한 안건을 허가하거나 승인하는 '決裁(결재)'와 금전적으로 거래 관계를 끝맺는 '決濟(결제)'를 구별해야겠죠. 참. '결재'는 요즘 '裁可(재가)'로 바꿔 쓰는 추세더군요.

'經濟(경제)'는 원래 세상을 다스리고 백성을 구제하는 것을 이르는 '經世濟民(경세제민)'의 준말입니다. 그러니 생산, 분배, 소비와 관련된 모든 인간 활동을 뜻하는 지금의 경제(economy)와는 사뭇 다른 개념으로 느껴지네요. 비용이나 시간 따위를 적게 들이는 것도 '경제'라고 합니다. 항공료가 低廉(저렴)한 機內(기내) 좌석을 왜 '이코노미席(석)'이라고 부르는지 알겠군요.

만병 통치의 '通治(통치)'와 국가 통치의 '統治(통치)'는 다른 한자, 다른 뜻.

'政治(정치)'는 우리 삶에 아주 큰 영향을 미치는 주제입니다. 그러나 아무 자리에서나 꺼내기 어려운 화제이기도 하죠. 오죽하면 친구들 모임에서도 정치, 종교 얘기는 꺼내지 말아야 하는 禁忌(금기)가 됐을까요? 정치도 개그 소재가 되면 자유로운 얘깃거리가 되나 봅니다.

"정치인이 한강에 빠지면 어떻게 할까요? 건져야 할까요, 내버려 둬야 할까요?"

빨리 건져 올려야 한답니다, 그 이유가 재미있습니다. 한강 물이 汚染(오염)될지 몰라 그런다는 겁니다. 우리나라 정치의 實相(실상)을 잘 보여 주는, 쓴웃음 짓게 만드는 弄談(농담)이군요.

'政治(정치)'에서 '政(정)'은 '바를 正(정)'과 '칠 攴=攵(복)'을 합친 글자입니다. '攵(복)'은 '매질하다'라는 뜻이므로 '政(정)'은 매질하여 '바로 잡다'라는 뜻을 나타내겠죠. 처음부터 '政事(정사)', '정치', '다스리다' 등의 뜻으로 쓰인 것 같습니다. 『論語(논어)』에 나오는 '政者(정자), 正也(정야)'라는 구절이 이를 뒷받침하고 있죠. 이 구절의 뜻은 '정치란 바르게 하는 것이다.'가 됩니다.

'政府(정부)'는 나라의 일반 행정을 맡아보는 행정부, '政權(정권)'은 정부를 구성하여 나라를 경영할 수 있는 권력, '政黨(정당)'은 정권을 잡기 위한 단체, '政策(정책, policy)'은 사회적인 문제를 해결하든가 정치적 목적 등을 실현하기 위한 방법, '政綱(정강)'은 정당이 내건 정책의 큰 줄기, '政界(정계)'는 정치상의 논쟁과 활동이 행해지는 사회를 말합니다. '정부 각 부처', '정권 교체를 바라다', '정당에 가입하다', '국방 정책', '정강을 개정하다', '정계에서 은퇴하다' 등으로 쓰입니다.

그리고, 왕이 다스리는 정치는 '王政(왕정)', 헌법에 따라 행하는 정치는 '憲政(헌정)', 정치를 잘못하거나 잘못된 정치는 '失政(실정)', 잘 다스리는 정치는 '善政(선정)', 포악한 정치는 '暴政(폭정)', 국내 정치는 '內政(내정)'이라고 하죠. 이 밖에, '施政(시정)'은 정치를 시행하는 것, '政略(정략)'은 정치상의 책략, '政敵(정적)'은 정치적으로 적대 관계에 있는 사람, '政見(정견)'은 정치상의 견해, '聯政(연정)'은 둘 이상의 정당이 연합하여 이룬 정부(연립 정부), '政勢(정세)'는 정치상의 동향이나 형세를 뜻하는 말입니다.

다음으로 '治(치)'는 '물 氵(수)'와 '기쁠 台(이)'가 합쳐져 만들어진 글자네요. 이 글자가 본래 중국 산동성에 있는 강의 이름이었다고 하는 사람이 있는가 하면, 누구는 '물을 다스리다'라는 뜻을 나타낸 글자라고 합니다. 어쨌든 나중에 주로 '다스리다', '(병을) 고치다(treat)' 등의 뜻으로 확대된 것은 틀림없죠. 나라를 다스리는 '治國(치국)', 병을 고치는 '治療(치료)' 등으로 활용됩니다. 뭣보다 중국 夏(하)나라 禹(우) 임금의 '治水(치수)'가 가장 유명하죠.

'治癒(치유)'는 병을 치료해 낫게 하는 것, '完治(완치)'는 병이 완전히 낫는 것, '通治(통치)'는 한 가지 약으로 여러 가지 병을 다 고치는 것, '退治(퇴치)'는 물리쳐서 아주 없애 버리는 것입니다. '치유가 불가능한 병', '난치병을 완치하다', '만병통치약처럼 광고하다', '에이즈 퇴치 사업' 등으로 쓰입니다.

‘萬病通治(만병통치)’의 ‘通治(통치)’와 나라나 지역을 도맡아 다스리는 ‘統治(통치)’는 한자와 뜻이 다릅니다. 그리고 뜨거운 차를 마셔 더위를 이기는 것을 ‘以熱治熱(이열치열)’이라고 하는데, 열로써 열을 다스린다는 뜻이에요.

‘治安(치안)’은 국가와 사회의 안전을 유지하고 보전하는 것, ‘內治(내치)’는 나라 안을 다스리는 것, ‘治績(치적)’은 잘 다스린 업적, ‘治粧(치장)’은 매만져 곱게 꾸미거나 모양을 내는 것을 일컫지요. 다친 상처나 병을 완전히 치료하는 것은 ‘全治(전치)’, 어떤 사람의 병을 맡아서 치료하는 의사는 ‘主治醫(주치의)’라고 합니다. 또 ‘禁治産者(금치산자)’는 법원으로부터 자기 재산을 관리하고, 처분할 수 없도록 법률적으로 선고를 받은 자를 이르는데, 이런 사람의 뒤를 돌보아 주는 사람은 ‘後見人(후견인)’이라고 하죠.

아주 유명한 정치 격언 하나를 소개합니다.

모든 국민은 자신들의 수준에 맞는 政府(정부)를 가진다.

指導者(지도자)를 선택하고 政策(정책)을 결정하는 것은 오직 국민의 眼目(안목)과 力量(역량)에 달려 있다는 말씀이죠. 그만큼 유권자인 국민 개개인의 어깨가 무겁다는 겁니다.

야구의 'shortstop'을 왜 '놀 遊(유)'가 들어간 遊擊手(유격수)라고 번역했는지.

'밖 外(외)'와 '놀 遊(유)'가 합쳐진 '外遊(외유)'는 외국에 놀러 가는 것, 다시 말해 '外國旅行(외국 여행)'을 뜻합니다. 그런데 이 단어가 대다수 국민의 귀에는 곱게 들리지 않을 듯하군요. 아마도 다음과 같은 뉴스를 자주 접했기 때문일 겁니다.

"○○시의회가 최근 외유성 국외 研修(연수) 논란으로 거센 비판을 받고 있습니다."

그들은 연수라는 명분을 내세웠지만, 실제로는 관광성 외유를 즐겼다는 기사 내용입니다. '연수'란 학업이나 實務(실무) 따위를 배워 갈고닦는 것이니, 觀光(관광)하고는 너무나 거리가 멀죠. 그러니 의원들이 외국으로 관광 여행하러 떠난 시의회가 국민의 嚬蹙(빈축)을 사는 것은 당연한 일입니다. '빈축'은 눈살을 찌푸리고 얼굴을 찡그리는 것을 뜻하죠.

먼저 '外(외)'는 '저녁 夕(석)'과 '점(divination) 卜(복)'이 합쳐진 글자로, '저녁 점'이 본래 뜻이라고 합니다. 고대 중국에서는, 점괘가 잘 맞는다고 생각되는 아침에 점치는 것이 일반적이었는데, 어쩌다 저녁에 점치는 일은 불가피한 경우로 관례에서 벗어난 것이 되겠죠. 그래서 '저녁 점'인 '外(외)'는 '벗어나다', '밖', '멀다', '겉(표면)', '言行(언행)', '外國(외국)' 등의 뜻으로 확대됩니다.

'外泊(외박)'은 자기 집 아닌 밖에서 자는 것, '外傷(외상)'은 겉에 난

상처, '外貌(외모)'는 겉모습, '外貨(외화)'는 외국 돈, '外畫(외화)'는 외국 영화, '外勢(외세)'는 외국 세력, '外債(외채)'는 외국에 진 채무(빚), '除外(제외)'는 범위 밖에 두거나 따로 떼어내는 것을 뜻합니다.

주위에서 꺼리며 따돌리는 것은 '疏外(소외, alienation)', 외부와 연락하거나 교섭하는 것은 '涉外(섭외)', 일정한 개념이 적용되는 사물의 전 범위는 '外延(외연, extension)', 어떤 일에 직접 관계가 없는 사람은 '局外者(국외자, outsider)', 상관하지 않거나 무시하는 것은 '度外視(도외시, ignore)'라고 합니다. 그리고 '外華內貧(외화내빈)'은 겉으로는 화려하게 보이나 속으로는 부실한 것, '外柔內剛(외유내강)'은 겉으로는 부드럽게 보이나 속은 굳센 것, '內憂外患(내우외환)'은 나라 안팎의 여러 근심거리와 어려움을 말하죠.

다음으로, '遊(유)'는 甲骨文字(갑골문자)에서 '斿(유)'로 새겨져 있다고 합니다. '斿(유)'는 '깃발 나부낄 放(언)'과 '아들 子(자)'가 합쳐졌으니 '아이들이 깃발을 들고 노는 모습'이라고 하겠군요. 나중에는 아이들이 물놀이를 즐겼는지 '놀 游(유)'로 바뀌었고, 정처 없이 이곳저곳을 돌아다녔는지 '놀 遊(유)'로 바뀌었습니다. '놀 遊(유)'에서 '辶=辵(착)'은 '길을 가다'라는 뜻이죠. 그래서 요즘도 '놀다'라는 뜻으로 '遊(유)'와 '游(유)'가 통용되고 있군요. 굳이 구별하자면 '游'가 물놀이를 즐기거나 배를 타고 노는 것이라면, '遊'는 천천히 걸어 다니면서 '遊覽(유람)'하는 것이라고 해야겠습니다. '遊(유)'는 '놀다'라는 뜻 이외에 '즐기다', '떠돌다' 등의 뜻으로도 쓰입니다.

'交遊(교유)'는 사귀면서 놀거나 왕래하는 것, '浮遊(부유)'는 물이나 공중에 떠다니는 것, '遊興(유흥)'은 흥겹게 노는 것, '遊休(유휴)'는 자원이나 시설 등을 사용하지 않고 묵히는 것, '遊牧(유목)'은 풀밭을 옮겨 다니면서 가축을 가르는 것, '遊學(유학)'은 객지에서 공부하는 것을 뜻하죠. 외국에 나가 공부하는 '留學(유학)'과 객지에서 공부하는 '遊學(유학)'은 전혀 다른 단어입니다. '다방면의 인사들과 교유하다', '부유 면지', '유흥 시설', '유휴 農地(농지)', '유목 民族(민족)' 등으로 활용할 수 있겠군요. 즐겁게 놀며 장난하는 것은 '遊戲(유희)', 적을 기습적으로 공격하는 일은 '유격(遊擊)', 따로 떨어져 있는 것은 '유리(遊離)', 두루 돌아다니면서 구경하며 노는 것은 '周遊(주유)', 우주나 물속에서 헤엄치듯이 이동하는 것은 '遊泳(유영)'이라고 합니다.

야구에서, 2루와 3루 사이를 지키는 내야수는 놀 遊(유)를 붙여서 '遊擊手(유격수, shortstop)'라고 하는데, 다른 내야수에 비해 수비 범위가 넓어서 붙인 이름인 것 같습니다.

마지막으로, 『春香傳(춘향전)』에서 월매가 예비 사위 어사또와 함께 춘향이 갇힌 監獄(감옥)에 갑니다. 여기서 "너의 서방인지 남방인지 걸인 하나 내려왔다."라고 말하죠. '書房(서방)'을 '西方(서방)'이라고 표현하여 독자들의 웃음을 유발하잖아요? 이런 말장난을 '言語遊戲(언어유희, pun)'라고 합니다.

열심히 『말랑말랑 한자 어휘』를 읽고 또 읽어 이와 같이 언어유희를 적절하게 잘 활용하면 삭막한 사회에 웃음이 넘치겠죠?

波浪注意報(파랑주의보)의 '파랑'은 잔물결과 큰 물결을 이르는 말.

물건을 헤프게 쓰거나, 돈 따위를 흥청망청 쓸 때 우리는 '물 쓰듯'이라고 표현하죠. 이 표현은 '浪費(낭비)'의 뜻을 가장 잘 나타내는 말입니다. 현대 사회에 들어 인간은 지난 어느 때보다 豊饒(풍요)롭고 便利(편리)한 삶을 누리고 있지만, 그 裏面(이면)에는 무분별한 낭비가 자리 잡고 있어요. 日常(일상) 속에서 무심코 버리는 음식, 지나친 일회용품 사용, 무분별한 에너지 소비 등 다양한 형태의 낭비가 발생하고 있거든요. 문제는 이러한 낭비가 단순히 個人的(개인적) 차원이 아니라 地球(지구) 전체의 문제로 확대되고 있다는 점입니다.

'浪費(낭비)'의 '浪(랑)'은 '물 水(수)'와 '어질(좋을) 良(량)'이 합쳐져 '물결'의 뜻으로 쓰이는 글자입니다. 나중에 물결처럼 '떠돌다', '헛되다', '함부로', '제멋대로' 등의 뜻으로 확대됐죠.

'波浪注意報(파랑주의보)'의 '파랑'은 잔물결과 큰 물결, '격랑을 헤치다'의 '激浪(격랑)'은 거센 파도 또는 모진 고난, '풍랑이 일다'의 '風浪(풍랑)'은 바람이 강하게 불어 일어나는 물결을 말합니다. 그리고 물결처럼 떠도는 말, 즉 터무니없는 헛소문은 '浪説(낭설)', 정한 곳 없이 이리저리 떠돌아다니는 것은 '放浪(방랑)', '浮浪(부랑)' 또는 '流浪(유랑)'이라고 하죠.

같은 '떠돌이'이지만, 가난한 사람이나 재난을 당한 사람들이 살 곳을 찾아 이리저리 떠돌아다니는 '男負女戴(남부여대)'하고는 좀 다르네요. 남자가 등에 짐을 지고, 여자가 짐을 머리에 이고 떠도는 모습을 상상하면 '남부여대'의 뜻이 훨씬 생생하게 다가오는군요. 일제 강점기 때, 일정한 거처가 없이 떠돌아다니며 연극과 노래 등을 공연하는 '流浪劇團(유랑극단)'이 있었죠. 다음은 조선시대의 '放浪詩人(방랑 시인)' 김삿갓의 재미있는 한시입니다. 한자의 뜻을 절묘하게 살린 작품이군요.

此竹彼竹化去竹(차죽피죽화거죽)
이대로 저대로 되어 가는 대로,
風打之竹浪打竹(풍타지죽랑타죽)
바람 치는 대로 물결치는 대로.
飯飯粥粥生此竹(반반죽죽생차죽)
밥이면 밥, 죽이면 죽 이대로 살아가고,
是是非非付彼竹(시시비비부피죽)
옳으면 옳고 그르면 그르고 저대로 맡기리라.

다음으로 '**費(비)**'는 뜻을 나타내는 '조개 貝(패)'와 음을 나타내는 '아니 弗(불)'을 합쳐 '돈을 쓰다'가 본뜻이라고 합니다. '貨幣(화폐)'의 '재화 貨(화)', '投資(투자)'의 '자본 資(자)', '財産(재산)'의 '재물 財(재)', '販賣(판매)'의 '팔(sell) 販(판)' 등처럼 '조개 貝(패)'가 들어간 대부분의 한자는 돈이나 재물과 관련된 뜻을 가지죠.

그리고 '費(비)'는 '旅費(여비)', '學費(학비)', '交通費(교통비)', '紹介費(소개비)' 등처럼 접미사로 쓰이면 물건을 구매하거나 어떤 일을 위해 사용하는 '비용'을 뜻하게 됩니다.

'消費(소비, consume)'는 돈이나 물자, 시간, 노력 따위를 들이거나 써서 없애는 것, '虛費(허비)'는 헛되이 쓰는 것, '費用(비용, cost, expense)'은 물건을 사거나 일을 하는 데 드는 돈. '實費(실비)'는 실제로 드는 비용, '經費(경비)'는 어떤 일을 하는 데 드는 비용입니다.

이 밖에, 자동차가 1리터의 연료로 달릴 수 있는 거리를 수치로 나타낸 것은 '燃費(연비)', 사람을 쓰는 데 지출되는 비용은 '人件費(인건비)', 개인이 부담하거나 쓰는 비용은 '私費(사비)', 손해에 해당하는 비용은 '損費(손비)', 수레와 말을 타는 비용이라는 뜻으로, '교통비'를 이르는 말은 '車馬費(거마비)', 경사스러운 일을 축하하거나 궂은일을 위로하기 위해 상대에게 주는 돈은 '慶弔事費(경조사비)'라고 합니다.

끝으로 돈(?) 이야기.

독자 여러분이 높은 年俸(연봉)을 주는 大企業(대기업)에 들어가면 안정적인 생활을 누릴 수 있겠지만, 자신이 정말 하고 싶은 일을 할 機會(기회)는 줄어들겠죠? 반대로 적은 연봉이지만, 좋아하는 일을 선택하면 금전적인 여유를 포기해야 할 테고요. 이처럼 어떤 일을 작심하고 실행한 결과, 그로 인하여 포기한 이익을 '機會費用(기회비용)'이라고 합니다.

여러분은 어느 쪽을 선택하겠어요?

기회비용이 0에 가까울수록 선택은 최선이지만, 과연 그렇게 될지는 모르겠군요. '꿩 먹고 알 먹고'가 쉽지는 않은 것 같습니다.

閣下(각하), **陛下**(폐하)라는 호칭에 왜 집과 관련된 글자가 들어갔을까요.

內閣(내각)의 장관을 바꾸는 것이 '改閣(개각)'입니다. 이런 경우에 우리는 보통 장관을 更迭(경질)했다고 말합니다. '경질'은 어떤 직위에 있는 사람을 다른 사람으로 바꾸는 것입니다. 그런데 내각이 뭘까요? 내각은 캐비넷(cabinet)을 번역한 말로, 장관들이 모여 國政(국정)을 논의하는 기관입니다. '보관함' 정도로 알고 있는 캐비넷(cabinet)이 '내각'이라는 또 다른 뜻을 가졌군요. 그런데 이 cabinet도 본래 私的(사적)인 작은 공간을 뜻하는 이탈리아어 cabinetto에서 비롯되었다고 합니다. 결국 개각은 내각을 改編(개편)하는 것이 되는군요.

'改閣(개각)'의 '改(개)'는 '몸(자기) 己(기)'와 '칠 攴(복)'이 합쳐져 '고치다'라는 뜻을 가지게 되었습니다. 여기에서 '몸 己(기)'는 무릎을 꿇은 아이를, '칠 攴(복)'은 손에 회초리를 든 모습을 본뜬 글자라고 합니다. 그래서 '어린아이'를 회초리로 '때려' 잘못된 행실을 바로잡는다는 뜻에서 '고치다'라는 뜻이 나왔다고 字源(자원)을 풀이하죠. 또는 '자기'를 '때리는' 것으로 보아 자신의 허물을 고쳐 바르게 되는 것이므로 '고치다'라는 뜻이 되었다고 해석하기도 하죠.

'改善(개선)', '改良(개량)'은 더 좋게 고치는 것, '改惡(개악)'은 고쳤는데 도리어 나빠진 것, '改革(개혁)'은 제도나 체제 등을 고쳐 새롭게 하는 것, '改編(개편)'은 기구, 조직, 책 등을 고치고 바꾸는 것입니다. 그리고 이름을 바꾸는 것은 '改名(개명)', 헌법을 고치는 것은 '改憲(개헌)', 과부나 이혼한 여자가 다시 결혼하는 것은 '改嫁(개가)', 낡은 건물이나 허물어진 담장을 고쳐 짓거나 쌓는 것은 '改築(개축)', 믿던 신앙을 버리고 다른 종교로 바꾸는 것은 '改宗(개종)', 잘못을 뉘우치고 고치는 것은 '悔改(회개)'라고 하지요.

다음으로, '閣(각)'은 '문 門(문)'과 '각각 各(각)'이 합쳐져 '대문에 제각각 사용했던 나무'가 본래의 뜻이라고 합니다. 열어 놓은 대문이 닫히지 않도록 양쪽 대문 아래 말뚝을 박아 각각의 문을 고정했던 나무인 셈이죠. 이런 나무말뚝은 큰 집의 문에나 있었으므로 '閣(각)'은 '높은 집', '樓閣(누각)' 등의 뜻으로 확대됐겠지요. '다락 樓(루)'와 '집 閣(각)'이 결합한 '樓閣(누각)'은 문과 벽이 없이 다락처럼 높다랗게 지은 집을 말합니다. 하늘을 찌를 듯이 솟은 아주 높은 고층 건물은 '摩天樓(마천루)', 높고 크게 지은 집은 '高樓巨閣(고루거각)'이라고 하죠.

'閣(각)'은 이처럼 '누각'의 뜻으로 쓰이다가 지금은 '內閣(내각)'이란 뜻으로도 많이 씁니다. '내각'은 문자 그대로 '안쪽의 높은 집' 또는 '내부의 중요 인사들이 모여 의논하는 방'을 뜻하죠. 그래서 내각을 구성하는 長官(장관)들을 '각료(閣僚)', 내각이 개최하는 회의, 즉 國務會議(국무회의)를 '閣議(각의)', 또한 내각을 구성하는 것을 '組閣(조각)', 장관으로 내각의 일원이 되는 것을 '入閣(입각)'이라고 하죠.

얼마 전까지만 해도 '대통령 閣下(각하)'라는 말을 많이 썼습니다. 그런데 왜 '각하'일까요? 그리고 우리 史劇(사극)에서 많이 듣던 '殿下(전하)'는 또 뭔가요? 이 호칭들은 모두 윗사람이 살던 집과 관련이 있어요. 중국 皇帝(황제)가 있던 紫禁城(자금성)의 섬돌이 '陛(폐)'이므로 '섬돌 아래'에서 신하들은 황제를 '陛下(폐하)'라고 불렀던 겁니다. 황제보다 한 단계 아래인 왕은 宮殿(궁전)에서 지냈으므로 '殿下(전하)'로 불렸겠죠. 우리나라도 처음에는 대통령과 장관 모두에게 '각하'라는 호칭

186

을 쓰다가 나중에 대통령에게만 한정해서 썼다고 합니다. 물론 지금은 그마저도 안 씁니다만.

이쯤 돼서 '沙上樓閣(사상누각)'을 언급하지 않을 수 없네요. 사상누각은 '모래 위에 쌓은 누각'을 뜻하니, 겉으로는 멀쩡해 보이지만, 기초가 튼튼하지 못하여 오래 견디지 못할 일이나 물건을 비유하는 말이죠.

그래서 '龍飛御天歌(용비어천가)'에서는 "뿌리 깊은 나무는 바람에 흔들리지 않아 꽃이 좋고 열매가 많이 열린다."라고 노래했죠. 물론 이 구절은 조선의 淵源(연원)이 깊다는 뜻을 담아 조선 건국의 정당성을 뒷받침하기 위한 것이지만요. '연원'은 사물의 근원을 뜻하는 말입니다.

튼튼한 한자 실력 위에 한자어 驅使(구사) 능력이 出衆(출중)해지면, 더불어 여러분의 위상도 높아지겠죠?

먼 곳과 앞날을 내다보는
것은 展望, 그냥 먼 곳을
바라보는 것은 眺望(조망).

우리는 일상생활에서 '전망이 좋다', '전망이 밝다', '경기가 회복될 것으로 전망한다' 등등 '전망'을 활용한 표현을 많이 쓰고 있지요. 다음 예문으로 '전망'을 깊이 파고 들어가 봅시다.

백운대에 오르니 탁 트인 전망이 펼쳐졌다.
의학계에서는 머지않아 암이 정복될 것이라고 전망했다.

'펼칠 展(전)'과 '바랄 望(망)'이 합쳐진 '展望(전망)'은, 글자 그대로 '눈앞에 멀리 펼쳐진[展(전)] 곳을 바라보는[望(망)] 것'을 뜻합니다. 그러나 위의 예문에서 보는 것처럼 앞뒤 문장의 '전망'은 뜻이 약간 다르게 쓰였죠. 앞은 '눈앞에 멀리 내다보이는 경치, view', 뒤는 '앞날을 헤아려 내다보는 것, prospect'이라는 뜻이 됩니다.

'展望(전망)'의 '展(전)'은 '몸'을 뜻하는 '주검 尸(시)'와 '옷 衣(의)'의 변형 글자를 합쳐 '펼치다', '펴다' 등의 뜻으로 쓰입니다. 옷을 입어 펼치는 것, 또는 집 안에 '神位(신위, 조상의 위패)'를 진열하여 펴는 것에서 이런 뜻이 나온 것 같군요. 나중에 '遺品展(유품전), '書畵展(서화전)'처럼 '전시회' 또는 '전람회'를 뜻하는 접미사로도 쓰이죠. 참고로, '주검 尸(시)'는 사람이 머리를 숙이고 등을 구부려 누운 모양을 본뜬 것으로 본래 '주검'을 뜻하는데, 다른 글자에 붙어 뜻을 나타내는 글자로 쓰이면 보통 인체나 동작 또는 집과 관련된 의미를 나타냅니다. '屍體(시체)'의

'주검 屍(시)', '屈伏(굴복)'의 '굽힐 屈(굴)', '韓屋(한옥)'의 '집 屋(옥)' 등에 모두 '주검 尸(시)'가 들어 있음을 확인할 수 있습니다.

'展開(전개)'는 사물이 눈앞에 열려서 펼쳐지는 것 또는 논리나 사건을 점차 펼쳐 나가는 것, '展示(전시)'는 여러 가지 물품을 한곳에 벌여 놓고 보여 주는 것, '展覽會(전람회)'는 여러 가지 물건이나 예술 작품 따위를 벌여 놓고 여러 사람에게 보이는 모임을 뜻합니다. 또, 더 좋은 상태나 더 높은 단계로 나아가는 것은 '發展(발전)', 일이 진행되어 발전하는 것은 '進展(진전)', 편지를 받는 사람이 직접 펴 보라는 뜻으로, 편지 겉봉의 받는 사람 이름의 옆이나 아래에 쓰는 말은 '親展(친전)'이라고 하지요.

다음으로, '望(망)'은 발꿈치를 들고 선 사람[亻(인)]의 눈[目(목)]을 본떠 만든 글자로 본래 '멀리 바라보다'를 나타냈다고 합니다. 나중에 '달 月(월)'이 보태졌고, 다시 '亻→ 壬', '目→ 亡'의 변화를 거쳐 오늘의 자형에 이르고 있습니다. 주로 '(멀리 또는 우러러) 바라보다'와 함께 '기다리다', '바라다'라는 뜻으로 쓰이죠. 이 밖에 '名望(명망)'에서처럼 '명성' 또는 '덕망'의 뜻으로, '朔望(삭망, 초하루와 보름)'에서처럼 '음력 보름'의 뜻으로도 쓰입니다. '명망'은 널리 알려진 이름과 세상 사람이 따르는 덕망을 아울러 이르는 말이죠.

'眺望(조망)'은 먼 곳을 바라보는 것 또는 그런 경치, '觀望(관망)'은 한 발 물러나 일이 되어 가는 형편을 바라보는 것, '望樓(망루)'는 주위의 동정을 살피기 위하여 높다랗게 지은 다락집, '一望無際(일망무제)'는 한눈에 바라볼 수 없을 정도로 아득하게 멀고 넓어서 끝이 없는 것을 뜻하지요. 이 밖에, 목마른 사람이 물을 바라듯이 간절히 바라는 것은 '渴望(갈망)', 잘되기를 바라고 기대하는 것은 '屬望(촉망)', 부러워하며 바라는 것은 '羨望(선망)', 많은 사람이 간절히 기대하고 바라는 것은 '興望

(여망)’, 어떻게 해 주기를 바라는 것은 ‘要望(요망)’, 크게 무엇을 이루어 보겠다는 희망은 ‘野望(야망)’, 무엇을 가지거나 하고자 간절하게 바라는 것은 ‘慾望(욕망)’, 열렬히 바라는 것은 ‘熱望(열망)’, 믿고 기대하는 것은 ‘信望(신망)’이라고 합니다.

억울하게 여기어 탓하거나 불만을 품고 야속하게 여기는 것은 ‘怨望(원망)’이고, 원하고 바라는 것도 ‘願望(원망)’인데, 한자를 잘 구별해야겠군요. ‘望夫石(망부석)’은 남편을 기다리다가 죽어서 변해 버린 바위를, ‘仰望(앙망)’은 주로 편지글에 쓰여 자기의 요구나 희망이 실현되기를 우러러 바라는 것을 뜻합니다. ‘物望(물망)에 오르다’의 ‘물망’은 많은 사람이 인정하거나 우러러보는 것, ‘문제 해결 難望(난망)’의 ‘난망’은 ‘바라기 어려운 것’입니다. 가끔 신문 기사에 보이는 ‘기대 난망’은 중복 표현이므로 ‘기대’를 빼고 쓰는 게 좋지요, ‘기대’ 자체에 이루어지기를 바란다는 뜻을 가졌다고 할 수 있거든요.

독자 여러분에게 묻습니다.
“전망 좋은 곳에서 살아가고 싶은가요? 아니면 전망이 밝은 일을 하고 싶은가요?”

성벽을 무너뜨릴 정도로 아주 큰 戰車(전차)가 절충의 '衝(충)'

임금 동결을 고수하는 경영진 측과 150퍼센트 인상안을 주장하는 勞組(노조)가 현재 절충에 들어갔습니다.
與野(여야) 간에 의견이 팽팽히 맞서 오후 늦게까지 여야 幹事(간사)가 절충을 계속하였다.

방송 媒體(매체)나 신문에 '折衝(절충)'이란 단어가 쓰이지 않은 경우는 거의 없다고 해도 과언이 아니죠. 그만큼 이 세상에는 견해나 利害(이해) 관계가 달라 부딪치는 상황이 수없이 자주 일어난다는 얘깁니다. 이런 점에서 '절충'은 우리가 흔히 말하는 '밀당(밀고 당기기)'에 가까운 셈이죠.

'꺾을 折(절)'과 '찌를 衝(충)'을 합친 '折衝(절충)'은 '적의 창끝을 꺾어[折(절)] 막고 찌른다[衝(충)]'는 뜻이지만, 이해관계가 다른 상대와 交涉(교섭)하거나 談判(담판)하는 것을 비유적으로 이르는 말입니다. 좀 더 구체적으로 말하면, 이해관계가 일치하지 않는 상대방과의 協商(협상, negotiation)을 말하며, 기업 간 또는 국가 간에 일어나는 영업적·외교적 문제인 경우에 주로 사용합니다. 개인 간의 문제를 다루는 장면에서는 '절충'이라는 말을 거의 사용하지 않으므로 주의가 필요합니다.

'折衝(절충)'의 '折(절)'은 '손 扌=手(수)'와 '도끼 斤(근)'이 합쳐져 그려낸, 손에 도끼를 든 모습으로 '꺾다', '자르다' 등의 뜻을 나타냅니다. 처음에 이 글자는 '싹 날 屮(철)' 두 개가 상하로 배열되어 있고 그 옆에 '도끼 斤(근)'이 붙은 모습을 그려 도끼 또는 낫으로 풀이나 나무의 싹을 자른다는 뜻이었습니다. 나중에 쓰기 편하고 의미상으로도 통할 수 있는 '손 扌=手(수)'로 바뀌게 된 것이죠.

이건 여담. '꺾을 折(절)'과 '말씀 言(언)'을 합친 '誓(서)'는 도끼로 나무를 쪼개듯이 말을 딱 부러지게 하면서 '맹세하다', '誓約(서약)하다' 등의 뜻으로 쓰이니 참 재미있군요.

'折半(절반)'은 하나를 반으로 가르는 것, '挫折(좌절, frustration)'은 마음이나 기운이 꺾이는 것 또는 계획이나 일이 도중에 실패하는 것, '屈折(굴절, refraction)'은 휘어져 꺾이는 것 또는 빛이나 소리의 진행 방향이 바뀌는 것, '骨折(골절)'은 뼈가 부러지는 것을 말합니다. 또 복잡한 사정이나 까닭은 '曲折(곡절)', 젊은 나이에 일찍 죽는 것은 '夭折(요절)'이라고 합니다.

서로 다른 의견이나 생각 따위가 조절되어 알맞게 되는 것은 '折衷(절충)'이라고 하는데, 이해관계가 다른 당사자끼리 교섭하거나 談判(담판)을 짓는 折衝(절충)과는 미묘한 차이가 있어요. '折衷(절충)'이 알맞게 조절하는 '調律(조율)'에 가깝다면, '折衝(절충)'은 서로 맞선 관계에 있는 양측이 결말을 짓기 위해 함께 논의하는 '談判(담판)'에 가깝다고 보이네요. 이리저리 굽었다는 '迂餘曲折(우여곡절)'은 여러 가지로 뒤얽힌 복잡한 사정이나 변화를, 백 번 꺾어도 굽히지 않는다는 '百折不屈(백절불굴)'은 어떠한 난관에도 결코 굽히지 않는 것을, 아홉 번 꺾인 양의 창자라는 뜻의 '九折羊腸(구절양장)'은 꼬불꼬불하며 험한 산길을 각각 이르는 말입니다.

다음으로 '衝(충)'은 '네거리'를 뜻하는 '갈 行(행)'과 '무거울 重(중)'이 합쳐져 '맞부딪치다', '찌르다', '큰 길' 등의 뜻으로 쓰입니다. '衝突(충돌)'

은 서로 부딪치는 것 또는 의견이나 사상 등이 서로 맞서는 것, '衝天(충천)'은 하늘을 찌르듯이 기세가 맹렬한 것, '要衝(요충)'은 군사적으로 또는 상업적으로 매우 중요한 곳을 뜻하죠. 두 물체가 마주 보며 부딪치는 '衝突(충돌)'과 뒤에서 쫓아가서 앞의 물체를 들이받는 '追突(추돌)'은 전혀 달라요. '衝(충)'은 본래 옛날 성문이나 城壁(성벽) 무너뜨릴 때 동원한 큰 戰車(전차)라고 합니다. 그래서 웬만한 타격보다 더 큰 게 바로 '충격'이죠. '衝擊(충격)'은 갑자기 심하게 부딪치는 것 또는 개인의 마음이나 사회에 갑자기 생기는 심한 동요를, '衝動(충동)'은 욕망을 갑자기 세게 일으키는 마음속의 자극 또는 남을 부추겨 어떤 일을 하게 하는 것을 일컫습니다. 이 단어들은 '충격에 잘 견디는 제품', '국민들에게 충격과 분노를 안겨준 사건', '고함을 지르고 싶은 충동', '충동적인 소비' 등으로 활용되네요.

이 밖에, '완충 지대를 설치하다'에서 '緩衝(완충, buffer)'은 급격한 충돌이나 충격을 완화시키는 것, '이해관계가 상충되는 문제'에서 '相衝(상충, contradict)'은 서로 어긋난 것, 이리저리 마구 찌르고 부딪치는 '左衝右突(좌충우돌)'은 아무에게나 또는 아무 일에나 함부로 맞닥뜨리는 것을 뜻합니다.

아무리 생각해봐도 '절충'이라는 말은 참 마음에 드네요.

나와 서로 다른 의견이나 가치들을 존중하며, 어떤 때는 相反(상반)되는 것들 사이에서도 새로운 실마리를 찾아내게 하는 것이 절충이니까요.

붉은 깃발법이 도대체 어떠했기에 規制의 상징처럼 됐을까?

'붉은 깃발법(Red Flag Act)'이라고 들어 보셨나요? 이 법은 영국 빅토리아 여왕 시절 1865년, 증기자동차가 나오면서 피해를 볼 수 있는 마차(馬車)업자를 보호하기 위해 제정한 법이죠. 그 핵심 내용은 다음과 같습니다.

자동차의 최고 속도는 교외의 경우 시속 4마일, 시내의 경우 시속 2마일로 제한한다. 또한 한 대의 자동차를 운행하기 위해서는 운전수와 기관원, 旗手(기수) 등 세 사람이 필요하며, 이 중 기수는 마차를 타고 자동차 60야드 앞에서 낮에는 붉은 깃발, 밤에는 붉은 램프를 들고 先導(선도)해야 한다.

이와 같은 법안 내용으로 봐서 '붉은 깃발법'은 말도 안 되는 時代錯誤的(시대착오적)인 '規制(규제)'의 대표 사례라고 해야죠. '규제'는 규칙, 법령, 관습 따위에 의한 통제를 뜻하거든요.

먼저 '規(규)'는 '지아비 夫(부)'와 '볼 見(견)'을 합친 글자로, 어른이 사물을 바르게 본다는 '어른의 안목'이라는 뜻으로 만들어졌다고 합니다. 어른의 안목이 '옳다'라는 의미에서 '規範(규범)'처럼 쓰여 '법규'나 '법칙'을 뜻하지요.

또 목수가 원을 그릴 때 쓰는 연장인 '걸음쇠', 즉 '컴퍼스(compass)'라는 뜻도 가지고 있어요. 목수가 쓰는 걸음쇠, 곱자 등을 합쳐 '規矩(규

194

구)'라고 하는데, 이것도 사람이 지켜야 할 '법도'라는 뜻으로 쓰입니다. 공자가 나이 일흔이 되자, "從心所欲(종심소욕), 不踰矩(불유구): 마음이 하고자 하는 바를 좇았으되, 법도에 어긋나지 않는다.)"라고 말했다고 합니다. 여기서 유래하여 나이 일흔을 달리 '從心(종심)'이라고 하지요.

 '예외 없는 규칙은 없다', '음운 변화의 규칙'에서 '規則(규칙)'은 다 함께 지키기로 한 법칙 또는 어떤 현상을 설명할 수 있게 하는 법칙을, '사회적 규범'에서 '規範(규범)'은 마땅히 따라야 할 본보기를, '교통 법규 위반'에서 '法規(법규)'는 법으로 정해서 따라야 하는 규칙을, '프로 야구 정규 시즌', '정규 과정을 이수하다'에서 '正規(정규)'는 정식으로 된 규정이나 규범을, '대기업의 신규 채용', '신규 보험 가입'에서 '新規(신규)'는 새로운 규칙이나 규정 또는 새로이 어떤 일을 하는 것을 뜻합니다.

 일정한 규정에 맞는 격식과 표준은 '規格(규격)', 사회 질서를 유지하기 위해 정한 준칙은 '規律(규율)', 서로 지키기로 하고 정한 규칙은 '規約(규약)', 기관이나 단체가 따로 정하여 그 내부에서만 실시하는 규정은 '內規(내규)'라고 하죠. '규격 봉투', '엄격한 규율', '단체 규약', '회사의 내규' 등으로 활용되고 있군요.

 다음으로, '制(제)'는 '아닐 未(미)'와 '칼 刀(도)'가 합쳐진 글자로, 여기서 '未(미)'는 잔가지가 돋은 나무를 본뜬 글자입니다. 따라서 '制(제)'는 나뭇가지를 칼로 잘라 생활에 필요한 도구를 '만들다'가 본래의 뜻이라고 하지요. 나중에 '節制(절제)하다', '規制(규제)하다', '制限(제한)하다'와 같은 추상적인 의미를 가지게 되었고, 또한 '규제', '제도' 등의 뜻으로도 쓰이게 되었습니다. 앞서 '制(제)'가 '만들다'라는 뜻을 가진다고 했는데, 이것은 '옷 衣(의)'와 '창 戈(과)'가 합쳐진 '마를 裁(재)'가 만들어진 원리와 비슷하죠, 그래서 이 글자는 옷[衣(의)]을 만들기 위해 칼[창 戈

(과)]로 마름질한다는 뜻의 '裁斷(재단)'에 쓰였네요.

'반대파를 제압하다'에서 '制壓(제압)'은 힘으로 상대를 억누르는 것, '집회가 경찰의 제지로 무산되었다'에서 '制止(제지)'는 말려서 못 하게 하는 것, '제동 거리가 짧다'에서 ''制動(제동, brake)'은 기계나 자동차 따위의 움직임을 멈추게 하는 것, '투수가 주자를 견제하다'에서 '牽制(견제)'는 상대가 지나치게 세력을 가지거나 자유롭게 행동하지 못하도록 억누르는 것을 뜻합니다. 또 감정이나 욕망을 스스로 억제하는 것은 '自制(자제)', 일정한 방침이나 목적에 따라 행위를 제한하거나 제약하는 것은 '統制(통제, control, restriction)', 더 이상 왕성해지거나 일어나지 못하게 억누르는 것은 '抑制(억제, restrain)'라고 하죠.

'制服(제복, uniform)'은 정하여진 규정에 따라 입도록 한 옷, '體制(체제)'는 주로 사회적인 제도나 조직이 이루어진 짜임새, '學制(학제)'는 학교 또는 교육에 관한 제도를 말합니다. '냉전 체제', '지도 체제', '사회주의 체제'로 활용되는 '체제'와, '정보 통신 체계', '교통 신호 체계', '유통 체계' 등으로 활용되는 '체계'는 약간 다르게 쓰입니다. '體系(체계, system)'는 낱낱의 것을 계통적으로 세워 조직한 전체를 뜻하거든요.

'君主制(군주제)'는 세습 군주가 나라를 통치하는 정치 형태를, '制空權(제공권)'은 공군력으로 어느 지역의 공중을 지배하는 능력을, '制球力(제구력)'은 야구에서 투수가 원하는 위치로 공을 던질 수 있는 능력을 뜻하여, '군주제를 폐지하다', '제공권을 장악하다', '제구력이 향상되다' 등으로 쓰입니다.

그렇다고 '붉은 깃발법'처럼 모든 규제가 나쁜 것은 아닙니다.

旅客船(여객선)의 年限(연한)을 언제까지라고 못 박는 것은 승객의 생명을 지키는 아주 중대한 규제니까요.

공사판의 '현장소장 白(백)'에서 '白(백)'은 말씀드려 알린다는 뜻.

白書(백서, white paper)는 정부가 정치나 경제, 사회 등 각 분야의 문제에 대하여 그 현상을 분석하고 장래의 정책을 樹立(수립)하기 위해 발표하는 공식 보고서를 말합니다. 17세기 영국 정부가 만들어 의회에 제출한 보고서의 표지가 白色(백색)이었던 데서 이런 명칭이 생겼다고 합니다. 그런데 '白書(백서)'라는 명칭은 단순히 표지의 色(색)만을 가리키는 것은 아닌 것 같네요.

'白色(백색)'에는 '明白(명백)하다', '純潔(순결)하다', '信賴(신뢰)할 만하다' 등의 의미가 함축되어 있어 '백서'는 '가장 客觀的(객관적)으로 사실을 기술한 보고서'임을 드러내려는 의도가 숨어 있는 것 같습니다.

먼저 '白(백)'은 엄지손가락의 손톱 모양을 본뜬 글자로 '첫째', '맏이'가 본래 뜻이었다고 합니다. 엄지손가락이 손가락 중에서 가장 큰 첫 번째 손가락이라 '白(백)'이 이런 뜻을 얻은 것 같아요. 다른 견해로, 엄지손톱의 흰 부분을 본떠 '희다', '분명하다'라는 뜻을 나타낸다고 설명하기도 합니다. 어쨌든 나중에 '告白(고백)'처럼 '말하다', '潔白(결백)'처럼 '깨끗하다' 등의 뜻으로 확대되었죠. 그리고 '白(백)'이 '첫째'가 아닌 '희다'의 뜻으로 많이 쓰이자 그 본래의 뜻을 나타내기 위해 '맏 伯(백)'을 새로 만들어 分家(분가)시켰습니다.

'純白(순백)'은 다른 색이 섞이지 아니한 순수한 흰색 또는 티 없이 맑고 깨끗한 것, '空白(공백)'은 아무것도 없이 비어 있는 것, '餘白(여백)'은 글씨를 쓰거나 그림을 그린 종이에서 남은 빈 자리, '白紙化(백지화)'는 아무것도 없었던 상태나 원래의 상태로 되돌리는 것, '白眼視(백안시)'는 남을 업신여기거나 무시하는 태도로 흘겨보는 것을 뜻합니다.

또 행동이나 마음씨가 깨끗하여 아무 허물이 없는 것은 '潔白(결백)', 환하게 밝은 대낮은 '白晝(백주)', 종이나 베를 볕에 쬐거나 약품을 써서 희게 하는 것은 '漂白(표백)', 푸른 기가 돌 만큼 얼굴에 핏기가 없는 것은 '蒼白(창백)', 재물에 대한 욕심이 없이 곧고 깨끗한 관리는 '淸白吏(청백리)', 대낮에 꿈을 꾼다는 뜻으로, 실현될 수 없는 헛된 공상은 '白日夢(백일몽)'이라고 하지요. 이 밖에, '白(백)'이 '아뢰다', '말하다'의 뜻으로 쓰여, '告白(고백)'은 마음속에 감추어 둔 것을 숨김없이 말하는 것, '自白(자백)'은 자기의 허물이나 죄 따위를 스스로 고백하는 것, '獨白(독백)'은 혼자 중얼거리는 것, '傍白(방백)'은 연극에서, 등장인물이 상대역과의 대화중에 관객에게는 들리지만 상대역에게는 들리지 않는 것으로 약속하고 혼자 하는 대사를 말하죠.

다음으로, '書(서)'는 붓을 잡은 모양을 본뜬 '붓 聿(율)'과 벼루의 모양을 본뜬 '가로되 曰(왈)'이 합쳐진 글자로, 붓을 잡아 벼루의 먹물을 찍어 '글을 쓰다'가 본래의 뜻이었다고 합니다. 붓을 가지고 말하듯이[曰(왈)] 의사 표시를 한 것이 '書(서)'라고 설명하기도 해요.

그래서 '書(서)'는 '草書(초서)'에서 '글씨', '書類(서류)'에서 '문서', '書籍(서적)'에서 '책', '書記(서기)'에서 '쓰다' 등처럼 다양한 뜻을 가진다고 합니다. 참고로, 예나 이제나 붓의 재료가 대나무였으므로 '붓 聿(율)'에 '대 竹(죽)'을 덧붙여 지금의 '붓 筆(필)'이 만들어졌던 겁니다. 그래서 글 쓰는 사람은 '筆者(필자)', 잘 쓴 글씨는 '達筆(달필)', 글씨의 특징이나 생김새는 '筆跡(필적)'이라고 하죠.

'朱書(주서)'는 붉은색으로 글씨를 쓰는 것, '淨書(정서)'는 글씨를 깨

끊이 쓰는 것, '板書(판서)'는 칠판에 분필로 글씨를 쓰는 것, '大書特筆(대서특필)'은 어떤 일을 특별히 두드러지게 나타내려고 큰 글자로 쓰는 것입니다. 또 필획을 가장 흘려 쓴 서체는 '草書(초서)', 글씨와 그림을 아울러 이르는 말은 '書畫(서화)', 글씨를 붓으로 쓰는 예술은 '書藝(서예)'라고 하죠.

또 일정한 형식과 체재로, 계속해서 출판되어 한 질을 이루는 책들은 '叢書(총서)', 간직해 두고 있는 책은 '藏書(장서)', 읽지 못하도록 출판이나 판매를 금지한 책은 '禁書(금서)'라고 합니다. 이 밖에, '書(서)'가 문서 또는 편지 등의 뜻으로 쓰여, '親書(친서)'는 몸소 쓴 편지 또는 한 나라의 국가 원수가 다른 나라의 국가 원수에게 보내는 공식적인 서한, '歎願書(탄원서)'는 억울하거나 딱한 사정을 하소연하는 뜻으로 올리는 문서, '投書(투서)'는 남의 잘못을 글로 적어 상부 기관에 몰래 보내는 글, '密書(밀서)'는 몰래 보내는 편지나 문서, '戀書(연서)'는 戀愛紙(연애편지)를 뜻합니다. '戀書(연서)'가 나온 김에 靑馬(청마) 유치환의 시 '행복'을 살포시 올립니다.

사랑하는 것은
사랑을 받느니보다 행복하나니라.
오늘도 나는 너에게 편지를 쓰나니
그리운 이여, 그러면 안녕!
설령 이것이 이 세상 마지막 인사가 될지라도
사랑하였으므로 나는 진정 행복하였네라.

임무에 違背(위배)된다는 背任은 나라나 회사에 손해를 끼치는 것.

뉴스 보도에서 '업무상 배임죄가 인정되었다.'라는 말을 들으면 '배임'이 뭘까 疑問(의문)을 가질 법하죠. 만약 '배반할 背(배)'와 '맡길 任(임)'이 합쳐진 '背任(배임)'으로 써 놓았다면 '맡긴 일을 배신하는 것'이니 대충 그 뜻을 짐작하겠지만요. 그래도 맡긴 일을 배신한다는 게 뭐지 하면서 의문이 완전히 解消(해소)되지 않을 거고요, 여기서는 법률용어로서 다루는 것은 아니니 槪括的(개괄적)으로 살펴보려고 합니다.

은행원이 신용 등급이 낮은 사람한테 貸出(대출)을 해주고 자신이나 제삼자가 利得(이득)을 취하게 하거나, 공무원이 거래처에서 賂物(뇌물)을 받고 거래처의 상품을 비싼 값에 사주는 등의 경우가 배임에 해당한다고 봅니다. 그렇다면 '背任(배임, breach of trust)'은 주로 회사원이나 공무원이 任務(임무)를 제대로 수행하지 않고 자기의 이익을 위해 국가나 회사에 재산상의 손해를 끼치는 경우를 일컫는군요. 公金(공금)이나 남의 재물을 불법으로 取得(취득)하여 자기 것으로 만들거나 그 반환을 거부하는 것은 '橫領(횡령)'이라고 하니 약간 다릅니다.

'背任(배임)'의 '背(배)'는 본래 글자가 '北(북/배)'이었는데, 이것은 두 사람이 등을 돌리고 있는 모양으로 '등을 돌리다'가 본뜻이었죠. 나중에 '北'이 '북쪽(north)'이라는 뜻으로 더 많이 쓰이자, 본래의 뜻을 위해서 이 글자에 '고기 肉(육)'의 변형 '月(월)'을 더해 '등질 背(배)'를 새로 만들었습니다. 지금도 싸움에서 지는 것을 '敗北(패배)'라고 하여 '北'이 '달아날 배'로 쓰이지만, 주로 '北極(북극, north pole)', '北風(북풍)', '北

緯(북위, north latitude)’처럼 주로 ‘북녘 북’으로 쓰입니다. 어쨌든 ‘背(배)’는 ‘등(back)’, ‘뒤쪽’, ‘등지다’, ‘背反(배반)하다’ 등의 뜻으로 많이 쓰이죠. ‘背泳(배영, backstroke)은 위를 향하여 반듯이 누워 물장구를 치는 수영법, ‘背囊(배낭, backpack)’은 등에 질 수 있도록 만든 주머니, ‘背筋(배근)’은 등의 근육을 말합니다. 또 뒤쪽 경치 또는 뒤에서 도와주는 힘, 사건이나 환경, 인물 따위를 둘러싼 주위의 정경은 ‘背景(배경)’, 어떤 일의 드러나지 않은 이면은 ‘背後(배후)’라고 하죠.

이 밖에, ‘背水陣(배수진)’은 물을 등지고 치는 진이므로 더 이상 뒤로 물러설 수 없으므로 죽음을 각오하고 적과 싸우고자 하는 전술입니다. 주로 위험을 무릅쓰고 마지막으로 승부를 겨루기 위한 자세나 계획을 뜻하죠.

그리고 ‘저버리다’의 뜻으로 많이 쓰여, ‘背信(배신)’은 신의를 배반하는 것, ‘背反(배반)’은 믿음과 의리를 저버리고 돌아서는 것, ‘違背(위배)’는 법령이나 약속을 지키지 않는 것이고요. 또 ‘向背(향배)’는 따르는 것과 등지는 것 또는 사물의 상태나 되어 가는 추이를 뜻하여 ‘민심의 향배를 파악하다’, ‘여론의 향배에 달려 있다’ 등으로 활용됩니다.

‘面從腹背(면종복배)’는 겉으로는 복종하는 체하면서 마음속으로는 배반하는 것이니, 마음이 음충맞아 겉과 속이 다른 ‘表裏不同(표리부동)’과 통합니다. 또 양의 머리를 걸어 놓고 실제로는 개고기를 판다는 뜻에서 겉으로는 훌륭한 듯이 내세우지만, 속은 보잘것없음을 이르는 ‘羊頭狗肉(양두구육)’, 입에는 꿀이 있고 배 속에는 칼이 있다는 뜻으로, 말로는 친한 척하나 속으로는 해칠 생각이 있음을 이르는 ‘口蜜腹劍(구밀복검)’도 비슷한 뜻으로 쓰여요.

다음으로, ‘任(임)’은 ‘사람亻=人(인)’과 ‘아홉째 천간 壬(임)’이 합쳐져, 사람의 등에 물건을 짊어진 모습에서 ‘맡기다’ ‘맡다’ 등의 뜻을 나타낸 것 같습니다. 나중에 맡은 일인 '任務(임무)'라는 뜻으로 확대되죠.

'任期(임기)'는 임무를 맡은 기한, '背任(배임)'은 맡은 일을 어긋나게 처리하는 것, '委任(위임)'은 남에게 책임 지워 일을 맡기는 것, '一任(일임)'은 모조리 맡기는 것, '信任(신임)'은 믿고 일을 맡기는 것, '責任(책임)'은 맡아서 행해야 할 의무나 임무를 이르죠. '任命(임명)'은 일정한 직무나 직책을 맡기는 것, '解任(해임)'은 지위나 맡은 임무를 그만두게 하는 것, '任免(임면)'은 임명과 해임을 아울러 이르는 말, '辭任(사임)'은 직책에서 스스로 물러나는 것, '連任(연임)'은 임기를 마친 후에 다시 그 직무를 맡는 것, '重任(중임)'은 같은 직위에 거듭 임명되는 것 또는 중대한 임무, '就任(취임)'은 직무를 수행하러 처음으로 맡은 자리에 나아가는 것, '退任(퇴임)'은 맡고 있던 직책에서 물러나는 것을 뜻합니다.

또 어떤 직무나 근무지에 있는 것은 '在任(재임)', 발령을 받아 근무할 곳으로 가는 것은 '赴任(부임)', 여러 직위를 두루 거쳐 지내는 것은 '歷任(역임)', 원래 있던 직책에 그대로 머물러 있는 것은 '留任(유임)'이라고 하지요.

이 밖에 '제멋대로'의 뜻으로 쓰여, '任意(임의)'는 마음대로 하는 것, '放任(방임)'은 간섭하지 않고 제멋대로 내버려두는 것이죠. '임의'와 비슷한 뜻으로 쓰이는 '隨意(수의)'는 자기 뜻대로 하는 것, '恣意(자의)'는 제멋대로 하는 생각으로 '임의의 정소', '임의 결정', '수의 계약', '자의적 판단', '자의적 해석' 등으로 활용됩니다.

背任(배임)은 형사상의 犯罪(범죄)이기에 앞서 인간관계의 破滅(파멸)이라는 생각이 듭니다. 일을 맡고 맡기는 것은 兩者(양자) 간의 상호 信賴(신뢰)가 전제돼 있기 때문이죠.

野黨(야당)과 野談(야담)의 '野(야)'는 '들'이 아니라 '민간'이란 뜻

與野, 단식·농성 장외투쟁…
與野, 4월 임시국회·추경 놓고 충돌

인터넷 신문이든 종이 신문이든 정치면에서 '與野(여야)'라는 단어가 안 보이는 경우는 거의 없습니다. '여야'가 與黨(여당)과 野黨(야당)을 아울러 이르는 말임을 모르는 사람도 없지요. 가끔씩 여당이 작고 야당이 크다는 뜻으로, 여당의 의원 수가 야당과 무소속 의원의 수보다 적은 상황을 이르는 '與小野大(여소야대)'도 눈에 띄네요. 그러나 현재 政權(정권)을 잡고 있는 정당을 왜 여당이라 하고, 현재 정권을 잡고 있지 않은 정당을 왜 야당이라고 하는지에 대해서는 잘 모르는 것 같습니다.

먼저 '與(여)'는 글자 모양이 많이 바뀌었지만, 처음에는 두 사람이 두 손을 맞대어 어떤 물건을 잡고 있는 모습을 본뜬 글자로, '주다(give, grant)'가 본뜻이었다고 합니다. '輿論(여론)'의 '수레 輿(여)', '興亡(흥망)'의 '성할 興(흥)'에도 네 개의 손을 맞댄 모습의 글자 '마주 들 舁(여)'가 공통으로 들어가 있죠. 어쨌든, 자기를 '편드는' 가까운 '친구'에게 뭐든 '줄' 테고, 친구는 '더불어' '함께하는' 존재이므로 '편들다', '더불어' 등의 뜻으로 확대됐습니다.

'授與(수여)'는 상장·훈장 등을 주는 것, '與民樂(여민락)'은 백성과 함께 즐기는 것, '參與(참여)'는 참가하여 함께하는 것을 이릅니다. 또 '與黨(여당)'은 현재 정권을 잡고 있는 政黨(정당)이면서, 행정부를 편들어 그 정책을 支持(지지)하는 정당이 되는 겁니다.

'임무를 부여하다'에서 '附與(부여)'는 가지거나 지니게 해 주는 것, '캠핑 용품을 대여하다'에서 '貸與(대여)'는 빌려주는 것, '약물을 투여하다'에서 '投與(투여)'는 약물을 복용시키거나 주사하는 것, '급여를 지급하다'에서 '給與(급여)'는 근무한 사람에게 보수를 주는 것, '100% 상여금을 지급하다'에서 '賞與金(상여금, bonus)'은 일의 성과를 생각하여 급료에 더하여 주는 돈. '사실 여부를 확인하다'에서 '與否(여부)'는 그러함과 그렇지 않음을 뜻하죠.

또 주어진 조건은 '與件(여건)', 대가나 보상 없이 다른 사람에게 넘겨주는 것은 '贈與(증여)', 도움이 되도록 이바지하는 것은 '寄與(기여)', 금융 기관에서 고객에게 돈을 빌려주는 일은 '與信(여신)', 주고 뺏는 것은 '與奪(여탈)'이라고 하죠. '生死與奪(생사여탈)'은 마음대로 살리고 죽이거나, 주고 빼앗는 행위를 하는 것을 이르는 말입니다. 옛날 고을의 수령들은 백성의 생사여탈을 左之右之(좌지우지)했다고 하죠.

다음으로, '野(야)'는 '마을 里(리)'와 '나 予(여)'가 합쳐져, 마을에서 떨어진 '들'이 본뜻이었다고 합니다. 들은 논밭이 있고 또 수풀도 있어 마을보다는 거칠기 때문에 '거칠다', '미숙하다' 등의 뜻도 얻게 되었죠. 다시 여기서 거칠고 미숙한 보통 사람이 사는 곳, 朝廷(조정)과 관청이 아닌 '民間(민간)'의 뜻으로 확대된 것 같군요.

조정과 민간을 통틀어 이르는 말은 '朝野(조야)', 公職(공직)에 나아가지 않고 민간에 있는 것은 '在野(재야)', 권력자가 정계에서 물러나 민간으로 돌아가는 것은 '下野(하야)'라고 합니다. 그래서 내각이나 행정부에 참여하지 않은 정당, 현재 정권을 잡지 못한 정당을 '野黨(야당)'이라고 하는 겁니다.

‘野獸(야수)’는 길들여지지 않은 들짐승, ‘野菜(야채)’는 들에서 나는 나물 또는 채소, ‘荒野(황야)’는 거친 들판, 野性(야성)은 자연 그대로의 거친 성질, ‘野蠻(야만)’은 교양이 없고 무례한 것을 이르죠. 또 (물건이) 거칠고 조잡한 것은 ‘粗野(조야)’, 자기 잇속만 채우려는 더러운 욕심은 ‘野慾(야욕)’, 크게 무엇을 이루어 보겠다는 희망은 ‘野望(야망)’, 좋지 못한 목적으로 서로 어울리는 것은 ‘野合(야합)’, 성품이나 언행이 상스럽고 교활한 것은 ‘野卑(야비)’라고 합니다. ‘野談(야담)’은 민간에 떠도는 이야기, ‘野史(야사)’는 민간에서 사사로이 기록한 역사, ‘分野(분야)’는 여러 갈래로 나눈 범위, ‘視野(시야)’는 시력이 미치는 범위, ‘草野(초야)’는 구석진 시골, ‘野營(야영)’은 야외에 천막을 치고 생활하는 것이죠.

『논어』에 나오는 이야기입니다. 子貢(자공)이 스승인 공자에게 정치를 물었더니, 공자는 다음과 같이 대답하죠.

足食(족식)	먹을 것을 충분하게 하고.
足兵(족병)	군대를 충분하게 하면.
民信之矣(민신지의)	백성이 믿게 된다.
民無信不立(민무신불립)	백성들이 믿지 않으면 나라가 서지 못한다.

국민의 신뢰가 없으면 나라가 존재하지 않는다는 말씀이군요. 與野(여야) 할 것 없이 국민의 신뢰와 지지가 없으면 존재할 이유가 없다는 뜻이겠지요.

廢校(폐교)는 운영을 안 하는 학교,
閉校(폐교)는 수업을 안하는 학교.

'存廢(존폐)'는 '存續(존속, survival)'과 '廢止(폐지, abolishment)'를 아울러 이르는 말입니다. '존속'은 체제와 제도가 없어지지 않고 그대로 존재하는 것, '廢止(폐지)'는 실시해 오던 제도와 법규를 없애거나 그만두는 것을 뜻하죠. '존속' 대신에 잘 보살펴서 그대로 남아 있게 한다는 뜻으로 쓰이는 '保存(보존)'으로 바꾸어도 무방하죠.

어떤 것이 그대로 있는 것과 어떤 것을 그만두거나 없애는 것을 '존폐'라고 합니다. 그래서 '존폐의 岐路(기로)에 서다', '존폐가 걸려 있다', '존폐를 둘러싼 論難(논란)이 뜨겁다', '존폐 문제를 놓고 對立(대립)하고 있다' 등의 형식으로 '존폐'가 활용되고 있군요.

뭐니 뭐니 해도 존폐 문제에서 가장 핫(hot)한 懸案(현안)은 아마도 死刑(사형) 제도일 것입니다. 흉악 범죄가 발생할 때마다 국민감정과 여론은 정치권을 향해 사형 執行(집행)의 再開(재개)를 촉구하고 이에 따라 사형집행이 檢討(검토)되기도 했죠. 반면에, 사형은 인간 尊嚴(존엄)의 전제가 되는 생명권을 侵害(침해)하는 것이므로 사형 제도를 폐지해야 한다는 주장도 說得力(설득력)을 얻고 있어요. 그래서 사형제도의 贊反論(찬반론)은 자연스럽게 사형 제도의 존폐 문제로 연결됩니다.

'存廢(존폐)'에서 '存(존)'은 뜻을 나타내는 '아들 子(자)'와 소리를 나타내는 '재주 才(재)'가 합쳐져, '아이를 불쌍히 여기다'가 본뜻이었다고 합니다. 나중에 주로 '있다', '존재하다' 등의 뜻을 나타내면서, '存亡(존망)', '存廢(존폐)'와 같은 단어에 쓰여 '망하다', '폐하다'와 정반대의 뜻을 가집니다. '존망'은 존속과 멸망 또는 생존과 사망을 아울러 이르는 말이죠. 한편, '있을 在(재)'는 '흙 土(토)'가 붙어 '어떤 장소에 있음'을 뜻하죠. 미국에 있는 것은 '在美(재미)', 외국에 있는 것은 '在外(재외)', 집에서 근무하는 것은 '在宅勤務(재택근무)'라고 합니다.

'외계인이 존재할까?'에서 '存在(존재)'는 현실에 실제로 있는 것, '존립 기반이 흔들리다'에서 '存立(존립)'은 자기의 위치를 지키면서 존재하는 것, '간이 매표소를 존치하다'에서 '存置(존치)'는 제도나 설비를 없애지 않고 그대로 두는 것을 이르는 말입니다.

이 밖에, 이미 존재하는 것은 '既存(기존)', 남아 있는 것은 '殘存(잔존)', 아직 그대로 있는 것은 '尙存(상존)', 천부적으로 존재하는 것은 '賦存(부존)', 함께 존재하는 것은 '共存(공존)', 살아 있는 것 또는 살아남은 것은 '生存(생존)'이라고 합니다. 앞의 단어들은 '기존 질서를 무너뜨리다', '비정상적인 관행이 잔존하다', '긴장 유발의 가능성이 상존하다', '부존자원이 부족하다', '전통과 현대가 공존하다', '適者生存(적자생존, survival of the fittest)의 법칙에 희생되다'등의 예문에 활용됩니다.

'적자생존'은 生存競爭(생존경쟁, struggle for existence)의 결과, 환경에 적응하는 것만 살아남고 그렇지 못한 것은 淘汰(도태)되는 현상을 뜻하죠. '도태'는 본래 물에 일어서 불필요한 것을 가려 없애는 것인데, 지금은 적응하지 못한 생물이 사라져 없어지는 현상 또는 불필요하거나 부적당한 것을 없애거나 밀어내는 것이란 뜻으로 주로 쓰입니다.

이처럼 한자 본래의 뜻은 退色(퇴색)하고 새로운 의미를 얻어 비유적으로 쓰이는 한자어가 많습니다. '질그릇 陶(도)'와 '풀무 冶(야)'가 합쳐진 '陶冶(도야)'는 훌륭한 사람이 되도록 몸과 마음을 닦아 기르는 것, '물 건널 涉(섭)'과 '사냥 獵(렵)'이 합쳐진 '涉獵(섭렵)'은 많은 책을 널리 읽거나 여기저기 찾아다니며 경험하는 것이 되지요.

다음으로, '廢(폐)'는 '집 广(엄)'과 '쏠(shoot) 發(발)'이 합쳐져, '(사람이 살지 않고) 내버려 둔 집'이 본뜻이었다고 합니다. 그런데 왜 '쏘다'의 뜻을 가진 '發(발)'이 쓰였을까요? '쏠' 수 있는 활을 집 속에 넣어 두니 쓸모없이 버려두었다는 것일까요? 아니면 집을 버리고 떠나버렸다는 뜻으로 쓰인 걸까요? 어쨌든 나중에 '폐하다', '그만두다', '쓸모없다', '못 쓰게 되다', '버리다' 등의 뜻으로 쓰입니다.

여기서 주의할 점이 있어요!

발음이 같아 '폐할 廢(폐)'와 '닫을 閉(폐)'가 혼동될 수 있다는 겁니다. '폐교'를 '廢校(폐교)'로 쓰면 운영을 그만둔 학교, '閉校(폐교)'로 쓰면 학교가 문을 닫고 수업을 중지하는 것이 됩니다.

'廢位(폐위)'는 왕이나 왕비의 자리를 폐하는 것, '廢妃(폐비)'는 왕비 자리에서 물러난 왕비, '廢止(폐지)'는 없애거나 그만두는 것, '廢車(폐차)'는 낡거나 못 쓰게 된 차를 없애는 것, '廢品(폐품)'은 쓸모없는 물건을 뜻하죠. 또, '관세 장벽을 철폐하다'에서 '撤廢(철폐)'는 제도나 규칙 따위를 걷어치워서 없애는 것, '퇴폐풍조'에서 '頹廢(퇴폐)'는 도덕이 쇠퇴하여 문란한 것, '산림 황폐화'에서 '荒廢化(황폐화)'는 거두거나 돌보지 않아 거칠어지고 못 쓰는 상태로 변하는 것을 뜻하죠. '廢棄(폐기)'의 경우, '계약을 폐기하다'에서는 취소하여 무효로 하는 것, '압수한 무기류를 폐기하다'에서는 못쓰게 된 것을 버리는 것을 뜻합니다.

한때 동물원의 존폐 문제도 공론의 장에서 논란이 된 적이 있었어요. 독자 여러분의 입장은 存續(존속)인가요, 廢止(폐지)인가요?

抗訴, 上訴(상소), 上告(상고)…
어렵지만 교양인이라면 알아야.

　최근 들어 법원의 判決(판결)에 不服(불복)하여 상급 법원에 再審(재심)을 요구하는 일이 많아지고 있는 것 같아요. 辯護士(변호사)와 檢事(검사) 양측이 모두 판결에 불복하고 있기 때문이죠. 제1심 판결에 불복해 상급의 고등법원에 재심을 請求(청구)하는 것을 '抗訴(항소)'라 하고, 제2심의 판결에도 불복할 경우 다시 대법원에 재심을 청구하는 것을 '上告(상고)'라고 합니다. '上訴(상소)'는 상급 법원에 재심을 요구하는 '항소'와 '상고'를 함께 이르는 용어죠. 臣下(신하)가 직무나 국가 일로 왕에게 글을 올리는 것은 '上訴(상소)'가 아니라 '上疏(상소)'라고 합니다. 사극에서 많이 들어 봤던 말이죠?

　'抗訴(항소)'의 '抗(항)'은 '손 扌=手(수)'와 '목 亢(항)'이 합쳐진 글자로, 목이 머리를 받쳐 주는 것에서 손으로 '버티다'가 본뜻이라고 합니다. 나중에 '막다', '들어 올리다' 등의 뜻으로 확대됐죠. 맞서서 버티는 '抵抗(저항)', 맞서서 자신을 변호하는 '抗辯(항변)' 등의 단어에 활용됩니다. 또 '抗(항)'은 접두사로 쓰여 '그것에 저항하는'의 뜻을 더하게 됩니다. '抗原(항원, antigen)'은 생체 속에 침입하여 항체를 형성하게 하는 물질이고, '抗體(항체, antibody)'는 병균에 저항하거나 그것을 죽이는 물질을 이르죠. 균에 저항하는 것은 '抗菌(항균, antibacterial), 산화가 진행되는 것을 멈추거나 늦추는 것은 '抗酸化(항산화, antioxidation)'라고 합니다.

　'시민들의 반항이 거세다'에서 '反抗(반항)'은 상대방에 반대하여 대드는 것, '독재 정권에 항거하다'에서 '抗拒(항거)'는 옳지 않은 것에 순종하지 않고 맞서서 반항하는 것, '상관의 지시에 항명하다'에서 '抗命(항명)'은 명령에 따르지 않고 반항하는 것을 뜻합니다. 또 맞서 싸우는 것은 '抗爭(항쟁)', 암세포의 증식을 억제하거나 암세포를 죽이는 것은 '抗癌(항암)'이라고 하죠. 비슷한 힘으로 서로 버티어 대항하는 것을 '拮抗(길항, antagonism)'이라고 하는데, 인슐린은 혈당을 낮추고, 글루카곤은 혈당을 높이면서 몸의 균형을 유지하는 것과 같은 거죠.

　미생물이나 세균 따위의 발육과 번식을 억제하는 물질로 만든 약제는 '抗生劑(항생제)', 어떤 정책이나 의견에 대하여 반대하는 내용을 적은 글이나 문서는 '抗議書(항의서)', 경마에서, 우승이 지목되는 말과 실력이 비슷하여 결승을 겨루는 말은 '對抗馬(대항마)', 사람의 힘으로 저항하거나 막아 낼 수 없는 힘은 '不可抗力(불가항력, force majeure)'이라고 하죠. 天災地變(천재지변), 전쟁 등의 경우가 불가항력의 대표적인 사례가 될 것입니다. 그래서 불가항력은 免責(면책) 사유에 해당됩니다. '免責(면책)'은 책임을 면하는 것이죠.

　다음으로 '訴(소)'는 '말씀 言(언)'과 '물리칠 斥(척)'이 합쳐져, 말로써 상대방을 물리치거나 비난하는 것에서 '하소연하다', '호소하다', '송사' 등의 뜻을 얻게 되었습니다. 예나 이제나 재판은 당사자를 불러 세워서 각자의 주장과 입장을 듣는 말싸움이라고 할 수 있죠. 그래서 법률에 의한 판결을 법원에 청구하는 '訴訟(소송)'의 두 글자에 모두 '말씀 言(언)'이 들어 있는 겁니다. '呼訴(호소)'는 억울하거나 딱한 사정을 남에게 간곡히 알리는 것을, '提訴(제소)'는 소송을 제기하는 것을 뜻하죠.

　'泣訴(읍소)'는 눈물을 흘리면서 호소하는 것, '讒訴(참소)'는 남을 헐뜯어서 죄가 있는 것처럼 꾸며 윗사람에게 고하여 바치는 것, '訴狀(소장)'은 소송을 제기하기 위하여 법원에 제출하는 서류, '起訴(기소)'는 검사가 특정한 형사 사건에 대하여 법원에 심판을 요구하는 일, '訴追(소추)'는 형사 사건에 대하여 공소를 제기하는 일을 뜻합니다.

이 밖에, 범죄의 피해자나 그 법정 대리인이 수사 기관에 법적 처리를 구하는 일은 '告訴(고소)', 제소(提訴)를 당하는 것은 '被訴(피소)', 소송에서 이기는 것은 '勝訴(승소)'라고 하지요. '고소'와 달리 '告發(고발)'은 제삼자가 어떤 범죄 사실을 경찰서나 검찰청에 신고하여 수사나 기소를 요구하는 것입니다. 법원에 재판을 청구한 사람, 즉 민사 소송을 제기한 사람은 '原告(원고)', 민사 소송에서 소송을 당한 사람은 '被告(피고)'라고 합니다.

韓非子(한비자, B. C. 280~233)가 살던 중국 전국시대 당시의 세상도 是非(시비)를 가리는 訟事(송사)가 많았나 봅니다. 그래서인지 그는 다음과 같이 喝破(갈파)했습니다.

과연 한비자의 말대로 법을 촘촘하게 만들면 '訴訟(소송)'과 '抗訴(항소)'가 줄어들거나 없어질까요?

행동과 뜻을 함께하는 連帶는 'with you'

'참여 연대', '녹색 소비자 연대', '재야 단체와 연대하다' 등처럼 '連帶(연대)'는 우리에게 그리 생소한 말은 아니죠. '잇닿을 連(련)'과 '띠(belt) 帶(대)'가 합쳐진 '連帶(연대, solidarity)'는 띠처럼 하나로 서로 연결되어 여럿이 함께 무슨 일을 하거나 함께 責任(책임)을 지는 것을 뜻합니다. 최근 들어 어떤 사안이 등장했을 때 수많은 시민 단체들이 공동 전선을 構築(구축)하는 방식을 '연대'라고 불러도 좋겠죠.

물론 아주 오랜 시간에 걸쳐 진행됐겠지만, 마치 單細胞(단세포)들의 協力(협력)과 連帶(연대)가 있었기 때문에 다양하고 복잡한 種(종)들이 탄생할 수 있었듯이 말이죠.

'連帶(연대)'의 '連(련)'은 '수레 車(거)'와 '쉬엄쉬엄 갈 ⻌=辵(착)'이 합쳐져 가다 서다 하면서 달리는 '인력거'가 본뜻이었다고 합니다. 여기에서 '⻌=辵(착)'은 걸음을 뜻하는 '彳(척)'과 멈춤을 뜻하는 '止(지)'가 결합되어 '가다서다하다' 또는 '달리다'의 뜻을 가지고 있거든요. '連(련)'은 나중에 '이어지다', '잇따르다', '계속' 등의 뜻으로 확대되었죠. '連續(연속)'은 죽 이어지는 것, '連發(연발)'은 잇따라 일어나거나 잇따라 총을 쏘는 것을 말합니다.

'일련의 조치를 취하다'에서 '一連(일련, a series of)'은 하나로 이어지는 것, '연임을 금지하다'에서 '連任(연임)'는 계속해서 직책을 맡는 것, '연쇄 폭발'에서 '連鎖(연쇄)'는 비슷한 일이 연속으로 일어나는 것, '친척의 비리에 연루되다'에서 '連累(연루)'는 남이 저지른 범죄에 연관되는 것, '일간지에 연재된 소설'에서 '連載(연재)'는 여러 차례로 나누어서 계속하여 싣는 것을 뜻하죠. 끊이지 않고 잇따라 부르는 것은 '連呼(연호)', 상대에게 특정한 일의 정황을 알리는 것 또는 소식 따위가 서로 오가도록 관계하는 것은 '連絡(연락)', 이틀 이상 휴일이 겹치는 것은 '連休(연휴)', 싸움이나 경기에서 계속하여 지는 것은 '連敗(연패)', 일이나 사람과 관계를 맺는 것은 '連繫(연계, link, connection)'라고 합니다.

한 타자가 연속으로 홈런을 치는 것은 連打席(연타석) 홈런, 여러 시인이나 한 시인이 하나의 주제 아래 쓴 여러 편의 시는 '連作詩(연작시)', 육지와 섬을 이어주는 다리는 '連陸橋(연륙교)', 범죄자와 일정한 친족 관계가 있는 자에게 연대적으로 그 범죄의 형사 책임을 지우는 제도는 '緣坐制(연좌제)', 두 나무의 가지가 서로 맞닿아서 결이 서로 통한 것은 '連理枝(연리지)', 일률적으로 이어 붙인 번호는 '一連番號(일련번호)'라고 합니다.

다음으로, '帶(대)'는 허리띠를 두르고 있는 모습을 본떠 만든 글자입니다. 위쪽은 장식이 달린 허리띠의 모양을 나타낸 것이고, 아래쪽은 '수건 巾(건)'으로 헝겊을 본떠 만든 것이죠. 그래서 허리에 차거나 붙어 있는 '띠'가 본뜻이니 나중에 '띠를 두르다(띠다)', '지대(구역)', '데리고 다니다', '가지다', '(칼을) 차다' 등 다양한 뜻으로 확대 또는 파생됐죠.

'革帶(혁대)'는 가죽 띠, '腰帶(요대)'는 허리띠, '熱帶(열대)'는 뜨거운 지역, '帶同(대동)'은 함께 데리고 가는 것, '携帶(휴대)'는 손에 들거나 몸에 지니는 것, '帶劍(대검)'은 칼을 차는 것을 뜻합니다.

끈과 띠라는 뜻으로 둘 이상을 서로 연결하거나 결합하는 것은 '紐帶(유대)', 한정된 일정한 구역은 '地帶(지대)', 주거와 생계를 같이하는 사람의 집단 또는 이 집단을 세는 단위는 '世帶(세대)', 관절의 뼈 사이와 관절 주위에 있는, 노끈이나 띠 모양의 결합 조직은 '靭帶(인대)', 전기를 띠고 있는 물체는 '帶電體(대전체)'라고 합니다. '양국 간 유대 관계가 긴밀하다', '한 세대에 한 대씩 주차하다', '인대가 늘어나다' 등과 같이 활용되죠. 또 '유대감'은 둘 이상을 서로 연결해주는 공통된 느낌입니다.

나이도 서로 비슷하고 생각도 서로 비슷한 연령층인 '世代(세대, generation)'와 주거와 생계를 같이하는 살림 단위인 '世帶(세대, household)'는 전혀 다릅니다.

또 '救命帶(구명대)'는 물에 빠졌을 때, 몸을 물 위에 떠 있게 하는 기구, '共感帶(공감대)'는 다른 사람과 의견, 감정에 대하여 서로 같다고 느끼는 부분, '附帶施設(부대시설)'은 기본이 되는 건축물 따위에 덧붙어 있는 시설, '死角地帶(사각지대)'는 관심이나 영향이 미치지 못하는 구역, '連帶責任(연대책임)'은 두 사람 이상이 함께 지는 책임을 이르는 말이죠. '구명대를 비치하다', '공감대를 형성하다', '부대시설의 안전을 점검하다', '복지 사각지대를 없애다', '연대 책임을 지다' 등으로 쓰입니다.

서로를 깊이 이해하고 공감하는 紐帶感(유대감)도 중요하죠. 그러나 서로를 깊이 이해하지 못하더라도 같은 目標(목표)를 향해 각자가 실천하는 것이야말로 진정한 '連帶(연대)'가 아닐까요? 오래 전에 들었던 다음 말이 떠오르네요.

혼자 가면 빨리 갈 수 있지만, 함께 가면 멀리 갈 수 있다.

싣기로 약속하고 원고를 보내면 寄稿(기고), 의뢰받지 않고 보내면 投稿(투고).

'寄附(기부, donation)'는 많은 사람에게 도움이 되는 일을 돕기 위해 돈이나 재산 등을 내어 주는 것을 말합니다. 개인이나 기업이 財政的(재정적)으로 지원하나 별도의 이익을 추구하지 않는 대신에 세금 控除(공제)라는 제도적인 혜택을 받을 수는 있죠. '기부'는 어려운 사람들을 自意(자의)로 돕는다는 점에서 自願奉仕(자원 봉사)와 함께 대표적인 善行(선행)으로 꼽힙니다. 최근에는 기부와 자원봉사를 竝行(병행)하는 사람들이 늘어나고 있다는 鼓舞的(고무적)인 소식도 들리네요.

한편, 뒤에서 도와주는 '後援(후원, sponsorship)'은 특정 목적이나 프로젝트를 위해 물질적으로 支援(지원)하는 경우가 많고 지속성을 가진다는 점에서 기부와 조금 다른 것 같습니다.

'寄附(기부)'의 '寄(기)'는 '집 宀(면)'과 '기이할 奇(기)'가 합쳐진 글자로 '맡기다'가 본뜻이라고 합니다. 몸을 맡기는 곳이 집이라는 점에서 그럴 듯한 설명이군요. 여기서 '기이할 奇(기)'는 음을 나타내는 요소입니다. '寄託(기탁)'처럼 '맡기다', '寄生(기생)'처럼 '붙다', '寄居(기거)'처럼 '얹혀살다', '寄與(기여)'처럼 '이바지하다', '寄別(기별)'처럼 '(소식을) 전하다' 등의 다양한 뜻으로 확대됐습니다.

'臟器(장기)를 기증하다'에서 '寄贈(기증)'은 남에게 물품을 거저 주는 것, '誠金(성금)을 기탁하다'에서 '寄託(기탁)'은 어떤 일을 부탁하여 맡겨 두는 것, '宿主(숙주)에 기생하다'에서 '寄生(기생)'은 다른 생물에 붙어 해를 끼치며 사는 것을 이르는 말입니다. '贈與(증여)'는 재산을 무상으로 상대편에게 주는 것, '贈呈(증정)'은 인사 표시로 선물이나 기념품을 주는 것, '宿主(숙주)'는 기생 생물에 영양을 공급하는 생물을 가리키죠.

신문, 잡지에 글을 싣기 위해 원고를 보내는 것은 '寄稿(기고)', 일정한 곳에서 자고 먹고 하는 것은 '寄居(기거)', 배가 목적지로 가는 도중에 잠시 들르는 항구는 '寄港地(기항지)', 목적지로 가는 도중에 잠시 들르는 장소는 '寄着地(기착지)', 학교나 공장 같은 곳에 딸려 있어 그 구성원들이 함께 먹고 자는 집은 '寄宿舍(기숙사)'라고 합니다. '投稿(투고)'는 의뢰 받지 않은 사람이 신문사 등에 원고를 보내는 것이니, 글을 싣기로 약속한 '기고'와는 다르죠.

다음으로, '附(부)'는 '언덕 阜(부)'와 옆 사람에게 물건을 '건네다'라는 뜻을 가진 '줄 付(부)'가 합쳐진 글자로, 나지막한 '작은 흙산'이 본뜻이라고 합니다. 나중에 '기대다', '붙다' 등의 뜻으로 확대됐죠. '附近(부근)'은 붙어 있어 가까운 곳, '附記(부기)'는 본문에 덧붙여 적는 것, '附帶費(부대비)'는 기본비용에 덧붙어 드는 비용을 뜻합니다.

'붙을 附(부)'와 '줄 付(부)'는 음도 같고 뜻도 유사하여 혼동할 수 있겠네요. 떨어지지 않게 붙이는 것은 '附着(부착)'과 '付着(부착)' 모두 가능합니다. 그러나 세금 등을 내는 '納付(납부)', 영장을 발행해 주는 '發付(발부)', 지원서를 나누어 주는 '配付(배부)', 아랫사람에게 단단히 부탁하는 '當付(당부)' 등은 '附(부)'가 아니라 '付(부)'라는 것 주의해야겠습니다. '부가 가치가 높다'에서 '附加(부가)'는 주된 요소에 덧붙이는 것, '全文(전문)과 부칙으로 구성되다'에서 '附則(부칙)'은 어떠한 규칙을 보충하기 위해 덧붙인 규칙, '권력자에게 아부하다'에서 '阿附(아부)'는 남의 비위를 맞추면서 알랑거리는 것을 이르는 말이죠. 책의 끄트머리 등

216

에 참고 자료로 덧붙이는 인쇄물은 '附錄(부록)', 주된 것에 딸려 있는 것은 '附屬(부속)', 어떤 것과 관련된 것을 덧붙이는 것은 '添附(첨부)', 덧붙여 말하는 것은 '附言(부언)'이라고 합니다. 여기에서 '附言(부언)'은 이미 한 말을 계속 되풀이하여 말한다는 뜻의 '重言復言(중언부언)'과 전혀 다른 뜻입니다.

이 밖에, 사건이나 안건, 사람의 처리를 위해 회의나 재판에 넘기는 것은 '回附(회부)', 국가에 반역이 되는 일에 동조하거나 가담한 사람은 '附逆者(부역자)', 일정한 조건을 붙이는 것은 '條件附(조건부)', 주된 것이나 기본적인 것에 붙어서 따르는 것은 '附隨的(부수적)', 이치에 맞지 않는 것을 억지로 끌어대어 자기에게 유리하도록 하는 것은 '牽強附會(견강부회)'라고 합니다. '군사 재판에 회부하다', '부역자를 색출하다', '조건부로 승인하다', '부수적 성과를 올리다' 등으로 쓰이게 되죠.

또 '附和雷同(부화뇌동)'은 남의 입장이나 의견에 붙어[붙을 附(부)] 그에 따르거나[화할 和(화)], 우레[우레 雷(뢰)]가 울릴 때 함께 같은[같을 同(동)] 소리를 낸다는 뜻입니다. 주변 사람들의 큰 목소리에 묻혀서 자신의 목소리를 내지 못하거나, 자신의 주견 없이 경솔하게 남의 의견에 따라 움직이는 태도를 말하는 거겠죠.

SNS에서 특정 여론이 형성됐을 때, 맹목적으로 그 여론에 거스르지 않으려는 群衆心理(군중심리)와도 유사하군요.

붙박이로 뿌리를 내리면 定着, 떨어져야 할 게 들러붙으면 癒着(유착).

탈북민 농어촌 정착지원 확대…어업·임업도 취·창업 지원

심심찮게 보도되는 탈북민 '정착'에 관한 기사의 타이틀입니다. 북한을 離脫(이탈)하여 한국으로 넘어온 주민이 국내에 자리를 잡을 수 있도록 지원한다는 내용이죠. '정할 定(정)'과 '붙을 着(착)'이 합쳐진 '定着(정착)'은 이처럼 글자 그대로 자리를 정해 달라붙다는 뜻을 가지고 있습니다. 일정한 곳에 자리를 잡아 산다는 기본적인 의미에서 파생되어 '평화 정착'과 같이 새로운 制度(제도)와 現象(현상)이 사회에 널리 받아들여지는 것, 또 '한라산에 정착한 외래종'과 같이 생물이 새로운 장소에서 繁殖(번식)하는 일이란 뜻으로도 쓰이고 있죠.

'定着(정착)'에서 '定(정)'은 '집 宀(면)'과 '바를 正(정)'이 합쳐진 글자로, '바른' '집'에서 살아야 편안하다는 데서, '편안하다'가 본뜻이라고 합니다. 글자 모양이 약간 달라진, '바를 正(정)'은 여기에서 뜻과 음을 함께 나타내는 요소입니다. 나중에 '정하다', '머무르다' 등의 뜻으로 확대됐고요. '定義(정의)'는 단어나 사물의 뜻을 명백히 규정하는 것, '固定(고정)'은 한 곳에 꼭 붙어 있는 것, '定期(정기)'는 정해진 기한이나 기간, '定員(정원)'은 정해진 인원이란 뜻이죠.

잠깐 임시로 정하는 것은 '暫定(잠정)', 정해진 법이나 규칙을 고쳐 다시 정하는 것은 '改定(개정)', 판단하여 결정하는 것은 '判定(판정)', 일을 확실하고 틀림없이 정하는 것은 '確定(확정)', 일의 방향이나 태도를 분명하게 정하는 것은 '決定(결정)'이라고 합니다. 이들 단어는 각각 '잠정 합의안', '惡法(악법)을 개정하다', '판정에 不服(불복)하다', '출전 선수를 확정하다', '早速(조속)한 결정' 등으로 활용되지요.

'推定(추정)'은 추측해서 결정하는 것, '算定(산정)'은 계산하여 정하는 것, '肯定(긍정)'은 참이라고 하든가 옳다고 인정하는 것, '否定(부정)'은 그렇지 않다고 단정하거나 옳지 않다고 반대하는 것을 뜻합니다. 그러나 '的(적)'이 붙은 '肯定的(긍정적, positive)'은 이롭거나 좋다고 여길 만한 것, '否定的(부정적, negative)'은 바람직하지 못한 것으로 그 뜻이 약간 달라지죠.

다음으로, '着(착)'은 '著(착)'의 속자입니다. '著'이 '드러나다', '뚜렷하다', '글을 짓다' 등의 뜻일 때에는 '저'로 읽고, '붙다', '입다', '다다르다' 등의 뜻일 때에는 '착'으로 읽게 되니 잘 헤아려야 합니다. 훨씬 뒤에 후자의 뜻으로 쓰이면 '붙을 着(착)'으로 자형이 굳어졌죠. '著名(저명)'은 이름이 널리 드러난 것, '顯著(현저)'는 뚜렷이 드러나는 것, '著者(저자)'는 지은이라는 뜻입니다. 한편, '附着(부착)'은 들러붙는 것, '着衣(착의)'는 옷을 입는 것, '到着(도착)'은 목적지에 다다른 것을 뜻하죠.

그리고 '着色(착색)'은 물감을 들이는 것, '膠着(교착)'은 변동 없이 머물러 있는 것, '吸着(흡착)'은 물질이 달라붙는 것, '接着(접착)'은 면이 서로 달라붙는 것, '撞着(당착)'은 서로 맞부딪치는 것 또는 말이나 행동의 앞뒤가 맞지 않는 것, '着服(착복)'은 남의 금품을 부당하게 차지하는 것, '癒着(유착)'은 떨어져 있어야 할 것이 달라붙어 분리할 수 없는 것을 일컫습니다. 그래서 '政經癒着(정경유착)'은 정치와 경제가 지나치게 결합된 부적절한 관계를 나타내는 말이지요.

이 밖에, 통신이 도착하는 것은 '着信(착신)', 한 군데만 마음이 쏠려

매달리는 것은 '執着(집착)', 몹시 사랑하거나 끌리어서 떨어지지 못하는 것은 '愛着(애착)', 처지나 상황에 부닥치는 것은 '逢着(봉착)', 대대로 그 땅에서 살고 있는 것은 '土着(토착)'이라고 합니다. '난관에 봉착하다'의 '봉착'은 '直面(직면, confront)'과 통하는 말이죠. 지방의 토착 세력으로 재력이나 세력이 강한 사람을 '豪族(호족)' 또는 '土豪(토호)'라고 합니다.

비행기가 땅 위에 내리는 것을 '着陸(착륙)'이라고 합니다. 경제를 설명하는 경착륙과 연착륙도 여기서 유래했죠. '硬着陸(경착륙, hard land-ing)'은 비행기가 급격하게 착륙하는 것처럼, 경기 沈滯(침체)가 급격하게 나타나는 것을 말합니다, 반면에 '軟着陸(연착륙, soft landing)'이란 비행기가 부드럽게 착륙하는 것처럼 급격한 침체 없이 서서히 安定(안정)에 접어드는 것이죠.

어디 경제만 내려오는 것이 어려울까요? 연암은 『熱河日記(열하일기)』의 〈將臺記(장대기)〉에서 다음과 같이 말했습니다.

벼슬살이도 이와 같아서 바야흐로 위로 자꾸만 올라갈 때엔 한 계단이라도 남에게 뒤떨어질세라 (…) 앞을 다툰다. 그러다가 마침내 몸이 높은 곳에 이르면 그제야 두려운 마음이 생긴다. 외롭고 위태로워서 앞으로는 한 발자국도 나아갈 길이 없고, (…)

欲下不能(욕하불능)   내려오려고 해도 잘 되지 않는다.
千古皆然(천고개연)   이는 고금을 막론하고 모두 그렇다.

지갑을 닫고 허리띠를 죄고 씀씀이를 줄이는 것이 緊縮.

'팽팽할 緊(긴)'과 '줄일 縮(축)'을 합한 '緊縮(긴축)'은 바짝 줄이거나 조이는 것을 뜻하죠. 그러나 이 단어는 단순히 줄이고 조이는 것이 아니라 돈줄을 조이는 경제 정책과 관련된 용어로 많이 쓰입니다. 시중에 풀린 돈을 거두어들이는 '緊縮政策(긴축 정책, quantitative tightening)'이 대표적이죠. 이것은 中央銀行(중앙은행)이 인플레이션을 抑制(억제)하거나 금융시장의 過熱(과열)을 방지하기 위해 시행하는 통화 정책입니다. 이와는 반대로, 경제 상황이 좋지 않을 때 돈을 더 많이 풀어 시장에 돈이 잘 돌도록 만드는 정책은 '量的緩和(양적 완화, quantitative easing)'라고 합니다.

'緊縮(긴축)'에서 '緊(긴)'은 '굳을 臤(긴/견)'과 '가는 실 糸(멱)'을 합친 글자로, 실을 팽팽하게 당겨 단단히 '졸라매다'가 본뜻이라고 합니다. 여기에서 '臤'은 '堅固(견고)'의 '굳을 堅(견)', '腎臟(신장)'의 '콩팥 腎(신)', '賢明(현명)'의 '어질 賢(현)' 등에도 붙어 각 한자의 音(음)을 나타냅니다. 또 '실 糸(멱)'은 '微細(미세)'의 '가늘 細(세)', '紛糾(분규)'의 '어지러울 紛(분)', '繼承(계승)'의 '이을 繼(계)' 등에 붙어 각 한자의 뜻을 나타내고요. '緊(긴)'은 나중에 '팽팽하다', '급박하다', '오그라들다' 등의 뜻으로 확대됩니다.

'긴급 상황'에서 緊急(긴급)은 매우 급한 것, '긴박한 분위기'에서 '緊迫(긴박)'은 시각을 다투어야 할 만큼 매우 급한 것, '긴밀한 협력'에서 '緊密(긴밀)'은 매우 가까워 빈틈이 없는 것, '요긴하게 사용하다'에서 '要

緊(요긴)'은 꼭 필요하고 중요한 것을 뜻합니다.

　그리고 '緊張(긴장)'은 문맥에 따라 뜻이 약간씩 달라지죠. '양국 간 긴장이 높아지다'에서는 관계가 악화되어 싸움이 일어날 것 같은 상태나 분위기를, '근육이 긴장되다'에서는 근육이 움츠리거나 흥분하는 것을, '긴장을 풀고 쉬다'에서는 마음을 조이고 정신을 바짝 차려 있는 것을 이르는 말입니다. 이와 반대로, 서로 대립 중이던 세력 사이의 긴장이 완화되는 것은 '解氷(해빙)', 收縮(수축)된 근육이 풀리고 마음이 느슨해지는 것은 '弛緩(이완)'이라고 합니다.

　다음으로, '縮(축)'은 '가는 실 糸(멱)'과 '잘(sleep) 또는 묵을 宿(숙)'이 합쳐진 글자로, '(실을) 줄이다' 또는 '(직물이) 오그라들다'가 본뜻이라고 합니다. '宿(숙)'은 집에 누워있는 사람을 본떠 '자다'라는 뜻을 나타내는 글자이지만, 여기서는 '숙→축'으로 바뀌면서 '縮(축)'의 音(음)을 표시하죠. 나중에 '줄이다'나 '오그라들다', '감축하다' 등의 뜻으로 쓰입니다. '縮(축)'의 상대자는 '伸張(신장)'의 '펼 伸(신)', '擴大(확대)'의 '넓힐 擴(확)', '膨脹(팽창)'의 '부풀 膨(팽)'이 됩니다. '신장'은 세력이 커지거나 늘어나는 것, '확대'는 규모, 크기 등을 늘려서 크게 하는 것, '팽창'은 범위나 세력 따위가 커지거나 크게 발전하는 것을 뜻하지요.

　'縮小(축소)'는 규모 따위를 줄여서 작게 하는 것으로 '軍備(군비) 축소', '機構(기구) 축소' 등에 쓰이고, '縮約(축약)'은 줄여 간략하게 하는 것으로 '근대사를 축약한 소설', '현실 세계의 축약판' 등에 활용됩니다. 모양은 바꾸지 않고 크기만을 작게 하여 그린 그림을 '縮圖(축도)'라고 하는데, 내용이나 속성을 작은 규모로 유사하게 지니고 있는 것을 비유하여 '노름판은 인생의 축도야.'라고 표현하기도 하지요. 실물보다 축소하여 그릴 때 축소한 비는 '縮尺(축척)'이라고 하여 '축척 오만분의 일 지도'라고 말합니다.

'핵무기 감축'에서 '減縮(감축)'은 덜어서 줄이는 것, '농축 과즙'에서 '濃縮(농축)'은 액체를 진하게 또는 바짝 졸이는 것, '기록 단축', '공정을 단축하다'에서 '短縮(단축)'은 시간이나 거리를 줄이는 것을 이르는 말입니다. 또 물체가 늘어나고 줄어드는 성질을 뜻하는 '伸縮性(신축성)'은 형편에 따라 적절하게 대처할 수 있는 성질이란 뜻으로 많이 쓰여 '融通性(융통성)' 또는 '彈力性(탄력성)'과 바꾸어 쓸 수도 있죠. 한데 엉겨 굳어서 줄어드는 것은 '凝縮(응축)'으로 '초저온 상태로 응축되다'와 같이 쓰이고, 근육 따위가 오그라들거나 부피나 규모가 줄어드는 것은 '收縮(수축)'으로 '수축과 팽창을 반복하다'와 같이 쓰입니다. 그리고 힘에 눌려서 졸아들어 기를 펴지 못하는 것은 '萎縮(위축)'인데, 주로 景氣(경기)나 시세 따위가 약세로 활성화되지 못하는 것을 뜻해 '투자가 위축되다' 등으로 활용되죠.

『菜根譚(채근담)』에는 매일매일 緊張(긴장)과 스트레스(stress)로 시달리는 현대인에게 일깨움을 던져 주는 구절이 담겨 있습니다.

念頭喫緊時(염두끽긴시)　　마음이 긴장될 때는
要知放下(요지방하)　　풀어버릴 줄도 알아야 한다.

잡다한 생각에 얽매여 스스로 답답해질 때 오히려 놓아버림을 통해 내면의 자유와 평화를 찾을 수 있다는 말씀입니다. 집착을 놓아버리라는 '放下着(방하착)'과 맥이 닿아 있군요.

保證(보증)과 釋放(석방)을 합쳐 두 글자로 줄인 保釋…참 경제적.

'보석 허가'는 매스컴에 자주 등장하는 용어 중의 하나입니다. '保釋(보석, bail)'은 보증금을 받거나 보증인을 세우고 형사 被告人(피고인)을 拘留(구류)에서 釋放(석방)하는 것을 말합니다. '피고인'은 한자 뜻 그대로 풀면 '고소를 당한 사람', 법률적으로 말하면 검사가 기소해서 공소가 제기된 사람이죠. 피의자로 재판으로 넘어가게 되면 피의자 신분에서 피고인으로 바뀌게 되고요. 한편 '구류'는 피고인이나 피의자를 감옥에 가두어 놓는 것을 말하니, 결국 보석은 구속된 피고인이 일정한 조건을 충족하면 석방될 수 있도록 허용하는 제도가 되겠네요.

'保釋(보석)'의 '保(보)'는 '사람 亻=人(인)'과 '어리석을 呆(매)'가 합쳐져, 어린아이를 안거나 업고 있는 어른의 모습을 본떠 만든 글자로 '기르다'가 본뜻이라고 합니다. 여기에서 '呆(매)'는 '아이 子(자)'가 변형된 형태로 보지요. 그래서 '保(보)'는 어미가 자식을 업어 키우며 보살핀다는 것에서 '지키다', '보호하다', '보증하다' 등의 다양한 뜻으로 확대됐죠. '保育(보육)'처럼 '지키다', '保全(보전)'처럼 '보호하다', '保有(보유)'처럼 '차지하다', '保險(보험)'처럼 '보증하다' 등의 뜻으로 쓰입니다.

'保存(보존, preservation)'은 잘 지켜서 그대로 남아 있게 하는 것으로, '공문서 보존', '전통을 보존하다' 등의 문맥에서 활용되고, '保全(보전)'은 온전하게 잘 지키고 유지하는 것으로, '생태계를 보전하다', '종족 보전의 본능'과 같은 문맥에서 활용하지요. '保護(보호, protection)'는 위험이나 파괴로부터 지키고 보살펴주는 것을 뜻하여, '경찰의 보호를 받다', '미성년자의 보호 대책' 등으로 활용됩니다. 세 단어 모두 '지킬 保(보)'가 붙어서 쓰이는데. '보존'은 '있을 存(존)'이, '보전'은 '온전할 全(전)'이, '보호'는 '도울 護(호)'가 각각 붙어서 어떻게 지키는가를 잘 나타내는군요. '財源(재원)을 확보하다', '비상식량 확보'에서 '確保(확보)'는 확실하게 마련하거나 갖추는 것, '성공한다는 보장이 없다', '안전을 보장하다'에서 '保障(보장)'은 잘못되는 일이 없도록 보증하고 뒷받침하는 것을 뜻하고요. 또 '아파트를 담보로 잡히다'에서 '擔保(담보)'는 빚을 대신할 수 있는 보증으로 내놓는 것인데, 흔히 '목숨을 담보한다'라는 표현은 어떤 일을 해내지 못하거나 약속을 지키지 못하면 목숨을 내놓겠다는 뜻이 됩니다.

이 밖에, 물건을 맡아서 간직하고 관리하는 것은 '保管(보관)', '안전보장'을 줄여 이르는 말은 '安保(안보)', 사회의 안녕과 질서를 유지하는 것은 '保安(보안)', 보호하고 돕는 것은 '保佑(보우)'라고 합니다.

다음으로, '釋(석)'은 땅에 찍힌 짐승의 발자국을 본뜬 '분별할 釆(변)'과 '엿볼 睪(역)'이 합쳐져 자세히 분별하고 살펴서 '풀다'라는 뜻을 나타냅니다. 여기서 '睪(역)'은 '눈目(목)'과 수갑을 뜻하는 '幸(행)'이 합쳐져 구속된 죄수를 감시한다는 뜻을 가지죠.

그래서 '釋(석)'은 죄의 유무를 자세히 살펴서 무죄로 밝혀지면 죄수를 '풀다', '풀어주다'라는 뜻이 생겼다고 합니다. '釋然(석연)'은 미심쩍거나 꺼림칙한 일들이 완전히 풀리는 것인데, 주로 '석연치 않다(못하다)'의 꼴로 쓰여 의혹이 완전히 풀리지 않을 경우에 쓰이죠.

'釋放(석방)'은 잡혀 있는 사람을 풀어 주는 것, '假釋放(가석방, parole)'은 '임시 석방'으로 형벌의 집행 기간이 끝나지 않은 죄수를 일정한 조건 아래 미리 풀어주는 것입니다. 낱말이나 문장의 뜻을 쉽게 풀이하는 것은 '註釋(주석)', 사물이나 행위 따위의 내용을 판단하고 이해하는 것은 '解釋(해석)'이라고 합니다. '주석'은 다시 풀이의 위치에 따라 각주와 미주로 나뉘죠. 본문의 아래쪽에 따로 달아 놓은 풀이는 '脚註(각주, footnote)', 해당 문서의 마지막 부분이나 책의 끝에 달아 놓은 풀이는 '尾註(미주)'라고 하지요.

이 밖에, '희석식 소주'에서 '稀釋(희석, dilution)'은 어떤 물질이 녹아 있는 액체에 물이나 다른 액체를 더하여 濃度(농도)를 묽게 하는 것입니다. 어떤 주장이나 상태의 수준(정도)을 덜하게 하거나 약하게 하는 것도 '희석'이라고 합니다. 심각하거나 중대한 사안을 다른 사소한 문제들과 섞어버려 사건의 본질을 흐려놓을 때 많이 쓰이죠. 덧붙여, 풀을 바른다는 뜻으로, 명확하게 결말을 내지 않고 일시적으로 감추거나 흐지부지 얼버무려 덮어 버리는 것을 '糊塗(호도)'라고 합니다.

'手不釋卷(수불석권)'은 손에서 책을 놓지 않는다는 뜻으로, 늘 책을 가까이하는 것을 일컫는 말입니다. 安重根(안중근, 1879~1910) 義士(의사)의 遺墨(유묵)으로 유명한 다음 구절도 되새길 만하죠. '유묵'은 생전에 남긴 글씨나 그림을 뜻합니다.

一日不讀書(일일부독서)　　하루라도 책을 읽지 않으면
口中生荊棘(구중생형극)　　입 안에 가시가 돋친다.

換率이 오르면 우리 돈 가치는 거꾸로 下落(하락).

개인도 해외여행을 떠나거나 해외직구로 물건을 구매할 때, 1유로(€)를 원화로 바꾸려면 얼마가 필요한지, 1달러($)는 원화로 얼마인지 알 필요가 있죠. 이처럼 한 나라의 통화와 다른 나라의 통화가 交換(교환)되는 비율은 '바꿀 換(환)'과 '비율 率(률)'을 합친 '換率(환율, exchange rate)'이라고 합니다.

'換率(환율)'에서 '換(환)'은 '손 扌=手(수)'와 '빛날 奐(환)'이 합쳐진 글자로, 손에 들고 있는 물건을 '바꾸다'라는 뜻으로 쓰입니다. 여기에서 '빛날 奐(환)'은 뜻과는 무관하고, '召喚(소환)', '喚起(환기)' 등에 쓰인 '부를 喚(환)'처럼 음을 표시하는 요소이죠. '소환'은 조사하기 위해 불러들이는 것, '환기'는 주의나 여론, 생각 따위를 불러일으키는 것을 뜻합니다. '換氣(환기)'는 탁한 공기를 맑은 공기로 바꾸는 것이니 불러일으킨다는 '喚起(환기)'와 구별해야겠죠. '換(환)'은 나중에 '바뀌다', '교환하다', '대신하다' 등의 뜻으로도 쓰입니다.

'의견 교환'에서 '交換(교환, exchange)'은 서로 바뀌거나 주고받는 것, '발상의 전환'에서 '轉換(전환, transition)'은 다른 방향이나 상태로 바뀌거나 바꾸는 것, '직류를 교류로 변환하다'에서 '變換(변환, conversion)'은 원래와 다르게 하여 바꾸는 것, '삶의 고통을 예술로 치환하다'에서 '置換(치환, replacement, substitution)'은 바꾸어 놓는 것을 이르는 말입니다. 또 다른 노선이나 교통수단으로 갈아 타는 것은 '換乘(환승)', 서로 종류가 다른 화폐와 화폐를 교환하는 것은 '換錢(환전)’, 어떤 단위로 나타낸 수를 다른 단위로 고쳐 셈하는 것은 ‘換算(환산)’, 앞서 한 말에 대하여 표현을 달리 바꾸어 말하는 것은 ‘換言(환언)’이라고 하죠.

이 밖에, ‘換金性(환금성)’은 물건을 팔아서 돈으로 바꿀 수 있는 성질, ‘換服室(환복실)’은 옷을 갈아입는 방, ‘換節期(환절기)’는 철이 바뀌는 시기, ‘換時勢(환시세)’는 한 나라의 통화와 다른 나라 통화의 교환 비율을 이르는 말이고요. ‘互換性(호환성)’은 기계의 부분품을 다른 부분품과 서로 바꾸어 쓸 수 있는 성질인데, 특히 컴퓨터의 특정 모델에서 동작하는 특정 소프트웨어가 다른 모델의 모든 계열에서 실행할 수 있는 경우를 뜻합니다.

또, 다른 방향이나 상태로 바뀌는 계기는 ‘轉換點(전환점, turning point)’이라고 하는데, 사물이 발전 과정에 있는 결정적인 고비 또는 전환점을 뜻하는 ‘分水嶺(분수령, watershed)’과 비슷한 뜻으로 쓰일 수 있겠네요. ‘分岐點(분기점, junction)’은 길이 여러 갈래로 갈라지기 시작하는 곳 또는 사물의 속성이 바뀌어 갈라지는 지점이나 시기를 이르는 말입니다. 이 단어들은 ‘역사의 전환점’, ‘승부의 분수령’, ‘손익 분기점’과 같이 하나의 관용구처럼 활용됩니다.

다음으로, ‘率(솔)’은 ‘율(률)’로도 읽히는 글자입니다. ‘실[糸(멱)]’로 꼰 줄 양쪽으로 까끄라기가 삐져나온 모습에서 ‘동아줄’이 본뜻이라고 합니다. 굵고 튼튼하게 꼰 줄을 동아줄이라고 하죠. 동아줄은 배를 묶거나 거대한 물체를 끄는 데 사용되므로 ‘이끌다’, ‘이끄는 지도자’ 등의 뜻으로 확대됩니다. ‘이끌다’라는 뜻으로 쓰일 때는 ‘솔’로 읽습니다. 리더십과 관련하여 ‘統率(통솔)’처럼 ’이끌다‘의 뜻일 때는 ‘率(솔)’이, ‘장수’의 뜻일 때는 ‘總帥(총수)’처럼 ‘帥(수)’가 주로 쓰여요.

‘率直(솔직)’은 거짓이나 꾸밈이 없고 바른 것, ‘統率(통솔)’은 조직이나 집단의 사람들을 거느리고 다스리는 것을 뜻합니다. 특히, 남들보다 앞장서서 행동하여 몸소 다른 사람의 본보기가 되는 것을 ‘率先垂範(솔선수범)’이라고 하죠. 진실하고 솔직한 것은 ‘眞率(진솔)’, 사람들을 거느려 데리고 가는 것은 ‘引率(인솔)’, 집 안에 딸린 식구는 ‘家率(가솔)’, 말이나 행동이 신중하거나 침착하지 못하고 가벼운 것은 ‘輕率(경솔)’이라고 합니다.

그런데, ‘率’은 ‘이끌다’, ‘장수’ 등의 뜻보다 ‘비율(ratio)’이라는 뜻으로 훨씬 많이 쓰이고, 이때는 ‘율’ 또는 ‘률’로 읽습니다. ‘比率(비율)’, ‘百分率(백분율, percentage)’처럼 모음이나 ㄴ 받침 뒤에서는 ‘율’로, 그 외의 경우에는 ‘能率(능률)’, ‘確率(확률)’처럼 ‘률’로 읽어야 합니다. ‘백분율’은 전체 수량을 100으로 하여 그것에 대해 가지는 비율을 일컫지요.

‘利率(이율)’은 원금에 대한 이자의 비율, ‘打率(타율)’은 야구에서, 안타 수를 타격수로 나눈 백분율, ‘致死率(치사율)’은 어떤 병에 걸린 환자 중에서 그 병으로 죽은 환자의 비율을 이르는 말이고, ‘收率(수율)’은 어떤 물질을 얻을 때, 이론상의 예상 분량과 실제로 얻은 양의 비율이므로, 결국 어떤 제품의 수율이란 缺陷(결함)이 없는 합격품의 비율을 뜻합니다.

새 물결이 앞의 물결을 밀어내듯이, 世代交替(세대교체)는 자연의 섭리라는 생각이 듭니다. 다음은 『增廣賢文(증광현문)』에 전하는 내용입니다.

一代新人換舊人(일대신인환구인)
한 시대의 새 사람은 옛사람을 대신하네.

채권자가 채무자를 윽박지르는 모습을 나타낸 글자가 '빚 債(채)'

집 앞 가게에서 외상으로 라면을 사거나, 은행에서 돈을 빌려 치킨집을 차렸다면 갚아야 할 돈은 모두 '負債(부채)'가 됩니다. 또 일하기로 하고 계약금을 먼저 받았다면 계약금도 부채에 잡힙니다. 이처럼 '負債(부채)'는 '질 負(부)'와 '빚 債(채)'가 합쳐져 개인이나 기업이 타인으로부터 빌린 돈을 뜻합니다. 따라서 부채는 貸出(대출, loan), 割賦 購買(할부 구매), 신용카드 사용 등 다양한 형태로 나타날 수 있습니다. '대출'은 돈이나 물건 따위를 빌려주는 것, '할부 구매'는 물건값을 여러 번으로 나누어 낸다는 조건으로 상품을 사는 일을 말하죠.

'負債(부채)'에서 '負(부)'는 '사람[人(인)]'이 '조개[貝(패)]'를 지고 있는 모습의 글자로, '짊어지다'가 본뜻이라고 합니다. 윗부분은 '사람 人(인)'의 변형이고, 아랫부분 '조개 貝(패)'는 '돈'과 '재물'을 뜻하거든요. 그래서 사람이 값나가는 재물을 등에 지고 있는 모습에서 '짊어지다'가 본뜻이고, 남의 돈을 빌려 짊어졌기 때문에 '빚지다'라는 뜻도 아울러 가지게 됐습니다.

'負擔(부담)'처럼 '짐을 지다(burdened)', '勝負(승부)'처럼 '지다(lose)' 등의 뜻으로 쓰이다가 나중에 사람들이 '負(부)'를 등에 돈을 많이 지고 있는 모습으로 여겼는지 '自負心(자부심)'처럼 '믿다'라는 뜻도 가지게 되었죠. '부담'은 등에 짐을 진 것 같은 마음 또는 의무나 책임을 지는 것, '자부심'은 자신을 믿고 당당히 여기는 마음을 뜻합니다.

'負荷(부하)'는 짐을 진다는 뜻에서 일을 맡기는 것, '抱負(포부)'는 가슴에 안고 등에 진다는 뜻에서 마음속에 가지고 있는 미래에 대한 계획이나 희망을 말합니다.

일을 너무 많이 맡는다는 뜻의 '過負荷(과부하)'는 기기나 장치가 다룰 수 있는 정상치를 넘은 것을 일컫습니다. 또 '褓負商(보부상)'은 봇짐장수와 등짐장수를 아울러 이르는 말이고, '男負女戴(남부여대)'는 남자는 짐을 지고 여자는 짐을 인다는 뜻에서 가난한 사람들이 온갖 고생을 하며 이리저리 떠돌아다니는 모습을 이르는 말이죠.

몸에 상처를 입는 것은 '負傷(부상)', 한쪽이 어떤 일의 완성을 약속하고, 상대편이 그것에 대해서 일정한 보수를 지급하기로 하는 계약은 '請負(청부)'라고 합니다. 그렇다면 한꺼번에 일을 맡기는 '都給(도급)'과 사촌지간이네요. '請負 殺害(청부 살해)'라고 하여 세간을 한 번씩 떠들썩하게 만드는 그 '청부'로군요. '청부 살해'는 남의 청을 받아 사람을 해쳐서 죽이는 것을 이르는 말인데, '도급 살해'라는 말은 없는 것 같군요.

'승부욕이 강하다'에서 '勝負慾(승부욕)'은 상대와의 경쟁에서 이기려고 하는 욕구, '승부수를 던지다'에서 '勝負手(승부수)'는 마지막으로 결단하는 일, '이번 선거에서 수도권이 승부처이다'에서 '勝負處(승부처)'는 이기고 지는 고비가 되는 곳이나 때, '명승부를 연출하다'에서 '名勝負(명승부)'는 경기나 경쟁에서 이기고 지는 것이 멋지게 이루어지는 일을 뜻하죠.

다음으로. '債(채)'는 '사람 亻(인)'과 '꾸짖을 責(책)'이 합쳐진 글자인데, 본래 글자는 '責(책)'이었습니다. '責(책)'의 윗부분은 '가시나무 朿(자)'가 변한 것으로, 채권자가 가시나무를 들고 채무자를 윽박지르는 모습에서 '빚(debt)'이라는 뜻을 나타낸 글자라고 합니다. '빚'을 뜻하는 '責'이 나중에 다른 뜻으로 많이 쓰이자, 남에게 진 것이 빚이라는 것을 강조하기 위해서 '사람 亻(인)'을 덧붙인 '債(채)'를 새로 만들게 된 거죠. '責(책)'은 나중에 빚과 관련되어 '꾸짖다', '재촉하다', '책임' 등의 뜻으로 확대됐어요.

  '債權(채권)'은 빚진 사람에게 빚을 준 사람이 행사할 수 있는 권리, '債務(채무)'는 빚을 갚아야 하는 의무, '私債(사채)'는 개인에게 진 빚, '國債(국채)'는 국가가 진 빚, '外債(외채)'는 한 나라가 외국에 진 빚을 말합니다. 국가, 기업 등이 자금을 차입(借入)하기 위해 발행하는 유가증권도 '債券(채권)'이라고 하는데, 앞의 '債權(채권)'과 다르죠. '권리 權(권)'과 '문서(증서) 券(권)'의 한자가 다르다는 점에 주목하여 그 뜻을 구별하면 되겠군요. '社債(사채)'는 '會社債(회사채)'를 줄인 말로, 회사가 자금을 일반인에게서 빌리기 위하여 발행하는 채권인데, 일정 기간이 지난 후 보통 株式(주식)으로 전환할 수 있는 회사채는 '轉換社債(전환사채)'라고 합니다.

  앞에서 '抱負(포부)'는 가슴에 안고 등에 진다는 뜻에서 마음속에 가지고 있는 미래에 대한 계획이나 희망을 일컫는다고 말했죠. 여기서 '抱(포)'는 뱃속의 '아이[巳(사)]'를 두'손[扌=手(수)]'으로 정성껏 '감싸는[勹(포)]' 것이고, '負(부)'는 세상에서 가장 소중한 '재화[貝(패)]'를 등에 진 '사람(人)'의 떳떳함이라고 풀이한 글을 읽은 적이 있어요.

  독자 여러분의 포부는 무엇인가요?

文
文化
Culture
藝
藝術
Arts
體
體育
Sports

莫强(막강)　　　更新(경신)

快擧(쾌거)　　　偶像(우상)

横斷(횡단)　　　選好(선호)

浮刻(부각)　　　健脚(건각)

序幕(서막)　　　禁忌(금기)

素質(소질)　　　禮節(예절)

受容(수용)　　　演藝(연예)

飮食(음식)　　　映畫(영화)

絶唱(절창)　　　照明(조명)

'莫(막)+형용사'에서 '莫'은 '더할 수 없이'니까 莫强은 더할 수 없이 센 것.

'莫強 火力(막강 화력)'이라는 말을 종종 들어 봤을 겁니다. 얼핏 들으면 이 말은 전쟁 또는 무력과 관련지어 많이 쓰일 것 같죠? 그러나 인터넷 검색을 해 보면, 예상외로 스포츠 관련 뉴스에 자주 등장해요.

축구에서 뛰어난 골 결정력을 갖추거나, 야구에서 長打力(장타력)을 갖춘 팀을 '막강 화력'이라고 표현한 것을 어렵지 않게 찾을 수 있어요. 하긴 스포츠의 原型(원형)이 전쟁이라는 말도 있긴 합니다.

먼저 '莫強(막강)'의 '莫(막)'부터 화력을 집중해 공략해 볼게요. '莫(막)'은 대개 '없을 막'으로 읽지만, 처음엔 '해가 저물다'가 본뜻이었죠. 이 글자의 최초 형태를 보면, 풀숲[풀 艹(초)] 속에 해[日(일)]가 지고 있는 모양을 나타내고 있거든요. 아래쪽의 '큰 大(대)'도 '풀 艹(초)'가 잘못 바뀌었다고 합니다. 해가 풀숲 속으로 지면 주변의 사물도 보이지 않게 되므로 '없다'라는 뜻으로 주로 쓰이자 '莫(막)'에 다시 '해 日'을 덧붙인 '暮(모)'가 '저물다'라는 본뜻을 대신 나타내게 되었죠.

'없을 莫(막)'이라고 해서 무조건 '없다'라는 뜻은 아니죠. '피해가 莫甚(막심)하다.'라고 했을 때 '莫甚(막심)'은 '심함이 없다(심하지 않다)'가 아니라 '이보다 더 심한 경우가 없다', '더할 수 없이 심하다'라는 뜻이 돼요. 왜 그럴까요? 한문 문장의 최상급 구문에 '莫(막) A 於(어) B'의 형식이 있는데. 이를 풀이하면 'B보다 더 A(형용사)한 것은 없다'가 되죠. 여기서 이런 풀이가 나온 거죠. 그런데 이와 유사한 표현이 영어에도 있다는 사실이 놀랍지 않아요?

그래서 '莫重(막중)'은 '이보다 더 무거운 것은 없음', 즉 '더할 수 없이 중대함'이라는 뜻이 되고, '莫強(막강)'은 '더할 수 없이 강함'이 되지요.

위도 없고 아래도 없다는 것에서 더 낫고 더 못함의 차이가 거의 없는 것은 '莫上莫下(막상막하)', 이미 잘못된 것을 뒤늦게 뉘우쳐도 다시 어찌할 수가 없는 것은 '後悔莫及(후회막급)', 서로 거스름이 없는 벗이라는 뜻으로, 허물이 없이 아주 친한 친구는 '莫逆之友(막역지우)'라고 합니다. '막상막하'처럼 우열(優劣)을 가릴 수 없다는 뜻으로, 누구를 형이라 하고 누구를 아우라 하기 어렵다는 '難兄難弟(난형난제)', 첫째와 둘째를 가리기 어려운 '伯仲之勢(백중지세)'도 있어요.

다음으로, '굳셀 強(강)'은 '벌레 虫(훼 또는 충)과 '넓을 弘(홍)'이 결합한 글자네요. 이 글자는 본래 쌀벌레인 '바구미'를 뜻했으나, 점차 '굳세다', '강하다', '힘쓰다' 등의 뜻으로 쓰이기 시작했죠. 바구미란 놈이 잘 죽지 않고 쌀을 축냈나 봅니다. 나중에 '억지로', '강제로'의 뜻으로도 많이 쓰입니다. '強風(강풍)'은 강한 바람, '強打(강타)'는 세게 치는 것, '強壓的(강압적)'은 강제로 억누르는 것을 뜻합니다. '친구의 부탁을 완강하게 거절하다'에서 '頑強(완강)'은 태도가 모질고 굳센 것을 이르죠.

강한 적수 또는 만만찮은 상대는 '強敵(강적)', 강한 세력이나 기세는 '強勢(강세)', 세력이 강하고 큰 여러 나라는 '列強(열강)', 힘이 세거나 실력이 뛰어나 맞서서 겨루기 힘든 상대는 '強豪(강호)', 굳세게 버티어 굽히지 않는 것은 '强硬(강경)', 굳세고 질긴 것은 '强靭(강인)', 보충하여 더 강하게 만드는 것은 '補强(보강)'이라고 합니다.

또 약한 자가 강한 자에게 먹히는 것은 '弱肉强食(약육강식)', 스스로 힘써 몸과 마음을 가다듬고 쉬지 않는 것은 '自强不息(자강불식)', 세력이 강한 두 사람이나 집단이 힘의 균형을 이루는 구도는 '兩强構圖(양강구도)'라고 합니다.

이 밖에, '억지로', '강제로'의 뜻으로 쓰인 경우를 볼까요? 억지로 요구하는 것은 '强要(강요)', 남의 물건이나 권리를 강제로 빼앗는 것은 '强奪(강탈)', 남에게 물건을 강제로 떠맡겨 파는 것은 '强賣(강매)', 어려움을 무릅쓰고 행하는 것 또는 강제로 실행하는 것은 '强行(강행)', 억지로 제한하는 것은 '强制(강제)'라고 합니다.

그리고 강제로 점령하는 '强占(강점)'은 남보다 우세하거나 더 뛰어난 점이라는 '强點(강점)'과 구별됩니다. 더불어 '强占(강점)'은 [강점]으로, '强點(강점)'은 [강쩜]으로 읽어야 합니다.

세계사의 페이지를 화려하고 두툼하게 장식하는 '莫强(막강)' 로마 제국도, 스페인의 無敵艦隊(무적함대)도 지구상에서 사라졌습니다. 하늘 아래 영원한 것은 없나 봅니다. 그래서 이런 교훈이 필요한가 봅니다.

"强(강)하다고 교만하지 말고, 弱(약)하다고 비굴하지 말라."

이것을 다음과 같이 바꾸어도 괜찮을 듯합니다.

"유리하다고 교만하지 말고, 불리하다고 비굴하지 말라."

노벨 문학상에 소설가 한강…한국 작가 최초의 쾌거

어느 인터넷 뉴스의 타이틀입니다. 2024년 가을날 저녁, 대한민국을 들썩거리게 했던 그 뉴스죠. ‘快擧(쾌거)’는 바로 이런 때 쓰려고 사전 깊숙이 쟁여놓았던 듯하네요. ‘매우 기쁘고 장한 일’ 또는 ‘가슴이 후련할 만큼 통쾌하고 장한 행위’라는 사전의 풀이가 영 통쾌하지 않군요.

한국 작가로서 최초 노벨 문학상 수상자 탄생에 시민들이 “온몸에 전율이 흘렀다.”, “눈물이 고였다.”라는 반응을 보이며 감격스러워했다고 합니다. 戰慄(전율)이 흐르고 눈물이 흐르는 이 감격스러운 사건을 겨우 ‘쾌거’라고? 이 책을 쓰는 저자 혼자만 흥분하나 봅니다.

‘快擧(쾌거)’에 나오는 한자를 하나씩 따져 봅시다. 그런 다음 지금의 사전적 정의를 나름대로 바꾸어 보기로 하죠.

먼저, ‘快(쾌)’는 ‘마음 心=忄(심)’과 ‘깍지 夬(결) 또는 터놓을 夬(쾌)’가 합쳐진 글자로, ‘마음’이 뻥 뚫리도록 ‘터놓았으니’ ‘유쾌하다(상쾌하다)’, ‘시원하다’, ‘빠르다’ 등을 뜻하는 것은 당연하겠지요.

행동이나 기분이 가볍고 즐거운 것은 ’輕快(경쾌)‘, 말이나 글의 조리가 분명하고 시원한 것은 ’明快(명쾌)‘, 매우 즐겁거나 몹시 즐기는 것은 ‘快樂(쾌락)’, 느낌이 시원하고 산뜻한 것은 ‘爽快(상쾌)’, 매우 유쾌하고 시원한 것은 ‘痛快(통쾌)’죠. 또 병이 완전히 낫는 것은 ‘完快(완쾌)’, ‘快癒(쾌유)’ 또는 ‘快差(쾌차)’라고 하고, 돈이나 물품을 필요한 데에 선뜻

내어 주는 것은 '快擲(쾌척)', 마음이나 표정이 기쁘고 유쾌한 것은 '欣快(흔쾌)'라고 합니다.

몸과 마음에 알맞아 기분이 상쾌한 것은 '快適(쾌적)', 일 따위가 되어 가는 아주 좋은 상태는 '快調(쾌조)'. 마음먹은 대로 일이 잘되어 외치는 통쾌한 외침은 '쾌재(快哉)'가 되죠. 잘 드는 칼로 마구 헝클어진 삼 가닥을 자른다는 데서 어지럽게 뒤섞인 일을 명쾌하게 처리한다는 뜻이 된 '快刀亂麻(쾌도난마)'도 다음 옛이야기를 알면 그 뜻도 명쾌해집니다.

6세기 무렵 중국 어느 나라에 높은 벼슬아치가 있었다고 해요. 이 사람의 이름이나 나라 이름은 몰라도 돼요. 그에게는 여러 명의 아들이 있었는데, 어느 날 아들들의 능력을 시험하기 위해 어지럽게 얽히고설킨 삼[麻, 마]실을 하나씩 나눠주면서 풀어보라고 했죠. 다른 아들들은 한 가닥씩 풀어내려고 낑낑거리는데, 둘째 아들만 칼을 뽑아 단번에 실타래를 잘라 버리면서, "어지러운 것은 모름지기 베어야 합니다."라고 했대요. 이 아들이 나중에 황제 자리에 올랐다고 합니다. 反轉(반전)…물어보나 마나, 그는 나중에 暴君(폭군)으로 돌변했다고 해요.

다음으로, '擧(거)'는 '더불어 '與(여)'와 '손 手(수)'가 결합한 글자입니다. 그러니 여러 사람이 '더불어' '손'으로 무거운 물건을 '들다'라는 뜻을 가지게 됐다고 봐요. 물건 아닌 사람을 들어 올리는 것은 '薦擧(천거)', '推薦(추천)' 등의 뜻이 되겠죠. 나중에 '일으키다', '행동', '온통(entire)' 등의 뜻으로 확대됐습니다.

손을 드는 것은 '擧手(거수)', 투표 등의 방법으로 사람을 가려 뽑는 것은 '選擧(선거)', 어떤 사항을 논제로 삼아 제기하거나 논의하는 것은 '擧論(거론)', 예전에 무거운 물건을 들어 올릴 때 쓰던 기계는 '擧重機

(거중기)’, 한 가지 일로 두 가지 이익을 얻는 것은 ‘一擧兩得(일거양득)’
이라고 합니다.

　몸을 움직이는 것은 ‘擧動(거동)’, 정의를 위하여 일으킨 큰일은 ‘義擧
(의거)’, 난폭한 행동은 ‘暴擧(폭거)’, 몸을 움직이는 모든 동작은 ‘行動擧
止(행동거지)’, 경솔하고 조심성 없는 행동은 ‘輕擧妄動(경거망동)’이라
고 하는데, 여기서 ‘擧(거)’는 모두 ‘행하다’, ‘행동’ 등의 뜻으로 쓰인 겁
니다. 이 밖에 ‘온통’으로 쓰인 ‘擧國的(거국적)’, ‘擧族的(거족적)’은 온 국
민과 민족이 참여하는 것을 뜻하지요.

　‘통쾌할 快(쾌)’와 ‘들(lift) 또는 행할 擧(거)’가 합쳐진 ‘쾌거’의 사전
적 정의를 바꾸어 보려고 했는데, 정말로 쉽지 않군요. 통쾌하게 드는
것과 통쾌하게 행동하는 것이 합쳐진 것이라면 祝杯(축배)를 높이 ‘들’
만한 통쾌한 ‘행동’이 되겠네요. 핑계를 대자면, 말은 이래서 불완전하
다고 하는 거지요.

　노벨상을 受賞(수상)했다는 소식처럼 계속해서 온 국민의 가슴을 콩
닥거리게 하는 朗報(낭보)가 날아들었으면 좋겠습니다.

240

가로로 건너가면 橫斷, 남북 방향으로 건너가면 縱斷(종단).

 '橫斷(횡단)'은 어떤 지역이나 경계를 가로질러 건너는 것을 뜻합니다. 그러나 '횡단'의 폭과 길이는 어디를 건너느냐에 따라 天壤之差(천양지차)인 것 같습니다. 步道(보도) 횡단에서부터 南極(남극) 횡단에 이르기까지 횡단의 스케일이 아주 다르니까요.

 특히 남극 횡단은 얼음과 눈으로 덮인 극한의 환경에서 이루어지므로 남다른 인내심이 필요하겠죠. 1910년대에 최초로 남극 횡단을 시도한 영국의 탐험선 이름이 '忍耐(인내)'의 뜻을 가진 '인듀어런스(Endurance)'였으니 참 기발한 작명이었네요.

 '橫斷(횡단)'의 '가로 橫(횡)'은 '나무 木(목)'과 '누를 黃(황)'이 결합한 글자죠? 그래서 옛날 가축이 집 밖으로 달아나는 것을 막기 위해 대문짝에 가로로 걸쳐두었던 '누런' 빛깔의 '나무 막대기'가 이 글자의 본뜻이었다고 합니다. 가로로 걸쳐 있었으므로 나중에 '가로'라는 뜻을 얻었고. 동양, 특히 중국에서는 세로 방향의 수직적 질서를 중시하므로 '가로 橫(횡)'은 '제멋대로', '뜻밖', '불행' 등의 부정적인 뜻으로도 많이 쓰이게 되었죠.

 모로 걷는 것은 '橫步(횡보)', 가로줄은 '橫線(횡선)', 가로로 줄을 지어 늘어선 대형(隊形)은 '橫隊(횡대)', 가로와 세로는 '縱橫(종횡)', 강한 나라와 화친을 맺는 외교상의 전략은 '連橫(연횡)'이고요, 행동 따위가 자유자재로 거침이 없는 것은 '縱橫無盡(종횡무진)'이라고 합니다.

 남의 재물을 슬쩍 챙기는 것은 '橫領(횡령)', 멋대로 굴며 몹시 포악한 것은 '횡포(橫暴)', 나쁜 일이 이곳저곳에서 마구 벌어지거나 나타나는 것은 '횡행(橫行)', 권세를 혼자 쥐고 제 마음대로 하는 것은 '전횡(專橫)'이라고 하지요. 그리고 뜻밖에 재물을 얻은 것은 '橫財(횡재)', 뜻밖에 닥쳐오는 불행은 '橫厄(횡액)', 뜻밖의 사고를 당하여 제명대로 살지 못하고 죽는 것은 '非命橫死(비명횡사)'가 됩니다.

다음으로, '斷(단)'은 '이을 㡭(계)'와 '도끼 斤(근)'이 결합한 글자네요. '이을 㡭(계)'는 어떤 물건을 실로 엮어 놓은 것인데, 여기에 '도끼 斤(근)'이 붙어 '끊다(cut)'라는 뜻을 나타냅니다. '끊을 斷(단)'은 나중에 '그만두다', '결단하다', '판단(단정)하다' 등의 뜻으로 확대됐죠. 참고로, 천을 짜다가 잘못되면 끊고 다시 실을 이어서 짜야 하는데, 이를 나타내는 글자는 '繼續(계속)', '繼承(계승)'에 쓰인 '이을 繼(계)'입니다.

중도에서 멎거나 그만두는 것은 '中斷(중단)', 관계나 교류 등을 끊는 것은 '斷絶(단절)', 끊거나 막아서 서로 통하지 못하게 하는 것은 '遮斷(차단)', 창자가 끊어질 듯한 슬픔과 괴로움은 '斷腸(단장)', 주저하지 않고 딱 잘라 말하는 것 또는 확실하다고 자신 있게 하는 말은 '斷言(단언)', 일정 기간 음식물을 먹지 않는 것은 '斷食(단식)', 품었던 생각을 아주 끊어 버리는 것은 '斷念(단념)'이죠. 이 외에 斷電(단전), 斷水(단수)도 모두 '끊다'라는 뜻으로 쓰인 단어죠.

논리나 기준 등에 따라 판정을 내리는 것은 '判斷(판단)', 미리 판단하는 것은 '豫斷(예단)', 신중히 생각하지 않고 서둘러 판단을 내리는 것은 '速斷(속단)', 결정적인 판단을 하거나 단정을 내리는 것은 '決斷(결단)', 의사가 환자를 진찰하여 병의 상태를 판단하는 것은 '診斷(진단)', 어물어물 망설이기만 하고 결단을 내리지 못하는 것은 '優柔不斷(우유부단)'이라고 하지요. 러시아의 소설가 투르게네프는 매사에 懷疑的(회

의적)이며 우유부단한 햄릿과, 정의감에 사로잡혀 분별없이 猪突的(저
돌적)으로 행동하는 돈키호테라는 두 類型(유형)으로 인간을 나누었다
고 합니다.

앞에 나온 남극 횡단 탐험선 '인듀어런스'호(號)가 얼음에 갇혀 침몰
하는 바람에 영국의 남극 횡단은 실패하고 말았지요.
그러나 27명의 대원들은 숱한 시련을 겪으면서 한 사람의 희생도 없
이 生還(생환)했다고 합니다. 후세 사람들은 이들의 도전을 '위대한 실
패'라고 부르고 있습니다. 이 위대한 실패가 있고 난 후에도 남극 횡단
의 도전은 계속되어 여러 차례의 성공 사례가 있었습니다. 정말로 '위대
한 실패'로군요.

그러나 인생을 橫斷(횡단)하는 트레킹(trekking)은 남극 횡단보다도
더 큰 고난과 시련이 있겠죠?
독자 여러분은 이 험난한 인생의 횡단을 어떻게 준비하고 있나요?

浮刻은 도드라지게 새기니 특징을 뚜렷이 나타낸다는 뜻.

평평한 면에 글자나 그림을 새기는 기법은 크게 둘로 나눌 수 있습니다. 글자와 그림을 도드라지게 새기는 '陽刻(양각)'과 오목하게 파서 새기는 '陰刻(음각)'이 있지요. 새긴 다음에 먹을 묻혀 拓本(탁본)을 뜨면 기법에 따라 글자나 그림 부분이 다르게 나타나겠죠. 양각은 검게 나타나지만, 음각은 희게 나타날 테지요. 특히 양각은 바탕의 겉면에 도드라지게 새긴 것이므로 '浮刻(부각)'이라고도 합니다. 그래서 '부각'은 어떤 특징을 두드러지게 나타낸다는 뜻을 가지게 된 거지요.

'浮刻(부각)'의 '뜰(float) 浮(부)'는 물 위에 뜬다는 뜻을 나타내기 위해 '물 水=氵(수)'가 결합했겠죠? 이 글자의 초기 형태는 물가에서 어린 아이의 머리를 손으로 잡고 있는 모습이라고 합니다. 아마도 어른이 아이에게 헤엄치는 방법을 가르치는 것으로 추정하여 물에 '뜨다' 또는 '떠오르다' 등의 뜻으로 쓰인 것 같습니다. 나중에 '떠돌아다니다'라는 뜻도 얻게 됩니다.

뜬구름은 '浮雲(부운)', 수면에 떠오르는 것 또는 관심의 대상이 되거나 훨씬 좋은 위치로 올라서는 것은 '浮上(부상)', 세력이 성하였다 쇠하였다가 하는 것은 '浮沈(부침)', 가라앉은 것을 떠오르게 하는 것은 '浮揚(부양)', 물 위에 띄워 어떤 표적으로 삼는 물건은 '浮標(부표)', 선거에서 정세나 분위기에 따라 변할 가능성이 있는 표는 '浮動票(부동표)', 일정한 거처나 직업이 없이 떠돌아다니는 사람은 '浮浪者(부랑자)'라고 합니다. 많이 쓰는 말로, 가라앉은 경기를 떠오르게 하는 대책이나 방법을 '경기 浮揚策(부양책)', 공기 중에 떠다니는 먼지를 '浮遊(부유) 먼지'라고 하지요.

다음으로 '새길 刻(각)'은 '돼지 亥(해)'와 '칼 刀(도)'가 결합한 글자로, 도살한 돼지를 칼로 '자르다', 나아가 '(칼로) 새기다(inscribe)'라는 뜻을 주로 나타냅니다. 참고로, '亥(해)'는 도살한 돼지이고, '豕(시)'는 살아있는 돼지라고 하는데, 그냥 그러려니 하고 넘어갑시다. '새길 刻(각)'은 나중에 '심하다', '모질다'. '시각' 등의 뜻으로 확대됐는데요, 시간 단위로 쓰이는 '刻(각)'은 하루 24시간의 1/100이므로 지금의 15분 정도 된다고 합니다.

뚜렷하게 머릿속에 새겨지는 것은 '刻印(각인)', 뼈를 깎듯이 무척 애쓰는 것은 '刻苦(각고)', 고마움이나 원한 따위가 잊을 수 없을 만큼 깊이 새겨지는 것은 '刻骨(각골)', 극히 짧은 시간 또는 눈 깜빡할 사이는 '頃刻(경각)', 깊이 새기는 것, 또는 상태가 매우 깊고 절박한 것은 '深刻(심각)', 돌이나 나무 등을 깎거나 새겨서 입체적인 형상을 만드는 것은 '彫刻(조각)'입니다.

당장에 또는 곧 바로는 '卽刻(즉각)', 아주 짧은 시간은 '頃刻(경각)' 또는 '寸刻(촌각)', 정한 시각보다 늦은 것은 '遲刻(지각)'이죠. 흔히 '촌각을 다투다'는 매우 짧은 시간 안에 중요하거나 급박한 일을 해야 하는 상황에서 아주 급하게 시간에 쫓길 때 쓰는 말이죠. 또 인정이 없고 모진 것은 '刻薄(각박)'이라 합니다.

시세의 변천도 모르고 낡은 것만 고집하는 어리석음은 '刻舟求劍(각주구검)'이라고 하는데, 사연이 있습니다.

초나라 사람이 배에서 칼을 물속에 떨어뜨리고 그 위치를 뱃전에 표시하였다가 나중에 배가 움직인 사실을 생각하지 않고 뱃전의 표시로 칼을 찾았다는 데서 유래하는 말이라고 하죠.

거의 죽게 되어 곧 목숨이 끊어질 지경은 '命在頃刻(명재경각)'이라고 하는데, 이것은 '목숨이 경각에 달렸다'라는 뜻으로, 순식간에 위험한 상황에 직면할 수 있음을 나타냅니다. 또 '刻骨難忘(각골난망)'은 은혜를 뼈에 새길 만큼 잊지 못한다는 뜻으로, 도움을 받은 사람에게 대한 깊은 감사를 표현할 때 사용됩니다.

다음은 『韓非子(한비자)』에 나오는 글입니다.

刻削之道(각삭지도)　　(사람 얼굴을) 처음 조각하는 방법은
鼻莫如大(비막여대)　　코는 크게 다듬고,
目莫如小 (목막여소)　　눈은 작게 다듬어야 한다.

浮刻(부각)해야 할 코는 처음부터 작게 깎으면 다시 크게 할 수 없고, '陰刻(음각)'해야 할 눈은 한 번 크게 깎으면 다시 줄일 수가 없다는 말씀.

모든 일은 처음 시작할 때, 잘 계획하고 설계하라는 가르침이군요. 試行錯誤(시행착오)를 줄이라는 뜻이겠지요?

처음으로 연극의 막이 열리는 序幕에는 '시작'과 '발단'의 뜻도.

**○○○ 2기를 앞두고 미국과 중국의 2차 무역분쟁 서막이 올랐다.
서울을 비롯한 중부 지방에 첫눈이 내려 겨울의 서막이 열렸다.**

예문에 보이는 '序幕(서막)이 오르다', '서막이 열리다' 등의 표현이 그리 생소하지는 않죠? '서막'은 글자 그대로 연극을 시작하는 '첫 막(opening act)'이 본래의 뜻이죠. 그리고 '혁명의 서막'처럼 오래 계속될 어떤 일의 '시작'을 뜻하기도 하죠. 오페라나 모음곡 따위의 첫머리에 연주되어 도입부 구실을 하는 악곡을 '序曲(서곡)'이라고 하는데, 이것도 어떤 일의 시작을 뜻하거든요. 이렇게 보면 '序(서)'가 처음과 시작이라는 뜻을 담고 있는 것 같군요.

먼저, '序(서)'는 '집 广(엄)'과 '줄(give) 予(여)'가 결합하여, '나란히 늘어선 집(담장)'이 본뜻이었다고 합니다. 여기서 '予(여)'는 '늘어서다'를 뜻한다고 하지만, 音(음)을 나타내는 요소로 보기도 합니다, 지금은 '序(서)'가 '차례'나 '질서'라는 뜻으로 쓰이면서 본뜻으로는 거의 쓰이지 않지요. 나중에 긴 말의 첫머리를 뜻하는 '序頭(서두)'처럼 '실마리', '첫머리' 등의 뜻으로 확대되었죠.

정해져 있는 차례는 '順序(순서)', 지켜야 하는 사물의 순서나 차례는 '秩序(질서)', '첫째', '第一(제일)' 등과 같이 사물의 순서를 나타내는 수는 '序數(서수)', 일정한 기준에 따라 늘어선 순서는 '序列(서열)', 근무 햇수나 나이가 많아짐에 따라 보수와 지위가 올라가는 일은 '年功序列

(연공서열)', 어른과 어린아이 사이에는 순서가 있는 것은 '長幼有序(장
유유서)'라고 합니다. 이것들은 모두 '차례' 또는 '순서'의 뜻으로 활용된
겁니다. 앞에 든 '차례'의 뜻 외에 말이나 글의 실마리, 음악의 도입부, 책
의 첫머리 등을 나타내기 위하여 접두사처럼 붙어 '실마리'의 뜻으로 쓰
이기도 해요. 책이나 논문 따위의 첫머리에 간략하게 적은 글은 '序文
(서문)', 말이나 글 따위에서 실마리가 되는 부분은 '序論(서론)', 책의 첫
머리에 서문 대신에 쓴 시는 '序詩(서시)'라고 하죠. 윤동주 시인의 시집
『하늘과 바람과 별과 시』의 〈서시〉가 가장 유명하죠.

죽는 날까지 하늘을 우르러

한 점 부끄럼이 없기를,

잎새에 이는 바람에도

나는 괴로워했다. (1연)

　　다음으로, '幕(막)'은 '없을 莫(막)'과 '수건 巾(건)'이 결합한 글자입니
다. '巾(건)'이 '천, 직물'을, '莫(막)'은 '없다'를 각각 뜻하므로 이 둘이 합
쳐진 '幕'은 어떤 것을 없애는, 즉 안 보이게 하는 천을 나타내겠죠. 그래
서 '幕(막)'은 '帳幕(장막)', '揮帳(휘장)'이라는 뜻을 얻게 된 것이니 참,
기발한 발상이네요. 이미 있는 글자를 합쳐서 이렇게 재미있게 글자를
만들다니…'없을 莫(막)'과 '물 水=氵(수)'가 결합한 '漠(막)'은 물이 없는
'사막'을 뜻하게 됩니다.
　　햇볕이나 비바람을 피할 수 있도록 둘러치는 막은 '帳幕(장막)', 말뚝
을 박고 기둥을 세우고 천을 씌워 막처럼 지어 놓은 것은 '天幕(천막)',
연극에서 한 막이 끝나고 다음 막이 시작될 때까지의 동안, 또는 어떤
일이 잠시 중단되거나 쉬는 동안은 '幕間(막간)', 자기편의 행동이나 소

248

재를 적에게 숨기기 위하여 피우는 연기는 '煙幕(연막)', 겉으로 드러나지 않은 나쁜 내막은 '黑幕(흑막)'이 됩니다. 선전문이나 구호 따위를 써서 세로로 늘어뜨린 천은 '懸垂幕(현수막)', 동상이나 기념비 등을 둘러친 막을 벗기면서 그 완성을 축하하는 의식은 '除幕式(제막식)', 대회, 공연, 행사를 정식으로 시작하는 의식은 '開幕式(개막식)', 겉으로 드러나지 않게 은밀히 하는 교섭은 '幕後交涉(막후교섭)'이라고 하죠.

'序幕(서막)'은 연극의 시작이면서 새로운 일의 시작을 뜻합니다. 요즈음 말로 하면, 일을 처음으로 시작하여 일으키는 '創業(창업)'과 통하지요. 창업의 본뜻은 王朝(왕조)를 세우는 것, 곧 開國(개국)이 됩니다. 둘은 모두 새로운 시작과 관련되지만, 실제로는 개념과 맥락에서 분명한 차이가 있죠. 서막이 본격적인 전개에 앞선 준비 단계, 豫告篇(예고편)이라면, 창업은 새로운 사업이나 기업을 실제로 시작하는 것이 됩니다. '새로운 시대의 서막이 오르다', '정부가 청년 창업을 지원하다'처럼 둘은 뚜렷한 차이가 있군요.

『十八史略(십팔사략)』에 실린 글을 보면, 당 태종이 신하들에게 다음과 같이 묻습니다.

創業守成(창업수성)　　창업과 수성,
孰難(숙난)　　어느 것이 어려운가?

'守成(수성)'은 조상들이 이루어 놓은 일을 이어서 지키는 것입니다. 이 물음에 독자 여러분이 답해 보기 바랍니다.

흰 바탕의 素質은 본래부터 타고난 능력과 기질.

요즘 세계를 들썩거리게 하는 K-POP의 젊은이들을 보면서 '끼'가 넘친다고 표현합니다. 연예에 대한 재능이나 소질을 속되게 이르는 말로 우리 국어사전에도 '끼'라는 단어가 등재되어 있을 정도니까요. 그러나 얼마 전까지만 해도 손재주가 남다르거나 기가 막히게 춤추는 춤꾼을 만나면 우리는 곧잘 '素質(소질)'이 있다고 추켜세웠지요. 앞으로 어떻게 될지 모르는 성질이나 재능을 왜 '소질'이라고 하는 걸까요?

'素質(소질)'에서 素(소)는 '드리울 垂(수)'와 '실 糸(멱)'을 결합하여 누에고치에서 갓 뽑아 물들이지 않은 '실'타래를 묶어서 '드리운' 모습을 나타낸 글자라고 해요. '素(소)'는 장식하지도 않고 염색하지도 않은 흰 명주실이니 '희다'라는 뜻을 가졌고, 흰색은 아무것도 안 칠해졌으니 '비다(空, empty)' 또는 '수수하다'로, 또 흰색은 모든 색의 처음이므로 '본디', '본바탕' 등으로, 나아가 '평소' 등의 뜻으로 확대되었는데, 갈려 나온 뜻이 아주 자연스럽게 연결되네요. 결국 '素(소)'는 '있는 그대로', '타고난 그대로'의 뜻을 가지므로 사람의 성격과 관련지어 태어날 때부터 '타고난 바탕'의 뜻으로 쓰이게 됩니다.

흰색의 喪服(상복)은 '素服(소복)', 밝고 흰 달은 '素月(소월)'이고, 어떤 것을 만드는 데 밑바탕이 되는 재료는 '素材(소재)', 타고난 능력과 바탕은 '素質(소질)'이 되지요. 물체가 색깔을 띨 수 있게 하는 성분은 '色素(색소)', 만물을 이루는 바탕 혹은 더 이상 분해할 수 없는 요소는 '元素(원소)', 물질에서 더 이상 나눌 수 없는 가장 작은 알맹이는 '素粒子

(소립자)'라고 합니다. 꾸밈이 없고 수수한 것은 '素朴(소박)', 사치스럽지 않고 수수한 것은 '儉素(검소)', 평소에 닦은 교양은 '素養(소양)'입니다.

이 밖에, 꼭 필요한 성분인 '要素(요소)', 한 가지 색으로 사물의 명암과 형태를 그린 그림인 '素描[소묘, 데생(dessin)]', 광합성을 하는 녹색의 색소 '葉綠素(엽록소)' 등이 있군요.

나 보기가 역겨워
가실 때에는
말없이 고이 보내 드리오리다.

이렇게 읊은 천재 시인 김정식의 '素月(소월)'이라는 호는 '흰 달'이라는 뜻이군요. 그가 전통적인 恨(한)의 정서를 여성적 정조로 노래한 것도 이 호와 관련이 있을 것 같군요. 그리고 가끔 매스컴의 뉴스에서 만나는 '違法(위법)의 素地(소지)가 있다.'라는 말은 무슨 뜻일까요? '素地(소지)'가 글자 그대로 본바탕이므로 법을 어길 본바탕이 있다, 즉 본바탕에서 법을 어길 가능성이 있다는 뜻이 됩니다. 좀 어렵지만 알아두면 좋겠군요.

다음으로, '質(질)'은 '모탕 斦(은)'과 '조개 貝(패)'를 결합한 글자로, 본래 '저당물'을 뜻했다고 해요. 여기에서 '斦(은)'은 두 자루의 '도끼 斤(근)'을 나타낸 것이고, '貝(패)'는 돈이나 재물을 뜻하기 때문에 '質(질)'은 도끼를 맡기고 돈을 빌리는 모습을 나타낸 글자가 되는 거지요. '재화 貨(화)', '빌릴 貸(대)', '재물 資(자)'와 같이 '조개 貝(패)'가 붙어 돈을 뜻하는 한자가 만들어진다는 것도 알아 두면 다른 한자를 익히는 데 많은 도움이 될 겁니다. '바탕 質(질)'의 본뜻이 돈을 빌리기 위해 저당 잡히는 물건이었듯이, 사람을 볼모로 잡아 어떤 대가를 요구하는 '人質(인질)'이라는 뜻도 가지죠. 이 밖에, '資質(자질)'처럼 성질이나 바탕의 뜻으로, '質朴(질박)'처럼 순박하다는 뜻으로, '質問(질문)'처럼 묻는다는 뜻으로, '質權(질권)'처럼 저당을 잡는다는 뜻으로도 쓰입니다. 본디부터 가지고 있는 사물 자체의 성질은 '本質(본질)', 태어나면서 타고난 몸의 성질은 '體質(체질)', 물건의 성질은 '品質(품질)', 야구에서 투수가 던지는 공의 성질은 '球質(구질)'이죠. 앞의 예에서 보는 바와 같이 '質(질)'은 '性質(성질)'의 뜻으로 가장 많이 쓰여요.

그런데 우리 모두는 '素質(소질)'이라는 가능성과 바탕을 가지고 이 세상에 태어납니다. 그러나 소질이 발견되지 않으면 그저 잠재된 가능성에 불과하죠. 앞서 소개한 천재 시인 김소월도 岸曙(안서) 金億(김억)이라는 스승을 만나지 못했다면 진흙 속에 파묻힌 옥돌로 그냥 사라졌을 겁니다. 다행스럽게도 그의 시적 재능을 일찍 발견하고 인정한 스승을 만나면서 그의 소질이 빛을 발하고 그가 우리 현대시의 頂上(정상)에 설 수 있었겠죠.

끝으로 '素質(소질)'과 '資質(자질)'이 어떻게 다를까요? 선천적으로 가지고 태어나 앞으로 발휘할 것 같은 능력이 '소질'이라면, 소질보다 조금 더 확정적인 능력이 '자질'이라고 생각돼요. 그래서 '소질'은 주로 나이가 어리거나 경험이 부족한 사람에게 쓰이고, '자질'은 年長者(연장자)나 경험이 있는 사람에게 쓰이는 것 같군요. 소질이 潛在的(잠재적)이라면 자질은 조금 더 可視的(가시적)이라고 할까요?

마치 어린 시절에는 막연한 '꿈'을 품고 성장하지만, 성인이 되면 '꿈'이 아니라 '비전(vision)'을 보여 줘야 하듯이 말입니다.

受容은 받아들이는 것, 收容(수용)은 한 곳에 거두어 모아놓는 것.

'受容(수용)'은 보통 '외래문화를 수용하다', '요구 조건을 수용하다' 등의 맥락에서 많이 쓰이는 말이죠. '수용'이라고 하면 왠지 모르게 수용하는 주체가 개인이든 단체든 그릇됨이 아주 크다는 느낌을 받습니다. 수용은 말 그대로 받아들이는 것을 뜻하기 때문이죠. 작은 흙덩이도 마다하지 않아야 태산이 되고, 작은 물줄기도 가리지 않아야 河海(하해)를 이루는 법이거든요. 결국 수용은 다른 사람이나 집단의 문화나 사상 따위를 받아들여서 자기 것으로 소화하거나, 상대의 주장 또는 요청을 그대로 들어준다는 뜻이 됩니다.

'受容(수용)'의 '受(수)'는 '손톱 爪(조)'와 '또 又(우)'가 합쳐져 손으로 물건을 주고받는 모습을 그려 '주고받다'가 본래의 뜻이었죠. 여기에서 '손톱 爪(조)'와 '또 又(우)'가 다른 글자와 결합되면 모두 '손'의 뜻을 가지게 된다는 것을 알아둬야 합니다. 손으로 잡아당겨 빼앗는 모습을 나타낸 '다툴 爭(쟁)', '손'을 뜻하는 '又(우)'에 '입 口(구)'를 더한 '오른손 右(우)' 등이 이를 뒷받침하는 예가 될 것입니다. 나중에 '受(수)'는 '받다(receive)'의 뜻으로만 쓰이고, '주다(give)'의 뜻은 '손 手(扌:수)'를 더한 '줄 授(수)'로 갈라졌지요. 그래서 주고받는 것을 '授受(수수)'라고 하지요.

서류를 받아 처리하는 것은 '受理(수리)', 돈이나 물건을 받는 것은 '受領(수령)', 뇌물을 받는 것은 '受賂(수뢰)', 상을 받는 것은 '受賞(수상)', 요구·부탁·제안 등을 받아들여 승낙하는 것은 '受諾(수락)', 힘을 들이고 애를 쓰는 것은 '受苦(수고)', 힘들고 어려운 일을 당하는 것은 '受難

(수난)'이라고 합니다. 이들 단어는 각각 '사표를 수리하다', '보조금을 수령하다', '수뢰 혐의로 구속되다', '수상 소감을 발표하다', '후보를 수락하다', '수고를 끼치다', '수난의 역사' 등으로 쓰이지요. 다만, 아랫사람이 윗사람에게 '수고하세요.'라고 인사하는 것은 고생하라는 분위기의 뉘앙스를 줄 수 있으니 안 쓰는 게 맞습니다.

또 혜택을 받는 사람은 '受惠者(수혜자)', 이익을 얻는 사람은 '受益者(수익자)', 훈장을 받는 사람은 '受勳者(수훈자)'라고 합니다. '受取人(수취인)'은 서류나 물건 따위를 받는 사람, '受信人(수신인)'은 전보나 우편물 등을 받는 사람, '受刑者(수형자)'는 교도소에 수감되어 형의 집행을 받고 있는 사람, '引受者(인수자)'는 일이나 물건을 넘겨받는 사람, '受領者(수령자)'는 돈이나 물품 따위를 받는 사람입니다. '領收證(영수증)'은 돈이나 물건을 받았다는 표시로 쓰는 증서, '受講證(수강증)'은 강의나 강습을 받을 수 있는 증명서, '受驗料(수험료)'는 시험을 치르는 사람이 수수료로 내는 돈을 말합니다.

다음으로, '容(용)'은 '집 宀(면)'과 '골짜기 谷(곡)'이 합쳐진 글자로, '받아들이다'가 본뜻이라고 합니다. 집이 사람을 받아들이고, 골짜기가 산에 흐르는 물을 받아들이는 것과 관련되나 봅니다. 갑골문에 나온 글자 '容(용)'을 보면, '안 內(내)'의 안쪽에 '입 口(구)'가 합쳐져 있어 집 안에 있는 그릇을 나타낸 것 같습니다. 이 그릇은 인간의 表情(표정)을 스스로 담고 있는 얼굴과도 같군요. 한자 하나 속에 이런 깊은 뜻이 함축된 것에 놀랄 뿐입니다.

'容(용)'은 나중에 '얼굴', '담다', '용서하다' 등의 뜻으로 확대되지요. 그래서 '容貌(용모)'는 얼굴 모양, '容器(용기)'는 물건을 담는 그릇, '寬容(관용)'은 너그럽게 용서하는 것을 각각 뜻하지요. 이 밖에도 '容易(용이)'처럼 '쉽다'라는 뜻으로도 쓰입니다. 잠깐, '易'도 똑같은 글자가 두 가지 음으로 읽히는 경우입니다. '貿易(무역)'처럼 '바꾸다(exchange)'의 뜻이면 '역'으로, '쉽다(easy)'의 뜻이면 '이'로 읽습니다.

얼굴과 피부를 꾸미는 것은 '美容(미용)', 매우 위엄 있는 모습은 '威容(위용)', 형태나 모습이 바뀌는 것은 '變容(변용)', 사람이나 사물의 생긴 모양은 '形容(형용)', 병의 상태나 모양은 '容態(용태)'라고 합니다. 모두 얼굴과 관련된 뜻이네요. '피부 미용', '위용을 과시하다', '탈춤을 현대극으로 변용하다', '초췌한 형용으로 나타나다', '용태가 심상치 않다' 등으로 활용됩니다. '형용'은 동사로 쓰이면 '筆舌(필설)로 형용할 수 없다', '고통을 이루 다 형용할 수가 없다'와 같이 말이나 글로 사물의 모습이나 상태를 나타낸다는 뜻이 됩니다.

속에 담긴 실질적인 뜻은 '內容(내용)', 한데 모아 일정한 곳에 들어 있게 하거나 넣는 것은 '收容(수용)', 남을 너그럽게 감싸 받아들이는 것은 '包容(포용)', 너그럽게 받아들여 인정하는 것은 '容認(용인)', 범죄를 저지른 것으로 의심받는 사람은 '容疑者(용의자)', 垈地(대지) 면적에 대한 건축물의 총면적 비율은 '容積率(용적률)'이라고 하지요. 한 가지 더! '난민을 수용하다'의 '收容(수용)'과 '제안을 수용하다'의 '受容(수용)'을 구별해서 쓸 줄 아는 것도 이 책으로 공부한 보람이겠죠?

리더(leader)는 다음과 같이 태산처럼 '受容(수용)'의 미덕을 지니고 있어야 합니다.

泰山不辭土壤(태산불사토양)　　태산은 한 줌의 흙덩이도 사양하지 않아
故能成其大(고능성기대)　　거대함을 이룬다.

먹고 마시는 물건은 飲食,
먹고 마시는 동작은 食飲(식음).

'마실 飲(음)'과 '먹을 食(식)'이 결합된 '음식(飲食, food)'은 사람이 먹고 마실 수 있도록 만든 모든 것이니 食品(식품)과 飲料(음료)를 모두 일컫는 것입니다. 인간 생활의 기본이 되는 세 가지 요소 '衣食住(의식주)'에서 '食(식)'이 바로 음식이지요. 최근에 공중파든 유튜브 방송이든 '먹방'이 인기몰이를 하고 있습니다. '먹방'은 '먹는 방송'을 줄여서 하는 말로, 출연자들이 주로 음식을 먹는 모습을 실감나게 보여 주는 방송 프로그램이죠. 먹는 것은 모든 사람의 관심사니까요.

'金剛山(금강산)도 食後景(식후경)'이란 우리 속담이 있죠? 아무리 좋은 경치 또는 구경거리라도 배가 부른 뒤라야 볼 맛이 난다는 말이니 먹는 것이 아주 중요하다는 거죠. 배가 불러야 체면도 차릴 수 있다는 속담 '나룻이 석 자라도 먹어야 샌님'도 마찬가지일 겁니다.

'飲食(음식)'에서 '飲(음)'은 원래 술독[술 酉(유)]에 담긴 술을 크게 입을 벌리고 혀를 내밀어 맛을 보는 모습을 그린 것이었다고 합니다. 나중에 술독이 밥을 담아 놓은 그릇[먹을 食(식)]으로 바뀌었고, 입을 크게 벌린 것이 '하품 欠(흠)'으로 변하여 오늘날의 글자 모양으로 굳어진 것이죠. '술을 마시다'가 본래 뜻이었는데, 지금은 '飲料(음료)'처럼 '마시다'의 뜻으로도 쓰입니다. 우리는 물, 차, 술 따위와 같이 사람이 마시는 액체를 통틀어 '飲料(음료)'라고 하거든요.

독약을 먹는 것은 '飲毒(음독)', 술 따위를 지나치게 마시는 것은 '過飲(과음)', 지나칠 정도로 술을 한꺼번에 많이 마시는 것은 '暴飲(폭음)',

술을 매우 많이 마시는 것은 '痛飮(통음)'이라고 합니다. '과음', '폭음', '통음'은 모두 비슷한 뜻이군요. '지나칠 過(과)', '사나울 暴(폭)', '아플 痛(통)' 등 각각의 한자가 가진 뜻을 알면 되겠네요. 그리고 '米飮(미음)'은 쌀 등을 쑤어 마시도록 한 음식, '試飮(시음)'은 음료수나 술 따위의 맛을 보려고 시험 삼아 조금 마셔보는 것입니다. 그런데 '식음(食飮)'은 음식이나 음료를 먹고 마시는 것이므로 먹고 마시는 일을 완전히 끊는 행위는 '식음을 全廢(전폐)하다'가 됩니다.

다음으로 '食(식)'은 그릇에 담긴 음식을 그린 글자라고 합니다. 위는 뚜껑이고 아래는 발이 달린 그릇이며, 두 점은 피어오르는 김을 나타낸 것이 되겠네요. 소복하게 담긴 음식을 보면 이게 '밥'이 아닐까 추측되죠. 그래서 이 글자의 원래 뜻은 '밥(음식)'이며, 이로부터 '양식', '먹(이)다', '끼니' 등의 뜻으로 확대된 것 같아요. 음식 가운데 '밥'을 가리킬 때는 '사'로 읽습니다. '대나무 소쿠리에 담은 밥과 표주박에 든 물'이라는 뜻으로, 청빈하고 소박한 생활을 이르는 '簞食瓢飮(단사표음)'의 '簞食(단사)'가 대나무 밥그릇에 담긴 거친 '밥'이지요.

동물의 고기를 음식으로 먹는 것은 '肉食(육식)', 채소나 과일 등 식물성 음식을 먹는 것은 '菜食(채식)', 배불리 먹는 것은 '飽食(포식)', 일정 기간 의식적으로 음식을 먹지 않는 것은 '斷食(단식)', 종교적 이유나 기타의 이유로 한동안 음식을 먹지 않는 것은 '禁食(금식)'입니다.

'勝者獨食(승자독식)'에서 '독식'은 혼자서 먹는 것이니 성과나 이익을 혼자서 다 차지함을 비유적으로 이르는 말이고. '내수 시장이 蠶食(잠식)당하다'에서 '잠식'은 누에가 뽕잎을 먹듯이 점차 조금씩 차지해 들어간다는 뜻입니다.

다른 동물을 잡아먹는 동물은 '捕食者(포식자)', 잡아먹히는 동물은

'被食者(피식자)', 그래서 약한 자가 강한 자에게 먹힌다는 살벌한 '弱肉強食(약육강식)의 법칙, the law of the jungle'이 존재하는 것이죠.

젖을 때는 시기의 아기에게 먹이는 젖 이외의 음식, 소화가 잘되는 죽 따위의 부드러운 음식은 '離乳食(이유식)'이라고 합니다.

'食言(식언)'은 약속한 말을 지키지 않는 것, '食怯(식겁)'은 뜻밖에 놀라 겁을 먹는 것, '食傷(식상)'은 같은 음식이나 사물이 되풀이되어 물리거나 질리는 것을 말합니다. 또 음식을 탐내는 것은 '食貪(식탐)', 잠자고 밥 먹는 것은 '宿食(숙식)', 음식을 가려서 특정한 음식만 즐겨 먹는 것은 '偏食(편식)'이지요. 하는 일 없이 놀고먹는 것은 '無爲徒食(무위도식)', 돈을 지불하지 않고 파는 음식을 먹는 것은 '無錢取食(무전취식)'이라고 합니다.

무엇을 먹을까 고심할 때 가장 먼저 떠오르는 말이 있습니다. 그것은 약과 음식의 근원이 같다는 '藥食同源(약식동원)'입니다. 음식이 단순한 먹거리가 아니라, 우리의 건강에 큰 영향을 미칠 수 있는 약이 될 수 있다는 거죠. 패스트푸드를 멀리하는 것만으로도 '약식동원'을 행하는 한 방법이 될 것입니다.

오랜 세월이 지났지만 이 시조는 여전히 '絶唱(절창)'이야.

우린 가끔 이런 말을 듣습니다. 여기서 '절창'은 뛰어나게 잘 지은 시 또는 노래를 말하죠. 이 뜻 외에 '아주 뛰어나게 잘 부르는 노래' 또는 '뛰어나게 노래를 잘 부르는 사람'이란 뜻으로도 쓰입니다.

'끊을 絶(절)'과 '노래 또는 부를 唱(창)'이 합쳐진 '절창'이 어떻게 不朽(불후)의 명곡, 아주 뛰어난 名唱(명창)이라는 뜻을 얻게 되었을까요? 특히 판소리를 잘 부르는 최고의 소리꾼에게 판소리 '명창'이라는 호칭을 부여하지요. 요즘 들어서는 판소리 하는 사람을 높여서 부르는 말로 쓰이기도 합니다만.

'끊을 絶(절)'은 '가는 실 糸(멱/사)'과 '칼 刀(도)'가 합쳐져 '칼'로 '실'을 자르는 모습에서 '끊다'의 뜻을 나타냈고, 여기에 음을 나타내는 '병부 卩(절)'이 더해진 글자입니다. 그러고 보니 오른쪽에 붙은 '色(색, color)'과는 전혀 관계가 없군요. '끊다'의 뜻으로 쓰인 '絶交(절교)'는 교제를 끊는다는 말입니다. '끊다'에서 '없(애)다', 끊겨서 더 이상은 없으니 '매우 빼어나다', 더 이상은 없으니 '온 힘을 다하다' 등의 뜻으로 확대됩니다.

맞설 만한 상대가 없는 '絶對(절대, absolute)', 매우 빼어나게 아름다운 '絶色(절색)', 더 좋은 것이 없는 '絶好(절호)', 온 힘을 다하여 부르짖는 '絶叫(절규)' 등이 그런 사례가 되겠네요.

인연을 끊는 것은 '絶緣(절연)', 친구나 친척 사이의 정을 끊는 것은 '義絶(의절)', 관계나 교류 등을 끊는 것은 '斷絶(단절)', 기대와 희망이 끊겨 없는 것은 '絶望(절망)', 목숨이 끊어지는 것은 '絶命(절명)', 붓을 놓고 다시는 글을 쓰지 않는 것은 '絶筆(절필)'이라고 합니다. '絶景(절경)'은 뛰어나게 아름다운 경치, '絶頂(절정, climax)'은 산의 맨 꼭대기 또는 최고의 경지, '絶讚(절찬)'은 더할 수 없이 극진한 칭찬, '根絶(근절)'은 아주 뿌리째 없애 버리는 것이죠.

'滿員(만원) 사절'의 '謝絶(사절)'은 요구나 제의를 받아들이지 않고 사양하여 물리치는 것, '통신 두절'의 '杜絶(두절)'은 교통이나 통신 따위가 막히거나 끊어지는 것, '절세미인'에서 '絶世(절세)'는 세상에 견줄 데가 없을 정도로 아주 뛰어난 것을 말하죠.

'끊을 絶(절)'이 들어간 한자 숙어도 꽤 많군요. 육지에서 아주 멀리 떨어진 바다의 외딴섬은 '絶海孤島(절해고도)', 몸도 목숨도 다 되었다는 뜻으로, 어찌할 수 없는 절박한 경우는 '絶體絶命(절체절명)', 이전에도 없었고 앞으로도 없는 것은 '空前絶後(공전절후)', 장점으로 단점을 보충하는 것은 '絶長補短(절장보단)', 배를 부둥켜안고 넘어질 정도로 몹시 웃는 것은 '抱腹絶倒(포복절도)'라고 하지요.

'노래 唱(창)'은 '입 口(구)'와 '창성할 昌(창)'이 합쳐져 '노래' 또는 노래를 '부르다' 등의 뜻으로 주로 쓰입니다. 다른 사람에 '앞서 말하다'의 뜻으로 쓰인 '主唱(주창)'은 주의나 사상을 앞장서서 주장하는 것, '提唱(제창)'은 어떤 일을 처음 내놓아 주장하는 것을 뜻하죠.

물론 동일한 가락을 두 사람 이상이 함께 노래하는 '애국가 齊唱(제창)'과는 다릅니다. '萬歲(만세) 三唱(삼창)'에서 '삼창'은 세 번 반복하여 외치는 것, '復唱(복창)'은 남의 말을 그대로 반복하여 외는 것을 일컫습니다.

노래나 구령을 맨 먼저 부르는 것은 '先唱(선창)', 혼자서 노래를 부르는 것은 '獨唱(독창)', 몇 사람이 둘 이상의 성부를 각각 맡아 동시에 부르는 것은 '重唱(중창)', 가야금을 연주하면서 거기에 맞추어 노래를 부르는 것은 '竝唱(병창)'이라고 하죠.

또 노래를 잘 부르는 능력은 '歌唱力(가창력)', 즐겨 부르는 노래는 '愛唱曲(애창곡)'입니다, 남편이 주장하고 아내가 이에 잘 따른다는 뜻에서 부부 사이의 화합하는 도리를 '夫唱婦隨(부창부수)'라고 하죠. 부부 사이의 두터운 정과 사랑을 뜻하는 '금실'은 본래 거문고와 비파를 아울러 이르는 '琴瑟(금슬)'에서 유래한 말이니 함께 기억하시길.

판소리의 형식을 빌려 연기와 함께 唱(창)을 들려주는 한국 고유의 음악 연극은 '唱劇(창극)'이라고 합니다. 최근 웹툰에서 출발한 〈정년이〉가 창극으로, 다시 드라마로 제작되어 세간의 뜨거운 관심을 모았죠. 여성 國劇(국극)을 전 세계에 알린 드라마가 된 것입니다. '국극'은 '창극'을 달리 이르는 말로 우리나라 고유한 형식의 연극이라는 뜻으로 쓰는 말입니다.

"정년이! 우리 것은 좋은 것이여! 얼쑤!"

기록을 새로 세우면 경신, 계약을 새롭게 하면 갱신으로 읽는 '更新'.

독자 여러분 중에 혹시 100미터 달리기의 세계 기록을 알고 있는 사람이 있는지요? 저자도 정확하게 몰라 찾아 봤더니, 현재 세계 기록은 우사인 볼트(Uasain Bolt)가 2009년 제12회 베를린 세계육상선수권대회에서 기록한 9초 58입니다. 물론 이 기록도 언제 깨질지 모르지만요. 누군가가 '기록은 깨지기 위해 존재한다.'라고 말했습니다.

이 세상에 깨지지 않는 영원한 기록은 없지요. 아무리 前無後無(전무후무)한 초유의 기록도 시간이 지나면 깨지게 마련이니까요. 볼트가 100미터 기록을 깼을 때 우리는 그가 기록을 更新(경신)했다고 하거나, 新記錄(신기록)을 세웠다고 말합니다.

이제까지의 기록보다 더 좋거나 새로운 기록을 내는 것을 '更新(경신)'이라고 합니다. '고칠(change) 更(경)'과 '새(new) 新(신)'이 결합된 '경신' 말입니다. 문서의 효력이나 기간이 끝났을 때 다시 새로 바꾸든가 연장하는 것은 '更新(갱신)'이고요. '갱신'이라고 읽으면 '다시 更(갱)'으로 쓰인 겁니다.

이처럼 같은 한자(漢字)라도 뜻에 따라 음이 달라지는 경우가 꽤 있습니다. 그 대표적인 한자가 '樂'이죠. 이 글자는 '즐거울 락' 혹은 '음악 악', '좋아할 요' 등으로 각각 읽히면서 즐거운 '快樂(쾌락)', 목소리로 노래하는 '聲樂(성악)', 산과 물을 좋아하는 '樂山樂水(요산요수)' 등으로 다르게 쓰입니다.

'更新(경신)'의 '更(경)'은 음을 나타내는 '남녘 혹은 셋째 천간 丙(병)'

과 뜻을 나타내는 '칠 攴(복)'이 합쳐진 것으로 '바로잡다'가 본래 뜻이었
다고 합니다. 앞에서 말했듯이, '고치다', '바꾸다', '밤 시각' 등으로 쓰일
때는 주로 '경'으로 읽습니다.

어떤 직위에 있는 사람을 다른 사람으로 바꾸는 것은 '更迭(경질)', 다
르게 바꾸어 새롭게 고치는 것은 '變更(변경)', 이미 정한 예산에 변경을
가하여 이루어지는 예산은 '追更豫算(추경예산)', 밤 열한 시에서 새벽
한 시 사이의 밤 시간은 '三更(삼경)'이라고 하죠.

그런가 하면 '다시', '더욱'의 뜻으로 쓰이면 '갱'으로 읽습니다. '갱년기
증상'에서 '更年期(갱년기)'는 인체가 성숙기에서 노년기로 접어드는 시
기, '更紙(갱지)'는 헌 종이를 원료로 하여 다시 만든 좀 거칠고 누런 종
이, '更生(갱생)'은 본래의 바람직한 생활로 다시 돌아가는 것을 말하죠.
참고로, '更(갱)'이 '더욱'의 뜻으로 쓰인 한시를 하나 소개할게요. 『삼국
사기』를 편찬한 金富軾(김부식)의 작품입니다.

山形秋更好(산형추갱호)　　가을이라 산 모습은 더욱 좋고,
江色夜猶明(강색야유명)　　밤인데도 강 빛은 오히려 밝도다.

다음으로, '新(신)'은 뜻을 나타내는 '나무 木(목)'과 '도끼 斤(근)', 음
을 나타내는 '매울 辛(신)'이 합쳐진 글자로. '장작' 또는 '땔감'이 본뜻
이었다고 합니다. 도끼로 나무를 베거나 쪼갠 나무에서 새로움의 의미
를 얻었는데, 나무를 벤 면이 희고 새롭기 때문이라는 풀이가 꽤 설득력
이 있어 보이네요. 그래서 '새롭다'라는 뜻으로 많이 쓰이자 '풀 艸(초)'
를 덧붙인 '땔나무 薪(신)'을 만들어 본래의 뜻을 나타냈죠. 땔나무에
몸을 눕히고 쓸개를 맛본다는 '臥薪嘗膽(와신상담)'에 들어있는 그 '薪
(신)'이지요.

‘新規(신규)’는 새로운 규정이나 규모, ‘革新(혁신)’은 낡은 것을 고쳐서 새롭게 하는 것, ‘新設(신설)’은 새로 설치하거나 설립하는 것, ‘新築(신축)’은 건물을 새로 짓는 것, ‘新鋭(신예)’는 새로 나타나서 만만찮은 실력이나 기세를 보이는 사람이나 사물을 말합니다. 또 싱싱하거나 새롭고 산뜻한 것은 ‘新鮮(신선)’, 묵은 것이나 弊端(폐단)을 없애고 새롭게 하는 것은 ‘刷新(쇄신)’, 대단히 새롭고 신선한 것은 ‘斬新(참신)’, 늦봄이나 초여름에 돋은 새잎의 푸른빛은 ‘新祿(신록)’이라고 합니다.

묵은해를 보내고 새해를 맞는 것은 ‘送舊迎新(송구영신)’, 옛것을 익혀 새것을 아는 것은 ‘溫故知新(온고지신)’, 묵은 것이 없어지고 새것이 대신 생기는 것은 ‘新陳代謝(신진대사, metabolism)’라고 합니다.

조금 자세하게 말하면, 신진대사란 섭취한 음식물을 합성하고 분해하여 생명 유지를 위한 에너지로 바꾸고 불필요한 老廢物(노폐물)을 몸 밖으로 배출하는 과정이라고 말할 수 있습니다.

‘송구영신’의 ‘예 舊(구)’, ‘온고지신’의 ‘옛 故(고)’, ‘신진대사’의 ‘묵을 陳(진)’은 모두 ‘새 新(신)’의 상대자가 됩니다. 여기서 ‘陳(진)’은 ‘진부(陳腐)하다’에 쓰인 글자로 시간이 오래 지난 것을 뜻하죠. ‘陳腐(진부)’의 상대어가 바로 ‘斬新(참신)’입니다.

‘새 술은 새 부대에 담아라.’

새로운 것을 받아들이기 위해서는 旣存(기존)의 틀에서 벗어나야 한다는 말입니다.

숭배의 대상인 偶像은 요즘엔 사람들이 熱狂(열광)하는 스타.

　요즘은 '偶像(우상)'보다 '아이돌(idol)'이란 말이 더 친숙하게 들립니다. 물론 지금도 우상은 종교적인 맥락에서 나무, 쇠붙이 등으로 만든 崇拜(숭배)의 대상을 뜻하는 말로 쓰이고 있죠.

　그러나 이 자리에서는 연예, 스포츠 등에서 두각을 나타내며 大衆(대중)의 사랑을 받고 있는 '아이돌'로 局限(국한)합니다. 이런 관점에서 우상은 인기를 끌거나, 崇拜(숭배)되는 대상을 비유적으로 이르는 말이 됩니다. 결론적으로 21세기의 우상인 '아이돌'은 바로 스포츠 스타와 연예인이 아닐까요?

　80여 년 전에 미국 재즈(jazz) 歌手(가수)이자 영화배우였던 프랑크 시나트라(F. A. Sinatra)의 인기가 하늘을 찌를 정도로 치솟았다고 하네요. 그 당시 이와 같은 그의 인기를 표현하는 용어로 '아이돌'이 쓰였다고 합니다. 우리나라에서는 1990년대 후반부터 본격화된 아이돌 문화가 최근에 와서 K-팝(pop) 아이돌을 중심으로 글로벌 팬덤(phandom)에 의해 영역을 넓혀가고 있습니다. '팬덤'은 누군가를 熱狂的(열광적)으로 좋아하는 팬들의 모임이죠.

　'偶像(우상)'의 '偶(우)'는 '사람 亻=人(인)'과 '긴꼬리원숭이 禺(우)'가 합쳐진 글자로, '허수아비'가 본래의 뜻이라고 합니다. 원숭이는 사람과 비슷하게 생겼지만, 사람이 아니죠. 마찬가지로 사람과 비슷하게 생겼지만, 사람이 아닌 것은 '허수아비'라고 설명합니다. 사람을 닮은 '허수아비'라는 점에서 '짝' 또는 '配匹(배필)'의 뜻이 나왔고, 짝은 뜻하지 않게 만나니 '偶然(우연, accidental)'의 뜻으로도 쓰입니다. 허수아비를 나무로 만들면 '木偶(목우, 나무 인형)', 흙으로 빚으면 '土偶(토우)'라고 하지요. 부부로서 짝이 되는 상대는 '配偶者(배우자)', 한시에서 나란히 이어지는 두 句(구)가 내용상으로나 어법상으로 서로 짝을 이루는 것은 '대우법(對偶法)'이라고 합니다. 대우법은 보통 말하는 '對句法(대구법)'으로 이해해도 될 듯합니다. 다음은 대우(對偶)를 이룬 두보의 시 '絶句(절구)'입니다.

江碧鳥逾白(강벽조유백)　　강물이 푸르니 새가 더욱 희고,
山靑花欲然(산청화욕연)　　산이 푸르니 꽃이 불타는 듯하구나.

'偶然(우연)'은 인과 관계가 없이 뜻하지 않게 일어나는 것, '偶發(우발)'은 우연히 일어나는 것, '偶吟(우음)'은 문득 떠오르는 생각을 시가로 읊는 것입니다. 참고로, '必然(필연, necessity)'은 반드시 그렇게 되는 것, '蓋然(개연, probability)'은 확실하지 않으나 그럴 가능성이 높은 것을 뜻하는데, 이건 앞에서 배운 내용의 복습이죠.

다음으로, '像(상)'은 '사람 人(인)'과 '코끼리(모양) 象(상)'이 합쳐져 '사람의 모습을 본뜨다'라는 뜻을 나타낸다고 합니다. 옛날 사람들의 눈에 코끼리는 모두 닮은 모습으로 보였기 때문인지 '닮다'라는 뜻을 나타냈다고 흥미롭게 설명하기도 하지요. 나중에 '像(상)'은 눈에 비치는 '형상', 마음속으로 '그리다', 실물을 본떠 만든 '彫刻像(조각상, statue)' 등의 뜻으로 확대됐습니다.

'映像(영상)'은 화면에 나타나는 모습 또는 머릿속에 떠오르는 사물의 모양, '虛像(허상)'은 실체가 없음에도 나타나 보이는 것, '殘像(잔상,

afterimage)'은 눈에 보이던 사물이 없어진 뒤에도 남아있는 것처럼 보이는 영상을 뜻합니다. 텔레비전이나 사진에서 피사체의 세부가 선명하게 재현되는 정도는 '解像度(해상도)', 자기의 초상이 허가 없이 촬영되거나 공표되지 않을 권리는 '肖像權(초상권)'이라고 하지요.

'격동기의 인간 군상'에서 '群像(군상)'은 떼를 지어 모여 있는 많은 사람, '필름을 현상하다'에서 '現像(현상, developing)'은 노출된 필름을 약품으로 처리하여, 찍힌 상(像)이 눈에 보이도록 하는 것이죠. '現象(현상, phenomenon)'은 드러나는 바깥 모양새, '現狀(현상)'은 현재 상태를 말하니 셋을 구별해야겠죠,

이 밖에, 가슴까지만 표현한 조각은 '胸像(흉상)', 그림 따위에 나타낸 사람의 얼굴과 모습은 '肖像(초상)', 구리로 만든 사람이나 동물의 형상은 '銅像(동상)'이라고 합니다.

시대가 바뀌니 '오빠 부대'가 '팬덤'으로 바뀌는군요. BTS의 '아미(ARMY)'와 블랙핑크의 '블링크(BLINK)'가 팬덤의 雙璧(쌍벽)을 이룬다고 합니다. '쌍벽'은 글자 그대로 풀이하면 '두 개의 구슬'을 뜻합니다. 그러나 여럿 가운데 특별히 뛰어난, 優劣(우열)을 가리기 어려운 둘을 이르는 말로 많이 쓰입니다.

건강한 아이돌 문화를 기대합니다.

**취향에 따라 여럿 중에서 골라
특별히 좋아하는 게 選好.**

독자 여러분이 좋아하는 드라마의 장르는 뭘까요? 멜로, 호러(hor-ror), 史劇(사극), 판타지, 코미디 등에서 특별히 좋아하는 장르가 있겠죠? 이처럼 여럿 가운데 어떤 것을 특별히 좋아하는 것을 '選好(선호, prefer)'라고 합니다. '선호'라고 하면 '남아 선호 사상' 또는 '선호도 조사' 등이 먼저 떠오르겠지만, 실생활에서도 '理工系(이공계)를 선호하다', '취미 활동으로 登山(등산)을 선호하다', '무농약 농산물을 선호하다' 등으로 자주 활용되고 있어요. 어쨌든 선호는 개인의 趣向(취향)이나 嗜好(기호)에 따라 여러 개의 항목 중에서 특정 항목을 선택하는 것이 됩니다. '趣向(취향)'은 좋아하거나 즐겨서 마음이 쏠리는 것이고, '嗜好(기호)'는 즐기고 좋아하는 것을 이르죠.

'選好(선호)'에서 '選(선)'은 '공손할 또는 고를 巽(손)'과 '쉬엄쉬엄 갈 辶=辵(착)'이 합쳐진 글자로, '적임자를 뽑아서 보내다'가 본래의 뜻이었다고 합니다. 여기에서 '巽(손)'은 단상 위에 무릎을 꿇고 공손하게 앉아 있는 두 사람을 본뜬 글자로 두 사람 중에 하나를 골라 뽑는다는 뜻을 나타내지요. 한편, 발로 뛰어 다니면서[辶=辵(착)] 인재를 고르다[巽(손)]라는 뜻을 가진 글자라고 '選(선)'을 설명하기도 하는군요. 요즘엔 주로 '고르다', '뽑다' 등의 뜻으로 쓰입니다. '唐詩選(당시선)'처럼 시문을 골라 모은 책을 뜻하기도 해요.

'選擧(선거)'는 대표나 임원을 뽑는 것, '選曲(선곡)'은 많은 곡 중에서 어떤 노래나 곡조를 고르는 것, '選手(선수)'는 기량이 뛰어나 많은 사람

가운데에서 대표로 뽑힌 사람, '選別(선별)'은 가려서 따로 나누거나 골라서 추려 내는 것이죠. 또 국가 기관에서 가려 뽑거나 임명하는 것은 '官選(관선)', 정밀하게 잘 가려 뽑는 것은 '精選(정선)', 본선에 나갈 선수나 팀을 골라 뽑는 것은 '豫選(예선)', 여럿 중에서 적당한 사람을 가려 뽑는 것은 '人選(인선)'이라고 합니다.

'總選(총선)'은 '총선거'의 준말로 전체 국회의원을 뽑기 위해 전국적으로 실시하는 선거, '大選(대선)'은 대통령 선거, '補選(보선)'은 '보궐 선거'를 줄여 이르는 말로 빈자리를 보충하기 위하여 실시하는 임시 선거, '競選(경선)'은 두 사람 이상의 후보가 경쟁하는 선거, '當選(당선)'은 선거에서 뽑히는 것, '落選(낙선)'은 선거에서 떨어지거나 심사에서 떨어지는 것을 말합니다. 선거에 참가하여 투표할 수 있는 권리는 '選擧權(선거권)'이고, 선거에 입후보하여 당선인이 될 수 있는 권리는 '被選擧權(피선거권)'이라고 하죠.

다음으로, '好(호)'는 여자[女(녀)]가 아이[子(자)]를 가만히 바라보거나 품에 안고 있는 모습을 본뜬 글자로 '좋다', '아름답다' 등의 뜻을 나타냅니다. 나중에 '사랑하다', '좋아하다' 등의 뜻으로도 쓰이죠. '好機(호기, chance)'는 좋은 기회, '好男(호남)'은 잘 생긴 남자, '好奇心(호기심, curiosity)'은 기이한 것을 좋아하는 마음이라는 뜻입니다. '勿失好機(물실호기)'는 좋은 기회를 잃지 말라는 뜻이죠.

'絶好(절호)의 기회'에서 '절호'는 더할 나위 없이 좋은 것, '友好(우호) 증진'에서 '우호'는 친구처럼 사이가 좋은 것, '호의를 거절하다'에서 '好意(호의)'는 친절한 마음씨, '호황을 맞다'에서 '好況(호황, boom)'은 景氣(경기)가 좋은 상황을 뜻해요. '景氣(경기)'는 매매나 거래에 나타나는 경제 활동 상태죠. 또 '好材(호재)'는 증권 거래에서 시세 상승의 요인이 되는 조건을, '好評(호평)'은 '좋은 평가'를, '好投(호투)'는 야구 투수가 공을 잘 던지는 것을, '好敵手(호적수, rival, equal)'는 실력이 비슷해 상대가 될 만한 좋은 적수 또는 알맞은 상대를 이르죠. '호재'와 '호평'의 반의어는 각각 '惡材(악재)', '惡評(악평)'이 됩니다.

일이 좋은 상태로 바뀌거나 증세가 점차 나아지는 것은 '好轉(호전)', 좋음과 싫음을 아울러 이르는 말은 '好惡(호오)', 복을 누리며 오래 산 사람의 상사는 '好喪(호상)', 같은 취미를 가지고 즐기는 것은 '同好(동호)', 좋은 때나 철은 '好時節(호시절)', 좋은 옷을 입고 좋은 음식을 먹는 것은 '好衣好食(호의호식)'이라고 합니다.

살다 보면 세상일이란 게 뜻대로 풀리지 않거나 순탄치 않게 진행되는 경우도 적지 않겠지요? 이럴 때 쓰는 말로 '好事多魔(호사다마)'가 있지요. 좋은 일에는 방해가 많이 따른다는 뜻입니다.

어느 날, 다윗왕이 반지 細工師(세공사)를 불러 말했습니다.

"나를 위한 반지를 하나 만들되, 내가 기쁠 때 驕慢(교만)하지 않게 하고, 내가 시련에 처했을 때 용기를 줄 수 있는 글귀를 새겨라."

반지를 다 만든 세공사는 銘文(명문)이 떠오르지 않자, 왕자 솔로몬을 찾아갔죠. '명문'은 돌이나 쇠붙이 따위에 새겨진 글을 말하죠.

솔로몬이 잠시 생각한 후 말하기를, "이렇게 써넣으세요. 이것 또한 지나가리라."

이것 또한 지나가리라.

This, too, shall pass.

42.195km를 잘 달리는 마라토너의 튼튼한 다리가 健脚.

"출발신호가 울렸습니다. 함성과 함께 건각 만여 명이 땅을 박차고 내달립니다."

이것은 마라톤을 중계 방송하는 아나운서의 멘트입니다. 여기서 '健脚(건각)'은 글자 그대로 '튼튼한 다리'로서 튼튼하여 잘 걷거나 잘 뛰는 사람을 이르는 말입니다. 그래서 '건각'이라는 말은 주로 마라톤, 장거리 사이클 경기 등의 선수에게 쓰이는 말 같습니다.

쇠같이 튼튼하고 굳센 다리를 '鐵脚(철각)'이라고 하는데 오래 달리거나 버틸 수 있는 튼튼한 다리를 말하겠죠. '駿足(준족)'은 본래 '발이 빠른 훌륭한 말'인데, 빠르게 잘 달리는 사람에게도 쓰이죠. '철각'의 '준족'이라면 마라톤 풀코스 42.195km를 '完走(완주)'할 것이고, 규정 시간 내에 '走破(주파)'할 것입니다. '완주'는 목표한 지점까지 다 달리는 것이고, '주파'는 정해진 거리를 쉬지 않고 끝까지 달리는 것이죠.

'健脚(건각)'의 '健(건)'은 '사람 亻(인)'과 '세울 建(건)'이 합쳐져 사람이 우뚝 선 모습으로 '튼튼하다', '굳세다' 등의 뜻을 나타냅니다. '健康(건강)'은 몸이나 정신에 아무 탈 없이 튼튼한 것, '健實(건실)'은 튼튼하고 알찬 것 또는 기업의 경영 상태가 좋고 성장 가능성이 높은 것, '健在(건재)'는 온전하게 잘 있는 것을 뜻하죠.

행동이나 생각이 사리에 맞고 과격하지 않은 것은 '穩健(온건)', 굳세고 거침이 없어 내용이 강하고 뚜렷하게 드러나는 문체는 '剛健體(강건

체)’, 위장을 튼튼하게 하는 약은 ‘健胃劑(건위제)’, 기억해야 할 무언가를 잘 잊어버리는 증상은 ‘健忘症(건망증)’이라고 해요.

이 밖에 ‘健勝(건승)’은 탈 없이 건강한 것, ‘健鬪(건투)’는 건강하게 일하거나 공부하는 것, ‘健兒(건아)’는 건강하고 씩씩한 사내, ‘健齒(건치)’는 건강한 치아를 말하죠. ‘건승을 빌다’, ‘건투를 빌다’, ‘늠름한 대한의 건아’, ‘건치 가족으로 뽑히다’ 등으로 활용됩니다. 특히 ‘건승’은 특히 편지나 메시지에서 상대방의 건강과 성공을 기원할 때 사용하는 말이므로 폭넓게 활용될 수 있겠군요. ‘健勝(건승)’에서 ‘勝(승)’은 ‘이기다’, ‘뛰어나다’ 등의 의미를 가지거든요.

다음으로, ‘脚(각)’은 몸의 일부를 뜻하는 ‘고기 肉=月(육)’과 ‘물러날 却(각)’을 합친 글자로, 몸에서 물러나게 하는 것은 ‘다리(leg)’라는 뜻으로 쓰입니다. 물론 ‘물러날 각’을 음을 나타내는 기능만 한다고 보기도 하죠. ‘각광을 받다’에서 ‘脚光(각광)’은 무대의 앞쪽 아래에 장치하여 배우의 동작을 비추는 광선 또는 많은 사람들의 관심이나 주목의 뜻으로 많이 쓰입니다.

‘橋脚(교각)’은 다리(bridge)를 받치는 기둥, ‘脚線美(각선미)’는 주로 여자의 늘씬한 다리에서 느끼는 아름다움, ‘脚氣病(각기병)’은 비타민 B1이 부족하여 일어나는 영양실조 증상, ‘脚本(각본)’은 영화나 연극의 촬영이나 공연에서 대사와 동작과 장면 따위를 자세하게 적어 놓은 대본을 이르죠. ‘각본을 짜다’에서 ‘각본’은 어떤 일을 실행하기 위해 미리 짜고 꾸며 놓은 계획이란 뜻이 되겠죠.

‘도피 행각에 나서다’, ‘사기 행각을 벌이다’에서 ‘行脚(행각)’은 주로 부정적인 의미로 쓰여 어떤 목적으로 여기저기 돌아다니는 것을 말하지만, 불교에서는 여기저기 돌아다니며 수행한다는 뜻으로 쓰이기도 합니다. '馬脚(마각)을 드러내다'는 말의 다리로 분장한 사람이 자기 모습을 드러낸다는 뜻으로, 숨기고 있던 일이나 정체를 드러내는 것을 뜻하죠.

숨긴 일이 드러나는 '發覺(발각)', 감추었던 사실이 드러나는 '綻露(탄로)', 비밀이 새어나가는 '漏泄(누설)' 등의 어휘와 함께 알아 두죠. '謀反(모반)을 꾀하다가 발각되다', '本色(본색)이 탄로 나다', '天機(천기)가 누설되다' 등으로 활용됩니다.

이 밖에, '총리가 실각하다'에서 '失脚(실각)'은 경쟁에 져서 권력이나 지위를 잃는 것, '사실에 입각하여 주장하다'에서 '立脚(입각)'은 사실이나 원칙 따위에 근거를 두는 것입니다. 또 '脚韻(각운)'은 시가의 구나 행의 끝에 같은 운의 글자를 다는 일, '脚註(각주)'는 본문의 어떤 부분을 설명하기 위하여 아래쪽에 따로 달아 놓은 풀이를 뜻하지요.

중국에서는 '마라톤'을 '馬拉松(mǎlāsōng)'이라고 표기합니다. '말 馬(마)'는 速度(속도)를, '끌 拉(랍)'은 오래 끌어가는 持久力(지구력)을, '소나무 松(송)'은 不變性(불변성)을 각각 함축한다고 봅니다. 이런 점에서 '馬拉松'은 빠른 속도로 오랫동안 변함없이 달려야 하는 마라톤의 속성을 잘 살린 제법 기발한 命名(명명)으로 보이네요.

물론 '健脚(건각)'도 중요하지만 不屈(불굴)의 강인한 精神力(정신력)이야말로 마라토너의 필수 德目(덕목)이겠죠.

禁忌는 가리고 금하고 지키고 피하고 삼가는 것.

하지 않든지 피하기로 되어 있는 것 또는 해서는 안 될 일이나 피해야 할 것을 우리는 '禁忌(금기, taboo)'라고 부릅니다. 어떤 글에서 봤는데 이 세상에 전해 내려오는 금기가 3,000여 개가 넘으며 지금도 계속 생겨난다고 하네요.

우리 주위에서도 심심찮게 찾을 수 있는 금기로, 시험 치는 날 전후로 미역국을 먹지 않는다든지 병원 건물의 엘리베이터에 4층 대신 F라고 표기한다든지 하는 것들이죠. 거슬러 멀리서 찾으면, 〈단군신화〉에도 곰이 금기를 지켜 여인으로 변한다는 通過儀禮(통과의례)의 揷話(삽화)가 들어 있습니다. 굴속에서 쑥과 마늘을 먹으며 햇빛을 피하는 21일은 금기의 기간으로서, 곰이 사람의 몸을 얻는 데 필요한 시간이겠죠.

'禁忌(금기)'에서 '禁(금)'은 '수풀 林(림)'과 '보일 示(시)'가 합쳐진 글자로, 숲을 신성시하여 숲을 해치는 행위를 제한하는 것에서 '꺼리다', '금하다' 등의 뜻을 나타낸 것 같습니다. 여기서 '示(시)'는 다른 글자와 결합되어 '귀신 神(신)', '할아버지 祖(조)', '제사 祀(사)'처럼 '귀신', '조상', '제사'를 뜻하죠.

'禁止(금지)'는 하지 못하게 하는 것, '禁食(금식)'은 특별한 목적을 위하여 음식을 먹지 않는 것을 이르는 말입니다. '禁書(금서)'는 읽지 못하도록 출판이나 판매를 금지한 책, '禁慾(금욕)'은 욕구나 욕망을 억누르거나 참는 것, '禁斷(금단)'은 어떤 행위를 못하도록 금지하는 것을 뜻합니다. 습관성 물질에 중독된 자가 복용을 끊었을 때 나타나는 정신 및 신체상의 증세는 '禁斷現象(금단현상)'이라고 하죠.

　또 수입이나 수출을 금하는 것은 '禁輸(금수)', 수형자를 교도소에 감금만 하고 노역은 시키지 않는 형벌은 '禁錮(금고)', 바깥출입을 못하게 하는 명령은 '禁足令(금족령)', 고기잡이를 못 하도록 하는 일정한 기간은 '禁漁期(금어기)', 가정 법원으로부터 자기 재산을 관리하고, 처분할 수 없도록 선고를 받은 자는 '禁治産者(금치산자)'라고 하지요.

　'監禁(감금)'은 강제로 일정한 곳에 가두어 드나들지 못하게 하는 것, '拘禁(구금)'은 피고인이나 피의자를 교도소나 구치소에 가두어 신체의 자유를 구속하는 강제 처분, '軟禁(연금)'은 일정한 장소 내에서는 신체의 자유를 허락하는, 정도가 비교적 가벼운 감금을 뜻합니다.

　이 밖에, '越北(월북) 작가 작품 전면 解禁(해금)'처럼 금지하던 것을 푸는 것은 '解禁(해금)', 대소변을 참지 못하고 싸는 것은 '失禁(실금)', 엄격히 금지하는 것은 '嚴禁(엄금)', 통행을 금지하는 것은 '通禁(통금)', 판매를 금지하는 것은 '販禁(판금)'이라고 합니다.

　다음으로, '忌(기)'는 '자기 己(기)'와 '마음 心(심)'을 합친 글자로, 미워하거나 꺼리는 것은 모두 '자신의 마음'에서 비롯된다는 데서 '꺼리다'라는 뜻을 나타냅니다. 나중에 '싫어하다', '미워하다', '제삿날' 등의 뜻으로 파생되는데, '猜忌(시기)'처럼 '미워하다', '周忌(주기)'처럼 '제삿날' 등의 뜻으로 활용되는군요.

　'기탄없이 말하다'에서 '忌憚(기탄)'은 어렵게 여기어 꺼리는 것, '병역 기피'에서 '忌避(기피)'는 꺼려하여 싫어하거나 피하는 것, '투기를 부리다'에서 '妬忌(투기)'는 자기가 좋아하는 이성이 다른 이성과 좋아하는 것을 지나치게 미워하는 것을 이르는 말이죠, '忌諱(기휘)'는 웃어른의 이름 부르기를 꺼려하는 禮俗(예속: 예의범절에 관한 풍속)입니다. 조선

시대에는 왕의 이름을 '휘(諱)'라고 하여 함부로 부를 수 없었고, 심지어 이름에 쓰인 한자를 다른 곳에 쓰지도 못하게 했다고 합니다.

'忌祭祀(기제사)'는 脫喪(탈상) 뒤 해마다 사람이 죽은 날에 지내는 제사, '一周忌(일주기)'는 사람이 죽은 지 1년 만에 지내는 제사, '禁忌語(금기어)'는 불쾌하고 두려운 것을 연상하게 하여 입 밖에 내기를 싫어하는 말을 이릅니다.

변소를 '뒷간', '化粧室(화장실)', '解憂所(해우소)'라고 하거나, 똥을 '뒤' 또는 '볼일'이라고 할 때, '변소'와 '똥'은 금기어이고, '화장실', '볼일'은 婉曲語(완곡어)라고 할 수 있습니다. '解憂所(해우소)'는 '근심을 푸는 곳이라는 뜻으로, 절에서 '변소'를 달리 이르는 말이죠.

禁忌(금기)를 깨는 것은 새로운 세계로 나아가는 挑戰(도전)이고, 새로운 시작의 열쇠입니다. 그것은 헤르만 헤세의 『데미안(Demian)』에서처럼 알을 깨고 나오는 것이 아닐까요?

새는 투쟁하여 알을 깨고 나온다.
알은 세계다.
태어나려는 자는 먼저 한 세계를 파괴해야 한다.

**공손한 언행은 禮儀(예의),
법도에 맞는 절차는 凡節(범절),
둘을 합쳐서 禮節.**

'禮節(예절)'은 '禮儀(예의)'와 '凡節(범절)'을 아울러 이르는 말입니다. 먼저 예의는 사회에서 지켜야 할, 공손하고 삼가는 말씨와 몸가짐이고, 범절은 예의나 法度(법도)에 맞는 모든 절차나 秩序(질서)를 뜻합니다. 따라서 예의가 남을 배려하는 言行(언행)이라면, 범절은 법도에 맞게 갖추어야 할 格式(격식)이라고 해도 좋겠군요.

예절이라고 하면 동양의 孔子(공자)를 언급하지 않을 수 없지만, 서양에도 동양의 예절에 해당하는 매너(manners)와 에티켓(ettiquette)이 있죠. 예절이든 매너든 에티켓이든 이것들은 모두 '尊重(존중)'과 '질서'라는 가치를 추구한다는 점에서 크게 다르지 않은 것 같습니다.

'禮(례)'의 원래 글자 '豊(례)'는 제사에 쓸 술을 담아 놓은 단지를 본뜬 것이라고 합니다. 또는 나무로 만든 祭器(제기) 위에 제물을 올려놓은 모양을 본뜬 것이라는 견해도 있군요. 제사는 여러 가지 예법을 지켜야 했으니, 여기에 '제사' 또는 '귀신'을 뜻하는 '보일 示(시)'가 추가되어 '禮(례)'의 형태로 굳어졌고, '예의', '예법' 등의 뜻을 나타내는 데 쓰였습니다.

잠깐, '豊'이 지금은 '례'가 아닌 '풍'으로 읽히면서 '豊年(풍년)', '풍성하다'의 뜻으로 많이 쓰입니다. '풍년 豊(풍)'의 본 글자는 '豐'입니다. '禮訪(예방)'은 예를 갖추는 의미로 인사차 방문하는 것, '禮物(예물)'은 예의를 갖추기 위하여 보내는 돈이나 물건, '禮讚(예찬)'은 매우 좋게 여겨 찬양하는 것, '禮遇(예우)'는 예의를 다하여 정중히 대우하는 것을 이르죠.

또 예의를 바르게 갖추지 못한 것은 缺禮(결례), 예의에서 벗어난 것은

‘失禮(실례)’, 남에게서 받은 예(禮)를 도로 갚는 것은 ‘答禮(답례)’, 절을 하여 예를 갖추는 것은 ‘拜禮(배례)’, 신앙생활에 들어선 사람에게 모든 죄악을 씻는 표시로 베푸는 의식은 ‘洗禮(세례)’라고 합니다. ‘폭탄 세례’, ‘질문 세례’ 등에서 ‘洗禮(세례)’는 종교 의식이 아니라 한꺼번에 몰아치는 비난이나 공격 등을 비유하는 말로 쓰인 것이죠.

‘敬禮(경례)’는 공경을 나타내기 위해 인사하는 것, ‘謝禮(사례)’는 상대에게 고마운 뜻을 나타내는 것, ‘巡禮(순례)’는 종교적인 의미가 있는 곳을 찾아다니며 방문하여 참배하는 것, ‘茶禮(다례)’는 명절날의 낮에 지내는 제사를 뜻하죠. ‘국토 순례에 나서다’에서 ‘순례’는 여러 곳을 찾아다니며 방문하는 것을 이르는 말입니다.

이 밖에, 아이가 어른이 되는 것을 기념하는 의식은 ‘冠禮(관례)’, 결혼식은 ‘婚禮(혼례)’, 상중(喪中)에 지키는 모든 예절은 ‘喪禮(상례)’, 제사를 지내는 의례는 ‘祭禮(제례)’인데 이들을 모두 아울러 ‘冠婚喪祭(관혼상제)’라고 하여 조선시대의 양반 가문에서는 대단히 중시했지요.

다음으로, ‘節(절)’은 ‘대 竹(죽)’과 ‘곧 卽(즉)’이 합쳐진 글자로, 대나무가 자라는 즉시 ‘마디’가 생기는 데서 ‘마디’를 뜻하게 되었다고 합니다. 대의 마디는 위아래가 이어지는 지점이고, 맺고 끊음이 분명하고, 일정한 간격으로 유지되고 있어 ‘關節(관절)’, ‘節度(절도)’, ‘節槪(절개)’, ‘季節(계절)’ 등의 뜻으로도 쓰이죠. 또 ‘節約(절약)’, ‘調節(조절)’처럼 ‘아끼다’, ‘알맞다’의 뜻을, ‘光復節(광복절)’처럼 ‘명절’의 뜻을 가지기도 합니다. ‘音節(음절)’은 모음과 자음이 어울린 한 덩어리의 소리마디, ‘關節(관절)’은 뼈와 뼈가 연결된 뼈마디, ‘季節(계절)’은 1년을 봄, 여름, 가을, 겨울로 나눈 것, ‘時節(시절)’은 일정한 시기나 때를 말하죠. 또 아끼어 줄이는 것은 ‘節減(절감)’, 꼭 필요한 데에만 써서 아끼는 것은 ‘節約(절약)’, 알맞게 조절하여 제한하는 것은 '節制(절제)', 알맞게 맞추어 나가는 것은 '調節(조절)'이라고 합니다.

이 밖에, 일을 치르는 데 거쳐야 하는 순서나 방법은 '節次(절차)', 나라를 대표하여 일정한 사명을 띠고 외국에 파견되는 사람은 '使節(사절)', 일이나 행동이 규칙적이고 질서가 있는 것은 '節度(절도)'라고 합니다.

'節義(절의)'는 절개와 의리, '忠節(충절)'은 충성스러운 절개, '貞節(정절)'은 여자의 곧은 절개, '守節(수절)'은 節義(절의)와 貞節(정절)을 지키는 것, '變節(변절)'은 절개를 지키지 않고 바꾸는 것, '毁節(훼절)'은 절개나 지조를 깨뜨리는 것을 뜻하죠. 옛 조상들은 자연물에서도 절개의 덕목을 찾아내어 그것들에 별명을 붙여 줬어요. 겨울에도 혼자 푸른 대나무는 '歲寒孤節(세한고절)', 우아한 풍치와 높은 절개를 지닌 매화는 '雅致高節(아치고절)', 서릿발에도 굴하지 않고 피어나는 국화는 '傲霜孤節(오상고절)'이라고 했거든요.

禮節(예절)이 존중과 질서를 통해 인간의 평화로운 공존을 가능하게 하는 것은 맞습니다만, 정의로운 세상을 이루는 데 뭔가 2% 부족하다고 느낍니다. 그러면 이를 채울 수 있는 것은 뭘까요? 저자는 감히 그것을 '노블레스 오블리주(noblesse oblige)'라고 말하고 싶군요. 간단히 말해, 높은 사회적 신분에 相應(상응)하는 도덕적 義務(의무) 같은 것 말이죠.

1982년 4월 아르헨티나가 영국령 포클랜드 諸島(제도)를 침공하면서 발발한 포클랜드 전쟁에 당시 영국의 앤드루 왕자가 헬리콥터 조종사로 參戰(참전)했다고 합니다. 우리나라가 그런 戰時(전시) 상황이었다면 우리 지도자들은 어떻게 행동했을까요?

演藝, 演出(연출), 演劇(연극)에서 '演(연)'은 모두 펼친다는 뜻.

'펼 演(연)'과 '재주 藝(예)'을 합친 '演藝(연예)'는 일단 재주를 펼쳐 보이는 일입니다. 그래서 演藝(연예)는 일반적으로 텔레비전, 라디오 방송, 대중음악 및 영화 등의 활동 무대에서 대중에게 보여주는 재주를 통틀어 일컫는 말이지요. 이와 같이 大衆文化(대중문화)의 예술 분야에 종사하는 사람을 연예인이라고 부르는데, 가수나 배우 등 연예인의 사회적 지위는 오랫동안 매우 낮아서 '광대' 또는 '딴따라'로 불렸어요.

그러나 우리 사회가 産業化(산업화)되고 연예 산업의 규모가 커지면서 그들에 대한 인식과 대우가 천지개벽하듯이 아주 달라졌습니다. 중고생들의 선호 직업군에 가수, 배우 등이 당당하게(?) 랭크(rank)될 정도니까요.

'演藝(연예)'에서 '演(연)'은 '물 氵=水(수)'와 '삼갈 寅(인)'이 합쳐진 글자로, '길게 흐르는 물'이 본뜻이라고 합니다. 그래서 이 글자는 한쪽으로 조금씩 또는 꾸준히 물 흐르듯이 진행한다는 뜻을 나타내죠. 나중에 '펴다', '널리 펼치다', '펼쳐 보이다' 등의 뜻으로 쓰입니다.

'演說(연설)'은 줄곧 말을 펼치듯이 하는 것이고, '演奏(연주)'는 악기를 다루어 소리를 펼치듯이 내는 것을 말하죠. 演習(연습)'은 꾸준히 물 흐르듯이 익히고 또 익히는 것, '演劇(연극)'은 배우가 각본에 따라 말과 동작을 관객에게 보여 주는 것, '演出(연출)'은 각본 또는 시나리오를 바탕으로 드라마, 영화 등을 만들어 내는 것이죠. 다만 '연극을 꾸미다'에서 연극은 남을 속이기 위해 꾸미는 짓, '秘境(비경)'을 연출하다'에서 '연출'은 어떤 상황을 만들어내는 낸다는 뜻으로 쓰인 것이죠.

'公演(공연)'은 공개된 자리에서 음악, 무용, 연극 등을 보이는 일, '初演(초연)'은 음악, 무용, 연극 등을 첫 번째로 공연하는 것, '競演(경연)'은 개인이나 단체가 모여 예술이나 기능을 겨루는 것, '協演(협연)'은 한 독주자가 다른 독주자나 악단과 함께 한 악곡을 연주하는 것, '熱演(열연)'은 정열적으로 연기하는 것, '助演(조연)'은 주연을 도와 연기하는 것을 말합니다.

이 밖에, 실을 뽑아 줄줄 풀어가듯이 일정한 규칙에 따라 추론하는 것을 '演繹(연역, deductive)'이라고 합니다. '演繹法(연역법)'은 이미 알고 있는 지식에 근거하여 논리적인 규칙에 따라 필연적인 결론을 이끌어내는 추론인데, 다음과 같은 三段論法(삼단논법)이 대표적이죠.

모든 사람은(A) 죽는다(B).　　⇒ 大前提(대전제)
소크라테스(C)는 사람이다(A).　⇒ 小前提(소전제)
소크라테스는(C) 죽는다(B).　　⇒ 結論(결론)

이처럼 A=B(대전제)이고 C=A(소전제)이면 C=B(결론)은 필연적입니다. 전제와 결론의 관계가 개연적인 '歸納(귀납, inductive)'과는 다르다는 거죠.

다음으로, '藝(예)'는 현재의 字形(자형)으로 굳어지기까지 복잡한 과정을 거쳤지만, 초기 글자는 묘목을 심는 모습이 아주 사실적으로 그려져 있어요. 그래서 '藝(예)'는 나무 혹은 곡식을 심어 기르는 것이고, 생명체를 뜻대로 길러낸다는 것에서 훌륭한 '재주'라는 뜻을 가졌다고 합니다. 유용한 과실수나 농작물의 묘목을 인간 거주지로 옮겨 심는 '기술'

이 본뜻이라고 설명하기도 합니다. 이처럼 농사는 삶을 유지하는 가장 큰 기술이었으니, '藝(예)'는 농사 기술에서 시작되어 나중에는 마침내 일반적인 '기술'의 뜻까지 얻은 것 같습니다. 식물을 기르는 솜씨를 '園藝(원예)', 글씨 쓰는 솜씨를 '書藝(서예)'라고 하는 이유가 여기에 있군요.

갈고닦은 기술과 재주는 '技藝(기예)', 무도에 관한 재주는 '武藝(무예)', 연극이나 영화, 음악, 미술, 무용 등의 연예 분야를 통틀어 '藝能(예능)', 도자기에 관련된 미술이나 공예는 '陶藝(도예)', 연예인이 본명 이외에 따로 지어 부르는 이름은 '藝名(예명)', 예술을 즐기는 사람이 많고 예술가를 많이 배출한 고을은 '藝鄕(예향)'이라고 합니다.

그리고 '曲藝(곡예)'는 줄타기와 같은 기묘한 여러 가지 재주 또는 아슬아슬할 정도로 위태로운 동작, '工藝(공예)'는 물건을 만드는 재주와 기술, '手藝(수예)'는 자수나 뜨개질 등의 손재주를 이르는 말이죠.

茶山(다산) 丁若鏞(정약용:1762년~1836년)은 '技藝論(기예론)'이란 글에서,

하늘이 禽獸(금수)에게 날카로운 발톱, 이빨 등을 주었으나 사람에게 벌거숭이로 태어나게 한 것은(……)
使之習爲技藝(사지습위기예)　　　기예를 익혀서
以自給也 (이자급야)　　　제 힘으로 살아가도록 한 것이다.

라고 하여 기예를 익히는 것이 삶을 영위하는 데 不可缺(불가결)하다고 단언하고 있죠. 다산의 '기예론'에서 '기예'는 요즘 말로 하면 테크놀로지(technology)일 겁니다.

한국 일본과 달리 중국에서는 映畫를 电影(전영)으로 적는다고?

　대중 예술의 톱을 차지하고 있는 映畫(영화)를 모르는 사람이 있을까요? 일단 '映畫(영화, movie, film)'는 스크린에 비친 그림이라는 뜻이죠. '映'은 '비치다', '畫(화)'는 '그림'이라는 뜻이거든요, 조금 世俗的(세속적)으로 들리겠지만, 영화관에서 팝콘을 입속에 천천히 넣으면서 영화를 즐기는 것은 또 하나의 즐거움이죠. 그래서 영화 티켓은 特權層(특권층)의 전유물이 아니라 보통 시민의 소소한 행복 追求券(추구권)이라고나 할까요?

　또 이야기를 전달하는 다른 예술 장르인 小說(소설), 演劇(연극)보다 좀 더 쉽게 접근할 수 있다는 점이 영화의 가장 큰 장점인 것 같아요. 그래서 영화는 많은 사람들에게 예술의 한 장르로서의 役割(역할)을 다하고 있다고 봅니다.

　'映畫(영화)'의 '映(영)'은 '해 日(일)'과 '가운데 央(앙)'이 합쳐져, 해가 하늘 가운데에서 '비치다'를 뜻하는 글자입니다. 물론 '央(앙)'은 '재앙 殃(앙)', '꽃부리 英(영)'처럼 뜻과 더불어 한자의 음을 나타내기도 하죠. '殃(앙)'은 부서진 뼈의 가운데 있으니 피할 수 없는 '재앙'을, '英(영)'은 풀꽃의 가운데에 있는 '꽃부리'를 뜻하게 됩니다. '꽃부리'는 꽃잎 전체를 이르는 말이죠. '映(영)'은 나중에 '上映(상영)'에서처럼 '영화'의 뜻으로도 쓰이죠. '映像(영상, picture)'은 스크린이나 텔레비전의 화면에 나타나는 모습이고, 움직이는 영상은 '動映像(동영상, video)'이라고 하죠. '映寫機(영사기)'는 필름의 상을 확대하여 스크린에 비추는 기계, '上

映(상영)'은 영화를 관객에게 보여 주는 것, '終映(종영)'은 상영을 끝내는 것, '續映(속영)'은 예정 기간을 넘겨 계속 상영하는 것을 뜻합니다.

또 텔레비전으로 방송을 하는 일은 '放映(방영)', 방을 밝게 만들기 위해 방과 마루 사이에 내는 두 쪽의 창문은 '映窓(영창)'이라고 합니다. 아마도 '映山紅(영산홍)'이라는 꽃 이름도 산 전체가 붉게 비친다는 뜻으로 붙여진 것 같습니다,

다음으로, '畵(화)'는 손으로 붓을 잡고 있는 모습을 본뜬 '붓 聿(율)'에 '밭 田(전)'과 '입 벌릴 凵(감)'이 합쳐진 글자로, '그림', '그리다' 등을 뜻합니다. 여기에서 '田(전)'과 '凵(감)'은 '밭'이나 '입 벌리다' 등의 뜻과는 무관하고 단지 그림을 그려 놓은 모양을 나타낸다고 하네요. 실생활에서는 '畵(화)' 대신에 속자 '畫(화)'가 주로 쓰이고, 약자로 '画'를 쓰기도 합니다. '畵'가 '긋다', '나누다' 등의 뜻으로 쓰이면 '획'으로 읽습니다. '畵'에서 파생된 '그을 劃(획)'은 도형이나 획을 '칼[刀= 刂(도)]'로 '새기는' 것을 말하는데, 나중에 '區劃(구획)'처럼 '쪼개다', '劃期的(획기적, epoch-making)'처럼 '뚜렷하다' 등의 뜻으로도 쓰입니다. '구획'은 경계를 지어 가르는 것, '획기적'은 새로운 시대가 열릴 만큼 두드러진 것, 즉 전혀 새로운 시기를 열어 놓을 만큼 뚜렷이 구분되는 것을 뜻하는 말입니다.

'畵伯(화백)'은 화가를 높여 이르는 말, '畵帖(화첩)'은 그림을 모아 엮은 책, '畵風(화풍)'은 그림을 그리는 경향이나 태도, '錄畵(녹화)'는 사물의 모습이나 움직임을 나중에 다시 볼 수 있도록 저장해 두는 것, '畵廊(화랑, gallery)'은 그림 따위의 미술품을 걸어 전시하는 장소, '肖像畵(초상화)'는 사람의 얼굴이나 모습을 그린 그림을 뜻하죠.

또 내용의 이해를 돕기 위해 책이나 신문, 잡지 등에 끼워 넣는 그림은

‘揷畫(삽화, illustration)’, 여러 가지 일이나 모습들을 널리 알리기 위한 그림이나 사진은 ‘畫報(화보)’, 채색을 쓰지 않고 먹으로만 그린 그림은 ‘水墨畫(수묵화)’, 사람의 외모나 성격을 의도적으로 과장하거나 우스꽝스럽게 묘사하는 것은 ‘戲畫化(희화화)’라고 합니다.

이 밖에, 그림의 떡이라는 ‘畫中之餅(화중지병)’은 아무리 마음에 들어도 이용할 수 없거나 차지할 수 없는 것, 자기가 그린 그림을 스스로 칭찬한다는 ‘自畫自讚(자화자찬)’은 자기가 한 일을 스스로 자랑하는 것, 용을 그리다가 마지막으로 눈동자에 점을 찍었다는 ‘畫龍點睛(화룡점정)’은 가장 중요한 부분을 완성하는 것을 이르는 말이죠. 뱀을 다 그리고 나서 있지도 않은 발을 덧붙인다는 ‘畫蛇添足(화사첨족)’은 군짓을 하여 도리어 잘못된 것을 이르는 말입니다. 그래서 이를 줄여 ‘蛇足(사족)’이라고 하여 군더더기를 뜻하죠.

여담 한 마디.

중국에서는 호텔(hotel)을 ‘酒店(주점)’, ‘饭店(반점)’이라고 적고 각각 [jiǔdiàn], [fàndiàn]으로 발음합니다. 우리말로 하면 ‘술집’ ‘식당’이 호텔이라는 뜻이군요. 그러면 중국에서 영화를 뭐라고 할까요? 현대 중국어로는 ‘전기 電(전)’과 ‘그림자 影(영)’을 합해 전기로 만드는 영상이라고 하여 ‘電影(电影)’이라 적고, [diànyǐng]으로 발음합니다.

발음이 어떻든 화면에 비친 그림인 ‘映畫(영화)’가 전기로 만드는 영상인 ‘电影(전영)’보다 더 친근하고 정겹게 느껴지네요.

照明을 받는 것은 사람의 이목을 끌고 세상의 脚光(각광)을 받는 것.

'照明(조명)'은 '비칠 照(조)'와 '밝을 明(명)'이 합쳐져 빛으로 밝게 비춘다는 뜻이지만, 일정한 관점에서 어떤 특정한 사실을 자세히 살펴본다는 뜻으로도 쓰이죠. '남북국 시대의 발해사를 재조명하다'에서 '再照明(재조명)'은 다른 관점에서 다시 한 번 살펴보거나, 일이나 사물의 가치를 다시 들추어 살펴본다는 뜻으로 쓰인 겁니다.

舞臺(무대) 효과나 촬영 효과를 높이기 위하여 빛을 비추는 것도 '조명'이라고 하죠. 그래서 '조명을 받다'는 관용구처럼 쓰여 관심의 대상으로 부각되는 것을 말합니다. '세상의 注目(주목)을 받다', '사람의 耳目(이목)을 끌다', '각광을 받다'라는 표현과 통하죠.

'照明(조명)'에서 '照(조)'는 '밝을 昭(소)'와 '불 灬=火(화)'가 합쳐져, 불처럼 '밝다'가 본뜻인데, 나중에 '비치다'의 뜻으로 쓰입니다. '照(조)'에 붙은 '昭(소)'는 '해 日(일)'과 '부를 召(소)'가 합쳐져 '밝다'를 뜻하므로 여기서는 뜻과 음을 함께 나타내는 기능을 하죠. '昭(소)'는 주로 형용사로 쓰여 '밝다'의 뜻으로, '照(조)'는 주로 동사로 쓰여 '비치다', '비추다' 등의 뜻으로 쓰이므로 둘을 구별하면 좋겠군요. '밝을 昭(소)'는 '비칠 照(조)'와 달리 쓰임이 극히 제한되어, '昭詳(소상)히 밝히다'의 '소상'은 분명하고 자세하다는 뜻이죠.

'照準(조준, aim)'은 목표물을 향해 방향과 거리를 잡는 것, '照應(조응)'은 둘 이상의 사물이나 현상 또는 말과 글의 앞뒤 따위가 서로 일치하게 대응하는 것을 말합니다. '相應(상응)'은 서로 맞아 어울리는 것이고, '對應(대응)'은 두 사물이 서로 같은 힘이나 수준으로 관계를 가지거나 서로 짝이 되는 것을 뜻하죠. 그래서 '조응', '상응', '대응'은 비슷한 맥락에서는 유의어로 쓰일 수 있지만, 미묘한 차이를 구별해야 합니다. 법적 대응을 검토하다'에서 '대응'은 어떤 일이나 사태에 맞추어 태도나 행동을 취하는 것이죠, '능력에 상응하는 보수'에서 '상응' 대신에 '조응' 또는 '대응'을 쓰면 어색하겠죠.

관련된 사항을 더불어 살펴보는 것은 '參照(참조)', 어떤 사람의 인적 사항 따위를 관계 기관에 알아보는 것은 '照會(조회)', 고요한 마음으로 사물이나 현상을 관찰하거나 비추어 보는 것은 '觀照(관조)', 둘 이상의 사물의 내용을 서로 맞대어 검토하는 것은 '對照(대조)'라고 합니다.

앞의 단어들은 '관련 논문을 참조하다', '身元(신원)을 조회하다', '자연과 인생에 대한 관조', '原本(원본)과 대조하다' 등의 예문에 활용되죠. '성격 면에서 명백한 대조를 보여주다'에서 '대조'는 서로 반대되는 차이를 말하는 겁니다.

'落照(낙조)'는 저녁에 지는 햇빛, '照度(조도)'는 빛의 밝기를 나타내는 정도, '照射(조사)'는 빛이 내리쬐는 것, '前照燈(전조등)'은 자동차의 앞을 비추는 등, '探照燈(탐조등)'은 밤에 무엇을 찾아 비추기 위하여 멀리까지 불빛을 보낼 수 있는 조명 기계를 이릅니다, '肝膽相照(간담상조)'는 간과 쓸개를 서로 비춰 보여준다는 뜻으로, 서로 마음을 터놓고 사귀는 것을 일컫는 말이지요.

다음으로, '明(명)'은 '해 日(일)'과 '달 月(월)'을 합친 글자로, 해와 달이 '밝다'를 뜻합니다. 또는 '빛날 囧(경)'과 '달 月'이 합쳐져 창문에 달빛이 비치니 '밝다'를 뜻한다고 보기도 하죠. '밝을 明(명)'의 초기 한자를 보면 '朙'도 많이 보이지만, 지금의 자형인 '明'도 적지 않게 나타난다고 합니다. 처음에는 시각적으로 '밝다(light)'라는 뜻으로 쓰였지만, 나중에 '밝히다', '날 새다', '뚜렷하다', '똑똑하다(bright)' 등의 추상적인 의미로 확대됐죠. '説明(설명)'처럼 '밝히다', '黎明(여명)'처럼 '날 새다', '賢明(현명)'처럼 '사리에 밝다', '明確(명확)'처럼 '뚜렷하다' 등 여러 가지 뜻으로 쓰입니다. '여명'은 날이 샐 무렵, 새벽을 뜻하죠.

불이 켜졌다 꺼졌다 하는 것은 '明滅(명멸)', 자기의 입장이나 견해를 공개적으로 발표하는 것은 '聲明(성명)', 분명히 드러내 보이는 것은 '明示(명시)', 까닭이나 이유를 밝혀 말하는 것은 '疏明(소명)'이라고 합니다.

또 '명징한 시어'에서 '明澄(명징)'은 깨끗하고 맑은 것, '사건의 진상을 규명하다'에서 '糾明(규명)'은 자세히 따져 사실을 밝히는 것, '입장을 천명하다'에서 '闡明(천명)'은 생각, 의사 등을 뚜렷이 드러내어 밝히는 것, '박명에 길을 떠나다'에서 '薄明(박명)'은 해가 뜨기 전과 지기 전의 희미하게 밝은 상태를 이르는 말이죠. '薄命(박명)'은 팔자가 사납거나 목숨이 짧은 것이니 구별해요.

이 밖에, 불 보듯 뻔한 것은 '明若觀火(명약관화)', 등잔 밑이 어둡다는 속담은 '燈下不明(등하불명)', 맑은 거울과 고요한 물처럼 잡념과 허욕이 없는 깨끗한 마음을 비유적으로 이르는 말은 '明鏡止水(명경지수)'라고 하지요.

『聖經(성경)』에 나오는 '남(형제)의 눈에 티끌, 내 눈에 들보'는 자기의 큰 잘못은 보지 못하고 남의 작은 잘못만 보는 것을 말하는 대목이죠, 비슷한 가르침이 『明心寶鑑(명심보감)』에도 있어 놀랍군요.

人雖至愚(인수지우)　　사람이 비록 지극히 어리석어도
責人則明(책인즉명)　　남을 꾸짖는 데는 밝다

科学
Science

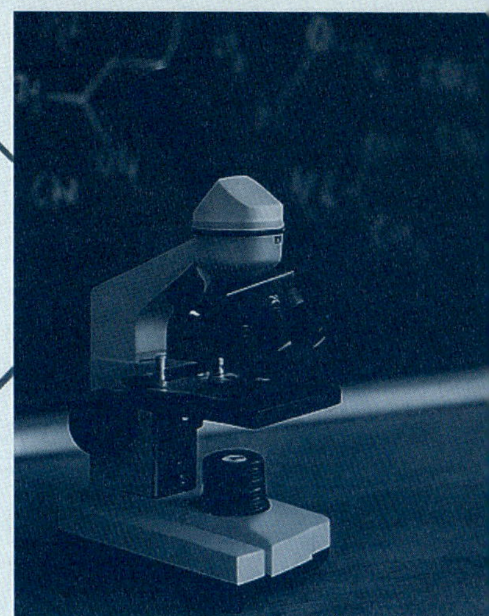

技術
Technology

醫薬
Medicals

假說(가설)　　　　缺陷(결함)
蓋然性(개연성)　　檢診(검진)
突風(돌풍)　　　　實驗(실험)
症狀(증상)　　　　量産(양산)
常溫(상온)　　　　次元(차원)
觀察(관찰)　　　　半導體(반도체)
推理(추리)　　　　偏差(편차)
昇華(승화)　　　　靑寫眞(청사진)
充電(충전)　　　　免疫(면역)
潛伏(잠복)　　　　自擊漏(자격루)
反應(반응)　　　　輸血(수혈)
隔離(격리)

假說, 假定(가정)의 '假(가)'는 '거짓'이 아니라 '임시'라는 뜻.

'假説(가설, hypothesis)'에서 '假(가)'는 '거짓', '임시', '빌리다' 등을 뜻하고, '説(설)'은 '말씀', '논하다', '학설', '이론' 등을 뜻해요. 그렇다면 '假説(가설)'은 거짓 이론인가요? 아니죠. '임시로 세운 이론'이 됩니다. 어떤 사실을 설명하기 위하여 임시로 세웠지만, 아직 증명되지 않은 이론이나 명제를 가리킨다고 보면 되지요.

이 가설이 수많은 실험과 관찰을 거쳐 檢證(검증), 즉 검사하여 증명되면 엄연한 定説(정설)로 굳어져요. 일정한 결론에 도달하여 확정하거나 인정한 학설로 대우받게 되는 겁니다. 세상에 널리 알려지거나 일반적으로 인정되고 있는 학설은 通説(통설), 어떤 분야의 기초적인 내용을 대강 설명하는 것은 '概説(개설)'이라고 해요.

먼저 '假(가)'는 '사람 人(亻)'과 '빌릴 叚(가)'가 합쳐진 글자로, '사람'에게 '빌리다'라는 뜻으로 만들어진 겁니다. 남에게서 빌린 것은 진정한 내 것이 아니죠. 여기에서 '거짓, 가짜'라는 뜻도 생겼고, '임시'라는 뜻도 얻게 된 것 같습니다. 먼저 '假(가)'가 '임시'의 뜻을 가진 예를 찾아봅시다.

임시로 정하는 것은 '假定(가정, assumption)', 임시로 일컫는 이름은 '假稱(가칭)', 잠시 사용하기 위해 임시로 지은 건물은 '假建物(가건물)', 특정물을 처분하지 못하도록 법원이 결정한 임시 명령은 '假處分(가처분)'이 되죠.

그리고 '假(가)'는 '가짜, 거짓' 등의 뜻으로도 많이 쓰이고 있습니다. 말과 행동을 거짓으로 꾸미는 것은 '假飾(가식)', 머리에 쓰거나 붙이는 가짜 머리카락은 '假髮(가발)', 얼굴이나 몸차림을 남이 알아보지 못하게 꾸미는 것은 '假裝(가장)', 본래의 이름이 아닌 가짜 이름은 '假名(가명)', 진짜와 가짜는 '眞假(진가)' 등으로 활용되네요.

앞에서 '假(가)'는 '빌리다'라는 뜻도 가지고 있다고 했죠? 임시로 빌리는 것은 '假借(가차)', 여우가 호랑이의 힘을 빌려 거만하게 잘난 체한다는 뜻을 가진 '狐假虎威(호가호위)' 등도 있군요. 한자의 六書(육서) 가운데 '假借(가차)'가 있는데, 본래 그 글자가 없어 음이 비슷한 것을 빌려 쓰는 것을 이르는 말입니다, 코카콜라(coca cola)를 '可口可樂(가구가락)'으로 표기하는 것이 그 대표적인 사례가 되네요. 중국어 발음이 '커커우커러'로서 그 뜻은 '입에 맞아 즐겁다'가 되거든요. 해외 상품 중 중국어 作名(작명)이 가장 잘 됐다는 평가를 받고 있다고 합니다.

다음으로, '說(설)'은 '말씀 言(언)'과 '기쁠 兌(태)'를 결합한 글자로, 입을 벌려 사람을 기쁘게 하는 '말씀'이 되겠네요. '말'과 관련된 여러 글자 중에서도 '이야기하다'라는 뜻이 가장 두드러진다고 합니다. 그래서 많은 한자어를 생산하죠.

남이 잘 이해할 수 있도록 말하는 것은 '說明(설명)', 상대편이 이쪽 편의 이야기를 따르도록 말하는 것은 '說得(설득, persuasion)'. 여러 사람 앞에서 자기의 주장을 말하는 것은 '演說(연설)', 세상에 널리 알려지거나 두루 인정받은 학설은 '通說(통설)', 물결같이 ㄴ떠도는 말, 즉 터무니없는 헛소문은 浪說(낭설), 진술 자체에 모순이 있으나 그 속에 진실한 뜻을 담고 있는 것은 '逆說(역설, paradox)'이라고 해요.

'결별이 이룩하는 축복'은 이형기 시인의 시 〈落花(낙화)〉에 나오는 역설로, 이별로 하여 더 성숙해지리라는 것을 '축복'으로 통찰한 표현이죠.

또한 '說'은 '달래다'의 뜻도 가지고 있는데, 이 경우엔 '설'이 아니라

'세'로 읽어야 합니다. 선거철만 되면 매스컴에 자주 오르내리는 '遊説(유세)'란 여러 곳을 다니면서 자신의 주장을 상대방에게 열심히 설득하는 것을 뜻하죠. 그리고 아주 드문 경우지만, '説'이 '기쁘다'의 뜻으로 쓰이면 '열'로 읽어야 해요. 『논어』맨 앞부분에 나오는 너무나 유명한 문장이죠.

學而時習之(학이시습지)　　배워서 때때로 그것을 익히면,

不亦說乎(불역열호)　　또한 기쁘지 아니한가?

여기서 '説(설)'은 '말씀 설'이 아니라 '기쁠 열'로 쓰인 경우이고, '기쁠 悦(열)'과 서로 통하는 글자인 거죠. '喜悦(희열)', '悦樂(열락)'에 쓰인 그 '悦'입니다.

길가에 떠돌아다니는 이야기는 '街談巷説(가담항설)', 조리가 없이 말을 이러쿵저러쿵 지껄이는 것은 '橫説竪説(횡설수설)', 이치에 맞지 않아 말이 도무지 되지 않은 것은 '語不成説(어불성설)'이라고 하지요. 또 '言語道斷(언어도단)'은 말할 길이 끊어졌다는 뜻으로, 어이가 없어서 말하려 해도 말할 수 없음을 이르는 말입니다.

하여튼 말은 이치에 맞아야 하고 조리에도 맞아야 하나 봅니다.

문과생은 蓋然性, 이과생은 '확률'로 번역하는 proability.

다음은 전기차 화재와 관련된 신문 기사의 일부입니다.

국과수는 "차량 밑면의 외부 충격으로 배터리팩 내부의 셀이 손상되며 발화했을 개연성을 배제할 수 없다."라고 분석했다.

여기서 '개연성을 배제할 수 없다.' 이게 무슨 말일까요? '蓋然性(개연성)'은 어떤 일이 반드시 일어나는 것은 아니나 대체로 일어날 수 있는 가능성이고, '排除(배제)'는 글자 뜻 그대로 물리쳐 제외한다는 뜻이거든요. 쉽게 말하면 가능성을 제외할 수 없다는 것이니 결국 '가능성이 있다'라는 거네요. 쉬운 말을 왜 이렇게 어렵게 하는지….

먼저 '蓋然性(개연성)'의 '蓋(개)'는 '풀 ⺿(초)'와 '덮을 盍(합)'이 결합되어, 풀로 지붕이나 그릇의 뚜껑을 '덮다'는 뜻을 나타내다가 '덮개', '뚜껑' 등의 뜻으로 확대됩니다. 나중에 '대개(mainly)', '아마도(probably)'라는 뜻으로 빌려 쓰이게 됐죠. '개연성'에서 '蓋(개)'는 '아마도'의 뜻으로 쓰인 것이네요. 덮개 구조물을 씌워 겉으로 드러나지 않도록 한 하천은 '覆蓋川(복개천)', 'ㅈ, ㅊ' 등의 입천장소리는 '口蓋音(구개음)', 세상을 뒤덮을 만큼 뛰어난 재주는 '蓋世之才(개세지재)'라고 합니다. 아무래도 가장 유명한 것은 楚(초)나라의 霸王(패왕) 項羽(항우)가 자결하기 직전 읊었다고 하는 이 시구일 겁니다.

力拔山兮(역발산혜)　　힘은 산을 뽑을 만하고,
氣蓋世(기개세)　　기운은 세상을 덮을 만하다.

劉邦(유방)에게 포위되어 敗色(패색)이 짙어지던 시점에서 項羽(항우)가 마지막으로 진중에서 酒宴(주연)을 베풀며, 이 시를 지어 자신의 운명을 탄식했습니다.

이 시에 감동 받은 虞美人(우미인)은 결국 자결을 택하게 되지요. 항우와 우미인의 이야기는 京劇(경극) 〈霸王別姬(패왕별희)〉라는 劇(극)으로 오늘날까지 전해지고, 영화로도 만들어졌어요. '경극'은 노래와 춤과 연극이 혼합되어 있는 중국의 전통극을 이르는 말입니다.

다음으로, '然(연)'은 '개 犬(견)', '불 火(화)→灬', '고기 肉(육)→月' 등이 결합된 글자입니다. 그래서 '불'에 고기를 구우니 '태우다'가 본뜻이었고요. 나중에 '그러하다'라는 뜻으로 많이 쓰이자 '태울 燃(연)'을 새로 만들어 '然(연)' 대신에 본뜻을 나타냈어요.

요즘은 '然(연)'이 접미사처럼 쓰여 앞 단어의 성격을 나타내는 뜻으로 활용되는데. 아마도 그렇게 되는 것은 '蓋然(개연)', 어쩌다가 그렇게 되는 것은 '偶然(우연)', 반드시 그렇게 되는 것은 '必然(필연)', 마땅히 그런 것은 '當然(당연)', 현실에 매이지 않고 벗어나 있는 것은 '超然(초연)', 태도나 기색이 편안하여 아무렇지도 않은 것은 '泰然(태연)' 등등 하늘의 별처럼 무지무지 많군요.

마지막으로, '性(성)'은 '마음 心(심)'과 '날 生(생)'이 결합된 글자로, 태어나면서 타고난 '성품'을 뜻해요. 나중에 '성격', '성질', '버릇' 등의 뜻으로 확대돼요. 오래되어 굳어진 좋지 않은 버릇은 '惰性(타성)', 버릇이 되다시피 하여 쉽게 고쳐지지 않는 성질은 '慢性(만성)', 물체가 외부의 힘을 받지 않는 한 그대로 계속하여 움직이려는 성질은 '慣性(관성)', 오랫동안 배어 굳어진 버릇은 '性癖(성벽)', 외부의 자극에 견디는 성질 또는 병원균 따위가 약에 대해 저항하는 성질은 '耐性(내성)', 서로 다른 두 품종을 교배시켰을 때 잡종 제1대에 나타나는 형질은 '優性(우성)'이 됩니다. 이 밖에, 사물이나 일이 본래부터 가지고 있는 고유한 성질은 '屬性(속성)', 어떤 물건이 지닌 성질과 일을 해내는 능력은 '性能(성능)', 성질상의 경향은 '性向(성향)', 어떠한 병이 있거나 감염되었음을 알리는 성질은 '陽性(양성)'이죠. 코로나19가 한창 유행할 때 검사받은 후 양성일까 勞心焦思(노심초사)하던 씁쓸한 기억이 납니다. 하여튼 '성품 性(성)'이 들어간 단어가 생각보다 참 많습니다.

잠깐 지나가는 이야기.

영어 단어 'Probability'를 번역하라고 하면 文科(문과)와 理科(이과) 전공자의 대답이 다르다는 것 아세요? 문과 전공자는 이 단어를 '蓋然性(개연성)'이라고 하고, 이과 전공자는 '確率(확률)'이라고 해요. 학교 다닐 때 '서로 다른 두 개의 주사위를 던졌을 때, 합이 10이 되는 확률을 구하라.'라는 그 확률 말이죠. 참 머리를 아프게 했던 문제로 추억(?)합니다, 또 다른 예로 'Function'이 있는데, 문과는 이 단어를 '機能(기능)'이라 하고, 이과는 '函數(함수)'라고 번역해서 사용합니다.

원뿔도 보는 방향에 따라 삼각형이 되기도 하고 원이 되기도 하잖아요? 이렇게 다양한 觀點(관점)으로 세상으로 바라보면 참 재미있을 겁니다.

突風의 '突(돌)'은 '犬(개 견)'이 '穴(구멍 혈)'에서 뛰쳐나오는 모습을 나타낸 것.

'갑자기 세차게 부는 바람'을 뜻하는 '突風(돌풍)'이 '갑작스럽게 사회적으로 큰 관심을 모으거나 인기를 얻는 것'이란 뜻으로도 쓰입니다.

돌풍이 예상되므로 항해하는 선박은 각별한 주의가 필요합니다.
이번 월드컵 대회에서 아프리카의 검은 돌풍이 드세게 몰아치고 있다.

한자어가 아닌 우리말도 '減員(감원) 바람', '자유화 바람'처럼 일시적으로 유행하거나 크게 벌어지는 일을 '바람'으로 나타내죠.

먼저 '突風(돌풍)'에서 '突(돌)'은 '구멍 穴(혈)'과 '개 犬(견)'이 결합된 글자입니다, 그러다 보니 개가 구멍에서 뛰쳐나오는 모습을 떠올려 '갑자기', '내밀다'의 뜻을 나타내고요. 또 개가 갑자기 튀어나오다가 어디에 세차게 닿으니 '부딪치다'의 뜻도 얻게 되지요. 뜻하지 않게 갑자기는 '突然(돌연)', 갑자기 변하는 것은 '突變(돌변)', 세찬 기세로 갑자기 뛰어드는 것은 '突入(돌입)', 어떤 목표나 기준을 넘어서거나 깨뜨리는 것, 또는 장애나 어려움 따위를 이겨내는 것은 '突破(돌파)'입니다.

서로 맞부딪치거나 맞서는 것은 '衝突(충돌)', 뒷차가 앞의 차를 들이받는 것은 '追突(추돌)', 서로 격렬하게 맞부딪치는 것은 '激突(격돌)', 뜻밖의 일이 갑자기 일어난 상황은 '突發狀況(돌발 상황)'이죠. 여기서 '충돌'과 '추돌'이 전혀 다르다는 것을 확실히 알겠지요?

갑자기 쑥 나오거나 불거지는 것은 '突出(돌출)', 뾰족하게 내밀거나 도드라진 것은 '突起(돌기)'라고 하여 '내밀다'의 뜻으로 쓰였군요. 멧돼지처럼 앞뒤를 헤아리지 않고 막무가내로 돌진하는 것은 '猪突的(저돌적)', 이리저리로 부딪치는 것은 '左衝右突(좌충우돌)'입니다.

다음으로, '바람 風(풍)'은 '무릇 凡(범)'과 '벌레 虫(훼)'으로 구성되어 있는데, 凡(범)은 음을 나타내기 위한 요소인 것 같습니다. 이 글자는 본래 '봉새 鳳(봉)'으로 '봉황'을 뜻하던 글자였으나 점차 바람이라는 뜻으로 함께 쓰였고, 나중에 새로운 글자 '바람 風(풍)'으로 다시 태어났다고 합니다. '風(풍)'은 주로 '바람'이라는 뜻으로 쓰이지만, '風習(풍습)', '風景(풍경)', '모습' 등 다양한 뜻도 가지고 있죠. 또 '民謠風(민요풍)', '異國風(이국풍)'처럼 '풍모(風貌)'나 '樣式(양식, style)' 등의 뜻을 더하는 접미사로도 쓰입니다. 회오리바람은 '旋風(선풍)', 솔솔 부는 약한 바람은 '微風(미풍)', 배가 가는 반대 방향으로 부는 바람은 '逆風(역풍)', 첫여름에 부는 훈훈한 바람은 '薰風(훈풍)', 몹시 빠르고 세게 부는 바람은 '疾風(질풍)', 바람결에 떠도는 소문은 '風聞(풍문)'입니다. 바람에 날리는 티끌을 뜻하는 '風塵(풍진)'은 세상의 어지러운 일을, 바람에 초목이 쓰러짐을 뜻하는 '風靡(풍미)'는 어떤 사조나 사회적 현상이 사회를 널리 휩쓰는 것을 각각 나타냅니다.

'扇風機(선풍기)'의 '扇風(선풍, 부채 바람)'과 '선풍적 인기'의 '旋風(선풍, 회오리바람)'이 전혀 다르다는 사실 기억해 두세요. 이 외에 '颱風(태풍)', '狂風(광풍)', '暴風(폭풍)', '朔風(삭풍)'도 익히 들어온 말이죠.

이 밖에, 풍속과 습관은 '風習(풍습)', 자연이나 세상의 모습은 '風光(풍광)', 풍채와 용모는 '風貌(풍모)', 바람에 따라 흐르는 조수는 '風潮(풍조)', 그 지방의 기후와 토질(土質)은 '風土(풍토)'라고 합니다. 여기서 '풍조'는 '과소비 풍조'처럼 시대에 따라 변하는 세태의 뜻도 있고, '풍토'는 '선거 풍토'처럼 어떤 일의 바탕이 되는 제도나 조건을 비유하는 말로도 쓰입니다. 한편, 좋은 때를 타고 나서 세상에 두각을 나타내는 사람은 '風雲兒(풍운아)'라고 부르지요. 龍(용)이 '바람 風(풍)'과 '구름 雲(운)'을 타고 하늘로 오르는 것처럼 영웅호걸들이 세상에 頭角(두각)을 나타내기 때문일 겁니다.

'바람 風(풍)'이 들어간 한자 숙어도 많군요. 말의 귀에 동풍이 불어도 말은 아랑곳하지 않는다는 뜻으로, 남의 의견이나 충고를 전혀 듣지 않는 것은 '馬耳東風(마이동풍)', 바람 앞의 등불처럼 위태로운 상황은 '風前燈火(풍전등화)'. 가을바람에 지는 낙엽같이 세력이 갑자기 기울어지거나 흩어지는 모양은 '秋風落葉(추풍낙엽)', 맑은 바람을 읊고 밝은 달을 즐긴다는 뜻으로, 아름다운 자연의 경치를 읊으며 즐기는 것은 '吟風弄月(음풍농월)'이라고 합니다. 서당 개 삼 년이면 풍월을 읊는다는 그 풍월이죠.

효도를 다하지 못한 채 어버이를 여읜 자식의 슬픔을 바람과 나무의 탄식, 즉 '風樹之歎(풍수지탄)'이라고 합니다. 왜 그러는지 다음을 참고하면 알겠네요.

樹欲靜而風不止(수욕정이풍부지)
나무는 고요히 있고자 하나 바람이 그치지 않고,
子欲養而親不待(자욕양이친부대)
자식은 봉양하고자 하나 어버이는 기다려주지 않는다.

‘症狀’의 ’症(증)’에 붙은 ‘疒(녁)’
은 病(병)을 뜻하는 뿌리 글자.

‘症狀(증상)’은 보통 疾病(질병)이나 건강 상태를 보여주는 경고음이라고 말하지요. 그런데도 우리는 몸이 보내는 이 크고 작은 신호를 간과하다가 병을 크게 악화시키는 경우도 적지 않거든요. 작은 통증이나 피로가 심각한 질병의 前兆(전조)일 수도 있다는 얘깁니다. ‘증상’이 무엇인지 좀 더 정확하게 알고 있다면 健康(건강)을 지키는 데 도움이 되지 않을까요?

‘症狀(증상)’에서 증세 症(증)은 ‘병들어 기댈 疒(녁)’과 ‘바를 正(정)’이 결합된 글자입니다. ‘병’을 ‘바로’ 잡으려면 잘 살피고 알아야 하는 것이 ‘증세(symptom)’라고 풀이하면 어떤가요? 이 밖에도 ‘증세 症(증)’은 ‘생각이나 느낌’, ‘부작용’ 등의 뜻으로도 쓰입니다.

여기서 ‘疒(녁)’은 환자가 침대 위에 누워있는 모습을 본뜬 것인데요, 이것이 결합된 글자들은 모두 ‘병’과 관련이 있다고 봐도 돼요. ‘苦痛(고통)’, ‘頭痛(두통)’ 등의 ‘아플 痛(통)’, ‘疾病(질병)’, ‘眼疾(안질)’ 등의 ‘병 疾(질)’이 이를 뒷받침하는 예로군요. 이 밖에, ‘피곤할 疲(피)’ ‘암(cancer) 癌(암)’ 등에도 모두 ‘疒(녁)’이 들어가 있네요. 그리고 아는 것[알知(지)]이 병들면[疒(녁)] ‘어리석을 痴(치)’가 된다는 발상은 정말로 재미있지 않아요?

불꽃같이 빨갛게 붓거나 열이 나는 증세는 ‘炎症(염증)’, 어떤 공통성이 있는 몇 가지 증세가 함께 나타나는 것은 ‘症候群(증후군, syndrome)’, 병을 앓고 난 뒤에도 남아 있는 증세 또는 일을 치르고 난 뒤에 생긴 부작용은 '後遺症(후유증)', 앓고 있는 병에 더해지는 다른 질병은 '合倂症(합병증)'이라고 하죠. 교통의 흐름이 막혀 원활하지 않은 상태는 교통 '滯症(체증)', 목말라 물을 마시고 싶은 느낌 또는 애타게 원하는 마음은 '渴症(갈증)'으로 표현하지요. 열이 높을 때에 얼음주머니를 머리에 대거나 해열제를 써서 열을 내리게 하는 것처럼 겉으로 나타난 병의 증상에 대응하는 치료법은 '對症療法(대증요법, allopathy)'이고요.

다음으로, '狀(상)'은 '나뭇조각 爿(장)'과 '개 犬(견)'이 결합된 글자입니다. 나뭇조각 위에 올라가 있는 개의 모습을 본떠 '형상'이란 뜻을 나타낸 것이라고 합니다. 나중에 '상태(state, condition)', '상황(situation)' 등의 뜻으로 확대됩니다.

실제의 형상이나 모양은 '狀態(상태)', 겉으로 나타나 보이는 모양이나 상태는 '形狀(형상)', 실제의 상태나 내용은 '實狀(실상)', 비참하고 끔찍한 상태나 상황은 '慘狀(참상)'입니다. '죄상을 밝히다'에서 '罪狀(죄상)'은 범죄의 구체적인 내용, '정상을 참작하다'에서 '情狀(정상)'은 사정과 형편을 뜻하고, '궁상을 떨다' 또는 '궁상을 피우다'에서 '窮狀(궁상)'은 보기에 초라한 꼴 또는 어렵고 궁한 상태를 뜻하지요.

또 '원상 복구', '원상을 회복하다'에서 '原狀(원상)'은 본디 지니고 있던 원래의 상태, '현상 유지'에서 '現狀(현상)'은 현재 상태, '波狀攻擊(파상공격)'은 동일 방향으로 일정한 시간 간격을 두고 반복하는 공격, '판상형 아파트'에서 '板狀形(판상형)'은 복도식 아파트나 현관식 아파트와 같이 10세대, 15세대 정도가 일렬로 쭉 이어지도록 반듯하고 기다랗게 만든 아파트의 형태를 말합니다.

冠(관)의 모양으로 심장 전체를 둘러싸는 동맥은 '冠狀動脈(관상동맥)', 작은 물집이 띠 모양으로 번져 가는 발진은 '帶狀疱疹(대상포진)',

소란하던 것이 그치고 다소 잠잠해진 상태는 '小康狀態(소강상태)', 그대로 고정되어 조금도 변동이나 진전이 없는 상태는 '膠着狀態(교착상태)', 산골짜기가 평지로 트이는 곳에, 계곡물이 실어 온 자갈이나 모래가 부채꼴로 쌓여서 이루어진 지형은 '扇狀地(선상지)'라고 합니다.

'狀'이 '증서(certificate)'나 '문서'를 뜻할 때에는 '장'으로 읽어야 합니다. '賞狀(상장)', '卒業狀(졸업장)', '招待狀(초대장)', 결혼식 같은 경사에 남을 초청하는 '請牒狀(청첩장)', 법원이 체포, 구금, 수색, 압수 따위를 허락하는 '令狀(영장)' 등으로 활용됩니다. 지정된 이에게 자기 일을 맡긴다는 내용을 적은 문서는 '委任狀(위임장)', 법원이 피고인이나 증인 등을 강제로 데려가는 것을 허락하는 문서는 '拘引狀(구인장)', 새해를 축하하는 글이나 그림이 박힌 카드는 '年賀狀(연하장)'이라고 해요.

'症狀(증상)'은 병을 앓을 때 나타나는 여러 가지 상태나 모양, 병이나 상처 때문에 앓거나 '痛症(통증)'을 느끼는 상태를 뜻합니다. 그렇다고 증상이 개인의 건강과 관련된 일만은 아닌 것 같군요.

지금 한국 사회가 안고 있는 빈부 격차, '低出産(저출산)' 등 사회적 '병'을 '바로' 잡으려면 '증상'의 원인을 정확하게 파악하고 시급히 수술대에 올려야 할 것입니다.

아차, 나부터 무슨 병을 앓고 있는지 살펴야겠네요.
꼭 몸에 생긴 병 아니라도 말이죠.

상온 보관에서 상온은 '上溫(상온)'이 아니라 '常溫'.

이건 實話(실화)!

知人(지인)이 식품을 '常溫(상온)'에 보관하라고 시켰는데 나중에 확인해 보니 變質(변질)돼 있었다고 해요. 왜 그런가 물어보니 '상온'의 '상'을 '위 上(상)'으로 알고 높은 온도에 보관했다는 답을 듣고 어이가 없었다고 합니다. '常溫(상온)'에서 '常(상)'의 뜻을 알았다면 이런 실수는 없었겠죠? 그러면 상온이 무슨 뜻인지 알아봅시다.

일반적으로 '항상 常(상)'이라고 하는 이 글자는 '수건 巾(건)'과 '숭상할 尙(상)'이 결합되어 있고, '치마'가 본뜻인데, 나중에 '항상', '보통', '변함없다', '떳떳하다' 등의 뜻으로 쓰입니다. 치마는 늘 입고 있어야 하므로 '항상'이라는 의미로 확대되었다고 합니다. 나중에 '치마'라는 본뜻은 '수건 巾'을 '옷 衣(의)'로 교체한 '치마 裳(상)'이라는 새로운 글자가 대신하게 됩니다. 결국 常(상)과 裳(상)은 모두 치마를 뜻하는 글자로 그 근원이 같다고 볼 수 있겠군요.

뭔가 모르지만 예사롭지 않을 때 우리는 '尋常(심상)치 않다'라고 하는데, 여기에서 '常(상)'은 '보통, 예사롭다' 등의 뜻으로 쓰인 겁니다. 특별한 변동이나 탈이 없이 제대로인 상태는 '正常(정상)', 특별한 일이 없는 보통 때는 '平常時(평상시),' 늘 있는 예사로운 것은 '日常的(일상적)', 큰일이 벌어져 예사롭지 않은 상황은 '非常事態(비상사태)'가 되지요.

그리고 '변함없다'의 뜻으로 쓰여 늘 일정하여 변하지 않는 값을 가진 수는 '常數(상수)', 사람이 살다 보면 가고 오고 흥하고 망하여 변하지 않는 것이 없음은 '人生無常(인생무상)'이라고 합니다. 또 '언제나'의 뜻으로 '恒常(항상)', 열 가운데 여덟이나 아홉이 항상 그러하다는 뜻으로 '十常八九(십상팔구)' 등에 쓰이죠. "얼음이 얼어 미끄러지기 십상이니 조심해라."라는 표현에서 '십상'은 이 十常八九(십상팔구)를 줄인 말로 '쉽상'으로 적지 않도록 주의해야죠.

다음으로 '溫(온)'은 본래 중국 貴州省(귀주성)에 있는 강 이름을 가리키는 글자였다고 합니다. 지금처럼 '따뜻하다'라는 뜻을 나타낸 글자는 본래 '어질 昷(온)'이었다고 하네요. 이 글자는 참 재미있어요. '죄수 囚(수)→日(일)'와 '그릇 皿(명)'이 결합된 모습인데, '囚(수)'는 '나라 口(국: 테두리)'에 갇힌 '사람 人(인)'으로 지금도 그대로 '죄수'를 뜻하죠.

여기서 '그릇 皿(명)'은 굽이 달린 그릇의 모습을 본뜬 것으로 그릇에 담긴 음식이라는 뜻을 가지고요. 그래서 '昷(온)'은 죄수에게 음식을 주는 것에서 '어질다'가 원래 뜻이었다고 합니다. 나중에 죄수에게까지 베푸는 '따뜻한' 마음이란 뜻으로 쓰이다가 따뜻한 물을 구체적으로 표현하기 위해 '물 水→氵(수)'를 더한 '따뜻할 溫(온)'이 만들어졌다고 해요. 참고로 이 글자의 상대자는 '찰 寒(한)', '찰 冷(랭)'이 될 겁니다.

물, 공기(대기), 몸의 온도는 각각 '水溫(수온)', '氣溫(기온)', '體溫(체온)'이라고 하지요. 주위 온도에 관계없이 일정한 온도를 유지하는 것은 '保溫(보온)', 날씨가 따뜻한 것은 '溫暖(온난)', 마음씨가 따뜻하고 부드러운 것은 '溫柔(온유)' 또는 '溫和(온화)', 태도가 미적지근한 것은 '微溫的(미온적)'이라고 합니다.

그리고 熱帶(열대)와 寒帶(한대) 사이 기후가 온화한 기후대는 '溫帶(온대)', 체온을 항상 일정하고 따뜻하게 유지하는 동물은 '恒溫動物(항온동물)', 높은 온도를 가하여 균을 죽이는 것은 '高溫殺菌(고온살균)'이 되겠네요. 이처럼 '溫(온)'은 '따뜻하다' 혹은 '온도' 등의 뜻으로 폭넓게 활용되고 있습니다.

이 밖에, '溫(온)'은 '익히다'의 뜻을 가지기도 해요. 음식을 따뜻하게 하여 데우니 '익히다'의 뜻으로 확대된 거네요. 옛것을 익혀 새 것을 안다는 '溫故知新(온고지신)'이 대표적이죠. 다음 문장은 『論語(논어)』에 나오는 것인데 통째로 외워두면 결코 손해 볼 일이 없겠죠.

溫故而知新(온고이지신)　　옛것을 익혀서 새것을 알면,
可以爲師矣(가이위사의)　　(남의) 스승이 될 수 있다.

물론 여기에서 공자가 말한 '옛것'은 太平聖代(태평성대)였던 周(주)나라 때의 여러 문물과 제도를 가리킵니다. 당시 혼란한 세상을 바로잡는데 이전 시대의 문물과 정신을 배우고 본받는 것이 先行(선행)되어야 함을 강조한 말이죠. 이와 비슷한 뜻으로 쓰이는 '法古創新(법고창신)'은 옛것을 본받아 새로운 것을 만들어 낸다는 뜻입니다.

요컨대 '常溫(상온)'은 사람이 일상생활을 하고 있는 평상시의 온도로, 우리 주변에 존재하는 물질을 固體(고체), 液體(액체), 氣體(기체) 등으로 나누는 기준이 되는 온도라고 합니다. 연말 구세군의 자선냄비에 작은 정성을 보태는 따뜻한 마음 온도는 항상 상온보다 훨씬 더 높군요. 그래서 세상을 살 만한가 봅니다.

觀察
관찰

‘觀(관)’은 황새 雚(관)과 볼 見(견)이 합쳐져 황새처럼 자세히 본다는 뜻.

　사과는 뉴턴 이전에도 떨어졌고, 어쩌면 인류 탄생 이전부터 사과는 계속 떨어졌는지도 모릅니다. 그렇게 사과가 계속 떨어지던 17세기 어느 날, 뉴턴은 사과가 나무에서 떨어지는 것을 보고 “왜 사과는 아래로 떨어지는가?”라는 질문을 떠올렸습니다.

　이 ‘觀察(관찰)’을 통해 그는 萬有引力(만유인력)의 법칙이라는 중력을 수학적인 공식으로 정립했지요. 단순한 호기심으로 시작된 하나의 질문이 이렇게도 세계를 바꿀 수 있었으니, ‘觀察(관찰)’은 눈에 보이는 현상만을 보는 것이 결코 아니군요.

　‘觀察(관찰)’에서 ‘볼 觀(관)’은 ‘황새 雚(관)’과 ‘볼 見(견)’이 합쳐져 만들어진 글자입니다. 먼저 ‘황새 雚(관)’은 두 눈(口口)이 강조된 ‘새 隹(추)’의 모습으로 그려져 있어 물 가운데 서서 먹잇감을 뚫어지게 보는 황새의 속성을 잘 담고 있네요. ‘볼 見(견)’은 ‘눈 目(목)’과 ‘사람 儿(인)’이 결합되어 사람이 눈으로 사물을 본다는 뜻을 가지니, ‘觀(관)’은 ‘자세히 보다’라는 뜻을 아주 잘 나타내는군요.

　그림, 영화, 스포츠 등을 구경하는 ‘觀覽(관람)’, 기상, 천문 등의 자연 현상을 관찰하여 그 움직임을 측정하는 ‘觀測(관측)’ 등이 그 쓰임새가 되겠죠? ‘景觀(경관)’에서는 ‘볼거리’, ‘人生觀(인생관)’에서는 ‘생각’, ‘식견’, ‘관점’ 등의 뜻으로도 쓰이네요.

　형편이나 분위기 따위를 가만히 살펴보는 것은 ‘觀望(관망)’, 취미에 맞는 동식물 등을 보면서 즐기는 것은 ‘觀賞(관상)’, 어떤 모임이나 행사

306

등을 참가하여 지켜보는 것은 '參觀(참관)', 큰 깨달음이 있어서 세속을 벗어나 사소한 일에 얽매이지 않는 경지는 '達觀(달관)', 고요한 마음으로 대상을 바라보는 것은 '觀照(관조)', 앞으로의 일이 잘되어 나갈 것으로 여기는 마음가짐은 '樂觀(낙관)'이라고 하죠.

훌륭하여 볼 만한 광경은 '壯觀(장관)', 미리부터 가지고 있는 틀린 생각은 '先入觀(선입관)', 제삼자의 입장에서 사물을 보거나 생각하는 것은 '客觀(객관)', 직접 나서지 않고 곁에서 보기만 하는 것은 '傍觀(방관)'이 됩니다. 전쟁 상황을 직접 살펴보는 '觀戰(관전)'이 운동 경기나 바둑 대국(對局) 따위를 구경하는 뜻으로도 많이 쓰여요. 관전 후에는 곧잘 '觀戰評(관전평)'이 뒤따르죠.

다음 글자 '살필 察(찰)'은 '집 宀(면)'과 '제사 祭(제)'가 합쳐진 글자네요. 여기서 '집 宀(면)'은 조상의 位牌(위패)를 모시는 사당을 뜻합니다. 그리고 '제사 祭(제)'는 '고기 肉=月(육)', 오른손을 나타내는 '또 우(又)', 귀신을 나타내는 '보일 示(시)'로 구성되어 있군요. 따라서 '察(찰)'은 사당에서 제사를 지낼 때 고기를 포함한 제물을 잘 살펴본다는 뜻을 가졌다고 합니다. 결국 '살필 察(찰)'은 '자세히 살피다', '거듭 살피다' 등의 뜻으로 쓰여 눈으로 사물이나 상황을 좇으면서 살피는 '視察(시찰)', '監察(감찰)' 등에 활용되지요.

연구 대상을 깊이 생각하여 살피는 것은 '考察(고찰)', 예리한 관찰력으로 사물을 환히 꿰뚫어 보는 것은 '洞察(통찰, insight)', 자기의 마음을 반성하고 살피는 것은 '省察(성찰)', 조사하여 살피는 것은 '査察(사찰)', 두루 돌아다니며 사정을 살피는 것은 '巡察(순찰)', 의사가 환자의 병 중세를 살피는 것은 '診察(진찰)'입니다.

이 밖에, 몰래 적의 정세를 살피는 것은 '偵察(정찰)', 다른 사람의 사정 따위를 잘 헤아려 살피는 것은 '諒察(양찰)', 조심해서 잘 살피지 않아 생긴 잘못은 '不察(불찰)', 범죄를 수사하고 증거를 모으는 것은 '檢察(검찰)'이 되지요.

참고로 하나 덧붙일게요.
'洞察(통찰)'에서 '洞'은 보통 '골 동'이라고 하여 '洞窟(동굴)'이나 행정 구역의 '邑(읍), 面(면), 洞(동)' 등으로 쓰입니다.
그러나 '밝다', '꿰뚫다' 등의 뜻일 때에는 '통'이라 읽습니다. 예리하게 사물을 꿰뚫어 보는 '洞察(통찰)'이 단적인 例(예)지요. 史劇(사극)에서 자주 듣는 "전하, 부디 통촉해 주시옵소서."의 '洞燭(통촉)'은 윗사람이 아랫사람의 형편이나 사정 등을 깊이 헤아려 살핀다는 뜻입니다.

사과가 떨어지는 것을 觀察(관찰)한 것만으로는 큰 의미가 없습니다. 사과나무에서 사과가 떨어지는 것을 보고 중력을 고안했다는 전설적인 이야기가 사실이 아니라는 것도 별로 중요하지 않습니다. 뉴턴의 사과는 단순한 관찰 대상이 아니라 중력의 법칙을 꿰뚫어 이해하고 설명하는 洞察(통찰)의 계기를 제공했다는 점에서 의의를 찾아야 할 것 같습니다.

사건의 단서를 찾아 범죄 사건을 해결하는 소설이 推理小說(추리소설).

의문의 사건이 발생하고, 주인공을 비롯한 주변 인물들이 추리를 통해 이 사건을 해결하는 소설을 '推理小說(추리소설)'이라고 합니다. 추리소설은 몇 가지의 단서를 동원하여 수수께끼를 풀어 나가듯이 범죄 사건을 해결하는 과정을 보여주죠. 그래서 일본에서 처음으로 探偵小說(탐정소설, detective story)을 '추리소설'로 번역한 것 같습니다. 사건 해결의 단서는 추리의 '前提(전제)'에, 범죄 사건의 해결은 '論證(논증)'에 각각 대응하니 추리소설이란 명칭도 그럴 듯해 보이는군요.

'推理(추리)'의 '推(추)'는 '손 手=扌(수)'와 '새 隹(추)'가 합쳐진 글자네요. '쉬엄쉬엄 갈 辵=辶(착)'과 '새 隹(추)'가 결합된 '나아갈 進(진)'이 앞으로만 날아가는 새의 특성을 잘 담고 있듯이. '推(추)'도 손을 써 앞으로 '밀어내다'가 본래의 뜻이었다고 합니다. 나중에 '밀다', '미루다(이미 알려진 것으로 다른 것을 비추어 헤아리다)', '받들다' 등의 뜻으로 확대됐지요. '推進(추진)'처럼 '밀다', '推測(추측)'처럼 '미루어 헤아리다', '推仰(추앙)'처럼 '받들다' 등의 단어로 활용되고 있군요.

미루어 생각하여 결정하는 것은 '推定(추정)', 일부를 가지고 전체를 미루어 계산하는 것은 '推算(추산)' 또는 '推計(추계)', 시간의 흐름에 따라 일이나 형편이 변하는 것은 '推移(추이)', 같은 종류의 것 또는 비슷한 것에 기초하여 다른 사물을 미루어 추측하는 것은 '類推(유추)', 알맞은 사람을 책임지고 밀어 천거하는 것은 '推薦(추천)', 윗사람으로 모셔 떠받드는 것은 '推戴(추대)'라고 합니다.

한편, 글을 집필할 때 여러 번 고치고 다듬는다는 뜻으로 쓰이는 '推敲(퇴고)'에서는 '밀 推(퇴)'라고 읽습니다. '퇴고'라는 말에는 다음과 같은 유래가 전해집니다.

당나라 시인 賈島(가도, 779~843)가 다음과 같은 시구를 떠올렸는데 마지막 구절에서 문을 '밀다[推(추)]'로 하나 '두드리다[敲(고)]'로 하나 고민에 빠져 있었죠. 이때 길 가다 만난 대문장가 韓愈(한유, 768~824)의 권유를 받아들여 '두드릴 敲(고)'로 결정했다고 합니다.

鳥宿池邊樹(조숙지변수)　　새는 못가의 나무에서 잠자고,
僧敲月下門(승고월하문)　　스님은 달 아래 문을 두드리네.

다음으로, '理(리)'는 '구슬 玉(옥)'과 '마을 里(리)'가 합쳐져서 이루어진 글자네요. 여기에서 '마을 里(리)'는 한자의 음을 나타내면서 지세에 따라 자리를 잡은 마을의 '질서'를 담고 있다고 해요. 玉匠(옥장)은 옥돌의 결에 따라 옥돌 무늬를 잘 살리면서 옥돌을 깎고 다듬었을 것입니다. 여기서 '이치 理(리)'는 '구슬을 다듬다'가 본뜻이었다고 하는데, 나중에 '다스리다', '원칙', '이치' 등의 뜻으로 확대된 것 같습니다.

암석에 비교적 규칙적으로 생긴 금이 옥돌 무늬처럼 생긴 것은 '節理(절리)'라고 하지요. '合理(합리)', '推理(추리)'처럼 '이치', '倫理(윤리)'처럼 '도리', '處理(처리)', '修理(수리)'처럼 '다스리다' 등 다양한 뜻으로 쓰이네요. '요리(料理)'는 원래 '일을 잘 헤아려 순리대로 처리하다'라는 뜻이었는데 요즘 주로 '음식을 만드는 일'의 뜻으로 주로 쓰입니다.

참된 이치와 도리는 '眞理(진리)', 자연계를 지배하고 있는 원리와 법칙은 '攝理(섭리)', 기본 되는 이치나 법칙은 '原理(원리)', 어떤 사무를 맡아 처리하는 것은 '管理(관리)', 법원이 사실을 자세히 심사하여 처리하는

310

것은 '審理(심리)', 감독하고 관리하는 것은 '監理(감리)', 한 사회나 개인의 이상적인 생각은 '理念(이념)'인데 요즘 들어 보수, 진보 등 주로 排他的(배타적)인 정치사상을 이르는 말로 많이 쓰이죠. 옥돌을 마구 다루듯이 이치에 어긋나는 것은 '非理(비리)'가 됩니다.

알고 있는 것을 바탕으로 알지 못하는 것을 미루어서 생각한다는 '推理(추리)'는 이미 알려진 사실을 전제로 하여 새로운 판단이나 결론을 이끌어내는 것을 뜻하죠. 그 중에서 '유비추리'는 한 쪽의 사물이 어떤 성질을 가질 경우, 다른 사물도 그와 같거나 비슷한 성질을 가질 것이라고 추리하는 것입니다. 유비추리를 줄여 '類推(유추, analogy)'라고도 합니다. 다음 예문처럼 논리적인 글에 동원된 비유라고 할 수 있겠네요.

황소개구리와 같은 外來種(외래종)이 우리의 생태계를 파괴하고 攪亂(교란)시키듯이, 무분별하게 외국어와 외래어를 사용하면 우리말의 체계가 파괴될 것이다.

이런 유추적 발상과 표현은 의외로 실생활에 많이 쓰입니다. 포도주는 오래된 것일수록 향기(香氣)롭고 맛이 좋다고 합니다. 친구도 그렇다는 얘기를 다음과 같이 향기롭고 맛있게 표현하고 있군요.

친구와 포도주는 오래될수록 좋다.
Friends and wines improve with age.

독자 여러분은 오래된 포도주와 같은 죽마고우(竹馬故友)가 몇 분인가요?

마른 얼음, 드라이아이스(dry ice)는 고체에서 바로 기체로 변하니 昇華.

이산화탄소를 압축, 냉각하여 만든 흰색의 固體(고체)는 液體(액체) 상태를 거치지 않고 바로 氣體(기체)로 변하므로 마른 얼음, 즉 '드라이 아이스(dry ice)'라고 불립니다. 이처럼 고체가 액체 상태를 거치지 않고 기체로 변하거나 기체가 액체를 거치지 않고 고체로 변하는 것을, '오를 昇(승)'과 '꽃(빛날) 華(화)'를 써서 '昇華(승화)'라고 하지요.

승화는 글자 그대로 중간 단계를 거치지 않고 더 높이 오르거나 더 아름다운 꽃을 피우는 것을 뜻합니다. 이런 점에서 스트레스나 內的(내적)인 고통을 겪고 있는 사람이 이를 음악, 미술 등의 예술 활동으로 轉換(전환)시키는 것도 승화로 볼 수 있겠군요.

먼저 '昇(승)'은 '해 日(일)'과 '되 升(승)'이 합쳐져 '해가 떠오르다'가 본뜻이었습니다. 여기서 '升(승)'이 한자의 음을 나타내는 역할을 하는 것은 분명하지만, 자세히 살펴보면 양손으로 물건을 떠받치는 것 같은 모습으로 마치 태양을 위로 떠받쳐 올리는 느낌을 주네요. '昇(승)'은 나중에 '오르다', '올라가다', '올리다' 등의 뜻으로 확대됩니다.

'昇(승)'의 상대자는 '내릴 降(강)'으로 '下降(하강)', '降臨(강림)', '降等(강등)' 등으로 활용됩니다. 물론 '降'은 '投降(투항)', '降書(항서)'처럼 '항복할 降(항)'으로도 쓰이죠. '강림'은 신이 하늘에서 인간 세상에 내려오는 것, '강등'은 등급이나 계급이 낮아지는 것, '투항'은 적에게 항복하는 것, '항서'는 항복의 뜻을 적어 보내는 글을 뜻합니다.

물체가 올라가거나 정도나 수준이 높아지는 것은 上昇(상승), 하늘로 올라가는 것 또는 사람의 죽음은 '昇天(승천)', 오르고 내리는 것은 '昇降(승강)', 임금의 죽음을 높여 이르는 말은 '昇遐(승하)'라고 합니다. '氣流(기류) 상승', '物價(물가) 상승', '龍(용)의 승천', '할머니의 승천', '승강 便宜(편의) 시설'등으로 쓰이죠. '昇降機(승강기)'는 엘리베이터(elevator)'고, '昇壓器(승압기)'는 電壓(전압)을 높이는 變壓器(변압기)를 말합니다.

지위나 등급 따위가 오르는 것은 '昇格(승격)', 직위가 낮은 데에서 높은 데로 옮아가는 것은 '昇進(승진)', 유도나 바둑 따위의 단수가 오르는 것은 昇段(승단), 급수나 등급이 오르는 것은 '昇級(승급)', 봉급이나 급료의 액수가 오르는 것은 '昇給(승급)'이죠. '등급 級(급)'과 '줄(공급할) 給(급)'은 다른 글자네요. '昇(승)'은 이처럼 높은 직급이나 등급으로 '나아가다'라는 뜻으로도 쓰입니다.

다음으로 '華(화)'는 처음에 '꽃'이란 뜻을 나타내기 위해서 가지마다 꽃이 만발한 나무 모양을 본떠 만든 글자라고 합니다. '華(화)'가 '빛나다', '華麗(화려)하다', '繁盛(번성)하다' 등의 뜻으로 확대되자 본래의 뜻을 나타내기 위해서 '꽃 花(화)'를 따로 만들게 된 것이죠.

결국 '華(화)'는 '화려하다'의 뜻을 차지하고, '花(화)'는 '꽃'의 뜻을 차지하여 각 글자가 獨立(독립)하여 分家(분가)된 셈이죠. 외국에 사는 중국인을 '華僑(화교)', 화교 상인을 '華商(화상)'으로 나타내니 '중국'이라는 뜻으로도 쓰입니다.

번창하고 화려한 것은 '繁華(번화)', 꽃다운 목숨이 나라를 위해 싸우다가 안타깝게 죽는 것은 '散華(산화)', 몸이 귀하게 되어 이름이 세상에 빛나는 것은 '榮華(영화)', 사치스럽고 화려한 것은 '豪華(호화)', 남의 결혼을 아름답게 이르는 말은 '華婚(화혼)'입니다.

61세를 '華甲(화갑)'이라고 하는 이유는 '화(華)'의 자획을 풀어서 나누어 보면 십(十)이 여섯, 일(一)이 하나이기 때문이죠. 또 여든여덟 살을 이르는 '米壽(미수)'는 '八十八'을 모으면 '쌀 米(미)' 자가 되는 데에서 생긴 말이죠. 둘 다 참 재미있는 발상으로 이루어졌군요.

겉으로는 화려하게 보이나 속으로는 빈곤하고 부실한 것을 '外華內貧(외화내빈)'이라고 하는데, 우리 속담에 '소문난 잔치에 먹을 것 없다.'라는 말과 딱 맞아떨어지네요. 꽃은 예쁘나 열매를 맺지 못한다는 '華而不實(화이부실)'은 겉만 번지르르하고 실속이 없는 것을 나타내니, 실속 없이 허세를 부린다는 뜻의 '虛張聲勢(허장성세)'와도 통합니다.

서두에서 言及(언급)한 것처럼 '승화'는 복잡한 감정을 가진 사람이 그 감정을 창조적인 방향으로 變換(변환)시키는 것이 맞나 봅니다.

빈센트 반 고흐(Vincent van Gogh, 1853~1890)는 〈귀 잘린 自畵像(자화상)〉에서 스스로 귀를 자르고 난 뒤 붕대로 머리를 감은 모습을 보여주고 있지요. 그는 귀를 자른 후 자신을 救援(구원)해 줄 것은 그림밖에 없다고 생각했는지 내적 葛藤(갈등)을 수많은 예술 작품으로 승화시켰죠. '색채의 마술사'로 불리는 고흐가 37세의 나이로 생을 마감했을 때, 그의 이름은 세상에 전혀 알려져 있지 않았다고 해요. 그러나 20세기 초부터 그에 대한 평가와 影響力(영향력)은 계속 높아지고 있습니다.

그래서 인생은 짧고 藝術(예술)은 길다고 하는가요?

전기 에너지를 채우는 것도, 활력을 되찾는 것도 모두 充電.

**여행 가기 전에 스마트폰용 보조 배터리에 충분히 충전해 두었다.
한 번의 충전으로 달릴 수 있는 거리가 짧다는 것이 전기차의 문제점이다.**

최근에 스마트폰과 전기자동차가 널리 사용됨에 따라 이와 같이 '充電(충전, charge)'이라는 말을 자주 쓰거나 듣게 됩니다. 이 말은 기본적으로 電池(전지)에 에너지를 蓄積(축적)하는 것을 뜻하지만, 휴식을 취하면서 活力(활력)을 되찾거나 실력을 기른다는 비유적 의미로도 많이 쓰입니다. '充電(충전)'과 발음은 같지만, 다른 뜻을 가진 '充塡(충전, filling)'도 있어요. 이 말은 빈 곳이나 공간을 채워서 메우는 것을 뜻하죠. 예컨대, 교통 카드 따위를 사용할 수 있도록 돈을 채우거나 LPG 가스통에 가스를 채워 넣을 때 쓸 수 있겠죠. '메울 塡(전)'이므로 '충진'으로 읽으면 안 됩니다.

'充電(충전)'의 '채울 充(충)'은 어미의 뱃속에서 아기의 몸이 점점 자라 사람에 가까운 모습으로 뱃속을 다 채우니 '가득하다'라는 뜻을 나타냅니다. 나중에 '채우다', '충분하다' 등의 뜻으로 확대됐죠.

필요한 양에 모자라지 않고 넉넉한 것은 '充分(충분)', 모자라는 것을 알맞게 채우는 것은 '充當(충당)', 부족한 것을 보태어 채우는 것은 '補充(보충)', 모자라는 것이 없이 가득 찬 것은 '充實(충실)', 어떤 마음이나 정신이 가득 찬 것은 '充滿(충만)', 늘리고 넓혀 충실하게 하는 것은 '擴充(확충)'이 됩니다.

'充員(충원)'은 인원을 더 뽑아 채우는 것, '充血(충혈)'은 몸의 일정한 부분에 피가 비정상적으로 많아지는 것, '充當金(충당금)'은 장래에 발생할 것으로 예상되는 비용과 손실에 대하여 준비해 두는 금액입니다. '自充手(자충수)'는 원래 바둑에서 사용되는 용어로 자신이 둔 수가 오히려 자기에게 불리한 결과를 초래하는 경우를 뜻합니다. 짐으로 실으면 소가 땀을 흘리고, 쌓으면 들보에까지 찰 정도로 책이 매우 많다는 뜻을 가진 한자숙어는 '汗牛充棟(한우충동)'이라고 하는군요.

다음으로 '번개 電(전)'은 '비 雨(우)'와 '아홉째지지 申(신)'이 합쳐진 글자네요. 옛날부터 농사와 가장 관계 깊은 것은 '비'이므로 '안개 霧(무)', '구름 雲(운)', '서리 霜(상)', '우레 雷(뢰)', '우박 雹(박)', '노을 霞(하)' 등 날씨와 관련된 대부분의 글자에 '비 雨(우)'가 결합되었다고 합니다. 그리고 번개가 번쩍번쩍 치는 모습을 형상화한 글자는 원래 '申(신)'이었는데 나중에 干支(간지) 이름으로 많이 쓰이게 되었어요. 그래서 '申(신)' 위에 '비 雨(우)'를 덧붙인 '電(전)'을 새로 만들어 번개라는 뜻으로 썼습니다. 번개는 일종의 전기 현상이므로 '電(전)'은 나중에 '電氣(전기)'라는 뜻도 얻었죠.

번개와 같이 갑작스럽게 행하는 것은 '電擊的(전격적)', 번갯불이나 부싯돌 불이 번쩍거리는 것과 같이 매우 짧은 시간이나 매우 재빠른 움직임 따위를 비유적으로 표현한 말은 '電光石火(전광석화)'라고 하지요. '대표팀 감독을 전격 交替(교체)하다', '장관이 전격적으로 물러나다', '전광석화와 같은 後任(후임) 결정' 등으로 표현됩니다.

전기를 일으키는 것은 '發電(발전)', 오던 전기가 끊어지는 것은 '停電(정전)', 전기의 공급을 중단하는 것은 '斷電(단전)', 전기를 띤 물체에서 전기가 빠져나가는 것은 '放電(방전)', 전기를 아껴 쓰는 것은 '節電

(절전)’이죠. 이 밖에, 일정한 면 위의 수많은 전구가 켜지고 꺼짐에 따라 글자나 그림 따위가 나타나는 게시판은 ‘電光板(전광판)’, 중앙의 컴퓨터와 여러 개의 컴퓨터 단말기가 정보를 서로 주고받을 수 있도록 만든 연결 체계는 ‘電算網(전산망)’입니다. 또 電動車(전동차)나 電氣鐵道(전기철도)를 줄여 ‘電鐵(전철)’, 가정에서 쓰는 전기제품을 줄여 ‘家電(가전)’, 原子力發電(원자력 발전) 또는 원자력 발전소를 줄여 ‘原電(원전)’이라고 합니다.

혹시 ‘번 아웃(burn out)’이라는 말을 들어 보았나요? 에너지가 모두 消盡(소진)되어 무기력한 상태를 나타내는 비유적 표현인데요. 과도한 스트레스와 피로로 인해 정신적, 육체적 에너지가 枯渴(고갈)된 상태라고 할 수 있겠군요.
‘소진’은 점점 줄어들어 다 없어지거나 다 써서 없애는 것, ‘고갈’은 물이 말라 다 없어진 것 또는 돈이나 물질, 기력이 다하여 없어지는 것을 이르는 말이죠. 말 그대로 완전히 放電(방전)된 상태이므로 에너지를 다시 채우는 ‘再充電(재충전, recharge)’이 時急(시급)하겠죠.
만약 친구가 ‘번 아웃’에 빠져 있다면 여러분은 어떻게 하겠습니까? 누군가는 ‘共感(공감)’이 답이라고 하네요.

병원체에 감염됐지만 그 증세가
아직 드러나지 않는 것도 潛伏.

'潛伏(잠복)'을 다루려고 하니까 2000년대 초반에 개봉한 코미디 액션 영화 〈潛伏勤務(잠복근무)〉가 생각나네요. 이 영화는 강력계 형사 천재 인이 조직 폭력배 부두목의 딸 차승희가 다니는 학교에 여고생으로 僞裝(위장) 잠복근무를 하면서 벌어지는 이야기를 다룹니다. 이같이 '潛伏(잠복)'은 주로 경찰이나 수사 기관이 犯人(범인)을 잡기 위해 숨어서 기다리는 상황을 나타낼 때 사용됩니다. 숨어 엎드려 범인이 나타나기를 기다리는 장면 말입니다.

'잠복'은 숨어 엎드리는 것 외에 병원체나 病毒(병독)이 몸 안에 들어 있으면서 아직 병의 증세가 겉으로 드러나지 않는 것을 뜻하기도 합니다. 코로나19 팬데믹(pandemic)이 猖獗(창궐)했을 때 '潛伏期(잠복기)'라는 말을 지겹게도 들었었죠.

'潛伏(잠복)'에서 '潛(잠)'은, 뜻을 나타내는 '물 水=氵(수)'와 음을 나타내는 '일찍이 朁(참)'이 합쳐져 '자맥질하다'라는 뜻을 나타내죠. '자맥질'은 물속으로 뛰어드는 다이빙(diving)을 뜻하는 순우리말이죠. '潛(잠)'은 '물에 '잠기다(soak)'가 본래 뜻이었는데, 나중에 '가라앉다(sink)', '숨다(hide)', '몰래(secretly)' 등의 뜻으로 확대됐습니다. '潛水(잠수)'는 물속으로 잠겨 들어가는 것인데, 채팅 또는 온라인 게임 중에 반응을 보이지 않는 경우에도 쓰이죠.

마음을 가라앉혀 깊이 생각에 잠기는 것은 '沈潛(침잠)', 몰래 숨어 들어가는 것은 '潛入(잠입)', 남들이 모르게 숨어서 오고 가거나 행하는 것은 ‘潛行(잠행)’, 蹤迹(종적) 즉, 자취를 아주 감추는 것은 ‘潛跡(잠적)’입니다. 물속을 다니면서 전투를 수행하는 전함은 ‘潛水艦(잠수함), 서울 한강의 반포대교 중 아래층에 놓인 다리는 ‘潛水橋(잠수교)’, 겉으로 드러나지 않고 속에 숨거나 잠긴 상태로 존재하는 것은 ‘潛在的(잠재적, latent)’이라고 하죠.

대통령 선거를 앞둔 때에는 ‘潛龍(잠룡)’이라는 단어가 매스컴에 오르내리더군요. 아직 하늘에 오르지 못하고 물속에 숨어 있는 용이라는 뜻에서 오늘날 우리 사회에서 與野(여야)의 대권 주자들을 일컫는 말로 쓰입니다.

다음으로 ‘伏(복)’은 ‘사람[人(인)→亻]’의 발아래 엎드려 있는 개[개 犬(견)]의 모습을 본떠 ‘엎드리다’라는 뜻을 나타낸 글자입니다. 엎드린 모양을 한 것과 관련지어 ‘굴복(복종)하다’, ‘숨다’ 등의 뜻도 가졌고요. 적을 기습하기 위하여 숨겨 놓은 군사를 ‘伏兵(복병)’이라고 하는데, 예상하지 못한 뜻밖의 적이나 경쟁 상대, ‘다크호스(dark horse)’를 뜻하는 말로도 쓰입니다.

그리고 ‘伏線(복선)’은 남모르게 미리 꾸며 놓은 일이지만, 소설이나 희곡에서, 앞으로 일어날 사건을 미리 독자에게 암시하는 것도 됩니다. 현진건의 소설 〈운수 좋은 날〉에서 계속되는 음산한 비가 아내의 죽음이라는 비극적 결말의 복선 역할을 하죠.

敵(적)을 불시에 습격하기 위해 몰래 숨어 기다리는 것은 ‘埋伏(매복)’, 적이나 상대편의 힘에 눌리어 굴복하는 것은 ‘降伏(항복)’, 알아듣도록 말하여 수긍하게 하는 것은 ‘說伏(설복)’이라고 합니다. ‘起伏(기복)’은 높아졌다가 낮아졌다 하는 것 또는 일이나 상태 따위가 좋았다 나빴다 혹은 성하였다 쇠하였다 하는 것을 뜻하죠. ‘기복이 없는 丘陵(구릉)이 펼쳐져 있다', '그는 기복이 없는 선수이다'. '그녀는 감정의 기복이 심하다' 등등으로 쓰이죠.

참고로, 시세, 세력, 감정 따위가 성하였다 쇠하였다 하거나 나타났다 사라졌다 하는 것은 '浮沈(부침, ups and downs)'인데, '盛衰(성쇠)'와 비슷한 뜻으로 쓰입니다. 또 마귀가 숨어 있는 전각이란 뜻의 '伏魔殿(복마전)'은 나쁜 일을 꾀하는 무리들이 모이는 악의 근거지를 비유하는 말로 많이 쓰입니다.

일어났다가 엎드렸다 하는 '起伏(기복)'과 떴다가 가라앉았다 하는 '浮沈(부침)'은 모두 氣勢(기세)나 상황이 변화하는 것을 나타내는 말이죠. 그러나 두 단어는 뉘앙스나 용법에서 미묘한 차이가 있는 것 같습니다. 먼저 '기복'은 위아래 움직임이 작아 地形(지형)이나 감정, 성적 등의 변화에 쓰이고, '부침'은 위아래 움직임이 커서 상황이 좋아졌다 나빠졌다 하는 인생, 경제 상황 등의 변화를 주로 나타내죠.

아무튼 삶의 중간에는 넘어져 엎드렸다 일어나기도 하고, 떴다가 가라앉기도 하죠. 불행이 행복으로 바뀐다는 '轉禍爲福(전화위복)'이라는 말이 왜 있겠어요?

反應 국민의 輿望(여망)에 副應(부응)? 相應(상응)? 呼應(호응)?

반응

'反應(반응)'이라고 하면 저자는 '파블로프의 개 실험'이 가장 먼저 떠오르네요. 이 실험을 간단히 소개하면 이래요.

파블로프는 개에게 종소리를 들려준 후 음식을 주는 과정을 여러 번 반복했습니다. 시간이 지나면서 개는 음식이 없이도 종소리만으로 침을 흘리기 시작했습니다. 이렇게 되면 종소리는 刺戟(자극, stimulus)이 되고, 개가 침을 흘리는 것은 反應(반응, response)이 되죠. 이와 같이 '반응'은 자극을 받은 유기체가 어떤 행동을 취하는 것, 즉 일종의 반사적 행동을 뜻합니다.

또 '정부의 기대와 다른 시민 단체의 부정적 반응'처럼 '반응'은 어떤 事案(사안)이나 사건에 관한 의견과 행동이라는 뜻으로도 쓰이죠. 이 밖에도, 化學(화학)에서 '반응'은 두 개 이상의 물질이 상호 작용하여 새로운 물질이 형성되는 과정을 가리킵니다.

'反應(반응)'에서 '反(반)'은 '암벽'을 뜻하는 '기슭 厂(엄)'과 '오른손' 혹은 '잡다'를 뜻하는 '또 又(우)'가 합쳐진 글자로, '암벽을 손으로 잡고 오르다'가 본뜻이었다고 합니다. 나중에 '되돌리다', '거꾸로', '반대하다', '어기다' 등의 다양한 뜻으로 확대, 파생되었지만, 반대와 관련된 뜻으로 많이 쓰이죠.

'反省(반성)'은 돌이켜 살피는 것, '反目(반목)'은 눈길을 반대로 쳐다보면서 등지는 것, 즉 서로 미워하는 것, '反騰(반등)'은 물가나 주식 시세가 떨어지다가 거꾸로 오르는 것, '反旗(반기)'는 반대의 뜻을 나타내는 깃발, '反則(반칙)'은 규칙을 어기는 것이 됩니다.

배반을 꾀하고 꾸미는 것은 '謀反(모반)', 남의 말이나 행동에 대해 불쾌해하거나 반발하는 마음은 '反感(반감)', 쳐들어오는 상대방을 맞받아 공격하는 것은 '反擊(반격)', 권력이나 권위에 순응하거나 따르지 아니하고 저항하는 기골은 '反骨(반골)'이라고 해요.

또 '反復(반복)'은 거듭해서 되풀이하는 것, '反射(반사)'는 빛이나 전파 따위가 어떤 물체의 표면에 부딪쳐 되돌아가는 현상, '反面(반면)'은 반대쪽 면, '違反(위반)'은 법이나 약속을 어기는 것, '反抗(반항)'은 반대하거나 저항하는 것, '反論(반론)'은 다른 사람의 의견에 반대하는 주장을 말합니다.

이 밖에, 형세가 뒤바뀌는 '反轉(반전)', 전쟁을 반대하는 '反戰(반전)', 사람들에게 영향을 미치어 일어나는 '反響(반향)', 초식 동물이 한번 삼킨 먹이를 다시 게워내어 씹는 '反芻(반추)' 등이 있지요. '반추'는 어떤 일을 되풀이하여 음미하거나 생각한다는 뜻으로도 쓰이죠. '賊反荷杖(적반하장)'은 도둑놈이 도리어 몽둥이를 멘다는 뜻에서 잘못한 사람이 도리어 큰소리를 치는 것을 뜻합니다.

다음으로 '應(응)'은 '매 雁(응)'과 '마음 心(심)'이 합쳐져, 매가 기르는 사람의 마음에 맞추어 사냥해 오다, 즉 '응하다'의 뜻으로 쓰입니다. 나중에 '승낙하다', '따라 움직이다', '대답(화답)하다', '걸맞다(어울리다)', '마땅히' 등의 뜻으로 확대됐지요. '應答(응답)'은 부름이나 물음에 대답하는 것, '呼應(호응)'은 부름이나 호소에 대답하거나 응하는 것, '應諾(응낙)'은 상대편의 요청에 응하여 승낙하는 것, '順應(순응)'은 환경이나 변화에 맞추어 따르는 것, '對應(대응)'은 일이나 사태에 맞추어 태도와 행동을 취하는 것을 말합니다.

급한 대로 우선 대처하는 것은 '應急(응급)', 挑戰(도전)에 대응하여 싸우는 것은 '應戰(응전)', 손님을 맞아들여 접대하는 것은 '應待(응대)' 또는 '應接(응접)', 모집에 응하거나 지원하는 것은 '應募(응모)', 어떤 요구나 기대 따위에 좇아서 응하는 것은 '副應(부응)'이 됩니다. '公募展(공모전)에 응모하다', '국민의 輿望(여망)에 부응하다' 등과 같이 많이 쓰이죠. '應分(응분)의 대가를 치르다'에서 '응분'은 분수나 정도에 알맞은 것, '능력에 相應(상응)하는 보수'에서 '상응'은 서로 어울리는 것, '應當(응당) 해야 할 일'에서 '응당'은 '마땅히'를 뜻하죠.

蹴球(축구)의 페널티킥도 반응과 관련되어 있어 흥미롭네요. 페널티킥은 골라인에서 직선거리로 11m 떨어진 곳에서 공을 차게 됩니다. 이론적으로는 축구 선수들이 찬 공의 속도를 골키퍼의 반응 속도가 따라가지 못하기 때문에 키커가 절대적으로 유리한 게임이라고 합니다. 그렇다고 해서 100% 골이 들어가지 않으니 觀戰(관전)의 재미가 倍加(배가)되는 거지요.

이 책 읽으면서 한자를 읽고 한자어의 뜻이 머릿속으로 들어오는 반응 속도가 빨라졌나요? 곧 독자 여러분은 페널티킥을 막아내는 골키퍼의 반응 속도를 앞지르게 됩니다.

저자는 독자 여러분을 열렬히, 유행하는 말로 '격하게' '應援(응원)'합니다.

떠돌아다니는 것은 流離(유리),
따로 떨어지는 것은 遊離(유리).

'隔離(격리)'를 영어로 번역하면 대개 'isolation'이라고 하죠. 그러나 傳染病(전염병) 환자 등을 다른 곳으로 떼어 놓는 '격리'는 영어로 'quarantine'입니다. 놀랍게도 이 단어는 40을 뜻하는 이탈리아어 'quaranta'에서 왔다고 합니다. 저자 자신도 처음엔 믿기 어려웠죠. 그런데 이건 팩트(fact)거든요. 1300년대 항구 도시 제노바에서 출발한 배가 유럽 전역으로 黑死病(흑사병)을 옮기자, 이탈리아는 潛伏期(잠복기)를 감안해 입항한 배들을 항구 앞바다에서 40일간 待機(대기)시켰죠. 여기에서 40을 뜻하는 이탈리아어 'quaranta'가 영어의 'quarantine(격리)'으로 발전했다는 얘깁니다.

'隔離(격리)'에서 '隔(격)'은 뜻을 나타내는 '언덕 阜=阝(부)'와 소리를 나타내는 '막을 鬲(격)'이 합쳐진 글자로, 길이 언덕으로 '막히다'가 본래 뜻이었다고 합니다. 나중에 '사이가 뜨다', '칸막이' 등의 뜻으로 확대됐죠. 요즘은 어떠한 사물이나 대상이 동떨어져 있다는 뜻을 나타내는 데 주로 쓰이지요. 빈부, 임금, 기술 수준 등의 동떨어진 차이는 '隔差(격차, gap)', 멀리 떨어져 있는 것은 '遠隔(원격, remote)'이라고 합니다.

재미있는 한자 하나! '횡격막 膈(격)'은 동물체의 기관이나 조직을 막고 있는 막을 말합니다. '膈(격)'에서 '月(월)'은 '달'이 아니라 신체를 뜻하는 '고기 肉(육)'의 변형이죠.

'의견 차이가 현격하다'에서 '懸隔(현격)'은 사이가 많이 벌어진 것 또는 차이가 매우 심한 것, '격의 없는 의견 교환'에서 '隔意(격의)'는 '서로 터놓지 않는 속마음', '격일제 군무'에서 '隔日制(격일제)'는 일을 하루씩 걸러서 하는 방식, '수십 년 격조했다'에서 '隔阻(격조)'는 오랫동안 떨어져 서로 소식이 없이 지내는 것을 말합니다. '隔月刊(격월간)'은 한 달씩 걸러 발간하는 것, '離隔度(이격도)'는 그날의 주가나 지수를 이동 평균치로 나눈 비율, '距離感(거리감)'은 사람과 사람 사이에서 떨어져 있다는 느낌을 이르는 말이죠.

또 오래지 않은 동안에 몰라보게 변하여 아주 다른 세상이 된 것 같은 느낌은 '隔世之感(격세지감)', 신을 신고 발바닥을 긁는다는 뜻에서, 필요한 것을 제대로 해결하지 못해 성에 차지 않음을 이르는 말은 '隔靴搔癢(격화소양)'이라고 합니다. 한편, 지금과 옛날의 차이가 너무 심해 생기는 느낌은 '今昔之感(금석지감)'이라고 하죠. 현재와 과거를 비교해 보니 세월이 많이 흐르고 변화를 무수히 겪어 차이가 매우 심하게 여겨질 때 쓰는 말입니다. 뽕나무밭이 푸른 바다로 변했다는 '桑田碧海(상전벽해)'의 상황에 어울리는 느낌이겠군요.

다음으로, '離(리)'는 그물을 쳐서 새를 잡는 모습을 본뜬 글자로 '새를 잡다'가 본래 뜻이라고 합니다. '흩어질 离(리)'와 '새 隹(추)'가 합쳐진 글자로, 새들은 한곳에 머물러 있지 않고 주로 여기저기 날아다니니 '떠나다'라는 뜻이 된다고 설명하기도 해요. 어쨌든 '離(리)'는 '分離(분리)'처럼 '떼어놓다(나누다)' 또는 '離別(이별)'처럼 '헤어지다' 등의 뜻으로 많이 쓰입니다. '새 隹(추)'가 합쳐진 '모일 集(집)', '나아갈 進(진)', '참새 雀(작)', '탈(burn) 焦(초)'도 함께 기억을 되살려 보는 것도 좋을 겁니다.

'離脫(이탈)'은 떨어져 나가는 것, '離散(이산)'은 헤어져 흩어지는 것, '離間(이간)'은 둘 사이를 헐뜯어 서로 멀어지게 하는 것, '離陸(이륙, take-off)'은 비행기가 날기 위하여 땅에서 떠오르는 것을 말합니다.

이곳저곳으로 떠돌아다니는 것은 '流離乞食(유리걸식)'의 '流離(유리)', 따로 떨어져 있는 것도 '遊離(유리)'니 둘을 구별해서 써야죠. '시어가 일상어와 유리되면 시가 대중으로부터 孤立(고립)된다.'라는 문장에 쓰인 '유리'는 물론 '遊離(유리)'겠죠. '離農(이농)'은 농촌을 떠나는 것, '剝離(박리)'는 껍질을 벗겨내는 것, '離任式(이임식)'은 맡아보던 일을 놓고 그 자리를 떠날 때 하는 의식, '離乳食(이유식)'은 젖을 떼는 시기의 아기에게 먹이는 젖 이외의 음식을 말하죠.

또 '현실과 이상의 괴리'에서 '乖離(괴리)'는 서로 어긋나 동떨어지는 것을 뜻하고, '민심 이반'에서 '離反(이반)'은 마음이 떠나서 배반하는 것을 말하죠. 흔히들 통치자, 권력자의 失政(실정) 때문에 국민들이 국가나 정부를 불신하여 등을 돌리게 되는 것을 가리키는 말입니다.

'괴리'와 비슷한 듯하나 전혀 다른 것으로 '背馳(배치)'가 있어요. '배치'는 서로 반대가 되어 어긋난 것으로 '말과 행동이 배치되다', '이념과 실천의 배치' 등으로 활용됩니다. 물론 '병력을 전방에 배치하다'에서의 '配置(배치)'는 알맞은 자리에 나누어 놓는 것이죠.

사람은 누구나 만나면 헤어진다는 '會者定離(회자정리)'는 因緣(인연)의 소중함을 일깨우는 逆說(역설)인가요?

卍海(만해) 韓龍雲(한용운, 1879~1944)은 〈님의 침묵〉에서 다음과 같이 노래했습니다.

우리는 만날 때에 떠날 것을 염려하는 것과 같이,

떠날 때에 다시 만날 것을 믿습니다.

缺陷의 '缺(결)'에 붙은 '夬(결)'은 '떨어지다'라는 뜻의 뿌리 글자.

　사람들은 누구나 결함이 있는 것을 원하지 않습니다. '빠질 缺(결)'과 '빠질 陷(함)'이 합쳐진 '缺陷(결함, flaw, defect)'은 모자라거나 빠져 있어 흠이 있는 것을 뜻하거든요. 그런데도 수많은 사람들이 뭔가 빠져 있는 어떤 그림 앞에서 흥분하고 熱狂(열광)의 도가니에 빠지다니 도대체 이게 무슨 일인가요? 이 그림은 바로 루브르 박물관에 所藏(소장)된 〈모나리자〉입니다. 연간 루브르 박물관의 방문객 수가 약 천만 명에 肉薄(육박)하는데, 이 중 대부분이 이 모나리자를 보러 온다고 합니다. 모나리자는 눈썹이 없는 것으로 유명하죠. '결함'이 있어서 유명하다면 不可思議(불가사의)한 일이군요.

　'缺陷(결함)'의 '缺(결)'은 '缺席(결석)', '缺乏(결핍)'에 쓰인 글자니 의외로 생소한 글자는 아니군요. 뜻을 나타내는 '장군 缶(부)'와 음을 나타내는 '깍지 夬(결)'이 합쳐진 글자로 '그릇이 깨지다'가 본래 뜻이었다고 합니다. '장군'은 물이나 간장 등을 담아 옮길 때 쓰는 독(항아리)이고, '깍지'는 활시위를 잡아당기기 위하여 엄지손가락에 끼는 도구죠. 깍지를 끼고 활을 쏘니 '夬(결)'에는 화살이 '떨어져 나가다'라는 뜻이 담겨 있네요. '缺(결)'은 나중에 '모자라다', '빠지다' 등의 뜻으로 확대됐습니다.
　'빠질 缺(결)'에 합쳐진 '깍지 夬(결)'은 음만 나타내는 것이 아니라 '떨어지다'라는 뜻까지 담고 있습니다. 갈래갈래 찢어지는 '決裂(결렬)'의 '決(결)'이 '터져나가다', 좋지 못한 것을 완전히 없애는 '剔抉(척결)'의 '抉(결)'이 '발라내다', 아주 헤어지는 '訣別(결별)'의 '訣(결)'이 '이별하다'의 뜻을 각각 나타내고 있거든요. '會談(회담)이 결렬되다', '非理(비리)를 척결하다', '결별을 宣言(선언)하다' 등으로 쓰일 수 있겠죠.

　'결격 사유'의 '缺格(결격)'은 필요한 자격을 갖추지 않은 것, '결례를 범하다'의 '缺禮(결례)'는 예의를 갖추지 못하는 것, '영구 결번'의 '缺番(결번)'은 중간에 번호가 빠지는 것, '결손 가정'의 '缺損(결손)'은 어느 부분이 없거나 잘못되어서 완전하지 못한 것, '결식아동'의 '缺食(결식)'은 끼니를 거르는 것입니다.

　또 있어야 할 것이 빠지거나 모자라는 것은 '缺乏(결핍)', 갖추어져야 할 것이 빠져서 없거나 모자라는 것은 '缺如(결여)', 일정한 수효에서 부족함이 생긴 것은 '欠缺(흠결)', 예정된 프로그램을 방송하지 못하는 것은 '缺放(결방)', 정기적으로 다니는 배나 비행기가 운항을 거르는 것은 '缺航(결항)'이라고 하죠. '免疫(면역) 결핍', '責任感(책임감) 결여', '흠결 투성이의 보고서', '正規(정규) 프로그램이 결방되다', '沿岸(연안) 여객선이 결항되다' 등으로 쓰입니다.

　이 밖에, '缺點(결점)'은 완전하지 못한 점, '缺勤(결근)'은 근무해야 할 날에 직장에 나가지 않고 빠지는 것, '缺席(결석)'은 나가야 할 자리에 나가지 않는 것, '缺場(결장)'은 운동선수가 나가야 할 경기에 나가지 않는 것, '缺試(결시)'는 시험 보러 나오지 않은 것, '缺員(결원)'은 정해진 인원수에 차지 않고 비어 있는 것을 이르는 말입니다.

　또 '不可缺(불가결, indispensable)'은 없어서는 안 되는 것, '完全無缺(완전무결)'은 충분히 갖추어져 결점이 없는 것을 말합니다. 나누려 하여도 나눌 수가 없는 것은 '不可分(불가분, indivisible)', 피할 수 없는 것은 '不可避(불가피, inevitable)', 본래의 상태로 돌아갈 수 없는 성격을 띤 것은 '不可逆的(불가역적, irreversible)이라고 하죠.

다음으로 '陷(함)'은 '언덕 阝(부)'와 '함정 𦥑(함)'이 합쳐져 언덕 사이의 함정에 '빠지다'라는 뜻을 나타냅니다. 나중에 '빠뜨리다', '무너뜨리다', '함정' 등의 뜻으로 확대됐죠. '陷穽(함정)'은 짐승을 잡기 위해 파 놓은 구덩이 또는 남을 어려움에 빠뜨리려는 계략, '陷落(함락)'은 적의 성, 요새, 진지를 공격하여 무너뜨리는 것, '謀陷(모함)'은 나쁜 꾀를 써서 남을 어려움에 빠뜨리는 것, '陷沒(함몰)'은 아래로 꺼져 내려앉는 것 또는 푹 빠져들어 헤어나지 못하는 것을 말합니다. 특히 대도시에서 地盤(지반)이 내려앉는 함몰 사고(sink hole)가 잇따라 일어나고 있군요.

공격하기 어렵고 陷落(함락)하기 어려운 상대를 지칭하는 '難攻不落(난공불락)'이라는 말이 있어요. 이 말은 전쟁 상황이 아니어도 쓰입니다. 스포츠에선 수비진과 골키퍼가 강한 축구 팀, 투수력이 강한 야구 팀 등에, 정치권에선 상대방의 지지세가 강한 텃밭인 경우에, 무역에선 판매량을 확대하기 어려운 시장 등에 쓰이기도 하지요.

한편, 쇠로 만든 독처럼 튼튼하게 둘러쌓은 산성이라는 뜻으로, 방비나 단결 따위가 견고한 사물이나 상태를 '鐵甕城(철옹성)'이라고 합니다. 또 쇠로 만든 성과, 그 둘레에 파 놓은 뜨거운 물로 가득 찬 못이라는 뜻의 '金城湯池(금성탕지)'도 비슷한 상황을 나타냅니다, '湯(탕)'은 '끓(이)다', '池(지)'는 '못'을 뜻하죠.

'不良品(불량품)'은 제품에 결함이 있어 품질이 나쁜 상품을 일컫는 말입니다. 그러나 사람은 불량품이 없습니다. 귀가 먼 베토벤이 인간 불량품이 아니듯이 말입니다. 그의 聽力(청력) 상실은 그의 예술 세계를 더욱 넓고 깊게 만들었음에 틀림없습니다.

檢診에서 '檢(검)'은 검사하다, '診(진)'은 진찰하다(examine)는 뜻.

우리나라가 평균 壽命(수명) 100세 시대에 突入(돌입)했다고 합니다. 이제 100세는 期待(기대)나 所望(소망)이 아니라 현실이 되었다는 얘깁니다. 우리는 이런 새로운 시대의 흐름에 맞춰 健康(건강)한 생활 습관을 유지하고 삶의 보람을 느낄 수 있는 여러 활동에 적극적으로 참여해 나가야 하겠죠? 그러나 건강을 지키는 가장 좋은 방법은 疾病(질병)을 早期(조기)에 발견하고 豫防(예방)하는 것입니다. 그것은 '檢診(검진)', 즉 건강 상태가 어떤지 질병이 없는지 알아보고 살피는 일이 될 겁니다.

'檢診(검진)'의 '檢(검)'은 '나무 木(목)'과 '다(all) 僉(첨)'이 합쳐져 처음에는 '봉하다'의 뜻으로 쓰였다고 합니다. '봉하다'는 문, 봉투, 그릇 따위를 열지 못하게 꼭 붙이거나 싸서 막는다는 뜻이죠, '檢(검)'은 나중에 '검사하다', '조사하다' 등의 뜻으로 주로 쓰이고 있어요.

신문 등 인쇄물에서 '地方(지방) 檢察廳(검찰청)'을 줄여 '地檢(지검)'이라고 하듯이 '검찰'을 줄여 쓰는 경우도 많지요. '검사할 檢(검)'에서 음을 나타내는 '僉(첨)'이 붙은 것처럼 '검소할 儉(검)', '칼 劍(검)' 등에도 마찬가지로 붙었군요.

'신체검사', '자동차를 검사하다' 등에 쓰인 '檢査(검사)'는 사람의 몸이나 사물의 상태를 살펴 조사하는 것, '신문 검열', '영화를 사전 검열하다' 등에 쓰인 '檢閱(검열)'은 미리 살피고 조사하여 그 발표를 통제하는 것, '시설을 점검하다', '인원 점검' 등에 쓰인 '點檢(점검)'은 낱낱이 검사하는 것, '법안 검토', '사업의 타당성을 검토하다' 등에 쓰인 '檢討(검토)'

는 사실이나 내용을 분석하여 따지는 것을 말합니다.

또 검사하여 사실임을 증명하는 것은 '檢證(검증)', 주로 해로운 성분이나 요소 따위를 검사하여 찾아내는 것은 '檢出(검출)', 시체를 해부하여 죽은 원인을 검사 또는 확인하는 것은 '剖檢(부검)', 필요한 자료나 정보를 찾아내는 것은 '檢索(검색)'이라고 하죠. 이들은 '가설을 검증하다', '농약 성분이 검출되다', '死因(사인)을 찾기 위해 부검을 의뢰하다', 'AI(인공지능)를 이용하여 자료를 검색하다' 등으로 활용됩니다.

이 밖에 좀 살벌한 느낌을 주는 '檢問(검문)'은 검사하기 위하여 따지고 묻는 것, '檢擧(검거)'는 국가 기관에서 법을 어긴 사람을 잡아가는 일, '檢疫(검역)'은 전염병을 막기 위해 세관 등에서 병균이 있는지 검사하는 것을 뜻하죠. '再檢査(재검사)'를 줄여 '再檢(재검)', '신체검사'를 줄여 '身檢(신검)', 特別檢事(특별검사)를 줄여 '特檢(특검)'이라고 해요. '특별검사'는 고위 공직자의 비리나 위법 혐의에 대하여 수사하는 임시 수사 기구. 또는 그 수사를 담당하는 검사를 이릅니다.

다음으로, '診(진)'은 '말씀 言(언)'과 '参(진)'이 합쳐져 환자의 말[言(언)]을 듣고 의사가 '진찰하다'라는 뜻을 나타내는 글자입니다. '参(진)'이 음과 관련된 요소라는 것은 '보배 珍(진)', '홍역 疹(진)'을 보면 알 수 있죠. '진찰할 診(진)'은 나중에 '살피다', '보다', '증상' 등의 뜻으로 확대됩니다.

'診斷(진단)'은 의사가 환자를 살피어 병의 상태를 판단하는 것, '診療(진료)'는 진찰하고 치료하는 것, '診察(진찰)'은 의사가 환자의 병이나 증상을 살피는 것입니다. 환자의 신체를 두드려서 진찰하는 '打診(타진)'은 '상대방의 의사를 타진하다'처럼 어떤 일의 속내나, 남의 의사나 의견을 은근히 알아본다는 뜻으로도 쓰입니다.

맥을 짚어 병의 증세를 살피는 것은 '診脈(진맥)', 의사가 병실을 돌아다니며 환자를 진찰하는 것은 '回診(회진)', 의사가 병원 밖의 환자가 있는 곳에 가서 진찰하는 것은 '往診(왕진)', 병을 잘못 진단하는 것은 '誤診(오진)', 처음으로 진찰하는 것은 '初診(초진)', 질환의 종류나 상태를 확실하게 진단하는 것은 '確診(확진)'이라고 합니다.

또, 의사가 병의 진단 결과를 적은 증명서는 '診斷書(진단서)', 심신 상태나 病歷(병력), 알레르기 유무 등에 대한 질문을 정리해 놓은 서류는 '問診票(문진표)'입니다.

檢診(검진)한 病院(병원)을 방문한 뒤에 의사로부터 "결과가 아주 좋습니다. 앞으로도 지금처럼 건강한 생활 습관을 유지하세요!"라는 말을 듣는다면 누구든지 기분이 愉快(유쾌), 爽快(상쾌)하겠죠?

事實(사실)은 fact, 史實(사실)은 historical evidence(fact), 寫實(사실)은 realistic.

'實驗(실험)'이라고 하면 무엇이 가장 먼저 떠오르나요?

대부분 학창 시절 실험실에서 비커, 플라스크, 집기병 등을 놓고 실험하던 기억을 떠올릴 것 같습니다. 여기서 '實驗(실험, experiment)은 假説(가설)이나 이론이 실제와 符合(부합)하는지 확인하기 위해 다양한 조건 아래서 측정하는 과학 활동을 뜻하지요. 그러나 다른 뜻으로 쓰이는 '실험'도 있어요.

세종대왕은 훈민정음을 創製(창제)한 후 3년간 실험을 거친 후 반포했다. 신인 감독은 실험 경향이 강한 映畫(영화)를 잇달아 만들어 영화계의 注目 (주목)을 받았다.

이 두 문장에 쓰인 실험은 앞의 과학 실험과는 다른 뜻으로 쓰였네요. '3년간 실험'에서 '實驗(실험, test, trial)'은 3년 동안 훈민정음 문자를 실제의 언어생활에 시험 삼아 써 본다는 뜻입니다. 한편, '실험 경향' 의 '實驗(실험, experiment)'은 새로운 형식이나 방법을 시도한다는 뜻이니, 사상이나 예술에서 혁신적이고 급진적인 것, 즉 '前衛的(전위적, avant-garde)'인 것 또는 '破格的(파격적, unconventional)인 경향을 띤다고 봅니다.

'實驗(실험)'의 '實(실)'은 '집 宀(면)'과 '돈 꾸러미 貫(관)'이 합쳐져 본래 집안에 재물이 '가득차다'라는 뜻을 가진 글자라고 합니다. 나중에 속이 꽉 차면서 익는 '열매', 속이 텅 빈 虛構(허구)와 반대되는 '事實(사실)', '實際(실제)' 등의 뜻으로 확대됐지요. '充實(충실)'은 내용이 알차고 단단한 것, '結實(결실)'은 열매를 맺는 것, '事實(사실, fact)'은 실제로 있었던 일이나 현재에 있는 일, '實行(실행)'은 실제로 행하는 것, '實名(실명)'은 실제 이름을 뜻합니다.

안이 충실한 것은 '內實(내실)', 형식이나 외모가 아닌 실제를 이루는 바탕은 '實質(실질)', 꿈, 기대 따위를 실제로 이루는 것은 '實現(실현)', 사실을 바탕으로 실제로 증명하는 것은 '實證(실증)', 쏘았을 때 실제로 효력을 나타내는 탄알은 '實彈(실탄)', 구체적인 실제의 사례는 '實例(실례)', 역사적으로 실제로 있었던 일은 '史實(사실)', 사물을 있는 그대로 그려내는 것은 '寫實(사실)', 사실과 꼭 같은 것은 '如實(여실)'이라고 합니다. 이 단어들은 '내실을 기하다', '명목 소득이 아닌 실질 소득', '이상을 실현하다', '實證主義(실증주의, positivism)', '실탄을 발사하다', '실례를 들어 설명하다', '사실적으로 묘사하다', '문제점이 여실히 드러나다' 등으로 활용되지요.

다음으로, '驗(험)'은 '말 馬(마)'와 '다 僉(첨)'이 합쳐져 본래 '말'의 일종을 나타내기 위해서 만든 글자라고 합니다. 말을 사고팔 때 말의 신체 조건을 따지고 살펴야 하므로 '시험하다'라는 뜻이 나온 것 같아요. 나중에 '검증하다', '시도하다', '효과' 등의 뜻으로 확대됐죠.

'經驗(경험)'은 자신이 실제로 해 보거나 겪어 보는 것, '體驗(체험)'은 직접 몸으로 겪어보는 것, '試驗(시험)'은 재능이나 실력을 검사하고 평가하는 것 또는 사람의 됨됨이를 알기 위해 떠보는 일, '受驗(수험)'은 시험을 치르는 것, '效驗(효험)'은 일의 좋은 보람 또는 어떤 작용의 결과를 뜻합니다. '새로 산 텐트를 시험 삼아 아파트 주차장에 설치해 보았다.'에서 '시험 삼아'는 관용구처럼 쓰여 '본격적으로 시작하기 전에 연습으로'의 뜻으로 쓰인 것입니다.

'이름과 실제가 서로 부합하다'라는 뜻으로, 실제의 능력이나 상황이 알려진 명성과 일치할 때 우리는 '名實相符(명실상부)하다'고 합니다. 이와 비슷한 것으로, 명성이 헛되이 전해진 것이 아니라 이름날 만한 까닭이 있음을 이르는 '名不虛傳(명불허전)'이 있지요.

이 둘은 말과 행동, 외형과 실제 내용이 일치한다는 의미로 쓰입니다. 반면에 '빛 좋은 개살구'처럼 이름만 그럴듯하고 실속이 없는 것은 '有名無實(유명무실)'이라고 합니다.

최근 企業(기업)들은 브랜드에 걸맞은 品質(품질)과 서비스를 고객들에게 제공하여 고객의 信賴(신뢰)를 높이려고 합니다. 그러면 개인들은 어떻게 名實相符(명실상부)한 브랜딩(branding)을 하는 게 좋을까요?

영어를 잘하는 사람은 많지만, 한자와 한자어 실력을 갖춘 인재는 드뭅니다. 漢字(한자)로 브랜딩, 여기에 답이 있군요.

‘産(산)’은 ‘解産(해산)’에서 ‘낳다’, ‘量産’에서 ‘생산’, ‘倒産(도산)’에서 ‘재산’의 뜻.

內燃機關(내연 기관)에 의해 움직이는 전통적인 자동차가 기후 변화 문제로 인해 비판받으면서 혜성처럼 나타난 기업이 있습니다. 그것은 바로 테슬라와 같은 電氣車(전기차) 기업이죠. 테슬라는 量産(양산) 기술을 사용해 전기차의 대중화에 성공했습니다. 이는 지속 가능한 모빌리티(mobility)의 미래를 열었으며, 양산 기술이 環境(환경)에도 긍정적인 영향을 미칠 수 있다는 사례로 스포트라이트(spotlight)를 받고 있죠. ‘量産(양산, mass production)’이란 ‘大量生産(대량 생산)’으로 많이 만드는 것을 뜻하죠.

‘量産(양산)’의 ‘量(량)’은 갑골문에서 아랫부분의 자루와 그 안의 물건을 측량하는 데 사용한 것으로 보이는 윗부분의 네모난 도구를 합친 글자로 그려져 있습니다. 여기에서 물건이 얼마나 무거운지 ‘헤아리다’라는 뜻을 나타내죠. 이로부터 ‘量’은 부피를 나타내는 중요한 단위의 하나로 쓰였고, ‘度量衡(도량형)’처럼 부피를 상징하는 글자가 되었죠. 나중에 ‘量(양, quantity)’, ‘재다’, ‘추측하다’, ‘수량’ 등의 뜻으로 쓰입니다. ‘도량형’에서 ‘度(도)’는 물건의 길이를 재는 ‘자’, ‘量(량)’은 곡식의 부피를 재는 ‘되’나 ‘말’, ‘衡(형)’은 무게를 재는 ‘저울’을 뜻하지요.

‘計量(계량)’은 수량을 헤아리는 것 또는 부피, 무게 등을 재는 것, ‘輕量(경량)’은 가벼운 무게, ‘減量(감량)’은 수량이나 무게를 줄이는 것을 뜻합니다. 또 수효와 분량을 아울러 ‘數量(수량)’, 수량의 많고 적음이나 부피의 크고 작음의 정도는 ‘分量(분량)’, 한 덩어리 속에 포함된 어떤 물질의 양은 '質量(질량)', 목소리의 크기는 '聲量(성량)', 한 번 숨을 들이쉬고 내쉴 때 폐에 드나드는 최대의 공기량은 '肺活量(폐활량)'이라고 하죠. 또 '量(량)'은 '짐작하다', '헤아리다'의 뜻으로도 쓰이는데, '裁量(재량)'은 자기 생각대로 헤아려서 처리하는 것을, '商量(상량)'은 헤아려서 잘 생각하는 것을, '測量(측량)'은 기계로 물건의 길이, 넓이, 거리, 높이, 깊이를 재는 것 또는 생각하여 헤아리는 것을 뜻하죠.

'容量(용량)'은 저장할 수 있는 정보의 양 또는 용기 안에 들어갈 수 있는 물건의 양을, '用量(용량)'은 약제를 한 번 또는 하루에 사용하거나 복용하는 분량을 가리키니 문맥이나 한자를 잘 살펴야겠군요. 또 사람의 능력이나 성품을 나타내어, '雅量(아량)'은 속이 깊고 너그러운 마음씨, '局量(국량)'은 남의 잘못을 감싸 주며 일을 능히 처리하는 힘, '度量(도량)'은 너그럽게 용납할 수 있는 넓은 마음과 깊은 생각이라는 뜻으로도 쓰입니다.

다음으로 '産(산)'은 '날 生(생)'과 '선비 彦(언)'의 생략형이 합쳐져 '낳다'가 본래의 뜻이라고 합니다. 나중에 '生産(생산)하다', '財産(재산, property)' 등을 뜻하는 것으로 확대됐죠.

'解産(해산)'은 아이를 낳는 것, '增産(증산)'은 생산을 늘리는 것, '遺産(유산)'은 죽은 사람이 남겨 놓은 재산을 뜻합니다. 그리고 '産(산)'은 접미사처럼 쓰여 지역을 나타내는 말 뒤에 붙어 그 지역에서 산출되었다는 뜻을 나타내죠. 우리나라에서 생산된 것은 '國産(국산)', 중국에서 생산된 것은 '中國産(중국산)'이 되죠.

아이 또는 새끼를 많이 낳는 것은 '多産(다산)', 아이를 낳는 것은 '出産(출산)', 아이를 낳은 어미는 '産母(산모)', 알을 낳는 것은 '産卵(산란)', 해산달이 차기 전에 아이를 낳는 것은 '早産(조산)', 태아가 달이 차기 전에 죽어서 나오는 것은 '流産(유산)'이라고 하죠. '所産(소산)'은 어떤 지역에서 생산되는 물건, '産物(산물)'은 일정한 곳에서 생산되어 나오는 물건, '原産地(원산지)'는 원료나 제품이 처음 생산된 땅을 이릅니다. '노력의 所産(소산)', '공상의 産物(산물)'처럼 '소산'과 '산물'은 어떤 것에 의하여 생겨나는 사물이나 현상도 이르는 말이죠.

이 밖에, '倒産(도산)', '破産(파산)'은 재산을 모두 잃고 망하는 것, '資産(자산)'은 돈, 토지, 건물 따위의 재산이나 부채의 담보로 사용할 수 있는 재산, '動産(동산)'은 토지나 건물이 아닌 돈, 증권, 패물, 골동품같이 쉽게 옮길 수 있는 재산, '産災(산재)'는 산업 재해를 줄여 이르는 말로 노동 과정에서 노동자에게 생긴 신체상의 재해, '産油國(산유국)'은 원유를 생산하는 나라를 뜻하죠.

저자에게 『孟子(맹자)』에서 한 구절만 추천하라고 하면 다음 내용을 强推(강추)합니다.

無恒産(무항산)　　　　항산이 없으면
無恒心(무항심)　　　　항심이 없다.

스스로 빛과 열을 내며 한자리에 머물러 전혀 움직이지 않는 것처럼 보이는 별을 '恒星(항성)'이라고 하듯이, '恒産(항산)'은 일정한 재산을, '恒心(항심)'은 늘 지니고 사는 떳떳한 마음을 뜻하는 말입니다.

이제 항산이 없으면 항심이 없다는 말이 이해되나요?

우리 속담 '쌀독에서 인심 난다.'라는 말과 어찌 이리 잘 맞아떨어질까요?

엉뚱하고 기이한 성격의 사람을 왜 四次元(사차원)이라고 하죠?

서양에서 일본으로 유입된 'dimension'을 일본인들은 왜 '次元(차원)'이라고 번역했을까 궁금했어요. 'dimension'의 어원을 추적해 가면 번역의 단서가 있지 않을까 생각했죠. 아니나 다를까, 이것은 'di(떨어져) + metiri(측량하다) + sion(것)'으로 분석되어 선, 면, 입체 그리고 추상적인 4차원 이상까지 측정할 수 있는 모든 것을 뜻해요.

뒤에서 자세히 다루겠지만, '次(차)'는 '다음'이나 '둘째'를, '으뜸 元(원)'은 '근본'을 뜻하므로, 다양한 방향과 크기를 나타내는 'dimension'과 기가 차게 맞아떨어지는군요. 點(점, point) 다음에 線(선, line), 선 다음에 面(면, square), 면 다음에 立體(입체, cube)로 확대되는 것을 나타내는 데는 '次元(차원)' 말고 다른 어떤 용어가 없을 것 같습니다.

이런 뜻에서 출발한 '차원'은 사물을 생각하거나 갈 때의 立場(입장) 또는 그 정도나 水準(수준, level)을 뜻하는 말로도 많이 쓰이죠. '도덕적 차원에서 논하다', '범정부 차원의 대응', '사고의 차원이 다르다' 등처럼 다양하게 쓰이고 있네요. 엉뚱하고 기이한 성격이나 성질. 또는 그런 사람을 '四次元(사차원)'이라고 하는 것도 같은 맥락으로 볼 수 있겠습니다.

'次元(차원)'에서 '次(차)'는 '두 二(이)'와 '하품할 欠(흠)'이 합쳐진 글자군요. 좀 황당한 설명 같지만, 이 글자는 입을 크게 벌리고 하품하다가 침을 두 방울 흘리는 모습을 나타낸다고 합니다. 여기서 먹거나 말할 때 침을 튀기는 것은 예의에 어긋나므로 '제멋대로 하다'가 본뜻이라고 해요. 나중에 '버금'이나 '순서' 등의 의미로 쓰이면서 본뜻은 '마음 心 (심)'을 더한 '마음대로 恣(자)'로 갈라졌죠. '副次(부차)'는 버금가는 순 서나 차례, '次世代(차세대)'는 다음 세대를 뜻합니다.

'次期(차기)'는 다음 시기 또는 다음 번, '次席(차석)'은 수석에 다음가 는 자리. 또는 그런 사람, '次點者(차점자)'는 최고점이나 기준점에 다음 가는 점수를 얻은 사람, '次善策(차선책)'은 최선책에 다음가는 방책을 말합니다. 책 첫머리에 그 속 내용의 제목을 차례대로 적은 조목은 '目 次(목차)', 돌아오는 차례는 '順次(순차)', 성적의 차례는 席次(석차), 일을 치르는 데 거쳐야 하는 순서나 방법은 '節次(절차)'라고 합니다. 이 밖에 '漸次(점차)'는 '차례를 따라 조금씩', '今次(금차)'는 이번, '數次(수차)'는 여러 차례. '將次(장차)'는 '앞으로'의 뜻으로 쓰이죠.

다음으로 元(원)은 '두 二(이)'와 '어진 사람 儿(인)'이 합쳐져 사람의 위가 되어 '머리'를 뜻하죠. 여기서 '二(이)'는 '둘(two)'이 아니라 '위 上 (상)'의 옛 글자라고 합니다. 머리는 사람의 신체 중 가장 중요했으므로 '으뜸'이라는 뜻도 얻게 되었고, 나중에 '임금'을 뜻하는 것으로도 사용 됐죠. '兀(올)'도 같은 이치에서 '우뚝하다'라는 뜻을 가졌을 것 같습니다.

'元旦(원단)'은 1년 중 가장 으뜸가는 아침, 설날 아침이고, '紀元(기원)' 은 연대를 계산하는 데에 기준이 되는 해 또는 새로운 출발이 되는 시 대나 시기를 뜻합니다. '紀元前(기원전, B.C.)'은 그리스도가 태어난 해를 기원으로 하여 그 기원이 시작되기 이전을 이르는 말이죠.

'元素(원소)'는 만물의 근원이 되는, 항상 변하지 않는 구성 요소, '還 元(환원)'은 본디 상태로 되돌아가는 것, '元金(원금)'은 빌린 돈 가운데 이자를 제외한 원래의 돈 또는 밑천으로 들어간 돈, '元利金(원리금)'은 원금과 이자를 합친 돈, '元氣(원기)'는 몸과 마음의 활동력 또는 타고난

340

기운을 이릅니다.

또 처음으로 시작한 사람 또는 최초 시작으로 인정되는 사물은 '元祖(원조)', 사물을 원래의 상태로 되돌리는 것은 '復元(복원)', 획기적인 사실로 인해 나타나는 새 시대는 '新紀元(신기원)', 외국에 대하여 그 나라를 대표하는 자격을 갖는 사람은 '元首(원수)'라고 하죠. 이 밖에, '元老(원로)'는 한 가지 일에 오래 종사하여 경험과 공로가 많은 사람, '元兇(원흉)'은 못된 짓을 한 사람들의 우두머리, '一元論(일원론)'은 세계를 하나의 원리로 환원하여 설명하는 이론, '元帳(원장)'은 자산이나 부채, 자본의 상태를 표시하는 계정을 모두 기록하는 장부를 뜻하죠.

다음은 어떻게 次元(차원)이 다른지 보여주는 名文章(명문장)입니다.

燕雀安知鴻鵠之志哉(연작안지홍곡지지재)
제비와 참새가 어찌 기러기와 고니의 뜻을 알겠는가?

땅 위를 스치듯 날며 곡식 알갱이, 보잘것없는 벌레나 잡아먹고 사는 제비와 참새가 구만리 창공을 날아가는 기러기와 고니의 기상을 따라갈 수 없다는 말이죠. 물론 비유적 의미로 차원이 다르다는 겁니다. 비교 대상 간의 능력이 비교 불가능할 만큼 다르거나, 본질적으로 서로 완전히 다른 대상을 비교하는 것이 무의미할 때 우리는 '차원이 다르다'라고 말하죠.

이 책을 읽는 독자 여러분은 이 책을 읽기 전과는 이제 분명히 차원이 달라질 겁니다.

폭발과 관련된 導火線(도화선)과
起爆劑(기폭제)는 큰 사건의 계기.

주지하다시피 '半導體(반도체, semiconductor)'는 '電子産業(전자 산업)의 쌀'로 불릴 만큼 다양한 산업 분야에서 폭넓게 쓰이고 있습니다. 이 '반도체'가 뭔지 알려면 'semiconductor'란 이름에서부터 유추(類推)할 수 있는데, 'semi'는 '半(반)'이란 뜻이고 'conductor'는 '導體(도체)'를 뜻하거든요. 따라서 반도체는 전기 전도성이 금속과 絶緣體(절연체)의 중간 수준인 재료, 쉽게 말해 전기가 어느 정도 흐를 수도 있고 멈출 수도 있는 물질입니다. 절연체는 열이나 전기를 잘 전달하지 못하는 물체를 이르는 말이죠.

'半導體(반도체)'에서 '半(반)'은 '나누다'는 뜻인 '여덟 八(팔)'과 '소 牛(우)'가 합쳐진 글자였는데, 나중에 쓰기 쉽도록 글자의 모양이 달라졌다고 합니다. 제사에 쓸 소를 둘로 나눈 '반쪽'이 본뜻이었고, 나중에 '중간'이란 뜻으로도 쓰이고 있죠.

'折半(절반)'은 하나를 둘로 똑같이 나눈 한쪽, '半減(반감)'은 절반으로 줄어드는 것, '殆半(태반)'은 거의 절반, '半身(반신)'은 온몸의 절반, '半熟(반숙)'은 음식을 반쯤 익히는 것이죠. '半徑(반경)'은 반지름이지만 '行動半徑(행동반경)'은 행동할 수 있는 범위라는 뜻으로 쓰여요. '半分(반분)'은 절반으로 나누는 것, '兩分(양분)'은 둘로 가르거나 나누는 것이니 뜻이 다르죠. 전체를 둘로 나눈 앞의 절반은 '前半(전반)', 여러 가지 것의 전부 또는 통틀어 모든 것은 '全般(전반)'이니 이들도 구별해서 써야죠.

이 밖에, 남의 눈을 피하여 한밤중에 도망하는 것은 '夜半逃走(야반도주)’, 한편으로는 믿으면서도 다른 한편으로는 의심하는 것은 ‘半信半疑(반신반의)’라고 합니다. ‘야반도주’를 ‘야밤도주’로 적지 않도록 주의해야겠죠.

다음으로, ‘導(도)’는 ‘길 道(도)’에 손을 뜻하는 ‘마디 寸(촌)’이 합쳐진 글자로, 길을 바로 가도록 손으로 잡아 이끄는 모습을 형상화하여 ‘이끌다’라는 뜻을 나타냅니다. ‘몸 身(신)’과 ‘마디 寸(촌)’이 합쳐져 손으로 화살을 ‘쏘다’를 뜻하는 ‘쏠 射(사)’에도 손동작과 관련된 ‘寸(촌)’이 들어가 있군요. ‘길 道(도)’는 음과 뜻을 함께 나타내는 요소가 되는군요. ‘導(도)’는 주로 ‘이끌다’를 뜻하지만, ‘導體(도체)’, ‘傳導(전도)’처럼 ‘통하다’라는 뜻도 가지고 있어요.

‘결론을 도출하다’에서 ‘導出(도출)’은 이끌어내는 것, ‘外資(외자)’를 도입하다’에서 ‘導入(도입)’은 기술, 방법, 물자 따위를 끌어들이는 것을 뜻하죠. 또 ‘비행 청소년을 선도하다’에서 ‘善導(선도)’는 올바르게 이끄는 것, ‘인공 지능 기술을 선도하다’에서 ‘先導(선도)’는 앞장서 이끄는 것이고, ‘안내자가 인도하다’에서 ‘引導(인도)’는 길을 안내하는 것, ‘면세품을 인도하다’에서 ‘引渡(인도)’는 물건이나 권리를 넘겨주는 것입니다.

남을 깨치어 이끌어주는 것은 ‘啓導(계도)’, 바로잡아 이끌어가는 것은 ‘矯導(교도)’, 그릇되게 이끄는 것은 ‘誤導(오도)’, 우두머리가 많은 사람을 거느리고 이끄는 것은 ‘領導(영도)’, 사람이나 물건을 목적한 장소나 방향으로 이끄는 것은 ‘誘導(유도)’라고 합니다. ‘誘導彈(유도탄)’은 레이더나 적외선 따위의 유도에 따라 목표물에 정확히 도달하여 폭발하도록 만든 폭탄을 말하죠.

화약심지에 불을 붙이는 ‘導火線(도화선, fuse)’이 다음 문장에서는 큰 사건을 일으킨 직접적 원인이나 계기라는 뜻으로 쓰이고 있죠.

오스트리아 황태자 암살 사건은 1차 세계대전의 도화선이 되었다.

이와 비슷한 것으로, 조금 건드리거나 뜨겁게 하면 쉽게 터지는 화약인 '起爆劑(기폭제, priming)'도 큰일이 일어나는 결정적인 계기라는 뜻으로 쓰입니다. 특히 작은 示威(시위)가 사회적 변화를 크게 초래하거나, 특정 사건이 정치적 혁명의 觸媒(촉매)로 작용하는 경우 '기폭제'라는 어휘가 딱 안성맞춤이죠.

마지막으로, '體(체)'는 '뼈 骨(골)'과 '풍성할 豐(풍)'이 합쳐져 뼈가 충분히 갖추어진 '몸'이란 뜻을 나타내는 글자라고 합니다, 본래 사람의 몸을 뜻했는데 나중에 동물의 몸도 뜻하게 되었죠. '體(체)'는 '具體化(구체화)'처럼 '모습(형체)', '半導體(반도체)'처럼 '물질', '共同體(공동체)'처럼 '조직(모임)', '車體(차체)'처럼 '몸통' 등의 뜻으로 다양하게 쓰입니다.
'體臭(체취)'는 몸의 냄새, '媒體(매체)'는 매개가 되는 물질, '客體(객체, object)'는 행위의 대상, '胴體(동체)'는 비행기 등의 몸통 부분, '解體(해체)'는 조직을 해산시키는 것 또는 물체를 작은 부분으로 나누거나 분리하는 것, '被寫體(피사체)'는 사진에 찍히는 물체를 이르죠. 또 팔다리와 몸통은 '肢體(지체)', 현실적으로 있는 물체는 '實體(실체)', 몸으로 겪어 알게 되는 것은 '體得(체득)', 몸도 목숨도 다 된 것이라는 뜻으로, 몹시 위태롭거나 절박한 지경을 비유적으로 이르는 말은 '絶體絶命(절체절명)'이라고 하죠.

半導體(반도체)는 한국 경제의 잣대이자 생명줄 같은 존재이고, 한국 경제를 지탱하는 중요한 軸(축)입니다.
이 말에 누가 異議(이의)를 제기하겠어요?

偏在(편재)는 한곳에 치우친 것, 遍在(편재)는 두루 널리 퍼져 있는 것.

'偏差(편차)'라는 개념은 통계학 분야에서 주로 사용되다가 시간이 지나면서 일상생활의 영역에 들어와서 폭넓게 활용되고 있습니다.

그는 感情(감정)의 편차가 심해서 함께 일하기가 쉽지 않다.
이번 프로젝트의 계획과 結果(결과) 사이에는 적지 않은 편차가 있다.

문맥상 앞 예문의 '편차'는 비교하는 대상 사이의 '어떤 차이'라는 것을 알아차렸겠죠? 실제로 '치우칠 偏(편)'과 '어긋날 差(차)'가 합쳐진 '偏差(편차)'는 중심이나 基準(기준)에서 얼마나 벗어나느냐의 정도 또는 크기를 나타내는 말입니다. 앞에서 '감정의 편차가 심하다'라는 것은 평소의 감정과 비교해서, 좋거나 싫어하는 것 또는 기뻐하거나 슬퍼하는 것의 정도 차가 크다는 뜻이겠죠. 그렇다면 이것은 감정 조절을 잘못하여 생기는 감정의 起伏(기복)이군요. 국어사전에 의하면, 정확하게 조준하여 쏜 탄환의 彈着點(탄착점)과 목표 사이의 거리 차이도 '편차'라고 하네요. '탄착점'은 발사한 탄알이 처음으로 도달한 지점이죠.

'偏差(편차)'에서 '偏(편)'은 '사람 亻(인)'과 '액자 扁(편)'이 합쳐진 글자로, 액자가 툭 튀어나와 걸려 있듯이 사람이 한쪽으로 '치우치다', '기울다', '불공정하다' 등의 뜻으로 쓰입니다. '偏見(편견)'은 한쪽으로 치우친 생각, '偏食(편식)'은 음식을 가려 먹는 것, '不偏不黨(불편부당)'은 어느 한쪽으로 치우치지 않고 공정한 것을 뜻하죠.

'편파 판정'에서 '偏頗(편파)'는 치우쳐 공평하지 못한 것, '편모 슬하'에서 '偏母(편모)'는 홀어머니, '富(부)의 편중'에서 '偏重(편중)'은 한쪽으로 치우친 것, '편벽한 성격' 또는 '편벽한 어촌'에서 '偏僻(편벽)'은 (생각이) 한쪽으로 치우친 것 또는 사물이 중심에서 떨어져 구석진 것을 이르는 말입니다.

어느 한 사람이나 한쪽만을 치우치게 사랑하는 것은 '偏愛(편애)', 한쪽 머리가 아픈 증세는 '偏頭痛(편두통)', 생각하는 것이 좁고 한쪽에 치우친 것은 '偏狹(편협)', 한쪽에 치우쳐 있는 것은 '偏在(편재)'라고 합니다. '사회에 遍在(편재)하는 반과학적인 성향'에서 '편재'는 널리 퍼져 있는 것이니 앞의 '偏在(편재)'와 구별해서 써야겠어요. '두루 遍(편)'이 쓰인 '遍歷(편력)'은 이곳저곳을 널리 돌아다닌다는 뜻이죠.

이 밖에, '偏西風(편서풍)'은 1년 내내 서쪽에서 동쪽으로 부는 바람, '左偏向(좌편향)'은 진보적이고 급진적인 쪽으로 치우치는 일, '偏執(편집)'은 편견을 고집하고, 남의 말을 듣지 않는 것이죠.

'偏執(편집)'과 비슷한 뜻으로 쓰이는 것에는 자기중심적인 생각이나 좁은 소견에 사로잡힌 '我執(아집)', 남과 상의하지 않고 혼자서 판단하거나 결정하는 '獨斷(독단)', 자기 혼자만이 옳다고 믿고 행동하는 '獨善(독선)' 등이 있습니다. 이들은 '아집이 강하다', '모든 일을 독단으로 처리하다', '독선과 오만을 경계하다' 등으로 활용되죠. 또 무슨 일이든지 자기 생각대로 혼자서 처리하는 사람을 우리는 '獨不將軍(독불장군)'이라고 하면서 멀리하지요.

다음으로 '差(차)'는 이삭을 손으로 붙잡고 있는 모습을 그린 것이라고도 하고, 왼손으로 새끼를 꼬는 모습을 그린 것이라고 하는 등 字源(자원)을 다르게 설명하네요, 그러나 우리는 '差(차)'가 '差異(차이)'

처럼 '다르다', '差度(차도)'처럼 '병이 낫다', '差使(차사)'처럼 '보내다' 등의 여러 뜻으로 쓰인다는 것을 알면 됩니다. '함흥차사(咸興差使)'에서 '差使(차사)'는 임금이 중요한 임무를 위하여 파견하던 임시 벼슬이죠.

'성격 차이', '나이 차이'에서 '差異(차이)'는 서로 어긋나거나 다른 것 또는 그 간격, '차등 지급'에서 '差等(차등)'은 고르지 않고 차별하는 것, '차별 대우'에서 '差別(차별)'은 둘 또는 여럿의 사이에 차등을 두어 구별하는 것, '시차 적응'에서 '時差(시차)'는 세계 각 지역 간의 시간 차이를 뜻합니다.

가격이나 시세의 변동에 따라 생긴 이익은 '差益(차익)', 병이 조금씩 나아가는 정도는 '差度(차도)', 임금이나 기술 등의 동떨어진 차이는 '隔差(격차, gap)', 관측하거나 계산에서 얻어진 수와 그 정확한 수와의 차이 또는 계획과 실제의 차이는 '誤差(오차, error)'라고 하지요. 비행기를 이용한 장거리 여행에서 시차로 인해 생긴 피로감을 '時差症(시차증, jet lag)'이라고 합니다. '日較差(일교차)'는 기온, 습도, 기압 따위가 하루 동안에 변하는 차이, '換差損(환차손, exchange loss)'은 환율의 변동으로 인해 생긴 손해, '天壤之差(천양지차)'는 하늘과 땅 사이같이 엄청난 차이를, '千差萬別(천차만별)'은 여러 가지 사물이 모두 차이가 있고 구별이 있는 것을 이르는 말이죠. 각기 다른 여러 가지 모양과 빛깔은 '各樣各色(각양각색)', 천 가지 모습과 만 가지 형상은 '千態萬象(천태만상)'이라고 하여 세상 사물의 모습이 각각 다름을 이르는 말이죠.

'偏差(편차)'는 중심이나 基準(기준)에서 벗어난 '差異(차이)'이므로 문제 상황일 수도 있겠지요. 그러나 편차를 다양성으로 보는 것은 어떨까요? 차이는 '틀린' 것이 아니라 '다른' 것이니까요.

**낙관적 계획은 靑寫眞,
일이 잘될 것 같은
징조는 靑信號**(청신호).

'靑寫眞(청사진, blueprint)'은 본래 설계도 등을 복사할 때 쓰이며, 푸른 바탕에 도면이나 글자가 희게 나타나는 사진을 말합니다. 1842년 영국의 J. 허셜이 이 복사 기술을 考案(고안)하여 주로 건축 도면을 복사하는 데 사용했습니다. 하지만 프린터가 발명되고, 대중화됨에 따라 청사진 기술은 점차 쇠퇴하게 되었고, 1990년대부터 거의 사용되지 않았다고 합니다.

그래서 요즘은 주로 미래에 대한 構想(구상), 計劃(계획) 등을 뜻하는 抽象的(추상적)인 개념어로 남아 쓰이고 있죠. 마치 우리 주위에 '등불'은 사라졌지만, 앞날에 희망을 주거나 길잡이가 되는 존재를 등불이라고 하듯이 말입니다. 요컨대, 청사진은 단순한 미래 계획이 아니라 樂觀的(낙관적)인 계획, 미래에 대한 희망적인 구상을 말하죠.

'靑寫眞(청사진)'의 '靑(청)'은 초기 글자에서 초목이 자라나는 모습인 '날 生(생)'과 '붉을 丹(단)'이 합쳐진 글자라고 합니다. 빛깔이 '붉고' 광택이 나는 朱砂(주사, 광물의 하나)로 만든 것에서 '푸른색'을 뜻한다고 합니다. 오색 중의 하나인 '靑(청)'은 五行(오행)의 '木(목)'에, 방위의 '東(동)'에, 계절의 '春(춘)'에 해당합니다. 그래서 '푸를 靑(청)'은 나중에 '젊다', '기록', '동쪽' 등의 뜻으로도 쓰입니다.

'靑天(청천)'은 푸른 하늘, '靑春(청춘)'은 젊은 시절, '靑史(청사)'는 역사상의 기록을 뜻하죠. 동쪽 방위를 지키는 신령을 상징하는 짐승을 '靑龍(청룡)'이라고 하므로 '左靑龍(좌청룡)', '右白虎(우백호)'라고 하는 겁니다. '靑松(청송)'은 푸른 소나무, '靑銅(청동, bronze)'은 구리와 주석의 합금, '丹靑(단청)'은 궁궐이나 절의 벽, 기둥 등에 여러 색깔로 그린 그림과 무늬, '靑年(청년)'은 젊은 남자, '靑孀(청상)'은 남편이 먼저 죽어서 혼자가 된 젊은 여자를 이르죠.

또 '靑(청)'은 비유적 의미를 나타내는 말에 많이 쓰여요. 높은 지위나 벼슬은 '靑雲(청운)', 앞일이 순조롭게 진행될 것 같은 징조는 '靑信號(청신호)', 홀로 절개를 굳세게 지키고 있는 것은 '獨也靑靑(독야청청)', 제자가 스승보다 나은 것은 '靑出於藍(청출어람)', 뜻밖에 일어난 큰 변고나 사건은 '靑天霹靂(청천벽력)'이라고 합니다.

다음으로, '寫(사)'는 '집 宀(면)'과 '신 舄(석)'이 합쳐져, 신(shoes)을 집안으로 '옮겨 놓다'가 본뜻이라고 합니다. 혹은 '舄'을 '까치 작'으로 보고, 까치집의 생김새가 거의 비슷한 모습을 하고 있는 데서 '베끼다'라는 뜻이 나왔다고 설명하기도 해요.

어쨌든 나중에 '複寫(복사)'처럼 '베끼다', '筆寫(필사)'처럼 '베껴 쓰다', '描寫(묘사)'처럼 '그리다' 등의 뜻으로 확대됐죠.

'寫眞(사진)'은 진짜처럼 그리듯이 사진기로 물체의 모양을 찍어 인화지에 나타낸 그림, '模寫(모사)'는 똑같이 그리거나 베끼듯이 나타내는 것, '寫本(사본)'은 원본을 복사하거나 베껴 놓은 문서나 책, '寫生(사생, sketch)'은 실물이나 경치를 있는 그대로 그려내는 것, '謄寫(등사)'는 글이나 그림 따위를 원본에서 옮겨 베끼는 것을 말합니다.

이 밖에, 사진이나 영화 따위를 찍을 때, 그 대상이 되는 물체는 '被寫體(피사체, subject)', 영화를 공개하기 전에 미리 시험적으로 상영하기 위한 모임은 '試寫會(시사회)', 사물이나 현상을 실제로 있는 그대로 그려 내는 것은 '寫實的(사실적, realistic)', 자신의 목소리로 다른 사람의 목소리나 새, 짐승 따위의 소리를 흉내내는 일은 '聲帶模寫(성대 모사)'라고 합니다.

　마지막으로, '眞(진)'은 글자가 만들어진 원리에 대한 정설이 없어요. '참', '진실', '참으로' 등의 뜻으로 쓰인다는 것만 알아도 충분해요. '眞品(진품)'은 진짜 물품, '眞實(진실)'은 거짓없고 참된 것, '眞面目(진면목)'은 참모습을 이르는 말입니다. '참 眞(진)'의 상대자는 '거짓 假(가)' 또는 '거짓 僞(위)'로 '眞品(진품) ↔ '假品(가품)', '眞實(진실)↔ 虛僞(허위)'의 짝을 이루죠.
　'眞假(진가)'는 진짜와 가짜, '眞價(진가)'는 참된 가치를 뜻하는데, '眞價(진가)'는 [진까]로 읽어야 해요.
　'眞空(진공, vacuum)'은 물질이 전혀 존재하지 않는 공간, '眞僞(진위)'는 참과 거짓, '眞理(진리)'는 참된 이치와 도리, '眞相(진상)'은 사물이나 현상의 거짓 없는 모습이나 내용을 뜻하죠. 또 참된 의도나 마음은 '眞意(진의)', 진심으로 하는 말은 '眞談(진담)', 사물이나 현상의 가장 중요하고 본질적인 부분은 '眞髓(진수, essence)', 죄를 저지른 실제의 범인은 '眞犯(진범)', 저자 또는 화가가 직접 쓰거나 그린 책, 글씨, 그림 따위를 이르는 말은 '眞本(진본)'이라고 해요. 이들 단어는 '사건의 진상을 공개하다', '발언의 진의를 파악하다', '문학의 진수를 맛보다', '진본으로 판명되다' 등으로 활용됩니다,
　'眞假(진가)'와 '眞僞(진위)'를 말했으니, '似而非(사이비)'를 언급하지 않을 수 없네요. 겉으로는 비슷하면서도 실제로는 전혀 다른 거짓이거나 가짜를 '사이비'라고 하죠. 그래서 공자는 "돌피는 雜草(잡초)에 불과하나 벼포기와 비슷해서 더욱 성가시다."라고 하며 사이비를 돌피에 비유하기도 했죠.

免疫
면역

免罪符(면죄부)는 요즘에 와서 책임과 죄를 없애는 조치라는 뜻도.

대다수가 꿈꾸는 건강한 삶의 핵심은 면역이라고 해도 과언이 아닐 듯합니다. '면할 免(면)'과 '돌림병 疫(역)'이 합쳐진 '免疫(면역, immunity)'은 병균이나 바이러스에 대한 抗體(항체)가 만들어져 병에 걸리지 않도록 하는 현상을 뜻하죠. 따라서 발병하지 않도록 저항력을 가지는 면역은 우리 신체를 지키는 防空網(방공망) 또는 警備隊(경비대)라고 할 수 있군요. '방공망'은 적의 항공기나 미사일을 막아내기 위해 그물처럼 짜 놓은 방어 체계를 이르는 말이죠.

그리고 반복되는 자극 따위에 반응하지 않고 무감각해지는 상태를 비유적으로 이를 때도 '면역'이라고 합니다. 같은 일이 반복됨으로써 習慣(습관)이 되거나 익숙해져서 별다른 느낌이나 자극을 느끼지 못한다는 것이죠. 직장에서 上司(상사)가 반복적으로 지시하는 아무리 옳은 말도, 부하 직원이 그 말을 '비난'으로 느낀다면 저항감만 증가할 뿐입니다.

'免疫(면역)'의 '免(면)'에서 아랫부분은 '사람 儿(인)'을 나타낸 것이고, 윗부분은 머리에 모자를 쓴 모습이 변한 것이라고 합니다. 여기에서 '머리에 쓴 冠(관)'이 본뜻이었는데, 나중에 관 또는 투구를 벗는 것에서 '벗다', '면하다', '벗어나다', '놓아주다' 등의 뜻으로 확대됐죠. '減免(감면)'처럼 '면하다', '免職(면직)'처럼 '파면하다', '免許(면허)'처럼 '벗어나다', '赦免(사면)'처럼 '놓아주다' 등의 다양한 뜻으로 쓰입니다.

'免稅(면세)'는 세금을 면제하는 것, '免職(면직)'은 직무에서 벗어나게 하는 것, '罷免(파면)'은 잘못이 있는 사람을 맡은 일에서 쫓아내어 신분을 박탈하는 것, '謀免(모면)'은 꾀를 써서 어려운 상황이나 책임을 벗어나는 것을 뜻합니다.

또 부담 따위를 덜어주거나 면제하는 것은 '減免(감면)', 죄를 용서하여 형벌을 면제하는 것은 '赦免(사면, amnesty)', 국가에서 특정한 행위나 영업을 할 수 있도록 허가하는 것은 '免許(면허, license)', 책임이나 의무를 면하여 주는 것은 '免除(면제)'라고 하지요. '세금을 감면하다', '광복절 특별 사면', '운전 면허', '병역 면제' 등과 같이 활용됩니다.

'免罪符(면죄부)'는 중세 가톨릭교회에서 죄를 면하는 대가로 금품을 받고 발행한 증명서였죠. 그러나 '이번 선거 결과를 보고 국민이 면죄부를 주었다고 생각하면 오산이다.'라는 문장에서 '면죄부'는 책임이나 죄를 없애 주는 조치라는 뜻으로 쓰인 겁니다. '免責(면책)'은 책임을 면하는 것이고, '免責特權(면책특권)'은 국회의원이 국회에서 직무상 행한 발언과 표결에 관하여 책임을 지지 않는 특권을 말합니다. 또 '任免(임면)'은 任命(임명)과 解任(해임)을 아울러 이르는 말이고, '任免權(임면권)'은 임명하고 해임할 수 있는 권한을 이르죠.

다음으로, '疫(역)'은 '병들어 기댈 疒(녁)'과 '창 殳(수)'가 합쳐져 '傳染病(전염병, epidemic)'을 뜻합니다. 여기에서 '疒(녁)'은 환자가 침대에 누워있는 모습을 본뜬 글자인데, 이 글자가 들어간 '병 疾(질)', '병 病(병)'. '아플 痛(통)', '암 癌(암)' 등은 모두 질병과 관련된 말이네요. '疾(질)'은 '眼疾(안질)'처럼 신체 외부의 병을, '病(병)'은 '肺病(폐병)'처럼 신체 내부의 병을 뜻한다고 합니다. 또 '疫(역)'은 '紅疫(홍역)', '痘疫(두역, 천연두)', '口蹄疫(구제역)' 등과 같이 돌림병(전염병)에 쓰이죠. '구제역'은 소나 돼지 등 가축들의 입안[口(구)]이나 발굽[蹄(제)]의 피부에 물집이 생기는 전염병입니다.

'防疫(방역)'은 전염병이 발생하거나 流行(유행)하는 것을 미리 막는 일, '檢疫(검역)'은 전염병이나 害蟲(해충)이 외국으로부터 들어오는 것을 막기 위해 여객과 화물을 검사하거나 消毒(소독)하는 일을 이릅니다.

전염병의 발생 원인과 발생 지역이나 집단의 특성을 밝히는 일을 疫學調査(역학조사), 세균, 바이러스, 이물질 등 외부 침입자로부터 내 몸을 지켜주어야 할 면역 세포가 자기의 몸을 공격하는 병은 '自家免疫疾患(자가면역 질환)'이라고 합니다.

疾病(질병)은 입으로 먹는 것 때문에 생기는 경우가 많죠? 비위생적인 음식뿐만 아니라 過食(과식)도 그렇고요. 또 입을 통해 나온 말이 남을 해치고 또 자신도 해쳐서 禍(화)를 自招(자초)하기도 하죠. 중국 진나라 때 부현(傅玄)이 지은 『口銘(구명)』에 들어 있는 말이라고 합니다.

病從口入(병종구입)　　병은 입으로 들어오고,
禍從口出(화종구출)　　재앙은 입에서 나온다.

노려서 총을 쏘는 狙擊(저격)이 상대방을 매섭게 비난한다는 뜻으로도.

지금도 그렇지만 옛날에도 시계가 없다면 얼마나 불편했을까요? 그래서 世宗大王(세종대왕)은 해시계와 물시계를 모두 만들 것을 명했다고 합니다. 그때 만들어진 해시계의 이름은 '仰釜日晷(앙부일구)'라고 했죠. '仰釜(앙부)'는 하늘을 우러르는 솥을, '日晷(일구)'는 해그림자를 뜻하므로 '앙부일구'는 해시계를 말합니다. 그러나 해시계는 해가 지거나 비가 오면 쓸 수 없다는 단점이 있어서 언제든 쓸 수 있는 물시계를 만들었지요. 그 물시계의 이름은 '自擊漏(자격루)'인데, 스스로[自(자)] 쳐서[擊(격)] 물이 새어[漏(루)] 시각을 알려준다는 뜻입니다.

'自擊漏(자격루)'의 '自(자)'는 콧대와 콧방울이 갖추어진 정면 모습을 본뜬 글자로 '코'가 본뜻입니다. 나중에 '自身(자신)', '스스로', '저절로', '~부터(from)' 등 여러 뜻으로 활용되자 본뜻인 '코'는 새로 만든 '코 鼻(비)'자가 대신했죠. '自(자)'의 본뜻은 '냄새 臭(취)', '숨 쉴 息(식)' 등에 흔적이 남아 있어요. '臭(취)'는 嗅覺(후각)이 발달한 '개[犬(견)]'의 '코[自(자)]'에서 '냄새'라는 뜻이 만들어진 것이고, '息(식)'은 '심장[心(심)]'에서 '코[自(자)]'를 통해 이루어지는 호흡, 즉 '숨을 쉬다'가 본뜻이 됩니다. '自省(자성)'은 스스로 반성하는 것, '自淨(자정)'은 스스로 깨끗해지는 것, '自初至終(자초지종)'은 처음부터 끝까지의 과정을 뜻하죠.

'自責(자책)'은 스스로 꾸짖는 것, '自薦(자천)'은 자기 스스로 추천하는 것, '自滅(자멸)'은 자기 잘못 때문에 츠스로 망하는 것, '自爆(자폭)'은 자기가 지닌 폭발물을 폭발시켜 스스로 죽는 것, '自肅(자숙)'은 자신의 행동을 스스로 삼가서 조심하는 것을 이르는 말입니다. '自決(자결)'은 '누명을 벗기 위해 자결하다'에서는 스스로 목숨을 끊는 것, '민족의 자결을 선언하다'에서는 자기 일을 스스로 결정하고 해결하는 것을 뜻하죠.

자신의 가치나 능력을 믿고 당당히 여기는 마음은 '自負心(자부심)', 스스로 자랑하거나 뽐내는 마음은 '自慢心(자만심)', 스스로 긍지를 가지는 마음은 '自矜心(자긍심)', 스스로 품위를 지키고 자기를 존중하는 마음은 '自尊感(자존감)'이라고 합니다.

다음으로, '擊(격)'은 '손[手(수)]'에 창 또는 몽둥이[殳(수)]를 들고 수레바퀴 굴대의 끝[軎(예)]을 툭툭 때리는 모습을 그린 글자입니다. 이 동작은 수레바퀴의 간격이나 굴대를 조절하기 위한 것인데, '擊(격)'은 나중에 치는 동작을 모두 뜻하게 되었다고 합니다. 또 다른 설명으로, 전차[車(차)]를 몰며 창[殳(수)]을 손[手(수)]으로 휘두르는 모습에서 적을 '공격하다' 또는 '치다'라는 뜻으로 쓰인다고 합니다.

'襲擊(습격)'은 자기 상대편을 덮쳐 치는 것, '打擊(타격)'은 때려서 치는 것 또는 크게 기가 꺾이거나 손해나 손실을 보는 것, '電擊(전격)'은 번개가 내리치듯 눈 깜짝할 사이에 처리하는 것을 뜻하죠. '타격을 입다(받다)', '감독을 전격 경질하다' 등처럼 쓰입니다.

날아가는 물체를 공격하여 떨어뜨리는 것은 '擊墜(격추)', 갑자기 달려 나가서 공격하는 것은 '突擊(돌격)', 다가오는 물체를 맞아서 나아가 때리는 것은 '邀擊(요격)', 일정한 대상을 겨냥하여 총을 쏘거나 습격하는 것은 '狙擊(저격)'이라고 합니다. 이들 단어는 '敵機(적기)를 격추하다', '적진을 향해 돌격하다', '적의 미사일을 요격하다', '주요 인사를 저격하다' 등의 예문으로 활용돼요.

최근에는 온라인상에서 상대방의 잘못을 신랄하게 지적하거나 비난한다는 뜻으로 '狙擊(저격)'을, 상대로부터 공격을 받았을 때 되갚는다는 뜻으로 '反擊(반격)'이란 말을 자주 쓰고 있군요. 총탄이든 말이든 똑같이 무서운 무기라는 생각이 듭니다.

　다음으로, '漏(루)'는 '물이 새다'라는 뜻을 나타내는 글자로, '물 氵(수)'가 뜻을 나타내고 있군요. 전기가 다른 데로 새어 나간다는 '漏電(누전)', 비밀이 새어 나간다는 '漏泄(누설)' 등에 활용되고 있군요. 나중에 '漏落(누락)'과 같이 '빠뜨리다'라는 뜻으로도 쓰입니다. '누락'은 기록되어야 할 것이 빠지는 것을 말하죠.
　물이 새는 것은 '漏水(누수)', 하늘의 비밀이 새어 나간다는 뜻으로, 중대한 기밀이 새 나가는 것은 '天機漏洩(천기누설)', 액체나 비밀이 새어 나가는 것은 '漏出(누출)'이라고 합니다.
　이 밖에, '세금탈루'에서 '脫漏(탈루)'는 밖으로 빼내 새게 하는 것인데, 조세를 피해 면한다는 '조세 逋脫(포탈)'과 비슷한 뜻으로 쓰입니다. 특히 소득신고 자체를 고의로 잘못한 경우에는 '세금 탈루'라고 합니다.

　다음은 이미 어떤 일이 실패한 뒤에 뉘우쳐도 아무 소용이 없음을 깨우쳐 주는 글입니다. 어떤 일을 실패한 뒤에 뉘우쳐도 아무 소용이 없다고 하는 '亡羊補牢(망양보뢰)'와 통하죠.

船到江心補漏遲(선도강심보루지)
배가 강 한복판에 다다른 뒤 물이 새는 것을 고치려 하면 이미 늦다.

　중국 원나라 때 잡극 작가 관한경(關漢卿)의 작품 '구풍진(救風塵)' 속에 나옵니다.

無血入城(무혈입성)**은 싸움이나
희생 없이 목표를 이룬 상황을 상징.**

잘 알다시피 피가 모자라는 사람의 몸에 남의 피를 옮겨 넣는 것이 '輸血(수혈)'입니다. '나를 輸(수)'와 '피 血(혈)'이 합쳐진 '輸血(수혈, blood transfusion)'은 獻血(헌혈)로 採血(채혈)된 血液(혈액)을 다른 사람에게 공급하는 것을 뜻합니다. '헌혈'은 다른 사람을 위해 자기 피를 뽑아 주는 것이고, '採血(채혈)'은 피를 뽑는 것을 이르는 말입니다.

20세기 초 의학자 카를 란트슈타이너(Karl Landsteiner)가 ABO 혈액형을 발견하여 오늘날처럼 안전한 수혈이 이루어지도록 만들었고, 그는 이 공로로 1930년에 노벨 의학상을 받았죠. 한편, 脫水症(탈수증)이나 영양실조에 식염수, 포도당 용액 등을 주입하는 것은 '輸液(수액)'이라고 합니다.

'輸血(수혈)'에서 '輸(수)'는 '수레 車(거)'와 '지나갈 俞(유)'가 합쳐진 글자로, '수레'가 앞으로 나아가면서 짐을 '나르다'가 본뜻이라고 합니다. 여기에서 '俞(유)'는 음을 표시하면서 뜻까지도 담고 있는데, 배가 앞으로 나아가는 모습에서 '점점', '더욱', '지나가다' 등의 뜻으로 쓰이거든요. '輸(수)'는 '보내다', '실어내다', '전달하다' 등의 뜻으로 확대됐습니다.

'운수 회사', '운수 종사자' 등처럼 '運輸(운수)'는 사람을 태우거나 화물을 실어 나르는 일, '현금 수송', '귀성객 수송' 등처럼 '輸送(수송)'은 사람을 태우거나 짐을 실어 보내는 것, '이삿짐 운반', '투표함 운반' 등처럼 '運搬(운반)'은 물건을 옮겨 실어 나르는 것을 뜻합니다.

앞의 활용과 뜻을 보면, '운수'가 '운반'이나 '수송'보다 나르는 범위와 규모가 더 큰 것 같군요.

물건을 다른 나라로부터 사들여 오는 것은 '輸入(수입, import)', 외국으로 상품이나 기술 등을 팔기 위하여 내보내는 것은 '輸出(수출, export)', 수입이나 수출을 금하는 것은 '禁輸(금수)', 세관을 통하지 않고 몰래 하는 수출과 수입은 '密輸(밀수)', 항공기로 실어 나르는 것은 '空輸(공수)'라고 합니다. '輸入(수입)'은 다른 나라의 사상, 문물, 문화 등을 배워서 들여오는 온다는 뜻으로도 쓰이고, '공수'는 航空輸送(항공 수송)'을 줄여 이르는 말입니다.

다음으로. '血(혈)'은 '삐침 丿(별)'과 '그릇 皿(명)'이 합쳐져 '피'를 나타냅니다. 갑골문에 새겨진 초기 형태의 '血(혈)'은 피가 그릇에 담긴 모습 또는 동물의 피가 그릇에 떨어지는 모습을 본뜬 글자죠. 요컨대, '血(혈)'은 먼 옛날 하늘에 제사 지낼 때 짐승의 피를 그릇[皿]에 담아 바치는 풍습에서 나온 것으로, 첫 획(丿)은 그릇에 담긴 피를 상징한다고 합니다.

피와 살을 뜻하는 '血肉(혈육)'은 부모 자식처럼 한 핏줄을 가진 사람, 심장의 피를 뜻하는 '心血(심혈)'은 온갖 정성과 힘, 핏발이 선 눈을 뜻하는 '血眼(혈안)'은 기를 쓰고 덤벼들어 독이 오른 눈, 피가 밖으로 흐른다는 '出血(출혈)'은 희생이나 손실, 피 흘리며 싸운다는 '血鬪(혈투)'는 죽음을 무릅쓰고 힘들게 하는 싸움, 기름과 피를 뜻하는 '膏血(고혈)'은 몹시 고생하여 얻은 재물을 이르는 말입니다. 또 피를 흘리지 않는다는 '無血(무혈)'은 전투나 전쟁을 겪지 않은 것이고, 피를 흘려 싸우지 않고 성을 점령하여 들어간다는 '無血入城(무혈입성)'은 큰 어려움 없이 쉽게 일을 이루었을 때 쓰죠.

'혈세를 낭비하다'에서 '血稅(혈세)'는 국민의 피를 짜내듯이 걷은 세금, 즉 매우 소중하여 함부로 쓰면 안 되는 세금, '선혈이 뚝뚝 떨어지다'

에서 '鮮血(선혈)'은 갓 흘러나온 붉은 피, '혈흔이 남아 있다'에서 '血痕(혈흔)'은 피가 묻은 자국이나 자취, '혈당을 관리하다'에서 '血糖(혈당)'은 혈액 속에 포함되어 있는 포도당을 이르는 말입니다.

　피를 멈추는 것은 '止血(지혈)', 피가 엉겨 뭉치는 것은 '凝血(응혈)', 살 속에 피가 맺힌 것은 '瘀血(어혈)', 피가 혈관 안에서 흐르다가 굳어진 작은 덩어리는 '血栓(혈전)', 희생을 무릅쓰고 도와주는 동맹국은 '血盟(혈맹)', 인정이 없고 냉혹한 것은 '冷血(냉혈)'이라고 합니다.

　武俠小説(무협소설)에 자주 나오는 '유혈이 낭자하다'에서 '流血(유혈)'은 흐르는 피, '狼藉(낭자)'는 여기저기 흩어져 어지러운 것을 이르는 말입니다. 또 피를 흘리며 벌이는 싸움은 '流血劇(유혈극)', 폭력을 통해서 기존의 국가 권력을 넘어뜨려 권력을 차지하려는 혁명은 '流血革命(유혈 혁명)'이라고 하죠.

　다음은 姜太公(강태공)이 한 말이라고 하는데,『明心寶鑑(명심보감)』에 나옵니다. 남을 해치는 말은 먼저 자기부터 해친다는 뜻이군요.

含血噴人(함혈분인)　　피를 머금고 남에게 뿜으면
先汚自口(선오자구)　　먼저 자기의 입을 더럽힌다.

한자숙어 300제

1. 街談巷說 (가담항설)

길거리나 항간에 떠도는 소문

街(가): 거리, 한길 | 談(담): 이야기 | 巷(항): 거리, 마을 | 說(설): 말씀

2. 苛斂誅求 (가렴주구)

조세를 가혹하게 징수함

苛(가): 맵다, 가혹하다 | 斂(렴): 거두다, 모으다 | 誅(주): 목 베다 | 求(구): 구하다, 청하다

3. 刻骨難忘 (각골난망)

은덕을 입은 고마움이 마음깊이 새겨져 잊히지 않음.

刻(각):새기다, 모질다(각박) | 骨(골): 뼈 | 難(난): 어렵다, 꾸짖다(비난) | 忘(망): 잊다

4. 刻舟求劍 (각주구검)

융통성 없이 낡은 생각을 고집하는 어리석음.

舟(주): 배(ship) | 劍(검): 칼

5. 肝膽相照 (간담상조)

서로의 마음을 터놓고 사귐.

肝(간): 간 | 膽 (담): 쓸개 | 相(상): 서로, 모습, 정승 | 照(조): 비추다

6. 渴而穿井 (갈이천정)

목이 말라야 우물을 팜.
= 臨渴掘井(임갈굴정)

渴(갈): 목마르다 | 而(이): 말 잇다(and, but) | 穿(천): 뚫다 | 井(정): 우물

7. 甘言利說 (감언이설)

남의 비위에 맞도록 꾸민 달콤한 말과 이로운 조건을 붙여 꾀는 말

甘(감): 달다 | 言(언): 말씀 | 利(리): 이롭다, 날카롭다

8. 甘呑苦吐 (감탄고토)

달면 삼키고 쓰면 뱉음.

呑(탄): 삼키다 | 苦(고): 쓰다, 괴롭다 | 吐(토): 토하다

9. 甲男乙女 (갑남을녀)

평범한 사람들.

≒ 匹夫匹婦(필부필부),
　張三李四(장삼이사)

10. 甲論乙駁 (갑론을박)

자기의 주장을 세우고 남의 주장을 반박함.

駁(박): 논박하다

11. 改過遷善 (개과천선)

지난날의 잘못이나 허물을 고쳐 올바르고 착하게 됨.

改(개): 고치다 | 過(과):지나다, 지나치다, 잘못 | 遷(천): 옮기다 | 善(선): 착하다, 좋다

12. 乾坤一擲 (건곤일척)

흥망. 승패를 걸고 단판 승부를 겨룸.

乾(건): 하늘, 마르다 | 坤(곤): 땅 | 擲(척): 던지다

13. 格物致知 (격물치지)

사물의 이치를 究明(구명)하여 자기의 지식을 확고하게 함.

物(물): 물건 | 致(치): 이르다

14. 隔世之感 (격세지감)

오래지 않은 동안에 몰라보게 변하여 아주 다른 세상이 된 것 같은 느낌.

隔(격): 사이 뜨다, 막다 | 世(세): 인간, 세상, 세대 | 之(지): 어조사(-의), 가다 | 感(감): 느끼다

15. 隔靴搔痒(격화소양)

신을 신은 채 가려운 발바닥을 긁음. 필요한 것을 제대로 해결하지 못해 성에 차지 않음.

16. 牽强附會(견강부회)

이치에 맞지 않는 말을 억지로 끌어 붙여 자기 주장에 맞도록 함.

牽(견): 끌다 | 强(강): 강하다, 강제 | 附(부): 붙다 | 會(회): 모이다, 만나다

17. 見利思義(견리사의)

눈앞에 이익을 보면 의리를 생각함.

見(견): 보다, 생각(소견) | 思(사): 생각 | 義(의): 옳다, 뜻

18. 犬馬之勞(견마지로)

자기의 노력을 낮추어 하는 말
= 犬馬之誠(견마지성)

犬(견): 개 | 馬(마): 말 | 勞(로): 힘쓰다

19. 見蚊拔劍(견문발검)

모기를 보고 칼을 뺌. 조그만 일에도 성을 내는 소견 좁은 행동

拔(발): 빼다, 뽑다

20. 見物生心(견물생심)

물건을 보면 욕심이 생김.

21. 見危授命(견위수명)

나라가 위급할 때 목숨을 바침.
≒ 見危致命(견위치명)

危(위): 위태하다, 높다 | 授(수): 주다 | 命(명): 목숨, 명령, 운명

22. 結者解之(결자해지)

자기가 저지른 일은 자기가 해결함.

結(결):맺다|者(자):사람,물건(것)|解(해):풀다,녹다

23. 結草報恩(결초보은)

풀을 엮어서 은혜를 갚음. 죽어서도 잊지 않고 은혜를 갚음.

草(초): 풀, 엉성하다 | 報(보): 갚다, 알리다 | 恩(은): 은혜

24. 輕擧妄動(경거망동)

경솔하고 妄靈(망령)된 행동.

25. 傾國之色(경국지색)

뛰어나게 아름다운 미인.

傾(경): 기울다 | 國(국): 나라 | 色(색): 빛, 얼굴빛, 여자

26. 鷄卵有骨(계란유골)

운이 나쁜 사람은 좋은 기회를 만나도 역시 일이 잘 안됨.

鷄(계): 닭 |卵(란): 알 |骨(골); 뼈

27. 股肱之臣(고굉지신)

임금이 가장 믿고 중히 여기는 신하

臣(신): 신하

28. 孤軍奮鬪(고군분투)

남의 도움을 받지 아니하고 힘에 벅찬 일을 잘 해냄.

孤(고): 외롭다 | 軍(군): 군사 | 奮(분): 떨치다 | 鬪(투): 싸우다

29. 孤立無援(고립무원)

고립되어 구원을 받을 데가 없음.

立(립): 서다 | 無(무): 없다 | 援(원): 돕다

30.姑息之計(고식지계)

당장의 편안함만을 꾀하는 일시적인 방편.
≒ 彌縫策(미봉책)

姑(고): 시어미, 잠깐 | 息(식): 쉬다, 숨쉬다 | 計
(계): 셈, 꾀, 계획

31.苦肉之計(고육지계)

자신의 희생을 무릅쓰면서까지 꾸미는 계책.
= 苦肉策(고육책)

32.孤掌難鳴(고장난명)

① 혼자 힘만으로 어떤 일을 이루기 어려움.
② 맞서는 사람이 없으면 싸움이 일어나
지 아니함

掌(장): 손바닥 | 難(난): 어렵다, 나무라다 | 鳴
(명): 울다

33.苦盡甘來(고진감래)

고생 끝에 낙이 온다는 말

盡(진): 다하다 | 來(래): 오다

34.曲學阿世(곡학아세)

학문을 왜곡하여 세상에 아부함

曲(곡): 굽다, 곡조 | 學(학): 배우다 | 阿(아): 아첨
하다

35.過猶不及(과유불급)

지나친 것은 미치지 못함과 같음.

過(과): 지나(치)다, 허물 | 猶(유): 오히려, 같다 |
及(급): 미치다

36.管鮑之交(관포지교)

관중과 포숙의 사귐. 우정이 아주 돈독한
친구 관계.

管(관): 대롱 | 交(교): 사귀다, 서로

37.刮目相對(괄목상대)

남의 학식이나 재주가 놀랄 만큼 부쩍 늚
을 이르는 말.

刮(괄): 비비다, 깎다 | 目(목): 눈 | 對(대): 대하다,
마주

38.矯角殺牛(교각살우)

뿔을 고치려다 소를 죽임. 작은 일에 힘쓰
다 큰일을 망침.

矯(교): 바로잡다 | 角(각): 뿔 | 殺(살): 죽이다 | 牛
(우): 소

39.巧言令色(교언영색)

교묘한 말과 아첨하는 얼굴빛으로 남의 환
심을 사려함.

巧(교): 교묘하다 | 令(령): 명령, 아름답다

40.敎外別傳(교외별전)

마음에서 마음으로 전함.
≒ 以心傳心(이심전심),
　 拈花示衆(염화시중),
　 心心相印(심심상인)

敎(교): 가르치다 | 外(외): 밖 | 別(별): 나누다, 다
르다 | 傳(전): 전하다

41.九曲肝腸(구곡간장)

굽이굽이 사무친 마음속. 시름이 쌓인 마
음속.

九(구): 아홉 | 腸(장): 창자

42.口蜜腹劍(구밀복검)

말은 정답게 하나 속으로는 해칠 생각이
있음

蜜(밀): 꿀 | 腹(복): 배

43.九死一生(구사일생)

죽을 고비를 여러 차례 넘기고 겨우 살아남.
(참고) 起死回生

死(사): 죽다 | 生(생): 살다

44.口尙乳臭(구상유취)

입에서 아직 젖내가 남. 말과 행동이 매우 유치함.

尙(상): 아직, 높이다 | 乳(유): 젖 | 臭(취): 냄새

45.九牛一毛(구우일모)

많은 것 가운데서 극히 적은 것을 말함

毛(모): 털

46.群鷄一鶴(군계일학)

닭 무리 속의 한 마리 학. 평범한 사람 가운데 뛰어난 사람

群(군): 무리 | 鷄(계): 닭 | 鶴(학): 두루미, 희다

47.窮餘之策(궁여지책)

막다른 골목에서 그 국면을 타개하려고 생각다 못해 짜낸 꾀

窮(궁): 궁하다, 다하다 | 餘(여): 남다 | 策(책): 꾀, 채찍

48.權謀術數(권모술수)

목적 달성을 위해서는 권세와 모략 중상 등 갖온 방법과 수단을 쓰는 술책

權(권세): 권세, 권리 | 謀(모): 꾀하다 | 術(술): 재주, 꾀 | 數(수): 셈, 운수

49.近墨者黑(근묵자흑)

먹을 가까이 하는 사람은 검어짐. 즉 나쁜 사람과 사귀면 그 버릇에 물들기 쉬움.
↔ 麻中之蓬(마중지봉)

近(근): 가깝다 | 墨(묵): 먹 | 黑(흑): 검다

50.金科玉條(금과옥조)

금이나 옥같이 귀중한 법칙이나 규정

金(금): 쇠, 황금 돈 | 科(과): 조목 | 玉(옥): 구슬, 옥 | 條(조): 가지, 조목

51.金蘭之契(금란지계)

친구 사이의 友誼(우의)가 두터움.

蘭(란): 난초 | 契(계): 맺다 계약 약속

52.錦上添花(금상첨화)

비단 위에 꽃을 더함. 좋은 일이 겹침.

錦(금): 비단 | 添(첨): 더하다 | 花(화): 꽃

53.金石盟約(금석맹약)

쇠나 돌처럼 굳고 변함없는 약속.

石(석): 돌 | 盟(맹): 맹세 | 約(약):약속, 묶다, 줄이다

54.錦衣夜行(금의야행)

비단옷을 입고 밤에 다님. 아무 보람이 없는 일.

衣(의): 옷 | 夜(야): 밤 | 行(행): 다니다, 행하다, 줄

55.錦衣還鄕(금의환향)

비단옷을 입고 고향으로 돌아옴. 출세하여 고향에 돌아옴.

還(환): 돌아오다 | 鄕(향): 시골, 고향

56.騎虎之勢(기호지세)

범을 타고 달리는 형세. 도중에서 그만둘 수 없는 형세

騎(기): 말타다 | 虎(호): 범 | 勢(세): 형세 세력

57.難兄難弟(난형난제)

사물의 우열이 없음.

難(난): 어렵다 꾸짖다 | 兄(형): 맏, 형 | 弟(제): 아우, 제자

58. 南柯一夢(남가일몽)

꿈과 같이 헛된 한때의 헛된 부귀영화

南(남): 남녘 | 柯(가): 가지 | 夢(몽): 꿈

59. 男負女戴(남부여대)

가난에 시달린 사람들이 살 곳을 찾아 떠돌아다니며 사는 것

男(남): 사내 | 負(부): 짐 지다 지다(lose) | 戴(대): (머리에) 이다

60. 囊中之錐(낭중지추)

주머니 속에 든 송곳. 재주가 뛰어난 사람은 숨어 있어도 저절로 사람들이 알게 됨.

囊(낭): 주머니 | 錐(추): 송곳

61. 內憂外患(내우외환)

나라 안팎의 근심 걱정

內(내): 안 | 憂(우): 근심 | 外(외): 바깥, 겉 | 患(환): 근심, 병

62. 內柔外剛(내유외강)

겉으로 보기에는 강하게 보이나 속은 부드러움.

↔ 外柔內剛

柔(유): 부드럽다 | 剛(강): 굳세다

63. 勞心焦思(노심초사)

마음으로 애를 쓰며 속을 태움.

焦(초): 그슬다, 태우다

64. 累卵之危(누란지위)

알을 쌓아 놓은 것같이 매우 위태로움.
= 累卵之勢(누란지세)

累(루): 포개다, 여러 누 | 卵(란): 알(egg)

65. 多岐亡羊(다기망양)

길이 여러 갈래여서 양을 잃음. 계획이 너무 많아 도리어 어찌할 바를 모름.

多(다): 많다 | 岐(기): 갈림길 | 亡(망): 망하다, 죽다, 잃다 | 羊(양): 양

66. 多多益善(다다익선)

많으면 많을수록 좋음.

多(다): 많다 | 益(익): 더하다(이익) 더욱 | 善(선): 착하다, 잘하다 잘

67. 簞食瓢飮(단사표음)

도시락 밤과 표주박 물. 변변치 못한 살림. 청빈한 생활

簞(단): 대광주리 | 食(식): 먹다 (사) 밥 | 瓢(표): 표주박 | 飮(음): 마시다

68. 螳螂拒轍(당랑거철)

제 분수도 모르고 강적에게 반항함.

螳螂(당랑): 사마귀 | 拒(거): 막다 | 轍(철): 수레바퀴

69. 大器晚成(대기만성)

크게 될 사람은 성공이 늦음.

器(기): 그릇 | 晚(만): 늦다 | 成(성): 이루다

70. 東家食西家宿(동가식서가숙)

먹을 곳 잘 곳이 없이 떠도는 사람 또는 그런 짓.

東(동): 동녘 | 家(가): 집, 집안 | 西(서): 서녘 | 宿(숙): 자다 묵다

71. 同價紅裳(동가홍상)

같은 값이면 다홍치마.

同(동): 한가지, 같다 | 價(가): 값 | 紅(홍): 붉다 | 裳(상): 치마

72.同苦同樂(동고동락)

괴로움과 즐거움을 함께 함.

樂(락): 즐겁다 (악) 음악

73.棟樑之材(동량지재)

기둥이나 들보가 될 만한 훌륭한 인재. 한 집이나 한 나라의 큰일을 맡을 만한 사람.

棟(동): 용마루, 집 | 樑(량): 들보 량 | 材(재): 재목, 재능

74.東問西答(동문서답)

묻는 말에 대하여 전혀 엉뚱한 대답을 하는 것.

問(문): 묻다 | 答(답): 대답하다

75.同病相憐(동병상련)

처지가 서로 비슷한 사람끼리 서로 동정하고 도움.

病(병): 병 | 憐(련): 불쌍히 여기다

76.東奔西走(동분서주)

사방으로 이리저리 바삐 돌아다님.

奔(분): 달리다 | 走(주): 달리다, 달아나다

77.同床異夢(동상이몽)

같은 자리에 자면서 다른 꿈을 꿈. 겉으로는 같이 행동하면서 속으로는 딴생각을 가짐.

同(동): 한가지, 같다 | 床(상): 상(평상), 잠자리 | 異(이): 다르다 | 夢(몽): 꿈

78.杜門不出(두문불출)

세상과 인연을 끊고 바깥출입을 하지 않음.

杜(두): 막다, 닫다 | 門(문): 문 문 | 出(출): 나다, 나가다

79.登高自卑(등고자비)

높은 곳에 오르려면 낮은 곳에서부터 오름. 일을 하는 데는 반드시 순서를 밟아야 함.

登(등): 오르다 | 高(고): 높다 | 自(자): 스스로, 저절로, 부터 | 卑(비): 낮다

80.燈下不明(등하불명)

등잔 밑이 어두움. 가까이 있는 것이 오히려 알기가 어려움.

燈(등): 등잔 | 明(명): 밝다

81.馬耳東風(마이동풍)

남의 말을 귀담아 듣지 않고 지나쳐 흘려버림.

馬(마): 말 | 耳(이): 귀 | 東(동): 동녘 | 風(풍): 바람, 풍속

82.莫上莫下(막상막하)

실력에 낫고 못함이 없이 비슷함.

= 難兄難弟(난형난제), 伯仲之勢(백중지세)

莫(막): 없다 | 伯(백): 맏 | 仲(중): 버금, 둘째

83.莫逆之友(막역지우)

참된 마음으로 서로 거역할 수 없이 매우 친한 벗.

逆(역): 거스르다 | 友(우): 벗

84.萬頃蒼波(만경창파)

한없이 넓고 푸른 바다

萬(만): 일만 | 頃(경): 이랑, 잠깐 | 蒼(창): 푸르다 | 波(파): 물결

85. 晚時之歎(만시지탄)

시기가 늦었음을 안타까워하는 탄식

※ 歎= 嘆(탄)

晚(만):늦다|時(시):때|歎(탄):탄식하다,감탄하다

86. 亡羊補牢(망양보뢰)

양 잃고 우리를 고침. 실패한 뒤에 뉘우쳐도 아무 소용이 없음.

補(보): 기울다 , 돕다 | 牢(뢰): 우리(외양간)

87. 望雲之情(망운지정)

자식이 타향에서 부모를 그리는 정

望(망): 바라다, 기다리다 | 雲(운): 구름 | 情(정): 뜻, 인정, 감정

88. 麥秀之嘆(맥수지탄)

나라를 잃음에 대한 탄식

麥(맥): 보리 | 秀(수): 빼어나다

89. 面從腹背(면종복배)

앞에서는 순종하는 체하고 속으로는 배반함.

面(면): 얼굴, 겉 | 從(종): 좇다, 따르다 | 腹(복): 배 | 背(배): 등, 등지다

90. 滅私奉公(멸사봉공)

사를 버리고 공을 위하여 힘써 일함.
= 先公後私(선공후사)

滅(멸): 멸하다 | 私(사): 사사롭다 개인 | 奉(봉): 받들다 | 公(공): 공적, 공평하다

91. 明鏡止水(명경지수)

① 거울같이 맑고 잔잔한 물
② 마음이 고요하고 잡념이 없이 아주 맑고 깨끗함.

鏡(경): 거울 | 止(지): 그치다

92. 明若觀火(명약관화)

불을 보는 것처럼 분명하고 뻔함.

若(약): 같다, 만약 | 觀(관): 보다

93. 命在頃刻(명재경각)

거의 죽게 되어서 목숨이 곧 넘어갈 지경에 이름.

命(명): 목숨, 명령 운명 | 在(재): 있다 | 刻(각): 새기다 때(시각)

94. 目不識丁(목불식정)

낫 놓고 기역자도 모를 만큼 아주 무식함.

識(식): 알다

95. 目不忍見(목불인견)

차마 눈 뜨고 볼 수 없는 慘狀(참상)이나 꼴불견

忍(인): 참다

96. 無爲徒食(무위도식)

아무 하는 일 없이 먹기만 함.

無(무): 없다 | 爲(위): 하다, 되다, 위하다 | 徒(도): 무리, 다만, 헛되다 | 食(식): 먹다

97. 刎頸之交(문경지교)

목이 잘리는 한이 있어도 마음을 변치 않고 사귀는 친한 사이

刎(문): 자르다 | 頸(경): 목(neck)

98. 門前成市(문전성시)

찾아오는 사람이 많아 집 문 앞이 시장을 이루다시피 함.

門(문): 문 | 前(전): 앞 | 成(성): 이루다 | 市(시): 저자, 시장,

99. 物心一如(물심일여)

마음과 형체가 구분됨이 없이 하나로 일치한 상태.

≒ 物我一體(물아일체)

如(여): 같다

100.　　反哺之孝(반포지효)

자식이 자라서 부모를 봉양함.

反(반): 돌이키다, 거꾸로 | 哺(포): 먹이다 | 孝(효): 효도

101. 拔本塞源(발본색원)

폐단의 근원을 아주 뽑아서 없애 버림.

≒ 根絕(근절)

拔(발): 빼다, 뽑다 | 本(본): 근본 | 塞(색): 막히다, (새) 변방 | 源(원): 근원

102. 傍若無人(방약무인)

곁에 사람이 없는 것처럼 아무 거리낌 없이 함부로 말하고 행동함.

傍(방): 곁 | 若(약): 같다, 만약 | 無(무): 없다

103. 背水之陣(배수지진)

강이나 바다를 등지고 치는 진. 어떤 일을 성취하기 위하여 더 이상 물러설 수 없음.

= 背水陣(배수진)

背(배): 등 등지다(배반) | 陣(진): 진치다

104. 背恩忘德(배은망덕)

은혜를 잊고 도리어 배반함.

恩(은): 은혜 | 忘(망): 잊다 | 德(덕): 크다, 은덕

105. 白骨難忘(백골난망)

죽어도 잊지 못할 큰 은혜를 입음.

骨(골): 뼈 | 難(난): 어렵다

106. 百年河淸(백년하청)

황하가 늘 흐려 맑을 때가 없음. 아무리 오래 되어도 어떤 일이 이루어지기 어려움.

年(년): 해, 나이 | 河(하): 강 이름, 물(내) | 淸(청): 맑다

107. 白面書生(백면서생)

한갓 글만 읽고 세상일에 어두운 사람.

面(면): 얼굴, 겉 | 書(서): 글, 책

108. 伯仲之勢(백중지세)

優劣(우열)의 차이가 없음.

= 莫上莫下(막상막하), 難兄難弟

伯(백): 맏(첫째) | 仲(중): 버금 | 勢(세): 형세 세력

109. 百尺竿頭(백척간두)

위태롭고 어려운 지경

= 風前燈火(풍전등화),
　累卵之勢

尺(척): 자 | 竿(간): 장대, 낚싯대 | 頭(두): 머리

110. 本末顚倒(본말전도)

사물의 순서나 위치 또는 이치가 거꾸로 된 것.

末(말): 끝 | 顚(전): 넘어지다, 뒤집히다 | 倒(도): 넘어지다 거꾸로

111. 夫唱婦隨(부창부수)

남편이 창을 히면 아내도 따라함. 부부 화합의 도리.

夫(부): 남편, 사내 | 唱(창): 부르다 | 婦(부): 며느리, 아내 | 隨(수): 따르다

112. 附和雷同(부화뇌동)

제 주견이 없이 남이 하는 대로 그저 무턱대고 따라함.

和(화): 고르다(화목, 온화) | 雷(뢰): 우레(천둥)

113. 粉骨碎身(분골쇄신)

뼈는 가루가 되고 몸은 산산조각이 됨. 정성으로 노력함.

粉(분): 가루 | 骨(골): 뼈 | 碎(쇄): 부수다 | 身(신): 몸

114. 憤氣衝天(분기충천)

분한 기운이 하늘에 솟구침. 몹시 분함.

憤(분): 분하다, 성내다 | 氣(기): 기운 | 衝(충): 찌르다

115. 不俱戴天(불구대천)

함께 하늘을 이고 살 수 없을 만큼 큰 원한을 가짐.

俱(구): 함께 | 戴(대): 머리에 이다

116. 不立文字(불립문자)

진정한 깨달음은 말이나 글에 의지하지 않음. 마음에서 마음으로 전함.

= 以心傳心,
  心心相印

文(문): 글월, 글, 문장 | 字(자): 글자 | 以(이): 써(with) | 傳(전): 전하다 | 印(인): 새기다

117. 不問可知(불문가지)

묻지 않아도 알 수 있음.

知(지): 알다 | 可(가): 옳다 찬성하다

118. 不問曲直(불문곡직)

옳고 그름을 따지지 않음.

問(문): 묻다 | 曲(곡): 굽다, 곡조, | 直(직): 곧다

119. 不恥下問(불치하문)

아랫사람에게 묻는 것을 부끄럽게 여기지 않음.

恥(치): 부끄럽다

120. 朋友有信(붕우유신)

벗과 벗은 믿음이 있어야 함.

朋(붕): 벗 | 信(신): 믿다, 소식

121. 悲憤慷慨(비분강개)

슬프고 분한 느낌이 마음속에 가득 차 있음.

悲(비): 슬프다 | 慷(강): 강개하다, 슬프다 | 慨(개): 개탄하다

122. 非一非再(비일비재)

한두 번이 아님.

非(비): 아니다, 그르다 | 再(재): 두 번, 거듭하다

123. 氷炭之間(빙탄지간)

얼음과 숯 사이. 서로 화합할 수 없는 사이

氷(빙): 얼음 | 炭(탄): 숯 | 間(간): 사이

124. 四顧無親(사고무친)

의지할 만한 사람이 아무도 없음.

顧(고): 돌아보다 | 親(친): 친하다, 어버이, 몸소

125. 四面楚歌(사면초가)

아무에게도 도움을 받지 못하는, 외롭고 곤란한 지경에 빠진 형편.

楚(초): 초나라 | 歌(가): 노래

126. 砂上樓閣(사상누각)

모래 위에 지은 집, 기초가 튼튼하지 못하여 오래 견디지 못할 일이나 물건.

砂(사): 모래= 沙 | 樓(루): 다락 | 閣(각): 집, 다락집, 대궐

127. 蛇足(사족)

안 해도 될 쓸데없는 일을 덧붙여 하다가
도리어 일을 그르침.

= 畫蛇添足(화사첨족)

※ 畫 = 畵(화)

蛇(사): 뱀 | 添(첨): 더하다 | 足(족): 발, 만족하다

128. 四通五達(사통오달)

길이나 교통망 통신망 등이 사방으로 막
힘없이 통함.

通(통): 통하다 | 達(달): 통달하다, 이르다

129. 事必歸正(사필귀정)

무슨 일이든지 결국은 옳은 데로 돌아감.

事(사): 일, 섬기다. | 必(필): 반드시 | 歸(귀): 돌아
가다

130. 山戰水戰(산전수전)

세상일에 경험이 많음.

戰(전): 싸움, 두려워하다

131. 殺身成仁(살신성인)

자기의 몸을 희생하여 인(仁)을 이룸.

殺(살): 죽이다, (쇄): 덜다 | 身(신): 몸 | 仁(인): 어
질다

132. 三顧草廬(삼고초려)

유비가 제갈량을 세 번이나 찾아가 軍師(
군사)로 초빙함. 인재를 맞아들이기 위하
여 참을성 있게 노력함.

顧(고): 돌아보다 | 草(초): 풀 초, 거칠다 | 廬
(려): 오두막

133. 三旬九食(삼순구식)

한 달에 아홉 끼를 먹을 정도로 매우 빈
궁한 생활

旬(순): 열흘 순

134. 桑田碧海(상전벽해)

뽕나무밭이 변하여 바다가 됨. 세상일의
변천이 아주 심함.

桑(상): 뽕나무 | 田(전): 밭 | 碧(벽): 푸르다 | 海
(해): 바다

135. 塞翁之馬(새옹지마)

세상일은 복이 될지 禍(화)가 될지 예측
할 수 없음.

塞(새): 변방 (색): 막히다 | 翁(옹): 늙은이

136. 先見之明(선견지명)

앞일을 미리 보아서 판단하는 총명

明(명): 밝다 똑똑하다 | 先(선): 먼저

137. 先憂後樂(선우후락)

근심할 일은 남보다 먼저 근심하고, 즐거
워할 일은 남보다 나중에 즐거워함.

憂(우): 근심 | 後(후): 뒤 | 樂(락): 즐겁다, (악): 음
악

138. 雪膚花容(설부화용)

① 흰 살결에 고운 얼굴
② 미인의 얼굴

雪(설): 눈, 씻다(설욕) | 膚(부): 살갗(피부) | 容
(용): 얼굴, 받아들이다

139. 雪上加霜(설상가상)

눈 위에 서리가 덮임. 불행이 엎친 데 덮친
격으로 거듭 생김.

加(가): 더하다 | 霜(상): 서리

140. 說往說來(설왕설래)

서로 辯論(변론)을 주고받으며 옥신각신함.

說(설): 말씀 | 往(왕): 가다

141. 纖纖玉手(섬섬옥수)

가냘프고 고운 여자의 손

纖(섬): 가늘다 | 玉(옥): 구슬, 패옥 | 手(수): 손, 솜씨

142. 束手無策(속수무책)

손을 묶은 것처럼 어찌할 도리가 없어 꼼짝 못 함.

束(속): 묶다 | 無(무): 없다 | 策(책): 꾀, 방책

143. 送舊迎新(송구영신)

묵은해를 보내고 새해를 맞음.

送(송): 보내다 | 舊(구): 옛 | 迎(영): 맞다 | 新(신): 새롭다

144. 首丘初心(수구초심)

여우가 죽을 때 고향 쪽으로 머리를 둠. 고향을 생각하는 마음.

首(수): 머리, 우두머리 | 丘(구): 언덕 | 初(초): 처음

145. 手不釋卷(수불석권)

손에서 책을 놓지 않을 정도로 늘 책을 읽음.

釋(석): 풀다, 놓다 | 卷(권): 책

146. 袖手傍觀(수수방관)

팔짱을 끼고 곁에서 봄. 어떤 일을 당하여 옆에서 보고만 있음.

袖(수): 소매 | 傍(방): 곁, 옆 | 觀(관): 보다

147. 水魚之交(수어지교)

교분이 매우 깊은 것을 말함.

魚(어): 물고기 | 交(교): 사귀다, 서로

148. 誰怨誰咎(수원수구)

남을 원망하거나 책망할 것이 없음. 自責(자책)

誰(수): 누구 | 怨(원): 원망하다, 원한 | 咎(구); 탓하다, 허물

149. 守株待兎(수주대토)

한 가지 일에만 얽매여 발전을 모르는 어리석음.

守(수): 지키다 | 株(주): 그루터기, 주식 | 待(대): 기다리다 대접하다 | 兎(토): 토끼

150. 菽麥不辨(숙맥불변)

콩인지 보리인지 구별하지 못함. 아주 어리석음. 菽麥(숙맥).

菽(숙): 콩 | 麥(맥): 보리 | 辨(변): 변별하다

151. 脣亡齒寒(순망치한)

입술이 망하면 이가 시림. 가까운 사이에 있는 하나가 망하면 다른 하나도 그 영향을 받아 온전하기 어려움.

脣(순): 입술 | 亡(망): 망하다, 잃다, 죽다 齒(치): 이 | 寒(한): 차다

152. 是是非非(시시비비)

① 여러 가지의 잘잘못.
② 옳고 그름을 따지며 다툼.

是(시): 옳다, 이(this) | 非(비): 아니다, 그르다

153. 始終一貫(시종일관)

처음과 끝이 같음
= 始終如一(시종여일)

始(시): 비로소, 처음 | 終(종): 마치다 죽다 | 貫(관): 꿰다, 뚫다

154. 識字憂患(식자우환)

아는 것이 탈. 학식이 있는 것이 도리어 근심을 사게 됨.

識(식): 알다 | 字(자): 글자 | 憂(우): 근심 | 患(환): 근심, 병

155. 神出鬼沒(신출귀몰)

귀신같이 나타났다가 사라짐. 자유자재로 문득 나타났다가 문득 없어짐.

神(신): 귀신, 신(god) | 出(출): 나다, 나가다 | 鬼(귀): 귀신 | 沒(몰): 빠지다, 숨다

156. 深思熟考(심사숙고)

깊이 생각하고 곰곰이 생각함.

深(심): 깊다 | 思(사): 생각 | 熟(숙): 익다 | 考(고): 생각하다

157. 心心相印(심심상인)

서로 마음에서 마음으로 뜻이 통함.
= 以心傳心(이심전심)

印(인): 새기다

158. 十匙一飯(십시일반)

여러 사람이 힘을 합하면 한 사람을 돕기 쉬움.

匙(시): 숟가락 | 飯(반): 밥

159. 阿鼻叫喚(아비규환)

여러 사람이 참혹한 지경에 빠져 고통받고 울부짖는 상황.

阿(아): 언덕, 아첨하다 | 叫(규): 부르짖다 | 喚(환): 부르다, 소리지르다

160. 我田引水(아전인수)

제 논에 물 대기. 자기에게 유리하도록 행동하고 생각함.

我(아): 나 | 田(전): 밭 | 引(인): 끌다

161. 安分知足(안분지족)

편한 마음으로 제 분수를 지키며 만족을 앎.
늑 安貧樂道

安(안): 편안하다 | 分(분): 나누다, 분수 | 知(지): 알다 | 足(족): 발, 만족하다

162. 眼下無人(안하무인)

눈 아래 사람이 없음. 교만하여 사람을 업신여김.

眼(안): 눈 | 無(무): 없다

163. 暗中摸索(암중모색)

어두운 가운데 더듬어 찾음. 은밀한 가운데 일의 실마리나 해결책을 찾아내려 함.

暗(암): 어둡다 | 摸(모): 더듬다 | 索(색): 찾다 (삭): 동아줄

164. 哀而不悲(애이불비)

속으로는 슬퍼하지만 겉으로는 슬픔을 나타내지 않음.

哀(애): 슬프다 | 悲(비): 슬프다

165. 羊頭狗肉(양두구육)

양의 머리를 내걸고 개고기를 팖. 겉은 훌륭하나 속은 변변치 않음.
(참고) 表裏不同(표리부동), 面從腹背(면종복배), 口蜜腹劍(구밀복검)

羊(양): 양(sheep) | 頭(두): 머리 | 狗(구): 개(dog) | 肉(육): 고기

166. 梁上君子(양상군자)

들보 위에 있는 군자. 도둑(미화법)

梁(량): 들보 | 君(군): 임금, 어진이

167. 漁父之利(어부지리)

둘이 다투는 사이에 제삼자가 이득을 보는 것

漁(어): 물고기 잡다 | 父(부): 아버지

168. 語不成說(어불성설)

말이 이치에 맞지 않음.

語(어): 말씀

169. 言語道斷(언어도단)

말할 길이 끊어짐. 어이가 없어서 말할 수 없음.

道(도): 길, 도리 | 斷(단): 끊다

170. 言中有骨(언중유골)

예사로운 말 속에 깊은 뜻이 있음.

骨(골): 뼈

171. 如履薄氷(여리박빙)

살얼음을 밟는 것과 같음. 아슬아슬하고 위험한 일.

如(여): 같다 | 履(리): 신, 밟다 | 薄(박): 얇다 | 氷(빙): 얼음

172. 如反掌(여반장)

손바닥을 뒤집는 것과 같이 매우 쉬움.

反(반): 돌이키다, 반대하다 | 掌(장): 손바닥

173. 易地思之(역지사지)

처지를 바꾸어 생각함.

易(역): 바꾸다 (이): 쉽다 | 地(지): 땅, 처지

174. 緣木求魚(연목구어)

나무에 올라가 고기를 구하듯 불가능한 일을 하고자 함.

緣(연): 인연 | 魚(어): 물고기

175. 煙霞痼疾(연하고질)

자연의 경치를 병적으로 사랑하는 마음
≒ 泉石膏肓(천석고황)

煙(연): 연기, 안개 | 霞(하): 노을 | 痼(고): 고질 | 疾(질): 병 | 泉(천): 샘 | 石(석): 돌, 비석

176. 炎凉世態(염량세태)

권세가 있을 때는 붙좇고, 권세가 없어지면 푸대접하는 세속의 인심.

炎(염) : 불꽃, 더위, 염증 | 凉(량): 서늘하다 | 態(태): 모습

177. 五里霧中(오리무중)

오 리나 되는 짙은 안개 속에 있음. 일의 갈피를 잡을 수 없거나 사람의 행적을 전혀 알 수가 없는 상태를 이르는 말.

霧(무): 안개

178. 寤寐不忘(오매불망)

밤낮으로 자나 깨나 잊지 못함.

寤(오): 깨다, 잠깨다 | 寐(매): 잠자다 | 忘(망): 잊다

179. 吾不關焉(오불관언)

나는 그 일에 상관하지 않음.

吾(오): 나 | 關(관): 빗장, 관계하다 | 焉(언): 어조사

180. 烏飛梨落(오비이락)

까마귀 날자 배 떨어짐. 우연의 일치로 남의 의심을 받음.

烏(오): 까마귀 | 飛(비): 날다 | 梨(리): 배 | 落(락): 떨어지다 마을

181. 傲霜孤節(오상고절)

서릿발 추위에도 외로이 지키는 절개. 菊花(국화)

傲(오): 거만하다 | 霜(상): 서리 | 孤(고): 외롭다 | 節(절): 설개, 마디, 절제

182. 五十步百步 (오십보백보)

양자 간에 차이는 있으나 본질적으로 같음.
≒大同小異

步(보): 걸음 | 百(백): 일백

183. 吳越同舟 (오월동주)

서로 적의를 품은 사람들이 한자리에 있
게 된 경우나 서로 협력하여야 하는 상황
을 비유적으로 이르는 말.

吳(오): 오나라 | 越(월): 넘다, 월나라

184. 烏合之卒 (오합지졸)

까마귀 떼와 같이 조직도 훈련도 없이 모
인 무리

= 烏合之衆

烏(오): 까마귀 | 卒(졸): 군사, 마치다

185. 溫故知新 (온고지신)

옛 것을 익혀 새 것을 앎.

溫(온): 따뜻하다, 익히다 | 故(고): 옛, 까닭, 사고 |
新(신): 새(new)

186. 臥薪嘗膽 (와신상담)

섶에 누워 쓸개를 씹음. 원수를 갚고자 고
생을 참고 견딤.

臥(와): 눕다 | 薪(신): 섶나무 | 嘗(상): 맛보다, 일
찍이 | 膽(담): 쓸개

187. 外柔內剛 (외유내강)

겉으로 보기에는 부드러우나 속은 꿋꿋하
고 강함.

柔(유): 부드럽다 | 剛(강): 굳세다

188. 樂山樂水 (요산요수)

산수(山水)의 자연을 즐기고 좋아함.

樂(락): 즐겁다 (요): 좋아하다

189. 搖之不動 (요지부동)

흔들어도 꼼짝하지 않음.

搖(요): 흔들다 | 動(동): 움직이다

190. 愚公移山 (우공이산)

우공이 산을 옮김. 어떤 일이든 끊임없이
노력하면 반드시 이루어짐.

愚(우): 어리석다 | 移(이): 옮기다

191. 牛耳讀經 (우이독경)

소귀에 경 읽기
= 牛耳誦經 (우이송경)

牛(우): 소 | 耳(이): 귀 | 讀(독): 읽다 | 經(경) 경
전, 지나다

192. 羽化登仙 (우화등선)

사람의 몸에 날개가 돋치어 신선이 되어
하늘로 올라감.

羽(우): 깃털 | 化(화): 되다(become) | 登(등): 오
르다 | 仙(선): 신선

193. 雨後竹筍 (우후죽순)

비 온 뒤에 죽순. 일이 한때에 많이 생겨
남.

雨(우): 비 | 後(후): 뒤 | 竹(죽): 대 | 筍(순): 죽순

194. 遠禍召福 (원화소복)

화를 멀리하고 복을 불러들임.

遠(원): 멀다 | 禍(화): 재앙 | 召(소): 부르다 | 福
(복): 복

195. 危機一髮 (위기일발)

여유가 조금도 없이 몹시 절박한 순간.

危(위): 위태하다 | 機(기): 틀, 기계, 기회 | 髮
(발): 머리털

196. 韋編三絶(위편삼절)

공자가 읽던 주역 책 끈이 세 번이나 끊어짐. 독서에 힘씀.

韋(위): 가죽 | 編(편): 엮다 | 絶(절): 끊다, 뛰어나다

197. 有備無患(유비무환)

미리 준비가 있으면 뒷걱정이 없음.

備(비): 갖추다 | 患(환): 근심, 병

198. 類類相從(유유상종)

같은 무리끼리 왕래하여 사귐.

類(류): 무리, 비슷하다 | 從(종): 따르다 좇다

199. 悠悠自適(유유자적)

속세를 떠나 아무 속박 없이 조용하고 편안하게 삶.

悠(유): 멀다, 한가롭다 | 適(적): 가다 맞다(적당)

200. 隱忍自重(은인자중)

마음속으로 괴로움을 참으며 몸가짐을 스스로 조심함.

隱(은): 숨기다, 숨다 | 忍(인): 참다 | 重(중): 무겁다

201. 以實直告(이실직고)

사실 그대로 고함.

以(이): 써(with) | 實(실): 사실, 실제, 열매 | 告(고): 알리다

202. 李下不整冠(이하부정관)

자두나무 아래에서 갓을 고쳐 쓰지 말라. 남의 의심받을 일을 하지 말라.
= 과전불납리(瓜田不納履 외밭에서 신을 고쳐 매지 말라.)

李(리): 자두 | 整(정): 가지런하다 | 冠(관): 갓 | 瓜(과): 오이 | 納(납): 들이다 바치다 | 履(리): 신, 밟다

203. 因果應報(인과응보)

좋은 일에는 좋은 결과가, 나쁜 일에는 나쁜 결과가 따름.

因(인): 말미암다, 원인 | 果(과): 결과, 열매 | 應(응): 응하다, 화답하다 | 報(보): 갚다, 알리다

204. 人之常情(인지상정)

사람이면 누구나 가지는 보통의 인정

常(상): 항상, 보통 | 情(정): 감정, 인정

205. 一擧兩得(일거양득)

한 가지 일로 두 가지의 이득을 봄.
≒ 一石二鳥(일석이조)

擧(거): 들다, 움직이다 | 兩(량): 둘(two) | 得(득): 얻다 이득

206. 一瀉千里(일사천리)

강물이 거침없이 흘러 천 리에 다다름. 어떤 일이 거침없이 단번에 진행됨.

瀉(사): 쏟다

207. 日新又日新(일신우일신)

날로 날로 새로워짐.

新(신): 새롭다 | 又(우): 또

208. 一魚濁水(일어탁수)

물고기 한 마리가 온 물을 흐림. 한 사람의 악행으로 인하여 여러 사람이 그 해를 받게 됨.

魚(어): 물고기 | 濁(탁): 흐리다

209. 一葉知秋(일엽지추)

조그마한 일을 가지고 장차 올 일을 미리 짐작함.

210. 一場春夢(일장춘몽)

인생의 榮華(영화)는 한바탕의 봄 꿈과 같이 헛됨.

場(장): 마당 | 春(춘): 봄 | 夢(몽): 꿈

211. 一觸卽發(일촉즉발)

조금만 닿아도 곧 폭발할 것 같은 위험한 지경.

觸(촉): 닿다 | 卽(즉): 곧 | 發(발): 피다, 일어나다

212. 日就月將(일취월장)

날로 달로 발전하거나 성장함.

就(취): 나아가다 | 將(장): 장차, 나아가다, 장수

213. 一片丹心(일편단심)

오로지 한 곬으로 향한, 한 조각의 붉은 마음. 충성심.

片(편): 조각 | 丹(단): 붉다

214. 臨機應變(임기응변)

그때그때의 일의 형편에 따라서 변통성 있게 처리함.

臨(림): 임하다 | 機(기): 틀, 기계, 기회 | 應(응): 응하다, 화답하다 | 變(변): 변하다

215. 自家撞着(자가당착)

자기의 언행이 전후 모순되어 들어맞지 않음.

撞(당): 치다, 부딪치다 | 着(착): 붙다, 시작하다

216. 自强不息(자강불식)

스스로 힘써 몸과 마음을 가다듬어 쉬지 않음.

强(강): 강하다, 강제로 | 息(식): 쉬다, 숨쉬다

217. 自繩自縛(자승자박)

자기 줄로 자기를 묶음. 자기의 말이나 행동으로 자기 자신이 옭혀 곤란하게 됨.

繩(승): 노끈 | 縛(박): 묶다

218. 自中之亂(자중지란)

같은 패 안에서 일어나는 싸움.

亂(란): 어지럽다

219. 自畵自讚(자화자찬)

자기가 그린 그림을 스스로 칭찬함. 자기의 행위를 칭찬함.

畵(화): 그림 | 讚(찬): 칭찬하다

220. 作心三日(작심삼일)

한 번 결심한 것이 사흘을 못 감. 결심이 굳지 못함.

作(잣): 짓다

221. 張三李四(장삼이사)

평범한 사람.

= 甲男乙女(갑남을녀),

　　樵童汲婦(초동급부)

張(장): 베풀다, 벌이다 | 樵(초): 땔나무 | 童(동): 아이 | 汲(급): 물을 긷다 | 婦(부): 며느리, 아내

222. 莊周之夢(장주지몽)

나와 外物(외물)은 본디 하나이던 것이 현실에서 갈라진 것에 불과하다는 이치를 비유적으로 설명하는 말.

= 胡蝶之夢(호접지몽)

莊(장): 엄숙하다, 씩씩하다 | 周(주): 두루 | 夢(몽): 꿈 | 胡(호): 오랑캐 | 蝶(접): 나비

223. 才子佳人(재자가인)

재주 있는 남자와 아름다운 여자.

才(재): 재주 | 佳(가): 아름답다

224. 賊反荷杖(적반하장)

도둑이 도리어 매를 듦. 잘못한 사람이 잘한 사람을 나무람.

賊(적): 도적 | 荷(하): 메다 지다 짐 | 杖(장): 몽둥이, 지팡이

225. 赤手空拳(적수공권)

맨손과 맨주먹. 아무것도 가진 것이 없음.

赤(적): 붉다 | 空(공): 비다 | 拳(권): 주먹

226. 前代未聞(전대미문)

지금까지 들어본 일이 없는 새로운 일을 이르는 말.

前(전): 앞 | 代(대): 대신하다, 시대 | 未(미): 아직, 아니다(못하다) | 聞(문): 듣다

227. 前無後無(전무후무)

전에도 앞으로도 없음.

≒ 空前(공전: 이전에 없었음.)

後(후): 뒤

228. 戰戰兢兢(전전긍긍)

몹시 두려워서 벌벌 떨며 조심함.

戰(전): 싸움, 두려워떨다 | 兢(긍): 떨리다

229. 輾轉反側(전전반측)

이리저리 뒤척이며 잠을 이루지 못함.

輾(전): 돌아눕다 | 轉(전): 구르다, 돌다 | 側(측): 곁

230. 轉禍爲福(전화위복)

재앙과 근심, 걱정이 바뀌어 오히려 복이 됨.

禍(화): 재앙 | 爲(위): 하다, 되다 말하다 | 福(복): 복

231. 切磋琢磨(절차탁마)

학문과 덕행을 닦음을 가리키는 말

切(절): 끊다, 간절하다 | 磋(차): 갈다(연마) | 琢(탁): 쪼다 | 磨(마): 갈다

232. 切齒腐心(절치부심)

몹시 분하여 이를 갈면서 속을 썩임.

齒(치): 이(tooth) | 腐(부): 썩다

233. 漸入佳境(점입가경)

점점 더 재미있는 경지로 들어감.

漸(점): 점점 | 佳(가): 아름답다 | 境(경): 지경, 처지

234. 頂門一鍼(정문일침)

정수리에 침을 줌. 잘못의 급소를 찔러 충고하는 것

頂(정): 정수리, 꼭대기 | 門(문): 문 | 鍼(침): 침, 바늘 =針(침)

235. 井底之蛙(정저지와)

우물 안 개구리. 견문이 좁고 세상 형편을 모름.

≒坐井觀天(좌정관천)

井(정): 우물 | 底(저): 밑 | 蛙(와): 개구리 | 坐(좌): 앉다 | 觀(관): 보다 | 天(천): 하늘, 천체, 자연

236. 朝令暮改(조령모개)

법령을 자꾸 바꿔서 종잡을 수 없음.

≒ 朝變夕改(조변석개)

朝(조): 아침, 조정 | 令(령): 명령, 아름답다 | 暮(모): 저물다, 저녁 | 改(개): 고치다 | 變(변): 변하다

237. 朝三暮四(조삼모사)

간사한 꾀로 사람을 속여 희롱함.

238. 鳥足之血(조족지혈)

새 발의 피. 물건의 적음을 나타내는 말

鳥(조): 새 | 足(족): 발, 만족하다 | 血(혈): 피

239. 左顧右眄(좌고우면)

왼쪽으로 돌아보고 오른쪽으로 돌아봄. 결단을 망설임.

左(좌): 왼쪽 ↔ 右(우) | 顧(고): 돌아보다 | 眄
(면): 곁눈질하다

240. 左衝右突(좌충우돌)

아무에게나 함부로 맞닥뜨림.

衝(충): 찌르다 부딪치다 | 突(돌): 갑자기, 부딪치다

241. 坐不安席(좌불안석)

불안이나 근심 등이 있어 한자리에 오래 앉아 있지 못함.

坐(좌): 앉다 | 安(안): 편안하다 | 席(석): 자리

242. 主客顚倒(주객전도)

주인과 손의 위치가 서로 뒤바뀜. 사물의 경중·선후·완급 따위가 서로 뒤바뀜을 이르는 말.

主(주): 주인, 임금, 주되다 | 客(객): 손, 대상 | 顚
(전): 엎어지다, 뒤집히다

243. 走馬看山(주마간산)

바빠서 자세히 보지 못하고 지나침.

走(주): 달리다 | 看(간): 보다

244. 竹馬故友(죽마고우)

어릴 때 같이 놀던 친한 친구

竹(죽): 대 | 故(고): 옛, 까닭, 사고

245. 竹杖芒鞋(죽장망혜)

대지팡이와 짚신. 가장 간단한 보행이나 여행의 차림

杖(장): 몽둥이, 지팡이 | 芒(망): 까끄라기 | 鞋
(혜): 신(shoe)

246. 衆寡不敵(중과부적)

적은 수효로는 많은 수효를 대적하지 못함.

衆(중): 무리 | 寡(과): 적다 | 敵(적): 대적하다

247. 衆口難防(중구난방)

뭇사람의 말을 이루 다 막기 어려움.

難(난): 어렵다 | 防(방): 막다

248. 重言復言(중언부언)

한 말을 자꾸 되풀이함.

重(중): 무겁다, 거듭 | 言(언): 말씀 언 | 復(복):
회복하다 (부): 다시

249. 知己之友(지기지우)

자기를 알아주는 벗.

≒ 知音(지음)

250. 指鹿爲馬(지록위마)

윗사람을 농락하여 권세를 마음대로 부림.

指(지): 손가락, 가리키다 | 鹿(록): 사슴 支(지):
가르다 지탱하다

251. 支離滅裂(지리멸렬)

서로 갈라져 흩어지고 찢기어 갈피를 잡을 수 없음.

離(리): 떠나다, 떨어지다 | 滅(멸): 멸하다 없애다
| 裂(렬): 찢다

252. 知彼知己(지피지기)

상대방(적)을 알고 나를 앎.

知(지): 알다 | 彼(피): 저(that), 그(he) | 己(기): 몸, 자신

253. 指呼之間(지호지간)

부르면 곧 대답할 만한 가까운 거리.
≒ 咫尺(지척)

指(지): 손가락, 가리키다 | 呼(호): 부르다 | 間(간): 사이, 틈

254. 進退兩難(진퇴양난)

나아가지도 물러나지도 못하는 궁지에 빠짐.
≒ 進退維谷(진퇴유곡)

進(진): 나아가다 | 退(퇴): 물러나다 | 兩(량): 두(two) | 難(난): 어렵다 | 維(유): 다만(오직), 벼리 | 谷(곡): 골짜기

255. 滄海一粟(창해일속)

아주 많거나 넓은 것 가운데 있는 매우 하찮고 작은 것.

滄(창): 푸르다 | 海(해): 바다 | 粟(속): 좁쌀

256. 千慮一失(천려일실)

여러 번 생각하여 신중하게 해도 한 가지쯤은 잘못될 수 있음.

千(천): 일천 | 慮(려): 생각, 근심하다 | 失(실): 잃다

257. 泉石膏肓(천석고황)

산수를 즐기는 것이 마치 고칠 수 없는 병처럼 됨.

泉(천): 샘 | 石(석): 돌 | 膏(고): 염통밑, 기름 | 肓(황): 명치 끝

258. 千辛萬苦(천신만고)

온갖 고생을 다 겪음.

辛(신): 맵다, 고생하다 | 萬(만): 일만 | 千(천): 히늘

259. 天壤之差(천양지차)

하늘과 땅의 차이처럼 엄청난 차이.

壤(양): 흙덩이 | 差(차): 어긋나다, 다르다

260. 天佑神助(천우신조)

하늘과 귀신의 도움.

佑(우): 돕다 | 神(신): 귀신 | 助(조): 돕다

261. 天衣無縫(천의무봉)

하늘의 선녀가 입는 옷은 바느질 자국이 없음.
① 일부러 꾸민 데 없이 자연스럽고 아름다우면서 완전함.
② 완전무결하여 흠이 없음.

縫(봉): 꿰매다

262. 天人共怒(천인공노)

하늘과 땅이 함께 분노함. 도저히 용서받지 못함.

共(공): 함께 | 怒(노): 성내다

263. 千載一遇(천재일우)

천 년에 한 번 만날 정도로 좀처럼 만나기 어려운 절호의 기회

載(재): 싣다 해(year) | 遇(우): 만나다

264. 千篇一律(천편일률)

여럿이 개별적 특성이 없이 모두 엇비슷함. 劃一的(획일적)

篇(편): 엮다 | 律(률): 가락, 법

265. 靑山流水(청산유수)

푸른 산에 흐르는 물. 막힘없이 썩 잘하는 말. 達辯(달변).

靑(청): 푸르다 | 流(류): 흐르다

266. 靑出於藍(청출어람)

쪽에서 나온 물감이 쪽보다 더 푸름. 제자가 스승보다 나음.

於(어): 어조사(from) | 藍(람): 쪽풀

267. 焦眉之急(초미지급)

눈썹에 불이 붙음. 몹시 위급함.

焦(초): 태우다 | 眉(미): 눈썹 | 急(급): 급하다

268. 初志一貫(초지일관)

처음 품은 뜻을 한결같이 밀고 나감.

初(초): 처음 | 志(지): 뜻 | 貫(관): 꿰다, 뚫다

269. 樵童汲婦(초동급부)

나무하는 아이와 물 긷는 아낙네. 보통 사람들

樵(초): 땔나무 | 童(동): 아이 | 汲(급): 물 긷다 | 婦(부): 며느리, 아내

270. 草綠同色(초록동색)

풀빛과 녹색은 같은 색. 처지가 같은 사람들끼리 한패가 됨.

綠(록): 초록빛

271. 寸鐵殺人(촌철살인)

간단한 말로 핵심을 찔러 감동시킴.

寸(촌): 마디 | 鐵(철): 쇠 | 殺(살) 죽이다 (쇄): 덜다

272. 出將入相(출장입상)

나가서는 장수가 되고 들어와서는 재상이 됨. 문무를 다 갖추어 將相(장상)의 벼슬을 모두 지냄.

將(장): 장수 | 相(상): 정승, 서로, 모습

273. 針小棒大(침소봉대)

작은 일을 크게 불리어 떠벌림.

針(침): 바늘 | 棒(봉): 막대

274. 他山之石(타산지석)

다른 사람의 하찮은 언행 또는 허물과 실패까지도 자신을 수양하는 데 도움이 됨.
(참고) 反面敎師(반면교사)

敎(교): 가르치다 | 師(사): 스승 | 他(타); 남, 다르다

275. 卓上空論(탁상공론)

현실성이 없는 허황한 이론이나 논의.

卓(탁):탁자, 높다(뛰어나다) 空(공): 비다, 하늘, 헛되다 | 論(론): 의논하다

276. 貪官汚吏(탐관오리)

탐욕이 많고 깨끗하지 못한 관리

貪(탐): 탐내다 | 官(관): 벼슬 | 汚(오): 더럽다 | 吏(리): 벼슬아치(관리)

277. 破顔大笑(파안대소)

매우 즐거운 표정으로 한바탕 크게 웃음.

破(파): 깨뜨리다 | 顔(안): 얼굴 | 笑(소): 웃다

278. 破竹之勢(파죽지세)

대를 쪼개는 기세. 적을 거침없이 물리치고 쳐들어가는 기세.

竹(죽): 대 | 勢(세): 형세

279. 敝袍破笠(폐포파립)

해진 옷과 부러진 갓. 너절하고 구차한 차림새.

敝(폐): 해지다 | 袍(포): 두루마기(웃옷) | 笠(립): 삿갓

280. 表裏不同(표리부동)

겉과 속이 다름.

表(표): 겉 | 裏(리): 속

281. 風樹之嘆(풍수지탄)

부모가 돌아가신 뒤에 효도하지 못한 것을 탄식함.

風(풍): 바람, 풍습 | 樹(수): 나무 | 嘆(歎): 탄식하다, 감탄하다

282. 風月主人(풍월주인)

맑은 바람과 밝은 달 등 아름다운 자연을 즐기는 사람.

283. 風前燈火(풍전등화)

바람 앞에 켠 등불. 매우 위급함.

늑 百尺竿頭(백척간두)

前(전): 앞 | 燈(등): 등잔, 등불

284. 下石上臺(하석상대)

아랫돌 빼서 윗돌 괴기. 임시변통으로 이리저리 둘러맞춤.

臺(대): 대(돈대, 누대)

285. 鶴首苦待(학수고대)

학의 목처럼 목을 길게 늘여 몹시 기다림.

鶴(학): 두루미 | 首(수): 머리 | 待(대): 기다리다 대접하다

286. 汗牛充棟(한우충동)

짐으로 실으면 소가 땀을 흘리고, 쌓으면 들보에까지 참. 가지고 있는 책이 매우 많음.

汗(한): 땀 | 充(충): 채우다 | 棟(동): 용마루 집

287. 緘口無言(함구무언)

입을 다물고 말이 없음.

緘(함): 봉하다 | 無(무): 없다

288. 咸興差使(함흥차사)

심부름을 시킨 뒤 아무 소식이 없거나 회답이 더디 올 때 쓰는 말

咸(함): 다(all) | 興(흥): 일다, 흥취 | 差(차): 어긋나다, 다르다 | 使(사): 사신, 부리다

289. 虛張聲勢(허장성세)

실속은 없으면서 큰소리치거나 허세를 부림.

虛(허): 비다 | 張(장): 베풀다 벌이다 | 聲(성): 소리 | 勢(세): 형세, 세력

290. 螢雪之功(형설지공)

고생 속에서도 꾸준히 공부하여 얻은 보람.

螢(형): 반딧불 | 雪(설): 눈, 씻다(설욕)

291. 狐假虎威(호가호위)

남의 세력을 빌려 위세를 부림.

狐(호): 여우 | 假(가): 빌리다, 잠시, 거짓 | 虎(호): 범 | 威(위): 위세, 위엄

292. 糊口之策(호구지책)

입에 풀칠을 할 방책. 겨우 먹고 살아가는 방책.

糊(호): 풀칠하다 | 策(책): 꾀, 방책

293. 好事多魔(호사다마)

좋은 일에는 방해가 되는 일이 많음.

好(호): 좋다 | 事(사): 일, 섬기다 | 魔(마): 마귀

294. 昏定晨省(혼정신성)

자식이 부모님께 아침저녁으로 잠자리를 보살펴드리는 것

昏(혼): 저녁, 어둡다 | 定(정): 정하다 | 晨(신): 새벽 | 省(성): 살피다, (생): 덜다

295. 畫龍點睛(화룡점정)

용을 그려 놓고 마지막으로 눈을 그려 넣음. 가장 긴요한 부분을 완성함.

畵(화): 그림 | 龍(룡): 용 | 點(점): 점, 불 붙이다 | 睛(정): 눈동자

296. 花容月態(화용월태)

아름다운 여자의 고운 모습.

容(용): 얼굴, 받아들이다 | 態(태): 모습

297. 畫中之餠(화중지병)

그림 속의 떡. 실제로 이용할 수 없거나 이루어지기 힘든 경우를 이르는 말.

餠(병): 떡

298. 換骨奪胎(환골탈태)

뼈대를 바꾸어 끼고 태를 바꾸어 씀.
① 고인의 시문 형식을 바꾸어서 그 짜임새와 수법이 먼저 것보다 잘되게 함.
② 사람이 더 나은 방향으로 변하여 전혀 딴 사람처럼 됨.

換(환): 바꾸다 | 骨(골): 뼈 | 奪(탈): 빼앗다 | 胎(태): 태, 아이 배다

299. 會者定離(회자정리)

만나면 반드시 헤어지게 마련임.

會(회): 모이다 모임 | 定(정): 정하다 | 離(리): 떠나다, 떨어지다

300. 興盡悲來(흥진비래)

즐거운 일이 다하면 슬픔이 옴. 곧 흥망과 성쇠가 엇바뀜을 일컫는 말.
(참고) 苦盡甘來(고진감래)

盡(진): 다하다 | 悲(비): 슬프다 | 甘(감): 달다 | 來(래): 오다